敬一의 삶과 문학세계의 이해

敬一의 삶과 문학세계의 이해

김 승 호

도서출판 역락

　敬一大師의 『동계집』에서 <가야진용왕당기우록>을 발견한 순간을 떠올리면 지금도 가슴이 설렌다. 문집 안에서 유독 이 소설에만 눈길이 갔던 필자는 서둘러 작품을 살펴보기 시작했고 오래지 않아 ≪고소설연구≫에 논문을 게재할 수 있었다. 그런데 경일이란 존재를 세상에 알렸다는 자부심은 잠깐뿐이었고 오래지 않아 소설가의 면모만 부각시킴으로써 도리어 경일의 진면목을 흐려 놓치지 않았는가 하는 우려감으로 바뀌고 말았다. 본서는 그같은 자각에서 나온 결과물에 해당한다.

　당대에 경일은 벌써 특이한 존재로 비쳐진 것 같다. 장삼차림에 육환장을 짚었으니 승려임에 틀림없었으나 우화등선의 신선을 동경했으며 부처를 이야기하기보다 노장자를 입에 올리기를 좋아하고 자연에 탐닉했기 때문이다. 그 점에서 그를 仙僧이라고 칭한 어느 유자의 눈썰미에는 누구라도 동조할 만 했다. 그러나 그를 이단적 언행으로 일관한 시승으로 규정하는 것은 짧은 안목이다. 17세기 승단은 물론이고 유자들까지 그와 더불어 교류와 인연을 맺고자 안간힘을 다했다는 증언이 여러 사람에게서 동시에 나오는 것을 주목해야 한다. 그를 한낱 도교적 환상에 사로잡혀 있었던 인물로 보기보다 경직된 문단에 문학적 새로움과 낯섦의 미학을 실증해보였던 문제적 작가로 보고자하는 것이 필자의 입장이다.

작품 수는 많지 않으나 『동계집』에는 여러 양식이 올라있으며 참신한 시각과 주제를 구현함으로써 기존 양식의 전통과 특성을 과감하게 탈색시키고 있음을 본다. 가령 <가야진용왕당기우록>은 전기소설이면서도 숙성기에 이른 17세기 애정전기소설과는 전혀 다른 인물, 시공간, 주제의식을 보여주고 있다. 한마디로 리얼리즘적 전기소설을 제창한 셈인데 현재까지 존재하는 梁山 伽倻津祠를 배경으로 지상, 천상, 수부의 인간과 신격들이 합심하여 가뭄 속의 민중을 구원키로 하고 옥황상제를 설득하여 강우를 얻어내는 하는 한편 패덕, 무도한 사회 현실과 위정층에 비판의 화살을 겨누는 데까지 이야기는 확장된다. 이는 분명 전대 전기소설을 일신한 사례에 속한다. 한시, 우언, 기문 등을 보더라도 전통적 문학 관념이나 관성적 수용에서 벗어나 자신의 사상과 상상을 적극적으로 펼치고 있음을 알 수 있다.

경일은 문학을 자신의 상상과 세계관을 드러낼 수 있는 요긴한 통로로 이해한 인물이었다. 그는 부처님의 가르침과 경전 속의 종지를 지표로 삼고 자기 수행과 대중구원에 골몰하는 불승으로서의 전형, 그것에 자신을 가두어 놓지 않았다. 그리하여 그의 문학은 유교, 도교에서 발원한 가르침, 그리고 당대사건(庚辛大饑饉)까지 작품에 반영함으로써 조선 문화의 전성기라 불리는 진경시대 속에서도 독창적인 성과물로 인정받을 수 있게 되었다. 경일 문학을 발굴한 처지이다 보니 논의가 지나치게 추켜세우기로 진행되었다는 비판이 따를지 모르겠으나, 여하튼 이 글이 경일의 삶과 문학 연구에 있어 단초 구실을 한다면 더 이상 바랄 것이 없겠다.

　이 한 권이 나오기까지 여러분들의 도움이 있었다. '경일의 삶과 문학'이란 테마를 교내저술 대상으로 채택하고 지원해준 학교당국, 교정으로 필자의 노고를 덜어준 정승희·김지연씨, 그리고 무잡한 원고를 흔쾌히 간행토록 해준 역락의 이대현 사장님은 내게 우선 떠오르는 고마운 인연들이다.

이천 육년 봄, 낙화 분분할 때

김 승 호

차 례

I. 왜, 경일인가

이 글은 조선 孝宗, 顯宗, 肅宗 연간에 걸쳐 활동한 승려 東溪 敬一大師(1636~1695)가 남긴 『東溪集』을 중심으로 그의 시와 소설, 산문을 분석한다는 목표에서 출발한다. 경일을 논의대상으로 삼았다는 것부터가 그의 삶이 상당한 의미를 지녔음을 전제한 셈이라 하겠는데 필자는 여태껏 그에 관한 불교사적, 문학사적 논의가 제대로 이루어지지 않았음을 안타깝게 여기면서 전기적 면모를 포함, 작가 시인으로서 그의 위상을 매김하는 데 논의의 초점을 맞추기로 하였다.

그렇다면 이제껏 그에 대한 연구가 미진한 까닭은 무엇이었을까. 그를 에워싼 단편적인 증언과 기록이 있다 해도 그의 삶과 문학을 온전히 증거해 줄만한 자료가 절대적으로 부족한 현실적 조건이 크게 작용했다고 본다. 그런데 최근 『東溪集』이 발굴[1]되고 더구나 이것이 『한국불교전서』 12권에 수록되면서 경일의 시승, 작가로서의 면모를 밝힐 수

---

1) 현전하는 『東溪集』으로는 南權熙 소장본과 東國大 소장본이 있는데 똑같이 康熙五十年(1711) 密陽載岳山靈井寺開刊本으로 106張, 一張 10行, 一行 20字로 판각되었다. 이중 동국대본은 4권 가운데 1권만 전하고 있는데 『東溪集』序와 <太虛堂大師行蹟> 부분이 없이 시만 수록되어 있다. 이 때문에 한국불교전서에서는 남권희본을 선본으로 하고 원래 맨 첫 부분 『東溪集』序 다음에 편집되었던 太虛堂大師行蹟을 맨 뒤로 돌려 부록이란 제목을 붙여 활자화하였다. 『東溪集』 이외에 경일에 대한 참고 자료가 몇 가지 있으나 『한국불교전서』 13권에 『東溪集』이 소개되면서 비로소 경일의 존재가 부각되기 시작했으며 그의 문학적 연구에 대한 지평이 열리게 되었다고 하겠다.

있는 토대가 비로소 마련되기에 이르렀다. 이어 필자에 의해 「太虛堂의 伽倻津龍王堂奇遇錄 연구」가 발표됨으로써 비로소 그의 문학적 조명이 이루어지기 시작했다.[2] 하지만 이는 소설가로서의 면모만 시론적으로 밝힌 것이어서 보다 많은 자료와 함께 넓고 균형 잡힌 시각에서 총체적 연구가 요청되는 상황이 이어지고 있었다. 본고는 이 같은 문제점을 직시하면서 『東溪集』을 주 텍스트로 하여 17세기 공간에서 경일의 작가, 시인적 면모와 함께 그 문학사적 위상을 제고하는 데 관심을 집중할 생각이다.

경일의 문학적 자취를 추적하는 데 있어 그의 傳記는 첫째가는 지침이 되리라고 본다. 삶이 문학과 等價的 비중을 갖는다는 견해에 전적으로 동조하기는 주저스럽지만 生에 대한 올바른 이해가 문학이란 삶의 또 다른 투영임을 신봉하던 중세시기 공간에서는 특히 작가의 전기 및 자취가 소중하게 여겨질 수 있다. 전기적 자취의 부재로 말미암아 작품 중심의 논의로 치우치는 경우는 어쩔 수 없다 해도 가능하다면 작가의 생평을 발굴, 재구하는 일을 게을리 하지 말아야 할 것이고 이는 경일의 문학을 대상으로 하는 본고에서도 예외가 될 수 없는 사항이다.

물론 경일이 여하한 작품을 남겼으며 작품들이 갖는 의미는 무엇이며 그의 시 소설, 기문 등이 당대 혹은 후대의 문학사에서 차지하는 위상은 무엇인지를 밝히는 작업을 두고 단지 작품만을 조명하더라도 어느 정도까지는 성과를 거둘 수 있을 것이다. 하지만 작가의 생까지 뚜렷하게 밝혀 문학의 규명과 해명의 자양으로 삼을 때 밀도 있는 연구를 기대할 수 있을 터이며 논의에 대한 신뢰감과 설득력도 높아질 것으로 본다.

그러면 경일의 경우는 어떤가. 경일은 西山이나 四溟堂같이 역사적

---

2) 金承鎬, 「太虛堂의 伽倻津龍王堂奇遇錄 연구」, 『고소설연구』 11집, 한국고소설학회, 1999.

자취가 뚜렷한 인물도 아니고 그에 관한 주위의 상세한 기록도 챙겨지지 못한 편인데다 후인들에게 교단의 지도적 인물이었거나 혹은 그 반대로 성격이 강렬해서 깊은 인상을 남긴 인물도 아니라는 점을 직시하지 않을 수 없다. 문제적 인간일수록 그 삶의 궤적을 추적하기에 편하다는 등식도 경일에게는 통하지 않는다.

 그가 후인들에게 깊게 각인되지 못한 중요한 요인으로는 그의 신분적 측면을 감안할 필요가 있겠는데 승려란 일반적으로 홀로 내면의 세계에 침잠해 들어갈지언정 爲政, 治民, 經世 등에 걸쳐 외부지향적으로 활동하는 예가 드물거니와 東溪 敬一 역시 그 테두리에서 벗어나는 인물이 아니었다. 이런 진단이 경일의 취향이나 성향과 주로 관련된 것이라면 다른 한편으로는 승려의 창작에 대한 당시 주변의 시각과 반응, 곧 대사회적 조건이 경일의 문학을 오랫동안 사장 시켜 놓았던 것이 아닌가 생각할 수 있다. 원래부터 佛家에서는 문학을 한낱 방계의 일로 치부한 전통이 잠재해 있었음을 감안하고 보아야 할 터인데 몇몇 불승에 의해 불가에서도 시문 창작의 열기가 일기 시작했다고 하더라도 반불적 깃발이 펄럭이는 시대적 상황이 유자들과 달리 승려들의 문학적 재능에 대해 주목하기는커녕 애써 외면하는 분위기로 몰고 갔던 것도 사실이었다. 이런 몇 가지 조건은 확실히 경일의 생과 문학적 업적이 실상과 달리 오래도록 그를 망각케 만든 결정적 요인이 되고 있다.

 과거는 그렇다고 하더라도 최근까지 그에 대한 어떤 언급도 없었다는 점은 어떻게 보아야 할까. 사실 그에 대한 연구라야 필자에 의해 소설작가로서의 면모가 한차례 거론된 것이 지금까지 유일한 것이다. 이처럼 선행 연구가 축적되지 않다보니 그에 대한 다양한 해석과 논의가 저변으로 확대되기를 기대하기가 어려웠다. 여기에 충분하지 않은 전기적 문헌으로 말미암아 생의 구체적 재구를 기대하기 힘든 마당에 시와 문을 분석하고 그 문학적 위상을 마련했다더라도 공허한 논의 아니면 외화내빈식의 엉성한 결과로 이어질 여지도 없지 않다는 우려도 따랐다. 이런 측면에서 본다면 본고도 완성도 높은 작업으로 종결되리라는 보장을 하기 어렵다.

　필자가 왜 이런 전제를 앞세우는 지 눈썰미 있는 이는 이미 눈치 챘을 것이다. 곧 경일의 문학연구를 에워싸고 있는 연구적 조건들을 밝힘으로써 필자는 혹여 부실하게 끝날지도 모르는 이 작업에 대한 면책의 여지를 확보해 놓고자 하는 것이 솔직한 심정인 것이다. 그만큼 경일의 삶과 그 문학적 조명은 수월한 작업이 아니라는 말을 하지 않을 수 없다.

　사실 한 인물의 生平을 말할 때 사회적 존재로서 인물과 사회 외적인 관련성을 밝히는 것은 기본적인 접근법이라고 할 것이다. 그런데 인물의 생이 당대 思想, 政治, 現實과 불가분의 관계를 갖는다며 지나치게 이점에 접착하는 것도 문제이다. 오히려 정도 이상으로 외부적 삶에 매몰될 때 한 인물의 생애가 지닌 진면목을 조망하는 데 있어 걸림돌이 되는 경우도 얼마든지 예상하게 된다. 敬一의 경우, 승려로서의 삶을 살아간 인물이므로 종교, 사상적 차원에서 그 삶의 궤적을 추적해 나가고자 하는 태도를 나무랄 것은 없지만 그 신분적, 직업적 차원에만 갇혀 생을 평가하려는 것이 옳은 태도만은 아니다.

　그렇다면 경일에 대한 논의의 핵심은 무엇이며 그것은 정말 필연성을 지닌 사안이 되는가. 앞서 말하거니와 이 글은 시인・작가로서 경일이야말로 충분한 논의거리를 예비하고 있는 인물이라는 생각을 그 바탕에 두고 있다. 東溪 敬一이 당대 존숭받던 승려로서의 면모보다는 시와 산문에 걸친 글쓰기에 일가를 이룬 인물이었음을 주목하고자 하는 것이 본론의 지향점이라고 할 수 있다. 그가 고승 혹은 名僧의 반열에 들어갈 수 있었던 인물인지는 알 수 없으되 출중한 文才를 지녔던 시인이자 작가였다는 점은 『東溪集』 한 권만으로도 여실히 입증된다고 필자는 생각한다.

경일의 면모를 살핀다고 하는 것은 한 생에 대한 고식적 시각을 가능한 멀리하고 삶 전체적 조망과 아울러 이제껏 감추어진 문학적 비범성과 개별성을 탐색하는 데까지 미쳐야 마땅하다는 전망에 서게 된다. 이런 점을 상기하면서 본고는 불승으로서 경일의 승단 내 평판과 지위, 대중 구원의 면모 등 승려의 전형적 삶을 넘어 그가 이룩한 문학적 위업과 시대사적 위상을 밝히는 것을 연구의 착점으로 삼는다.

결국 생과 문학의 개별적 파악이 아니라 이 둘을 변증법적 안목으로 통합하여 바라볼 때 이제껏 매몰되어 있던 시승으로서, 혹은 작가로서 경일의 면모가 드러날 수 있을 것이다.

Ⅱ. 경일의 行蹟과 그의 시대

1. 太虛堂大師行蹟

현재까지 경일의 삶을 일목요연하게 보여주는 자료로는 伴雲道人 慈鑑이 『東溪集』이 완간되던 崇禎後八十四年辛卯(1711) 孟夏에 쓴 <太虛堂大師行蹟> 이상의 자료를 찾기 어렵다. 경일의 문인으로서 사후에 문집 간행에 열의를 갖는 등 스승에 대한 애모가 남달랐던 慈鑑은 여기서 僧傳類에서 전통적으로 취하고 있는 記事방식대로 年代記的 흐름에 따라 生을 기술하고 있음을 보게 된다. 특이하다면 가계, 출가, 수도, 대중 구원 등 승려의 생에서 오히려 중요시되는 생의 단락은 인정 기술적으로 간략하게 언급하는 반면 임종 전후의 일은 細事라고 할지라도 가능한 폭넓게 수습하여 전기적 정보단위로 적극 편입시키고 있다는 점이다. 이는 그가 전언을 통해 얻은 정보는 간략하게, 대신 스스로 보고 확인한 일만은 구체적으로 전하는 것으로 찬술의 방향을 정했음을 입증하는 대목이다. 아래 그 全文을 밝혀 놓는다.

대사의 法號는 敬一이며 道名은 太虛, 居號는 東溪라고 했다. 본래 그는 璿源系 곧 太祖 이성계의 후손으로 그 父는 世柱요, 母는 金氏였다. 한날 어머니 金氏가 몽중에 한 스님이 나타나 아들 되기를 원한다는 꿈을 얻은 뒤 그를 잉태한 뒤 崇禎 丙子(1636) 仁同府 若木村(지금의 경북 漆谷郡 若木面로 구미시 인동동에서 남쪽으로 30리 지점이다)에서 태어났다.

아이는 어려서부터 영리하고 뛰어났으며 누린 내나는 고기를 좋아
하지 않았다. 그러나 7살에 이르러 어머니가 숨을 거두자 그는 슬픔을
못 이겨 몇날 며칠이고 통곡하며 눈물을 그칠 줄 몰랐다. 지리산의 信
海스님이 주석하고 있는 곳에 들렀다가 그 문하에 지내게 되었는데 신
해스님은 그를 특이하게 여기고는 "이 아이의 깨끗함과 지혜로움을 보
니 세상에서 보기 드문 眞人의 얼굴이구나." 하며 감탄했다. 그때 아이
는 대사에게 출가를 청하였다. 그러자 신해대사는 먹을 양식을 풍족하
게 챙겨주며 關東 楡岾寺에서 주석하고 있는 碧巖大師의 문하에 들어
가 공부하도록 주선해주었다.

碧巖대사의 遜法이 된 그는 널리 깨닫고 막힘이 없으며 만언에 거침
이 없었다. 나이 20살이 되기 전에 이미 부처의 가르침의 경지가 이러
했다. 유교와 도교의 가르침에도 두루 미쳤으니 산문을 나서면 당대
명사들과 교류했으며 한편으로는 백가의 학문도 어려움 없이 풀어내
公卿들 사이에서 그 명성이 높았다.

丁酉年(1657) 嶺南 觀察使 趙繼遠의 천거로 그는 金烏城將이 되었고
2년을 근무한 후 資憲大夫에까지 오른다. 그러자 그는 "이것이 어찌 산
인으로 있을 곳인가." 탄식하고는 물러나 海印寺 講主가 된다. 얼마 후
그는 다시 靈井寺로 자리를 옮겨 그곳에서 3년을 머문다. 그 뒤 다시
여러 제자들과 甘露寺 西庵에서 법회를 여는데 門人 宗敏이 그를 위해
白蓮舍를 짓기까지 한다.

戊辰年(1688)에 中峰寺로 자리를 옮겼을 때는 또한 哲敏스님이 內院
을 세워 그를 모셨다. 甲戌年(1694) 가을 대사는 다시 海印寺에서 문도
를 모아 華嚴法會를 열었는데 부르지 않았어도 불자들이 수백 명이나
모여들었다. 여기서 3달간의 夏安居를 마치고 큰 법회를 행하던 중 계
획했던 것의 절반도 채우지 못하고 그는 병을 얻는다. 법회를 파하고
琵瑟山 湧泉寺 極樂庵으로 갔으나 한해가 지나도 차도는커녕 병은 더
위중해지기만 했다. 문도들이 그를 부축해서 일으키고 붓으로 "대사가
지금 시적하시면 생이 가는 바는 어디입니까?"라고 써서 게송을 지어
무궁한 세계를 일러 주기를 청했다. 대사는 즉시 그 말에 응하여 붓을
쥐더니 사람을 시켜 그 앞에 천을 펼치게 한 뒤 손수 四句를 썼으니,

"늘 특별한 眼力을 열어놓되 生死의 길은 관여하지 말라. 맑은 바람 太虛로 부니 영원히 한 가지 이치로 간다."라고 썼다. 그때까지 대사의 정신은 밝았으며 붓을 잡은 힘도 평소와 같았는데 쓰기를 마치자 문득 앉은 채로 그 자리에서 숨을 거두는 것이었다. 때는 乙亥(1695) 3월 15일이었다.

돌아가신 후 7일이 되자 관을 闍維臺로 옮겼는데 상서로운 기운이 그 관으로부터 나와 원근이 밝게 빛났다. 이를 본 이들은 누구나 할 것 없이 얼굴이 변하지 않는 이가 없었다. 그로부터 3일이 지난 후 사중과 스님들이 크게 闍維齋를 올리는데 흰 비단과 같은 상서로운 빛이 나와 해와 달도 빛을 잃었다. 그리고 갑자기 頂骨 한 조각이 바위 위로 날아갔는데 그 거리가 백보쯤 되었다. 이에 문인인 雲玄스님이 이를 수습한 뒤 행동거지가 정결한 도인을 불러 단을 깨끗하게 하고 아주 경건하게 꾸몄다. 그러나 갑자기 바람이 일어나더니 오래도록 불고 산 계곡이 진동하고 어두워지고 추워지더니 깜깜해졌다. 사람들이 마음속으로 놀라고 두려워하다가 촛불을 켜고 살핀 끝에 사리 9매를 찾아 하얀 사기그릇에 이를 담았다. 사리의 색깔은 마치 유리와 같았고 크기는 콩알만 했으니 알알이 찬탄할 만했다. 이 때에 여러 산의 사찰에서 이 이적을 듣고 이르는 자가 폭주했다. 이후 사리를 맞아다가 여섯 군데에 탑을 세웠으니 大興, 靈井, 甘露, 中峰, 興國, 湧泉寺 등이 그곳이다. 이들 절은 대사가 평생 법의 강설로 인연을 맺은 도량들로 사리와 진골을 모시는 부도를 세운 곳이다.

대사가 縉紳이나 名士 등과 더불어 주고받은 시와 문장잡록은 수 없이 많다. 하지만 세상에 유통되는 것은 이제 『東溪集』 4권뿐이다. 대사의 世壽는 60이고 法臘은 45이다. 세상에 전하는 것이 대사의 전부라 할 수 없으며 기록한 것 역시 萬에 하나에도 미치지 못한다. 崇禎後 84년 辛卯(1711) 초여름 문인 伴雲道人 慈鑑은 삼가쓰다.

大師法諱敬一 名其道曰太虛 號其居曰東溪 本姓在璿源系 卽我世祖大王後裔也 父名世柱 母金氏夢一佛 請爲子而孕 崇禎丙子 生於仁同府若木村 幼而穎異 不喜羶腥 七齡而喪母 哭泣哀悲久之 會智異山僧信海 偶經其門 見而異之曰 阿兒淨而慧有出世眞人相 遂得請於大人 而提關東之楡岾寺碧

岩大師門下所在 師爲之遜席 博洽貫通 萬言無碍 年未二十矣 已而自念佛
敎如此 儒老盖亦遍諸 出而謁當世名士 傍通百家不勞而解 由此藉甚公卿間
丁酉嶺南觀察使趙公繼遠 薦爲金烏城將 居二年 職帖至資憲 嘆曰 此豈爲
山人地也 去而爲海印寺講主 又移鉢於靈井寺 結夏三年 又與諸法子 設會
甘露寺西庵 門人宗敏 爲師築白蓮舍 戊辰移中峰寺 又有哲敏比丘 立內院
而事師 甲戌秋復聚門徒於海印寺 廣設華嚴法會 諸方釋流 不召而集 日得
數百人 結夏九旬 且大講講未半而疾作 罷而之琵瑟山湧泉寺極樂庵 經年不
愈 疾且革 諸門徒翼而起 以筆硯屬曰 師今示寂後 生何所放 請爲偈語 以
召無窮世界 師卽應聲操毫使人伸紙而前 手書四句曰 常開頂門眼 不關生死
路 淸風吹太虛 萬古活一道 精神朗然 筆勢如常 寫畢奄然 坐化 時則乙亥
三月十五日也 化之七日 運棺於闍維臺 有祥光 出其中 遠近晃耀 觀者無不
灑然變色 日且三七衆比丘大設屠維齋 瑞彩如白練 日月無光 俄而頂骨一片
超卓層巖上相去 百步虛 門人雪玄得之 輒募淨行道人 修壇儀甚盛 久之風
忽急 山谷震動 夜色夾寒而黑 衆心聳惧 明燭而視之 得舍利九枚 盛之白沙
盂中 色如琉璃 其大如豆 離離可賞 於是乎諸山寺刹 聞而至者輻輳 迎而樹
塔者六所 卽大興靈井甘露中峰興國湧泉諸寺 師之生平因果講法之場 而舍
利眞骨 皆建浮屠 其所與縉紳名士 酬唱之詞及文章散錄 無慮千萬言 有『東
溪集』四篇行于世 師壽六十 法臘四十五 所傳於世耳者 不足以盡吾師 而記
之者 亦不能萬一云 崇禎後八十四年 辛卯孟夏 門人伴雲道人 慈鑑 謹識[3]

2. 再構한 敬一의 삶과 그 의미

　敬一의 승단 내 위상과 『東溪集』 찬술 경위 등을 증언해줄 기타 자료
로 <太虛堂行蹟 >이외에 行狀, 文集의 序跋,[4] 여타 단편적 기록[5]이 산
재해 있는 것으로 보이나 경일의 생애 전반을 조망해 볼 수 있는 자료

---

3) 慈鑑, <太虛堂大師行蹟>(『東溪集』 卷4, 附錄).
4) 明察, 『楓溪集』 卷下, 『東溪集』 序(東國大出版部, 『韓國佛敎全書』 9, 151면).
5) <熙川郡金仙寺事蹟記>(朝鮮總督府, 『朝鮮寺刹史料』 下, 161면).
　　"淸虛三世 東溪月渚手撰銘書."

는 <太虛堂行蹟>이 거의 유일하다고 해도 과언이 아니다. 다만 승전 형식을 채택하고 있으면서도 年代記的인 年譜만 취하고 있을 뿐 서사적 비중을 고려하지 않고 있는 점은 어쩔 수 없는 아쉬움이 아닐 수 없다.

따라서 이후부터는 위 행적을 기초 자료로 하여 경일의 삶의 온전한 모습을 추론, 재구해보는 것은 물론 삶의 이면적 의미와 시사점을 살펴 나가고자 한다.

1) 誕生과 出家

敬一의 居號는 東溪이며 道名은 太虛라고 했다. 주목할 것은 불승인 데도 불구하고 道名인 太虛堂을 대표적인 이름으로 사용하고 있다는 점이다. 그 연유는 이후 논의를 통해 드러나겠으나 法名과 道名 가운데 道名을 보다 선호하고 문도들 역시 '太虛堂'으로 호칭한 것으로 보아 경일의 삶을 상징하는 표지로 이해해도 좋을 것 같다.

이름을 소개한 뒤 적시하고 있는 것이 家系이다. 그의 父는 世柱이고 母는 金氏였다. 本姓은 璿源系에 속한다고 했으니 이씨 왕조의 혈통에 해당된다는 것을 보여주는데 더 이상의 상세한 기록은 발견할 수 없다. 추측하건대 그는 당시 지방의 벌족은 아니더라도 지역 내에서는 어느 정도 명망 있는 집안으로 알려져 있었던 것 같다. 이어 僧傳類에서 늘 삽입되는 대로 경일이 태어나기 전 母에게 한 부처가 나타나 그 아들이 되고자 했다는 태몽이 소개되고 있다. 이런 태몽은 고승, 명승의 출생 담에서 흔히 볼 수 있는 내용에 속하기는 하지만 龍, 動物, 寶物 등 상 징물을 제시함으로써 태어날 아이의 미래상과 위대함을 퍽 구체적으로 암시한 경우이다. 즉 부처가 아들로 환생했다는 것은 태어날 아이가 장 차 불교와 매우 강한 인연을 맺을 것임을 시사해주는 것이다.

부처의 가피몽을 입어 경일이 출생한 곳은 仁同府 若木村으로 현재

행정구역상으로는 경북 漆谷郡 若木面이다. 이곳에서 그는 출가 전까지 생장하는데 어린 시절에 이미 그는 남다른 佛緣的 자질을 보여주게 된다. 누린내 나는 고기를 싫어했을 뿐더러 항상 조용하고 신중한 행동거지는 다른 아이들과 확실히 다른 점이었다. 그가 출가를 경험하게 된 직접적인 까닭은 일곱 살 때 맞이한 어머니의 죽음이 아닐까 여겨진다. 금지옥엽으로 키워준 어머니의 죽음 앞에서 일곱 살 소년이 얼마나 큰 슬픔에 잠겼을까. 어린 시기 그가 맞이한 어머니의 죽음은 그렇게 생에 대한 무상감을 절감케 하는 계기로 작용했을 가능성이 높다.[6] 출가단계에서 부모의 동의를 얻지 못한 채 뜻대로 출가하는 일은 상상하기 어려웠던 것이 일반적인 분위기였는데 경일은 출가에 따른 어려움이 거의 없었다. 오히려 자식의 佛緣性을 한 눈에 알아본 그의 父는 信海스님이 아들의 출가를 권하자 흔쾌히 그에 동의하였다. 이후 경일은 아버지의 인도로 당대 고승 碧巖이 주석하고 있던 榆岾寺에 투신함으로써 승려의 길에 들어서게 된다.

2) 城將逐行과 佛家의 防衛

경일이 투신한 法師 碧巖 覺性(1575~1660)은 조선 중기 걸출한 승려였다. 조선시대 고승 가운데 清虛, 休靜에 버금갈 정도로 번성한 법맥을 이루어 숱한 제자를 거느렸던 인물로 유명하다. 각성은 출가한 이래 浮休 善修를 좇아서 속리산, 덕유산, 금강산 등지를 유력했으며 임진왜란 중에도 용맹 정진하다가 惟政이 善修를 승장으로 천거하게 되자 그를

---

6) 어린 시절 주변인의 죽음이 출가의 동기로 작용하는 일은 흔하게 목도되고 있다. 가령 西山, 四溟, 無學대사 등의 고승을 포함하여 적지 않은 승들이 모두 유년시절 부모 혹은 절친한 주위사람의 죽음이후 슬픔과 무상감을 이기지 못해 출가를 택하는 것으로 나타나고 있는 것이다(김승호, 『韓國僧傳文學의 研究』, 민족사, 1992, 81면).

대신해 전쟁터에 나가 큰 전과를 올리기도 했다. 이런 연유로 判禪敎都 摠攝에 오르기도 했으며 1624년 남한산성을 축조할 때는 八道都摠攝으 로서 3년 만에 공사를 마치고 報恩闡敎圓照國一都大禪師라는 호를 받기 도 한다.

覺性은 수도에 전념하고자 출가를 단행했으나 현실은 그의 의지와 상관없이 전개되었던 것이다. 임란의 와중에는 승장으로 활약을 펼쳤을 뿐더러 전란 이후에까지 국방을 위해 분골쇄신의 마음으로 국방에 전 념했다. 生의 후반기에 발발한 병자호란 시기에도 호국의 임무를 앞세 운 채 참선과 수행을 뒤로 미루는 등 오히려 국방의 의무를 자신의 수 행보다 앞세웠다. 병자호란 중에 왕이 남한산성으로 피란하고 이제 국 운이 풍전등화의 상황에 빠져들자 삼천여명의 義僧軍을 조직하여 북진 하다가 왕이 삼전도에서 항복했다는 말을 듣고 그제야 진군을 중지시 킨 일도 있었다. 이후에 전국 각처의 명산을 유력하며 법화에 온 힘을 쏟다가 顯宗 원년(1660) 세상을 뜨게[7] 되지만 시대상황이 覺性을 온전히 수행에만 전념할 수 없게 만들었다고 할 수 있다.

잠깐 경일의 은사인 각성의 생애를 일별해 보았으나 행적에 의거할 때 碧巖 覺性과 경일이 師弟로서 친밀함이 어느 정도였는지 밝히기는 쉽지 않다. 그러나 각성의 孫席으로서 경일이 스승의 가르침을 받은 이 후 어떤 것을 물어도 막힘이 없었다고 했으니 스승 역시 불가의 동량지 재로 일찍부터 그를 눈여겨보았다고 보는 편이 자연스럽겠다. 이후 경 일의 생애는 각성과 마찬가지로 佛門은 물론이고 전란의 와중에서도 나라와 백성을 위해 멸공봉사한다는 흔적이 역력하다. 조선불교사에서 각성은 修行과 守城의 양립적 삶을 살았던 승려의 표본으로 꼽을 만한 인물임이 밝혀진다.

敬一과 碧巖 사이에 흡사한 궤적이 많다는 것은 무엇을 말해주는가?

---

7) 金煐泰, 『韓國佛敎史』, 경서원, 1986, 294~295면.

결국 각성의 감화로 말미암아 경일 역시 수행과 함께 城將職을 수행하며 국가 안위와 백성을 위하는 호국 승으로서의 면모를 뚜렷하게 남긴 것으로 유추하는 일은 그다지 어렵지 않은 일로 보인다.

丁酉再亂의 발발은 경일에게 수도 생활을 접을 수밖에 없는 처지로 만들었다. 곧 趙繼遠이 金烏城將으로 그를 추천한 것이 인연이 되어 그는 山門에 머무는 대신 山城으로 들어가야 했다. 불승이 守城의 임무를 떠맡게 된 전통은 상당히 오래전으로 거슬러 올라가지만 17세기에 이르러 산성관리가 직무로 자리 잡게 된 것은 아무래도 임란 중 그들이 기대 이상의 활약상을 보여주었다는 점과 무관치 않은 일이었다.8) 천인과 다를 바 없이 추락해 있던 신분적 울분을 억누른 채 국가안보가 위태로운 지경에 처하자 이것저것 재지 않고 전투 혹은 수성의 선봉에 나섬으로써 상하층 모두가 괄목상대하지 않을 수 없게 만들었다. 선조의 원군 요청이 발단이 되고 서산대사의 臨戰 격문에 사찰에서 동조해줌으로써 승군이 조직되었다 하나 자신의 수도대신 나라가 우선이라는 호국정신이 승려들의 가슴마다 깊게 자리 잡고 있었기에 가능한 일이었다. 사정이 이렇다보니 사태의 해결은커녕 자신의 직분마저 제대로 수행하지 못하는 유자들과 대비될 수밖에 없었으며 이는 반불, 반승적 분위기를 다소 완화시키는 계기가 되기도 하였다.

---

8) 임란 이후 설화, 소설은 위정자들의 위기대처 능력의 부재 속에서 정규군 이상으로 혁혁한 전과를 올리며 큰 활약을 보인 승려들의 행적을 다양하게 수용함으로써 지배층의 무능함을 적시하고 있으며 다른 한편으로는 소외되고 지배당하던 계층의 의미를 새롭게 부각시키고 있다. 이 가운데 특히 신분 계층을 넘어 폭넓은 호응을 받았던 승려로는 四溟堂을 꼽을 수 있다. 그의 서사내적 활약상은 과장된 면이 적지 않으나 남다른 애국충정을 실천한 대표적 인물로 부각되면서 광포설화의 주인공으로 당대는 물론 후대에도 여전히 구비전승의 대표적 인물로 떠오른다. 임란 후 설화 소설에서 사명당 중심의 이야기가 폭넓게 전파된 것은 사실이나 그 전파의 이면을 유의 깊게 살핀다면 그것이 한 개인의 위대함보다는 당시 승려집단의 괄목할 활약상과 무관한 일이 아니었음을 알 수 있다(김승호, 「四溟堂설화의 발생환경과 수용양상」, 『韓國敍事文學史論』, 국학자료원, 1997, 240면).

壬辰倭亂과 丁酉再亂이 끝나고 17세기 중반에 이르면서 정세가 어느 정도 안정되었다 해도 곧장 태평한 시기로 진입한 것은 아니었다. 여전히 전쟁의 수습이 필요한 시기였으며 산천이 짓밟히는 일만은 되풀이해서는 곤란하다는 유비무환적 자성과 더불어 외적방비를 위해 산성의 축조와 관리에 대한 인식이 전에 없이 고조되었다. 그러나 문제는 승려층을 제외하고 마땅히 그에 투입될 인력이 없다는 것이었다. 어떤 일보다 강도높은 노동력을 필요로 하는 산성축조의 使役에 관한 한 사람들은 승려들만큼 적격자는 없다는 것이 공론이었다.

일신을 돌보지 않고 외적을 물리치는 데 혼신을 다한 터에 거듭해서 산성축조나 보수의 임무가 부과하자 불가 내부적으로는 많은 불평과 반발이 일어났다고 보는 것이 옳을 것이다. 하지만 관직까지 부여하며 국가안위의 중요성을 강조하는 상황에서 공식적인 반발을 보이기는 쉬운 일이 아니었을 터이다. 이같은 시대적 상황 속에서 경일에게도 산성지기로서의 책무가 내려진다. 覺性의 문하에는 그를 빼고도 이미 몇 승려가 성장직을 수행한 적이 있었던 데다 승려들이 치러야 할 과업으로 관행시 되어온 일이기에 경일로서는 이를 감수하는 것 이외 다른 방도가 없었던 것으로 보인다.

이처럼 경일이 山城將으로서 世事에서 벗어날 수 없었던 것은 앞 시대의 상황, 전통의 맥락과 긴밀히 연결되며, 거슬러 올라가 임진왜란시 승군들의 활약상과 맞닿게 된다. 그런 의미에서 임란이후 승려들의 호국 헌신의 역사를 일별하고 산성장을 지낸 경일의 자취를 살피는 게 필요할 것이다.

73세의 고령에도 불구하고 宣祖가 淸虛를 八道都摠攝으로 임명한 일은 승군사에서 상징적인 사건으로 받아들여지고 있다. 교단의 명망이 높았던 그가 호국의 선봉에 서자 승군은 일사분란하게 조직되었다. 그후 승군은 정규군 못지않은 기백과 작전으로 도처에서 혁혁한 전과를 거두게 되거니와 남녀고하를 막론하고 경외의 눈길을 보내게 되었으며 평소 승려를 폄하하기에 급급했던 유자들마저 對僧 인식을 바꾸지 않을 수 없는 환경으로 바뀌었다.

休靜의 유지를 계승한 惟政은 승장으로서 승려층의 위상을 내외에 각인시킨 대표적 인물이었다. 그는 義僧軍을 이끌고 각처에서 왜군을 소탕하는가 하면 왜장들과의 담판을 통해 적들을 물리쳐 승군의 강인한 실천 상을 펼쳐보였다. 전란 중의 공훈으로 禪敎兩宗判事職을 제수받았는가 하면 1602년에는 동지중추부사에까지 오르기도 했다. 그 활약은 임란이 끝난 후에도 이어졌으니 도쿠가와(德川家康)가 정권을 잡고 조선과의 화친을 추진하는 단계에 이르러서는 講和使로서 일본에 파견되기도 했던 것이다.

휴정과 유정의 임란 중 활약은 당시 강고했던 억불책을 일시나마 누그러뜨리는 효과를 가져왔으며 승려의 사회적 역할과 사명을 자각시키는 계기가 이로부터 생겨난 것으로 보고 있다. 淸虛에서 四溟堂으로 이어진 호국 승장의 활약상은 하나의 맥을 형성했다 할 정도로 法系圖에서도 명징하게 드러난다.[9]

불승이 軍門에 종사한다는 것은 본업을 일탈한 행위라는 점에서 승려에 따라서는 이에 거부감을 보이는 일도 적지 않게 발생한 것을 알 수 있다. 예컨대 松月 應祥, 月渚 道安, 白谷 處能 등은 주위에서 僧將이나 摠攝職을 적극 추천했음에도 이를 사양하고 수행에만 전념하기로 선언한 승려들이다. 병란 이후 국방에 대한 관심이 새롭게 고조되는 시

---

9) 휴정의 문중에는 松月 應祥(1572~1645), 虛白 明照(1593~1661), 鞭羊 彦機의 孫法에 해당하는 月渚 道安이 승장직을 수행하거나 추천받았으며 浮休 善修(1543~1615)의 법통을 이은 碧巖 覺性(1575~1660)이 팔도도총섭직을 수행하였으며 역시 각성의 법손인 晦隱 應俊(1587~1672)도 兩湖都摠攝 嘉善大夫에 올랐다. 또한 覺性의 高弟인 白谷 處能(?~1680)도 짧은 기간이기는 하지만 승장직에 머물렀던 적이 있다. 휴정의 회하에서는 말할 것도 없고 碧巖 覺性 문하에서도 이처럼 白谷 處能, 그리고 晦隱 應俊, 東溪 敬一 등이 승장직에 올랐던 것이다.

점에서 승군직에 대한 고사는 결코 긍정적으로 비춰질 리가 없었다. 하지만 당대 현실에 비추어 승군직에 대한 거부는 단순히 호국임무에 대한 무관심이나 방관의 측면으로만 폄하하기는 곤란할 듯싶다. 정진과 수행으로 일관해야할 처지에서 승려에게 방위임무는 참으로 결정을 어렵게 하는 진퇴양난과 같았다. 출가 시 지향한 바와는 너무 동떨어진 삶이라는 자각과 혹은 자신이 딛고 있는 나라의 방비 역시 소홀히 할 수 없지 않은가 하는 선택의 길에서 여간 혼란스러운 것이 아니었다. 과연 일부 승려들은 승장직을 外道로 규정하는가 하면 불승에 대한 관직의 제수가 사회적으로 억눌린 상황에서 사탕발림과 같은 의도가 없지 않다는 비판적 시각을 지니기도 했다.

임란 시 休靜이 제창한 승군에의 동참은 국가 안위가 百尺竿頭에 있고 인민의 삶이 철저하게 유린되는 것을 보다 못해 일어선 자발적 행동이라고 해야 하지 왕명의 준엄함을 견디지 못해 전장에 나선 것으로 본다면 당대 현실을 왜곡하는 것이 될 것이다. 이런 점은 八道都摠攝 등의 義僧職을 제수하더라도 그것에 열광하기는커녕 이를 일거에 물리치고 산으로 돌아가기를 염원한 점을 통해 잘 밝혀진다. 그들은 수행과 대중 교화가 자신들의 본업이라고 자각한 나머지 그 같은 결단을 내린 것이다.

어쨌든 승군이나 피지배층이 전쟁의 와중에서 보여준 활약상은 기존 위정층에게는 커다란 부담으로 작용한 것이 사실이다. 왜군에게 강토가 유린되고 큰 상처를 남기게 된 것은 주어진 직분에 따라 제 몫을 충실히 수행하지 못한 탓이라는 비판 앞에서 그들로서는 유구무언의 처지에 서 있을 수밖에 없었다.

국가 방위는 어쨌든 위정자와 군사들의 몫에 해당한다. 따라서 자기 의지와 상관없이 군문에 들었던 불승들은 본래의 수행과 대중교화의 길로 돌아가야만 마땅한 일이었다. 하지만 국방의 의무가 관행처럼 굳어지면서 승려들의 희망과는 상관없이 고역의 짐을 벗기가 어려웠음을 역사는 증언하고 있다. 승장직을 제수하는 등 승려에게 임무와 직책을 부여했으나 이는 실제 승려들이 당하는 희생과 고통을 호도하는 일임을 너무나 잘 알고 있기에 승려들은 가능하면 서둘러 방위 임무에서 벗어나길 바랐다.

이런 양상은 경일에게 있어서도 그대로 나타난다. 이미 戰火가 멈추었음에도 경일은 1657년부터 1658년까지 金烏城將 직을 수행해야만 했다. 嶺南觀察使 趙繼遠이 그를 추천한 게 실마리였다. 그는 이후 資憲의 벼슬까지 오르게 된다. 그러나 城將이나 資憲 벼슬이 수행을 목표로 불가로 들어온 그에게 탐탁할 리가 없었다. 그리하여 군문에 오래 머물지 못하고 "이것이 어찌 산승이 누려야할 지위인가" 자탄하던 끝에 성장직조차도 부질없던 것으로 치부해버리고 海印寺로 돌아가 講主로 제자들을 가르치는 데만 전심하기로 한다.[10]

수행과 대중구원을 생의 과업으로 정한 승려가 엉뚱하게 산성지기로 내몰린 것은 이해하기 어려우나 경일 이전에 서산이나 사명당 등이 산중수행을 미룬 채 생사에 아랑곳없이 싸움터에 나서 괄목할 전과를 올린 일을 상기한다면 17세기 들어서 승려들에게 부과된 산성축조와 수비는 오히려 상대적으로 수월한 일로 치부될 수 있다는 시각마저 없지 않았나 싶다.

결과적으로 임란이란 절체절명의 위기가 이후 시대까지 승려들의 호국의무에서 벗어날 수 없게 만든 족쇄가 된 것을 알 수 있다. 그 관행은 경일의 시대에도 그대로 유지되고 있었으며 경일을 포함, 그와 각별한 인연이 있는 覺性과 白谷조차도 한때는 산성장으로서의 임무에서 벗어날 수가 없었다.

---

10) 慈鑑, 상게서, <太虛堂大師行蹟>.
"丁酉嶺南觀察使趙公繼遠 薦爲金烏城將 居二年 職帖至資憲 嘆曰 此豈爲山人地也 去而爲海印寺講主."

3) 敬一과 處能의 同軌的 삶

이제 각성 문중에 속하는 백곡의 자취에 초점을 맞춰보기로 하는데 이는 동문으로서 비슷한 이력을 가진 白谷의 생을 살펴보면서 당대 승들의 산중 간 수행자로서 그리고 세속 간 승장으로서의 체험이 경일의 삶에서 어떤 의미를 지니는 가 헤아려보는 데 도움을 줄 것으로 판단된다. 경일이 15세에 출가할 당시 覺性은 이미 75세의 고령에 이르렀으므로 수많은 제자 가운데 어린 敬一만을 지목하여 특별한 가르침을 내렸다고 볼 여지는 그리 크지 않을 것이다. 이 때문에 경일에게 출가이후 더 큰 영향을 미친 인물들은 각성의 법손들, 특히 그와 비슷한 시기에 출가를 단행한 그의 선배 혹은 동문들이라는 생각을 하게 된다. 사문으로서 경일에게 영향을 미친 인물들은 일차적으로는 각성 문중 내에서 찾는 것이 순리일 듯하다.

『釋氏源流』에서는 覺性의 法嗣로 翠微守初 白谷處能 枕虛律戒 懶菴眞一 孤雲挺特 晦隱應俊 虛月勝俊 晦跡性悟 暮雲震言 舍花慧認 東林慧遠 伴雲尙行 蓮華印旭 東溪敬一 碧川正玄 月波印英 雷音敬演 靉雲天弘 無依天然 攝虛印圭 霽霞淸順 隻山印行 靈源曇照 淸波慧輝 松峰三愚 金坡信如 孤雲雪祐 崑崙準極 幽谷冲冏 圓應寶天 寒溪玄一 煥乎有文 寒影信弘 性英禪一 惟克 敏性 義賢 懶默 敬訥 尙熙 仁哲 勝彦 禪和敬林 敬律 天敏 등으로 계보가 나타난다.

이 중에서 경일과 평생토록 교류를 나누면서 막역하게 지낸 이는 白谷 處能(1617~1680)이라고 보는 것이 옳을 것이다. 白谷이 연장자였으나 그들은 나이를 초월하여 同門으로서 불법, 외학, 위정 등에 관하여 허심탄회하게 의견을 주고받는 사이로 발전한다. 이 같은 점은 酬唱詩 가운데 白谷과 나눈 것이 어떤 시보다 많은 비중을 차지하고 있다는 점에서 충분히 추측이 가능하다. 覺性을 은사로 모시고 출가한 것은 사실이지만 佛門에 들어선 이래 동문수학한 도반으로서 백곡과의 만남은 그 후 경일의 삶에 적지 않은 영향을 끼친 것으로 나타난다. 적어도 경일에게 있어 백곡의 삶은 흠모하고 추종해야 할 이상적 본보기라는 생각에 미치며 백곡의 삶을 살피는 것이 곧 경일을 이해하는 지름길이 될 수 있다는 예단마저 내릴 수가 있다.

覺性과 마찬가지로 白谷은 조선 시기 불교가 처한 암울한 환경과 핍박받는 승려의 신분에 비분강개했던 대표적인 인물로 꼽힌다. 同門이라고 하나 세속의 나이로 백곡에 비해 19세가 적었던 터였고 경일은 각성이 금강산에 머물 때 출가한 반면 처능은 覺性이 雙溪寺에 머물 때의 출가한 것으로 되어있다. 나이차에도 불구하고 똑같이 출가 은사로 각성을 모신 이들은 이후 수행과 아울러 문학적인 면모에서도 상당한 유사점을 지니고 있는 것으로 보인다. 處能의 경우 17~18세 즈음 한양으로 올라가 東陽尉 申翊聖과 인연을 맺으면서 유학적 지식과 문장수업은 물론 방외에 대한 식견까지 두루 갖출 수가 있었다. 이는 뒷날 그가 호불 유자들과 널리 교류할 수 있는 기반이자 그가 詩釋으로 유불간 명성을 얻게 된 단초가 되었다고 해도 과언이 아니다. 詩僧이었다는 점과 함께 백곡의 생에서 경일과 공통되는 또 하나의 이력은 승장직에 올랐다는 점인데 짧은 기간이나마 八道禪敎都摠攝을 수행함으로써 외골수로 수도에만 전념하는 승려들이 얻을 수 없는 對社會的 사고와 안목을 틔우는 기회가 되기도 했다.

白谷이 조선시대 불교사에서 쉽게 망각되지 않는 것은 그 누구도 공개적으로 반불책의 부당함을 간하지 못할 때 당당하고 논리적인 어조로 이에 대해 성토하고 나섰다는 점에 있다고 본다. 시승과 승장으로서의 이력에 비추어 敬一과 白谷은 닮은 점이 많으나 반불적 정책에 대한 반응 면에서는 대조적인 모습을 나타낸 것으로 보인다. 즉 『東溪集』어디에도 경일이 억불책에 대해 성토하거나 비분강개한 어조로 흥분하고 있는 장면은 눈에 띄지 않는다. 추측하기로는 억불에 대한 그의 처신은 문학적 관심을 같이 하는 유자들과 상호 교류하며 우회적인 방법으로 불교, 불승이 처한 어려움을 토로하는 정도를 넘어서지 못한 것 같다. 이는 백곡과 대조되는데, 백곡이 적극적인 자세로 불교의 억압기를 헤쳐 나가려 했던 반면에 경일은 소극적이고 수동적인 수준에 머물렀다고 말하는 것이 옳을 것이다.

　억불책에 대한 處能의 논리적 대응은「諫廢釋敎疏」를 통해 구체화된 것으로 본다. 이 疏文은 당시 불승이 올린 상소 중에서 가장 분량이 많은 것이기도 하지만 그 필역의 시작과 끝이 일관하여 한결같이 당당하고 간소의 체재를 잃지 않고 있는 것으로 유명하다.[11] 사실 백곡이 전에 없이 격앙된 어조로 정부의 억불책을 조목조목 비판하게 된 이면을 본다면, 더 이상 탄압을 견디기 어렵다는 불가의 위기의식과 분노가 서려있었다. 상소직전의 억불책만 대략 보더라도 불교계가 얼마나 암담한 현실에 처해 있었는지 알 만하다.

　현종 4년에 이르러 서울 안의 尼僧을 성 밖으로 쫓아내도록 하는 규정을 만드는가 하면 문정왕후가 설립한 內願堂으로서 자수, 인수 두 尼院을 廢刹하는 것과 함께 소속된 5천 尼僧을 분산시키고 각 사찰에 소속된 노비와 전답을 본사에 올리도록 하는 강경조치를 내렸다. 이 때 불교계는 숨죽인 채 당하고만 있었다. 바로 이런 상황아래에서 억불책의 부당함을 논리적으로 당당하게 성토하고 나선 白谷에게 주위의 시선이 집중되는 것은 당연한 일이었다. 白谷이 비장한 어조로 억불책을 성토할 때 경일은 무엇을 하고 있었는지는 상세히 알 수 없으나 경일이 백곡과 같이 억불책의 부당성을 성토했다는 기록은 어디에도 없다. 한 스승 밑에서 동문으로서 관계를 맺었다고는 하나 여기서 우리는 백곡이 실천적이고 공세적인 성향의 인물이었던 반면에 경일

─────────────

11) 金煐泰,『한국불교사』, 경서원, 1986, 307면.

은 사태를 관망하고 시대의 변화에 수동적인 자세를 취한 인물였음을
가늠해 볼 수 있겠다.

그러나 사회에 대한 白谷과 敬一의 시각과 행동방식이 불일치했을지는
모르나 그들은 서로 간 상대를 존숭하고 아꼈다는 점만은 틀림이 없었다
고 해야겠다. 상호 친밀감을 유지하고 상대에 대한 호감을 두텁게 한 요
인이 있다면 무엇이었을까. 內外典에 대한 동일한 관심 때문이었던가. 아
니면 같은 스승을 모시고 출가했다는 점 때문인가. 이들 사이에 친밀감
을 높일 수 있게 한 것은 아무래도 시문에 대해 높은 관심에서부터 연유
한 것이 아닐까 싶다. 누구나 인정하듯 두 사람 모두 높은 문재를 지닌
데다 상대의 문학적 재능을 꿰뚫어보는 눈썰미를 갖추고 있었으며 여기
에 상대를 인정하는 너그러움 품성까지 닮아 있었으니 그들이 도반을 맺
고 허물없이 교류를 나누는 사이로 발전한 것은 당연한 일이었다.

이들의 시문에 대한 탁월함은 단지 불가내의 명성으로만 끝나지 않
았던 것이니 일찍부터 교단 밖 공경 사대부들의 칭송이 있었으며 시문
에 대한 두 사람의 탁월한 능력12)이 다른 이들에게 널리 인정받았던

---

12) 白谷, 『白谷集』.
　　"그리하여 公은 선사에게 경서와 사기, 논어, 맹자 등 우리 유교의 글과 한편으
　　로는 한유, 소식 등의 글을 가르쳤다. 선사는 오로지 오랫동안 그것을 밤낮으로
　　읽고 외운 끝에 터져 나오니 그 문장은 방패하고 호양하여 마치 산골짝 물을 터
　　놓은 것 같았다. 그래서 東溟 鄭斗卿은 더욱 찬탄하면서 禪師를 기재라 하였다."
　　(公仍教以經史語孟諸吾儒家言 旁及韓蘇等書 師遂日夜誦讀 又而後乃發之 其文頗滂
　　沛浩漾 若峽之決而河之潰也 東溟鄭公斗卿 尤歎賞之 以爲奇才)
　　申周伯, <東溪集序>.
　　태허 경일은 승단에서 뛰어난 시인이다. 이미 禪納으로부터 연마하였으며 솔과
　　구름사이에 주석하고 있어 세상에서는 그 자취가 없는 사람이다. 그러나 영탄하
　　고 유영하는 데 이르러서는 그 마음에 느낀바가 타고난 천성에서 발하고 는 즉
　　마음의 때를 다 씻어내지 못하면 이를 비우니 한때 명사들이 사모하고 사귀기
　　위해 발뒤꿈치가 맞닿을 지경이었다. 스승은 붓으로써 구름과 연기를 내리고 천
　　화가 내리는 곳으로 곧장 들어가니 심히 기이하다(太虛敬一 法門翅楚也 旣習于禪
　　衲錫在雲松間 世無能跡之者 然乃至泳歎揄揚 情有所感 而發之於天籟 則不得盡洗而
　　空之 一時諸名士 慕而交者 踵相磨也 師亦以筆下雲煙 闖入雨花之場 甚奇也).

것과는 상관없이 서로를 괄목상대하게 하게 만들었다. 유자와 달리 불가에서는 문학적 재능을 한갓 外道로 치부해 버리는 습성이 있었던 것이 사실이지만 수행과 더불어 작시에 남다른 재능을 보였던 그 동질성 때문에 이들 사이에는 유대감이 한층 공고하게 형성되어진 것이 아닌가 한다. 특히 백곡과 경일의 삶에 나타나는 여러 동질적인 요소 중에서도 두 사람 모두 山城將職을 수행했다는 점은 다른 어떤 일보다 흥미를 끈다고 볼 수 있다. 白谷은 1674년(현종 15년) 南漢守禦使 金左明의 주청으로 八道禪敎十六宗都摠攝이 되었다가 3개월 만에 사직한 이력이 있었던 것이다.

앞서 말했듯이 그가 산성지기로서의 업무를 수행하게된 것은 오래전부터 승려층이 다른 신분계층보다 호국의 열의가 높고 맡겨진 일에 혼신의 힘을 다한다는 일반의 믿음이 전혀 바뀌지 않았다는 점과 무관치 않았다. 여기에다 그들 이외 산성축조의 기술자를 찾기 어려웠기에 이미 山城의 築造와 보수, 수비에 익숙한 승려 층의 협조를 구하지 않을 수 없다는 위정자들의 계산도 깔려 있었다고 보아야 한다. 한데 위정자들의 의도가 어떠했든 승려들은 맡겨진 일에 소홀함이 없었다. 그들은 호국 사업을 수행의 또 다른 일로 여기고 築城 등의 중노동에 시달리면서도 어떠한 불평조차도 하지 않았다. 결과적으로는 이런 멸공봉사적 헌신이 도리어 산성축조와 수성이라는 극악한 사역에서 오래도록 발을 빼지 못하게 만들었는지도 모른다.

4) 大衆救援과 示滅

敬一이 金烏山城의 성장직을 어떻게 수행했으며 당시 어떤 시각을 지니고 있었는지 상세히 전해주는 문건은 없다. 그런데 다른 사람의 추천으로 성장직에 올랐다 해도 승단 생활에만 익숙했던 그에게 산성관

리직은 爲政, 治民의 안목을 키우는 계기를 만들어 주었다는 점은 정황으로 보아 개연성이 크다. 하지만 자발적으로 원한 직책이 아니었듯이 산성에 오래 머물수록 그의 초조감이 깊어져 갔던 것도 사실이다. 1658년 그는 마침내 "이것이 어찌 山僧이 할 바인가."라는 탄식하면서 城將職을 내놓고 만다. 이후 海印寺로 돌아가 講主일을 하다가 다시 靈井寺로 자리를 옮겨 거기서 3년간 머물게 된다.13)

그 후 여러 제자들과 더불어 甘露寺의 西庵에서 법회를 열기도 했는데 제자인 宗敏이 대사가 거처할 白蓮舍를 건립한 것도 이 즈음이다. 金烏山城에서 내려와 白蓮社에 머물 때까지 약 30년이 경일의 삶에서 수행과 대중교화에 진력한 시기에 해당되는 것으로 보인다. 1688년 그는 다시 中峰寺로 주석처를 옮겼는데 이 때 哲敏이 內院庵을 지어 스승이 머무를 수 있게끔 배려했다는 기록이 보인다. 1694년 가을, 해인사에 머물고 있던 경일은 사중들이 운집한 가운데 대대적인 華嚴法會를 거행하기로 결심한다. 이때 알리지 않았어도 각처에서 승려들이 모여들었으니 하루에도 수백 인이 운집할 정도였다. 한데 계획했던 九旬의 結夏는 커녕 강설의 절반도 채우지 못한 상황에서 갑자기 몸져눕게 되는 바람에 더 이상 일정을 이어나갈 수 없는 지경에 빠지고 만다. 무엇도 할 수 없던 경일은 강설을 포기하고 다른 곳으로 떠나기로 결심하는데 이미 자신의 명운이 다하고 있다는 것을 깨닫지 않았나 싶다.

병색이 완연한 몸을 이끌고 그가 찾은 곳은 琵瑟山 湧泉寺 極樂庵, 하지만 그 곳에서도 해가 지나도록 병세는 호전의 기미가 없고 오히려 날이 갈수록 더욱 위중해졌다. 그리고 오래잖아 운명의 날을 맞게 된다. 이 날 여러 문도는 경일의 곁에서 필묵을 펼쳐놓으며 다음과 같이 청했다.

---

13) 慈鑑, 상게서.
　"嘆曰 此豈爲山人之耶 去而爲海印寺講主 又移鉢於靈井寺結夏三年."

"스승께서는 지금 시멸하신 후에 후생들은 어떻게 해야 합니까? 청하건대 게송으로써 무궁한 세계를 알려 주십시오."(師今示寂後 生何所放 請爲偈語 以詔無窮世界)

사실 고승의 시멸현장은 어떤 부분보다 극적으로 처리된다고 할 수 있으나 그 주인공의 개별적인 삶과 달리 영험적인 逸話를 동반하는 일이 잦다. 경일의 임종부분에서도 이는 그대로 적용된다. 별안간 다가온 임종의 자리에서 불자들은 서러움과 참담함을 애써 참으며 북두칠성처럼 바라보던 스승이 이제 자신들의 곁에서 영영 사라진다는 점을 절감하게 된다. 이때 생의 좌표로 삼고자 임종게를 청하는 것은 당연한 일 아닐 수 없겠는데 삶과 죽음의 경계에 서 있는 명재경각에서조차 경일은 제자의 심정을 헤아리고 있었던 듯싶다. 어떤 말도 하지 않는 대신 놀랍게도 경일은 붓을 들어 시를 썼다. 바로 臨終偈였다.

常開頂門眼	항상 頂門眼을 열지만
不關生死路	생사의 길은 관여치 않도다
淸風吹太虛	맑은 바람이 태허로 부니
萬古活一道	영원토록 한 道로 살아가리라

임종현장은 凡人과 覺者의 거리를 확인시켜주는 자리가 아닐까. 확실히 경일은 시멸을 앞두고 보통사람들과 판연히 구별되는 모습을 보여준다. 제자들이 게송을 청하자 혼신의 힘으로 맑은 정신을 가다듬으며 後學들에게 偈를 지어주기를 잊지 않았으니 그 엄결한 최후를 통해 覺者의 전형적인 상을 떠올리는 것은 어렵지 않은 일이다. 임종게를 쓰고는 그는 앉은 채로 고요히 죽음을 맞는다. 때는 乙亥(1695) 3월 15일이었다.

불승 역시 시멸과 더불어 삶이 마무리된다. 하지만 문도의 입장에서는 거대한 생에 비해 찰나의 순간에 불과한 임종 현장이야말로 극적인

사건이니 만큼 傳記的 단위에 필히 삽입시키지 않을 수 없는 대목으로
이해된다. 慈鑑은 임종 현장과 함께 다비 중에 일어난 기이한 일 몇 가
지를 놓치지 않고 소상하게 전하고 있어 퍽 주목된다.

경일이 시멸한지 7일 만에 관은 闍維臺로 옮겨졌는데 그 안에서 상서
로운 빛이 쏟아져 나와 원근을 대낮처럼 밝혔다. 이를 본 사람들은 크게
놀라 얼굴빛이 변해버렸으며 3일 뒤에 七衆比丘들이 闍維齋를 거행할 때
는 흰 비단과 같은 상서로운 빛이 관 주위로 쏟아져 해와 달이 빛을 잃을
정도였다. 그리고는 깜짝할 사이에 정골 한 쪽이 闍維臺에서 튀어 올라
층암 위로 날아가더니 백보나 떨어진 곳에 떨어지는 일이 발생하였다.

고승 대덕의 示滅像은 일반적으로 불가사의한 사건을 동반하는 일이
빈번한데 경일의 경우에도 생의 여러 마디 가운데에서도 가장 극적인
사건으로 처리되고 있다. 여러 일화 중에서도 열반 후 주인공의 유해를
에워싼 방광과 서기의 출현은 가장 놀랄만한 증언이다. 주검은 산 자에
게 두려움의 대상으로 비쳐지는 것이 일반적이지만 고승의 육신이 소
멸하는 다비현장은 영험한 증언들이 꼬리를 물며 전파되는 자리로 변
하곤 했다. 경일의 다비현장도 그런 사례 중의 하나에 속하는 것으로
특히 정수리 뼈 한 쪽이 다비 중에 날아간 것은 충격적인 일로서 교단
과 대중 사이에 존숭되었던 대사의 자취를 상징해주는 이적에 해당한
다. 이 때 날아간 뼈는 문인인 雲玄이 수습했으며 급히 정행한 도인들
이 모여 단을 수습한 뒤 장엄하게 의식을 치른 것으로 전하고 있다.

하지만 그것으로 이적의 증언은 끝나지 않는다. 홀연히 바람이 불어
대는가 하면 산 계곡이 진동하며 밤과 같이 춥고 어두워지는 기상의 이
변도 일어났으니 송구스러운 마음을 가눌 길 없던 사람들이 촛불을 켜
고 마침내 사리 9과를 수습하여 백자기에 담았다. 유리 같이 영롱한 색
깔에다 콩만 한 크기의 사리를 지켜본 사람들은 한 알 한 알에 그저 탄
복할 뿐이었다.

육신을 대신하는 상징물로서 사리의 수습은 그 시멸이후 소란했던 장례를 마감하고 사람들에게 경일의 유지를 고요히 떠올리는 대응물로 기능하였다. 無로 돌아간 肉身 대신 영롱한 빛을 띠며 출현한 사리 앞에서 사람들은 다시금 경일에 대한 경외감과 함께 생시의 스승을 저절로 떠올리게 됐다. 스승은 온데간데없이 사라졌으나 사리 9과를 습득함으로써 문도들은 스승의 가르침, 혹은 생전 스승의 모습을 상기할 수 있게 된 것이다. 사리는 경일의 분신으로 응시의 대상을 넘어 경외할 대상으로 자리잡지 않을 수 없었던 바, 수습된 사리들은 생전 경일이 주석했던 大興寺, 靈井寺, 甘露寺, 中峰寺, 興國寺, 湧泉寺 등에 나누어졌으며 사리와 진골을 안치하기 위한 부도가 세워졌다.

5) 敬一의 門徒

경일의 삶에서 뿐만 아니라 어느 불승이든 활약기를 서사의 핵심으로 삼는 것이 전기찬술의 상례로 여겨진다. 그런데 <太虛堂行蹟>에서는 수행과 대중교화에 전념하였으며 활발하게 여러 절을 이동하면서 다양한 자취를 남겼을 법한 40에서 50대의 자취가 오히려 부실하게 기록되어 있다. 반면에 臨終과 사후 逸話는 상세히 기록된 편이어서 生의 전체적 조망을 기대할 만큼의 균형적인 서술을 보여주지 못하고 있다. 傳記가 갖는 그 본령을 충분히 자각하지 못한 결과이거나 생의 대의를 짚어낸다는 의도가 흥미적 話素에 이끌려 애초의 뜻을 관철하는 데 실패한 예로 꼽을 수도 있다. 그렇지만 여전히 傳記의 기준이 되는 자료로는 太虛堂行蹟뿐이다. 위에 제시된 전기를 바탕에 두고 次順에 따라 삶을 보다 구체적으로 재구해 보기로 하자.

불승의 삶에서 出家만큼 큰 사건은 달리 없는데 이어서 맞이하게 되는 請益의 단계, 곧 출가자가 누구를 은사로 모시느냐는 문제도 심상하

게 볼 일은 아니다. 투신한 스승이 어느 문도에 속하는가에 따라 공부
방식, 수행의 방식까지도 좌우된다고 보기 때문이다. 경일의 고향은 仁
同府 若木縣(지금의 慶北 漆谷郡 若木面, 구미시 仁同洞에게서 남쪽으로 30리 지
점이다)이었으므로 지리적으로 본다면 영남권의 사찰로 출가를 단행했
을 가능성이 높아 보이지만 정작 出家處는 고향과 동떨어진 金剛山 楡
岾寺였고 그곳에 주석하고 있던 碧巖大師로부터 具足戒를 받는다. 경일
이 金剛山 楡岾寺에서 碧巖 覺性을 은사로 모시고 투신했을 때 각성은
이미 말년에 접어들어 있었으며 문하에는 수많은 제자가 포진해 있었
다. 『佛祖源流』[14)에 의거하여 覺性의 法嗣를 나열하면 다음과 같다.

> 碧巖性法嗣
> 翠微守初　白谷處能　枕虛律戒　懶菴眞一　孤雲挺特　晦隱應俊　虛月勝俊
> 晦跡性悟　暮雲震言　舍花慧認　東林慧遠　伴雲尙行　蓮華印旭　東溪敬一　碧
> 川正玄　月波印英　雷音敬演　靉雲天弘　無依天然　攝虛印圭　霽霞淸順　隻山
> 印行　靈源曇照　淸波慧輝　松峰三愚　金坡信如　孤雲雪祐　崑崙準極　幽谷冲
> 冏　圓應寶天　寒溪玄一　煥乎有文　寒影信弘
> 　性英　禪一　惟克　敏性　義賢　懶默　敬訥　尙熙　仁哲　勝彦　禪和敬林　敬律
> 天敏

위에 거론된 法嗣만 해도 47명이다. 이로써 각성의 문하가 얼마나 번
성했었는지 헤아리고도 남음이 있다. 동문에서 수학했다 하더라도 晦隱
應俊과 같이 僧將으로 활약한 무사적 승려, 白谷 處能처럼 대문장가로
이름을 날린 승려와 여타 은일자중하며 참선과 수행으로 일관한 승려
들을 포함하여 다양한 제자들이 망라되어 있음을 보게 된다. 이런 무리
속에서 경일은 어느 정도의 위상을 차지했던가. 사실 경일은 승장이나
각성의 고제도 아니고 후대에 각인될 정도로 뚜렷한 징표를 드러낸 것

---

14) 『西域中華海東佛祖源流』(乾隆 29年 全州 松廣寺刊).

은 아니지만 碧巖 門下에서 8派의 하나에 속할 정도로 法興을 진작시켰다는 점만은 간과해서는 안 될 것이다. 그의 위상은 적지 않은 제자를 배출한 것으로도 입증된다. 다음은 『佛祖源流』와 『東溪集』에서 발췌한 경일의 제자들이다.

月州 證元, 月松 載坦, 風閑 敬敏, 慈鑑, 建初, 宗敏, 尙文, 朗白, 隱惠, 德玄[15)

이외에도 『東溪集』 말미에는 尙文, 尙敏, 宗敏, 建初, 訂元, 慈鑑, 德玄, 再坦, 朗白 등이 경일의 法嗣로 소개되고 있는데 『佛祖源流』의 기록과 그대로 일치하는 것은 아니다. 가령 『佛祖源流』에 소개된 11명의 법사 가운데 月州 證元, 風閑 敬敏, 隱惠가 『東溪集』에서는 거명되지 않고 있으며 그 대신 『東溪集』에는 『불조원류』에 거명되지 않았던 訂元이 추가된다. 그밖에 『佛祖源流』의 月松 載坦과 『東溪集』의 再坦과 같이 音은 같으나 동일 인물을 두고 표기만 달라진 사례도 있다.

문헌을 종합하면 결국 경일의 문도는 12명인 셈인데 이 외 행적에서 발견되는 哲民과 雲玄까지도 경일의 法嗣에 포함시켜야 마땅할 것이다. 哲敏은 경일이 戊辰年(1688년) 감로사 서암에 머물 때 그를 위해 내원암을 지어준 승려였으며 雲玄은 闍維齋를 거행할 때 頂骨을 수습한 인물로 밝혀진다.

6) 『東溪集』 刊行의 始末

여러 문인 가운데서 敬一의 사후 『東溪集』의 간행에 있어서 慈鑑, 益祥, 元順 등의 활약이 두드러졌다. 慈鑑은 太虛堂行蹟을 찬술했으며 益

---

15) 상게서.

祥은 『東溪集』의 개간과 관련한 刊記를 작성하는 한편, 申周伯에게 序를 부탁하는 등 찬술준비에 성의를 다 바쳤던 인물이다. 元順 역시 『東溪集』 간행을 염두에 두고 楓溪를 찾아가 『東溪集』의 序16)를 부탁하였다.17) 이중에서 『東溪集』에 오른 것은 申周伯이 찬술한 序18)이다.

---

16) 明察, <楓溪集序>, 『韓國佛教全書』 9卷, 151면.
羌夫鴻濛肇坼 維正洒分 萬化殷頒於覆燾之內 群生播茂於元會之間 而其中或有稟天之明 受氣之秀 而爲聖且賢者焉 何以謂之聖賢 以其處心行事 皆出於性理之學 而無煩麗物欲之累 獨異於群品衆人者也 盖以品性之差 雖其本然之理 而其雜糅者多 拔萃者罕 此所以聖賢者 爲至貴者也 人之有聖賢 有禽獸之有獜鳳 其所以異於衆者 固有於品質之爲愈也 然而品質之美 亦不可獨恃其凜然 所以進於道而成乎德 惟在於學問之勉旃也必矣 自西乾以至震旦 錦歷傳心者 未嘗不以教學爲貿而繼統者也 然則聖賢者 人之異者 而學問者 聖賢之常業也 吾東方雖僻在一隅 而臨濟直宗之傳於我國者 豈不以其品性之美 異於衆庶者哉 盖自羅麗學問之尋摘者多矣 而禪學道統之傳 猶未之盛賴 東溪大師 品於天者 全沿於學者 周師承有源 探討唯廣 居常出定 罷講之暇 推餘力 洒寶唾於翰園之中 時或露其機鋒焉 烏肯以評雲批月 拘拘於聲律爲事哉 亦有所感觸而不能自已者也耶 抑又宗風家法之紹承 有如此者也耶 且復以淈和濟衆之誠 爲急務者也耶 是以知大師之稟聖懿範久矣 適于今大師之神足元順 恐其師平昔提拔之遺編湮沒 將以壽其傳 以書飛遠程 而請序於余 余佳其順師諄諄意 不顧鎖才 畧陳梗槪以志之

17) 明察, 상게서, 151면.
"是以知大師之稟聖懿範久矣 適于今大師之神足元順 恐其師平昔提拔之遺編湮沒 將以壽其傳 以書飛遠程 而請序於余 余佳其順師諄諄矣 不顧鎖才 畧陳梗槩以志之."

18) 申周伯, 상게서, <東溪集序>.
余少而好談藝 往往與當世修詞者游 即其沾沾慕悅 號爲名工者 采色爛如也 節族琅如也 要其耳目 心思托之 紛華倩笑 而沾之於順風加聲之地 朝立肆而千金者 夕往私心甚狹之 以爲山林之畏佳 必有碩大之士 不艷情於於世味 而澹乎其言者 於是復求之西方之教 ○○○○○州之○○○ 有太虛子敬一 法門翹楚也 旣習于禪衲 錫在雲松間 世無能跡之者 然乃至泳歎揄揚 情有所感 而發之於天籟 則不得盡洗而空之 一時諸名士 慕而交者 踵相磨也 師亦以筆下雲烟 闖入雨花之場 甚奇也 盖余聞諸道躍師之示寂於他山十數年 于今所撰述 秘而不傳 又甚慨也 是歲春 有上人益祥 以師門衣鉢 網羅遺言 將事剞劂氏 乃庚造余室 發篋而跪曰 吾先師之諱名也有素 豈敢望玄晏之賜 唯是瑣篇零句 寔中君子之嗜 不敢終閟 以先師不朽請余 旣木獲辭 且喜祥之徒汲汲 然以其師顯氏 受而卒業 稍稍日刪而夕次之 卷凡四 詩得其一 五言絶之 油然而澹也 七言律之 樸也文 而爲小序之涵也 碑銘雜記之麗而衍也 說錄之富也 寧涉於野 而不欲居于巧 寧拙於言 而不欲病其眞沖乎漠乎 莫知其所爲 而乃返自然與世之爛如琅如者 燕郢之轅矣 曰余所謂不艷情於世味 而澹乎其言者 果在師乎 果在師乎 雖然世之人 方且青黃而藻枕 方且朱紘而疏越 方且與物交而爭利 彼其於質中而匏外者 群起而呶之日 惡用是易易位斯言也 漸民久矣 彝光廢膏沐 而當塞修 即化爲無鹽

  申周伯과 楓溪의 序를 상호 비교해 볼 때 앞의 것이 경일의 문학적
자취에 상당히 주목하고 있는 반면 뒤의 것은 불교의 진정한 의미가 무
엇이며 경일의 위인 됨이 어땠는지 그를 곁에서 지켜본 사람으로서의
증언에 무게가 실려 있다. 각각 유자와 승려로서 한 대상을 두고도 관
점에 따라 비친 상이 달라지고 있는 경우인데 찬술자의 신분적 위치가
다른 만큼 한 대상에 대한 平價와 形狀에 있어 그 경계가 뚜렷하다고
말할 수 있다.19)

  『東溪集』이 경일의 사후 11년만인 辛卯年(1711)에 간행되었으므로 생
전 경일의 위업을 생각한다면 문집간행은 퍽 뒤늦은 감이 있다. 사정이
그렇게 된 데는 경일이 평소 자신의 詩文을 갈무리하는 것을 탐탁지 않
게 여겼다는 기질적 조건과 무관치 않다. 그리고 문도들이 문집 간행의
결의를 다졌으나 정작 시문의 산실 탓에 부득불 遺稿를 모으는데 적지
않은 시간과 공력을 들일 수밖에 없었던 사정이 있었다. 문집의 간행은
물론 문도들이 주축이 되는 것이 일반적이지만 여타 불승들도 경일의

將斯集之謂 何 莊生有言 五聲不亂 孰爲鸗籟 五色不亂 孰應六律 五色不亂 余惡夫巧
聲嫁色亂天下矣 故以溝中之斷 而幷存於不朽 後之君子 殆亦移病 我狂言哉
辛卯仲夏初吉 禮州人申周伯
19) 楓溪가 내린 東溪의 인물평은 비교적 소략한 편인데 일부분을 소개하면 이렇다.
"東溪大師는 천연스러운 품성을 지닌 분으로 온전한 학자라고 할 수 있으며 두
루 스승에게 배워 근본이 있었으며 탐구하고 토론하여 오로지 이치를 넓히고자
했으며 일생을 선승으로 일관하였으며 강의를 끝내고 여가가 있을 때 시인들 속
에서 빼어난 시구를 던져 때로는 그 시의 날카로움을 드러내기도 했으니 어찌
구름과 달을 비평하는 것을 옳게 여기며 성률에 얽매이는 것을 일로 삼았겠는
가. 또한 감촉한 바가 있으면 능히 이를 억누를 수 없는 분이기도 했다. 아울러
宗風의 家法을 계승한 것도 이와 같았다. 또한 감화에 젖게 하여 중생을 제도하
는 정성을 불러일으키는 것을 급한 일로 삼았다. 이것으로 대사의 품성의 성스
러움과 아름다운 모범이 오래 된 것임을 알 수 있다."
"東溪大師 品於天者 全沿於學者 周師承有源 探討唯廣 居常出定 罷講之暇 推餘力
洒寶唾於翰園之中 時或露其機鋒焉 烏肯以評雲批月 拘拘於聲律爲事哉 亦有所感觸
而不能自已者也耶 抑又宗風家法之紹承 有如此者也耶 且復以漚和濟衆之誠 爲急務
者也耶 是以知大師之稟聖懿範久矣."
明察, <楓溪集序>(『韓國佛敎全書』, 9卷, 151면).

문집간행에 퍽 자발적으로 나섰으며 儒者들마저 적극적으로 동참해주
었다는 점은 특기할 점이다. 이런 동정은 시편을 살피다 보면 점차 드
러날 것이지만, 종교나 사상의 울을 넘어서 승속 간에 이미 문명이 자
자했던 스승이자 작가로서의 그의 자취만은 인멸될 수 없다는 데 많은
이가 공감했던 결과라고 해야 하겠다.

Ⅲ. 경일 詩文學의 이해

경일의 문학적 위상을 헤아리기 위해서 詩부터 살펴보는 것이 아무래도 이치에 맞는 일이다. 하지만 『東溪集』에 올라있는 작품 수가 고작 143首에 불과한 탓에 시인으로서의 전체적인 면모를 타진하는 데 필요 충분적 조건을 갖추었다고 말하기는 어렵겠다. 문집에 시가 풍성하게 등재되지 못한 까닭은 생전에 그가 시를 제대로 갈무리해 놓지 않았을 뿐더러 문집 간행 역시 그의 시멸한 후 11년 만에 이루어졌다는 사실에서 찾아야 할 것이다. 『東溪集』4권에 수록된 시를 형식에 맞추어 갈라보면, 五言絶句 20편, 六言絶句 3편, 七言絶句 20편, 五言律詩 43편, 七言律詩 57편 등의 분포를 보인다. 이로 보건대 경일이 선호한 형식은 絶句보다도 律詩라고 할 수 있다. 하지만 시 형식에 따라 시적 제재, 주제, 미학적 특성에 있어 큰 편차가 놓여있는 것은 아니다.

그렇다면 敬一의 시가 다른 불승들의 시와 비교하여 두드러진 차이점은 무엇일까? 그가 불승이었다는 입장을 떠나 한시를 품평, 감상하고 작자의 시적 특징을 찾는 작업이 우선 이루어져야 할 것이다. 하지만 漢詩란 이미 쇠잔한 양식인데다 시의 현대적 개념에 익숙한 안목으로 그의 시에 내재된 미학적 특성이나 변별성을 도출하기란 말처럼 수월치가 않다. 그럼에도 필자는 경일의 한시야말로 그의 전기적 궤적과 종교 사상적 테두리를 비추어주는 통로의 하나가 될 수 있다는 판단만은 사양하고 싶지 않다.

　그의 시적 변별성과 미학적 특성을 캐기 위해서는 우선적으로 그가 남긴 시 전체를 꼼꼼하게 읽어 나가는 일로부터 출발해야 할 듯하다. 경일 시가 경일의 삶을 어떻게든 투영하고 있는 것이라고 본다면 그가 승려였다는 사실은 논의의 실마리를 풀어가는 핵심적 단서로 삼아야 마땅하다. 경일의 시들은 제한된 범위에서나마 그의 행적이면에 드리워진 또 다른 의미를 투영해주는 자료로 삼아도 좋을 듯하다. 이들은 行蹟에 드러나지 않는 자취는 물론 불교관, 친교의 범위, 학문적 관심 등을 추수할 수 있도록 하며 한편으로는 산문영역에서 쉽사리 풀리지 않는 의문거리를 해결해주는 전거들이 될 수 있기에 그 의미가 각별하다.

　시는 시인이 대면한 외적 세계의 조응일 수도 있고 내적 감흥의 은밀한 발설일 수도 있으나 한시는 근본적으로 시인을 에워싼 외적 세계에 대한 지향성이 남다르게 투영된 영역으로 보더라도 큰 무리가 없다. 경일의 시도 예외가 아니다. 그렇다면 승려인 경일을 에워쌌던 현실적 조건, 상황마저도 시적 제재로 편입되었다는 뜻이 될 터인데 詩題의 다양성만큼이나 여러 心象들이 시 속에 갈무리되어 있다고 보는 것이다. 그의 시적 특성은 추론 가능한 범위와 그렇지 않은 범위로 이분할 수 있다. 경일 시가 지닌 예측 가능한 범위란 물론 그의 전기적 자취나 문에 기술된 내용에 의해 추론된 범위를 가리키는 것이다.

　앞서 지적한대로 한시는 내적 세계의 침잠보다 시인의 체험과 정서, 對世界的 반응이 중심을 이루다보니 독해가 불가능할 정도로 난해한 부분은 별로 없다. 필자는 경일시의 특징을 아래와 같은 조건을 감안하면서 파악해 나가려 한다. 그의 시는 개인적, 시대적 조건과 밀접한 상관성을 지니고 있는 만큼 이런 점을 외면하고서는 경일 시의 개별성을 도출시키기가 지난할 것이라는 우려 때문이다.

① 경일은 억불시기인 17세기 공간 속에서 활동한 승려로서 수행, 교화 이외에도 승장으로서 수성의 직책까지 감당해야 했는데 본업을 벗어난 이같은 이력은 당시 승려들이 처한 암담한 위치를 엿보게 한다.

② 경일은 불교뿐만 아니라 유교, 도교 등 승려의 신분과는 어울리지 않을 정도로 다양한 사상, 철학에 관심을 보였으며 교제의 범위 역시 불가를 훨씬 넘어서고 있었다.

③ 경일은 사회 현실적으로는 피지배층인 민중에 대한 관심과 애휼 정신이 매우 두터웠던 인물이다.

④ 경일의 정신적 궤적은 心仙跡佛이라 할 정도로 도선적 경향에 기울어져 있었으며 특히 문학과 관련지어 도교적 성격이 상대적으로 농후하게 반영되고 있다.

경일의 이력, 사상, 취향에 해당하는 4가지 점을 경일시의 특성을 파악하는 데 전제적 조건으로 삼는 것은 지나치게 인위적이고 도식적인 결론으로 이끌어 갈 위험성이 농후하다. 하지만 경일의 생을 이해하고자 하며 특히 그의 시를 한층 정치하게 살펴보려는 출발점에서 이런 기본적 사항들이 그의 시가 지닌 내용적 시대적 특성을 파악하는 데 유효한 시사점을 제공해주리라는 예측은 상당히 타당성을 지니게 된다. 의욕만 앞세운 막연한 시 접근 대신 전기적 삶이나 사상에 대한 모색은 시의 분석과 해독에 있어 한층 구체성을 가져다주는 용해물들이 아닐 수 없는 것이다. 요컨대 시대, 역사, 삶 등이 피할 수 없는 시적 재질임을 환기하며 경일의 시를 읽어 나간다면 시의 특징적 면모가 보다 수월하게 간취될 것으로 생각한다.

이렇게 볼 때, 경일의 시는 ① 당대 지성들과의 교유, ② 역사에 대한 회고, ③ 유불선 사상의 습합, ④ 자연과의 합일정신 등으로 내용적 지향점에 따라서 몇 가지로 논의점이 도출된다고 본다. 그것은 경일의 취향이나 성향으로부터 비롯된 면도 없지 않아 있으나 넓게 보면 시대

정신에 편승하여 나타난 특성에 속한다. 17세기를 일부에서는 眞景時代로 편입시키면서 조선 미학이 그 독자성을 발휘하며 전에 없이 발흥한 시기로 지적하기도 하는데 경일의 시문 창작도 당대적 흐름에 편승한 행위였다는 점은 부인하기 어렵다고 본다. 따라서 경일의 활동시기가 중국 의존적 경향에서 서서히 자생력을 확보하며 나름의 문학적 색깔을 띠기 시작하는 때라는 점도 그의 시를 살필 때 고려해야할 사항으로 떠오른다.

　文人이라면 일반적으로 유자와 중첩시켜도 무방한 말로 수용되어 왔다. 그들은 한시만이 전부인 것처럼 생각하고 오로지 이를 통해 자신의 사상, 감정을 표출하는 데 익숙해져 있었다. 하지만 유자들과 좀 더 다른 시각과 관념을 표출하면서 등장한 일군의 시승들도 적지 않았는데 경일을 살피는 과정에서도 그런 측면을 감안해야 할 터이다.

　17세기 들면서 불가에서도 문집의 간행 열기가 크게 일어났는데 마치 유자들과 경쟁을 벌이는 듯 자못 그 열기가 뜨거웠다. 수행자의 시각을 견지할 때, 시란 곧, 언어가 가진 한계를 초월할 수 없으며 따라서 이에 매달린다는 것은 깨달음에 대한 진정성을 쉽사리 포기하고 한낱 언어의 유희에 매달린다는 비판적 시각이 없지 않았으나 시기적으로 점차 그런 인식이 퇴색되면서 불가의 문집간행이 활기를 띤 것으로 보인다. 그러나 한편에서는 고려 불승들의 禪詩, 佛敎詩的 수준에는 미치지 못하다며 조선 불교시의 정체성에 회의적인 시선을 보내는 경우도 없지 않았는데 어쨌든 조선 중기를 지나면서 승려들의 문집간행은 유행처럼 번져나간 것이 현실이었다.[20]

---

20) 鄭炳三,「불교의 진흥과 불교문화의 발전」,『진경시대』, 돌베개, 1998, 180면. "사대부들이 사원을 찾거나 주위의 주선으로 승려들과 만남을 갖게 된 데서 시작되어 승려들이 문사들과 시와 서신을 화답하면서 지속되었는데 …… 이러한 분위기에서 나아가 사대부들이 문집을 간행하는 것을 본 따 제자들에 의한 승려의 문집 간행이 눈에 띄게 늘어나게 되었다. 이러한 추세는 숙종 대 이후 더욱

『東溪集』소재 한시는 내용으로 보아 특별히 주변 인물들과의 교류과
정에서 산출된 것이 많은 수를 차지하고 있으며 특히 승려와의 교류 이
상으로 儒者, 官僚들과 주고받은 시가 큰 비중을 차지하고 있어 이채롭
다. 다음의 시들은 교류가 바탕이 되어 작시에 이르게 한 예에 속한다.

> <秋日寄東溟鄭先生>, <玉林寺別尹秀才>, <秋日呈盆城禹使君>,
> <寄德淵處士>, <秋思贈金生>, <夏山使君謂我曰師以何敎我以此答之>,
> <暮春題李生草堂>, <次呂秀才佛池峰韻>, <呈夏山玄城南兩使君送夏山
> 李使君遊伽倻山>, <次鄭敎授韻呈盆城明府李公>, <寄東溟鄭先生>, <呈
> 任參議>, <呈益平尉>, <呈權承旨>, <甘露寺呈湖伯趙世煥相公>, <寄
> 呈高陽太守李公碩堅>, <次申進士甞秋韻>, <次贈鄭進士>, <敬呈湖南伯
> 趙相公>, <到驪興府呈牧伯李公>, <敬呈文谷相國閤下>, <俗離山吳相
> 公>, <題黃處士白鷗亭>, <送崔生>, <追呈金大提學>, <次獨樹居士
> 韻>, <訪眘齋>, <次崔生韻>, <謹次星洲吳使君道一遊金烏韻>, <待蓼
> 溪翁不至>, <敬次東淮先生靑白堂韻>

경일은 승려이지만 俗人과 다름없이 길에서, 사찰에서, 혹은 민가에
서 사람들과 어울렸으며 만나고 헤어지고 혹은 웃고 울었을 것이다. 그
리고 그때마다 한 편 두 편 시를 축적하게 되었을 것이다. 위에 제시한
詩題만으로도 우리는 경일의 교제범위와 시작의 상황을 유추해보는 것
이 그다지 어렵지 않다.

특기할 것은 그가 승려임에도 유자, 처사, 위정자들과 나눈 시가 높
은 비중을 차지하고 있다는 점이다. 제시한 32首 이외에 거론되지 못한
시편들도 있으나 어쨌든 경일은 사람과 사람의 만남을 무엇보다 소중
하게 여겼으며 가능하면 그런 인연들을 시로 남기고자 애썼다. 상호교
류에 있어 시가 요긴한 매개가 된다는 점은 조선 시기 문집에서 선명하

두드러진다.”

게 밝혀지는 것이라고 해도 그가 승려라는 점에서 儒佛間 교섭, 그리고
이를 시적 제재, 혹은 동기로 수렴하는데 거리낌이 없는 태도는 분명
주목할 일이다.[21] 불승으로서 유자를 포함한 많은 사람과의 교류에 적
극성을 보이고 아울러 이를 詩化의 실마리로 택한 원인은 어디에 있었
을까. 우선 궁리가 필요한 부분이 아닌가 싶다.

알다시피 조선 초부터 시작된 억불 정책이 고조되다가 壬亂을 맞이
하여 소강상태로 접어들었으나 中宗, 顯宗 연간에 들어와서는 오히려
억압책이 강화되는 형국을 보인다. 불교를 이단의 중심으로 보고 유학
을 통한 교화를 천명한 현종이 1674년 승하하고 효종이 왕위에 오르는
데 그 역시 선왕의 유지를 받들어 抑佛策을 강화시켜 나가게 된다. 이
처럼 불교 억압의 시기에 승려생활을 한 이가 경일이었다.[22]

불교에 대한 억압적 상황이 지속되자 불승, 불자들은 이제 수수방관
할 수만은 없다는 생각과 함께 생존을 위해 무언가 도모해야 한다는 결
의를 다지지 않을 수가 없게 만들었다. 이때 공식적이든 개별적 차원이
든 억압의 주체인 유자들과의 교류는 불승들이 쉽게 떠올릴 수 있는 한
방편이 아니었던가 유추하게 된다. 공식적으로는 儒佛간 수월한 소통이
어려웠으나 사적으로는 유불자간 허물없이 교류하고 시를 주고받는 일
이 이루어졌으니 『東溪集』에 유달리 酬唱詩가 높은 비중을 차지한다
해서 반불,반승적 분위기가 아주 사라진 것을 의미한다고 보아서는 곤

---

21) 경일이 불승이면서도 儒敎나 老莊사상, 그리고 諸子百家에도 퍽 밝았다는 점은
   그대로 시적교류를 통해서도 읽을 수 있다. 內外學에 밝다는 것은 교유의 가능
   성을 넓히는 요긴한 조건으로 작용했겠는데 그가 사귄 인사 중에는 白谷(1617~
   1680), 翠徵(1590~1668), 玄上人, 靈祐上人, 機上人, 訥上人, 閑上人 같은 불승은
   물론이요, 趙世煥(1615~1693), 文谷 金壽恒(1629~1689), 東溟 鄭斗卿(1649~
   1736), 萬休堂 任有後(1601~1673), 六隱 李時楳 같은 유학자, 慎齋, 德淵 趙璨 등
   의 隱士가 있었고 이들과 나눈 酬唱之詞가 적지 않다. 이 가운데 白谷大師와 東
   溟 鄭斗卿은 특히 그의 생에서 지울 수 없는 영향을 끼친 인물이다.
22) 동국대불교문화원 편, 『佛敎史料集』 권21, 82면.

란하다. 마찬가지로 儒佛者간 시를 주고받았다고는 하나 상호 같은 위상 속에서 이루어진 시적 교류로 생각하는 것은 지나치게 단순하다. 왜냐하면 현실적으로 당당하게 반불의 기치를 내걸고 억불책을 강하게 요청하는 유자들과 동등하게 교류를 나눈다는 것은 사실상 불가능했으며 설사 유불자 간 사귐이 있다하더라도 유자들은 능동적인 입장에 서는 반면 불승들은 수동적인 자세를 견지할 수밖에 없는 것이 당대적 환경이었기 때문이다.

경일이 유교측 인사들과 어떻게 통교했는지 구체적으로 밝혀주는 문헌은 달리 없다 해도 위축된 입장에서 유자들에 먼저 다가가 그들과 시적 소통내지 친교관계를 적극적으로 모색해 나갔다고 볼 여지가 없지는 않다고 본다. 하지만 경일의 경우에 그 같은 예상에 동조하기는 어렵다. 오히려 유자들이 먼저 경일의 문학성을 인정하고 적극적으로 그와의 만남을 꾀한 것이 문집을 바탕으로 할 때 드러나는 그의 모습이다.

주지하듯이, 지식인 세계에서 교유를 유지하기 위해서는 상대방의 식견에 부응할 수 있는 정도의 수준을 갖춰야만 한다. 하지만 불승으로 시문에 대한 종사는 결코 권장할 일이 아니었음은 물론이다. 불승들이 유자와의 교류에서 소극성을 면치 못하는 것은 坐禪, 冥想, 念佛 위주로 길들여졌을 따름이며 사문에 대한 깊이 있는 식견을 온축하지 못하고 있다는 선입견이 승려들과 유자들의 교류를 어렵게 만들었다.

유교, 도교에 대한 관심이 수행과 염불로 일관해야 하는 승려들의 일상을 해치는 외도일 뿐이라고 공박하더라도 이에 대해 어떤 변명조차 내세우기 어려웠던 것이 불가의 처지였다. 더군다나 불교의 쇠퇴가 외부로부터 이루어진 것이라기보다도 불승들이 자기 각성을 소홀히 한 탓이라고 평하는 이조차 있던 판이니 불가내부에서 詩僧에 대한 호의적인 시선을 기대하기란 쉬운 일이 아니었다. 하기야 승려들 가운데는 유자, 문사에 지배층 인사들 사이에서 높은 평가를 받거나 교분을 맺기

위해 시문, 서예를 승려의 본분처럼 여기는 풍조가 불교의 쇠퇴를 가져
왔다[23]는 진단이 이미 나온 지 오래이다. 또한 수행과 대중 구원이라는
일차적 목표를 외면한 일부의 승려에 초점을 맞출 경우, 위의 진단에
수긍할 면이 없는 것은 아니지만 승려의 시문에의 종사, 유자와의 교류
를 불가의 일반적 풍경으로 일반화하는 것은 당대 불교계가 처한 환경
과 어울리지 않는 진단이다.

　그렇다면 경일은 어떤 생각에서 유자층과 교류를 맺은 것일까? 그가
적지 않은 酬唱詩를 남겼다고 하더라도 수행을 여기로 삼으며 대신 시
작을 본업인양 착각한 인물로 예단하는 것은 지나친 일이다. 그에게서
이상적인 수행승의 면모를 발견했던 楓溪가 지적한 대로 그가 시에 적
잖은 관심을 보였다 해도 이는 대중교화를 위한 방편적 흔적[24]으로 보
는 것이 한층 타당해 보인다. 경일에게 있어 시문은 오히려 승려라는
허울을 잠시나마 망각하며 일상으로부터의 짐을 덜어보자는 바람과 밀
착되어 있다는 점을 확인할 수 있는 것이다.

　경일의 시에서 발견되는 첫 번째 특징은 그가 교화와 수행의 근거지
로 삼았던 盆城과 密州, 洛江 주변이 시적 공간으로 나타나면서 역시
그곳 사람들과의 관계망을 유추해 보게 하는 내용이 적지 않다는 점이

---

23) 이기영, 『한국의 불교』, 세종대왕기념회, 1974, 215면.
24) 明察, 상게서, 151면.
　　"여가가 있을 때 시인들 속에서 빼어난 시구를 던져 때로는 그 시의 날카로움을
　　드러내기도 했으니 어찌 구름과 달을 비평하는 것을 옳게 여기며 성률에 얽매이
　　는 것을 일로 삼았겠는가. 또한 감촉한 바가 있으면 능히 이를 억누를 수 없는
　　분이기도 했다. 아울러 宗風의 家法을 계승한 것이 이와 같았다. 또한 감화에 젖
　　게 하여 중생을 제도하는 정성을 불러일으키는 것을 급한 일로 삼았다. 이것으
　　로 대사의 품성의 성스러움과 아름다운 모범이 오래 된 것임을 알 수 있다."
　　"東溪大師 品於天者 全沿於學者 周師承有源 探討唯廣 居常出定 罷講之暇 推餘力
　　洒寶唾於翰園之中 時或露其機鋒焉 烏肯以評雲批月 拘拘於聲律爲事哉 亦有所感觸
　　而不能自已者也耶 抑又宗風家法之紹承 有如此者也耶 且復以漚和濟衆之誠 爲急務
　　者也耶 是以知大師之稟聖懿範久矣."

다. 雲水衲子라고 하지만 영남권역은 그가 벗어날 수 없는 시적공간으로 그의 뇌리에 깊게 각인되어 있었던 셈이다. 그렇다고 그의 시가 영남권역내 인물들과의 관계에만 갇혀있던 것은 아니어서 和答詩, 酬唱詩를 살펴보면 전국적인 명사로서 이름을 얻고 있던 인물들이 다수 등장하고 있다. 경일의 시문에서 확인되는 많은 인사들이 개별적으로 경일과 어떤 관계를 맺고 있었는지를 밝히기는 어렵다. 하지만 기본적으로 교류를 앞서 청한 사람들이 유자였다는 점만은 분명하다. 申周伯은 『東溪集』序에서,

> "太虛子 敬一은 法門에서 뛰어난 사람이다. 일찍이 禪師로부터 가르침을 받은 이래 산사에 주석하여 세상에 능히 뒤따를 자가 없다. 그리하여 탄식에 이르면 이를 끌어올리고 가슴에 맺힌 바가 있다면 순정한 마음으로 드러내었으며 마음이 씻어지지 않으면 비움으로써 한 때 여러 명사들이 사모하고 교류하고자 뒤꿈치가 서로 부딪칠 지경이었다."25)

라고 말한 바가 있다. 그렇다면 유자들이 그에게 먼저 다가간 까닭은 무엇일까. 이는 경일의 문학적 재능과 무관한 일이 아니라고 본다. 위의 증언만 보더라도 이런 추론을 내리는 게 전혀 어려움이 따르지 않는다.

  마음에 응어리진 무엇이 있어 탄식으로 표출되고 더 절실한 것이 있을 때 언어로 표출하기 마련인데 그 언어의 결정체를 일컬어 시라고 한다. 이것이 동양에서 말하는 시의 기원이다. 그러나 가슴에 맺힌 바를 아주 수월하게 밖으로 표출시킬 수 있는가 없는가 하는 문제는 사람마다 다를 수밖에 없다. 마음에 비친 상은 비슷하다고 하더라도 언어라는 통로를 거쳐야 하는 까닭에 정작 내면세계가 온전히 드러나지 않는 경

---

25) 申周伯, 상게서.
 "太虛子 敬一 法門翹楚也 旣習于禪衲 錫在雲松間 世無能跡之者 然乃至泳歎揄揚 情有所感 而發之於天籟 則不得盡洗而空之 一時諸名士 慕而交者 踵相磨也."

우도 얼마든지 발생할 수 있다. 시가 순연한 마음을 불러일으키는 매개가 된다고도 하는데 그 역시 순탄하게 이루어질지에 대해서는 쉽게 자신할 수 있는 일이 아니다.

시가 순진한 마음, 평정심으로의 회복을 가능하게 한다는 믿음에서 출발한 범인들과 달리 승려들은 마음을 온통 비우는 방편이 될 수 있다는 생각에서 시를 선호했다고 필자는 생각해본다. 그들은 자신을 에워싼 사물과 세상에 대한 반응으로서 시를 떠올리는 보통사람들과는 매우 다른 접근법을 택하고 있는 셈이다. 불승들에게 시는 자신과 세상에 대한 투영체가 아니라 마음을 쏙하게 만드는 방편의 하나로 이해되기까지 한다. 禪詩를 예로 한다면 억지로 마음을 비운다기보다는 언어를 통해 비움을 실현하고자 발분하던 끝에 찾아낸 역설적인 悟道의 표출이라 해도 좋다. 불가에서 지향하는 이런 언어관을 헤아려 본다면 名士들이 왜 그토록 경일과 교류를 염원했던가 해명할 단서에 이를 수가 있다고 본다.

경일의 시적 재능은 처음에는 法門 안에서만 퍼졌으나 시승으로서의 명성이 세속으로까지 퍼져나가는 데는 오랜 시간이 필요치 않았다. 그런데 승려의 시에 대해 우리는 두 가지 정도로 당대인들의 시각을 짚어볼 수 있다. 우선 俗塵으로 더럽혀진 마음을 온전히 탈색시켜 무심의 경지를 그대로 비춰주는데다 큰 선비들이 세상의 맛에 즐거움을 느끼지 못하고 있는 차에 담박하기 이를 없는 경일의 시26)에 그들이 절로 이끌리게 되었다고 보는 것이다. 근본적으로 시적 지향성은 같을지 모르나 마음속의 응어리를 밖으로 배출시키기에 연연하는 유자들의 作詩 태도와 불승의 그것은 여러 모로 차이가 있겠는데 도리어 그 점 때문에 유자들이 자발적으로 불승의 시에 빠져 든 면도 있다.

---

26) 申周伯, 상게서.
　　"情有所感 而發之於天籟 則不得盡洗而空之."

  그의 시는 선승들의 시가 그러하듯 마음의 앙금이나 때를 다 씻어내
는 단계를 넘어 온통 비우는 것을 목표로 삼았으며 그리하여 唐宋 시를
전범으로 삼는 유자들의 시와 상당히 다른 색깔의 시를 창출하기에 이
른다. 통상적으로 불가의 시를 佛敎詩, 禪詩로 테두리 지어 명명한다하
더라도 그것이 일반 한시와 특별히 다른 시적 형상화에 이르렀다고 주
장할 만한 시는 많지 않다. 다만 불교시가 일반적으로 구축하고 있는
시적세계의 전형을 유지하면서 한편으로는 나름의 시적 색깔을 띠고
있다는 점을 예의 주시할 필요가 있다. 불승의 시가 유자들과 다르다고
말할 때 그것은 유불간 시를 대하는 태도와 인식의 차이에서 비롯된다.
悟道, 得道의 경지 따위를 표출하는데 적합한 방편이 될 수 있다고 보
는 것이 詩僧의 입장일 터인데 그것은 문식과 잡사가 상대적으로 많이
끼어드는 유자들의 한시와는 커다란 편차가 있다고 할 터이다.

  사대부, 유자들 사이에서 그가 괄목할 상대로 떠올랐다는 전언은 곧
경일이 유자들의 한시와 상당히 대비되는 시적세계를 구축했음을 암시
해주는 것이기도 하다. 단도직입적으로 정리한다면 경일이 사대부들의
한시 취향에 접근해간 것이 아니라 사대부들이 먼저 그의 시에 매료되
고 심취된 탓에 사귐을 희망했다고 하는 편이 옳을 듯하다. 이상 대략
경일의 시에서 수습한 특성을 전제하며 다음부터는 내용별로 분류하고
각시에 내재된 의미를 섭렵해나가는 자리를 갖기로 한다

1. 名士와의 交遊詩

16세기 말에 발발한 임진왜란 이후 억불정책이 잠시 주춤한 것은 그
럴만한 이유가 있었는데 임란 당시 전투에 참여한 승려들의 활약상이
속속 드러나면서 불가에 대한 시각이 달라지게 된 것이다. 休靜과 惟政,

두 승장에게 세속의 관직을 부여한 것도 승려들에 대한 거부감을 누그러뜨리면서 새삼스럽게 그들의 위상을 인정해준다는 상징적 사건으로 이해되었다. 그러나 儒者들과 佛僧들이 막역한 관계를 맺는 것을 조선 중기 일반적 풍경으로 일반화시키는 것이 무리일지 모르나 억불의 주역이 바로 유자, 사대부, 위정자들인 만큼 이들과 어떤 식으로든 소통 관계를 유지함으로써 개인적, 승단내적으로 몰아닥친 위기를 타개하자는 인식이 일부 승려들 사이에 감지되는 것은 분명하다 하겠다. 물론 이런 분위기는 그 이전의 시기부터 고조되어왔다고 볼 수 있다.

그러나 역시 억불책이 소강국면을 맞는 것은 외적 환경 탓이 컸다. 무엇보다 임란 중 의승군의 활약으로 인해 승려들의 위상이 높아지게 되었으며 이는 유자들의 對佛·對僧的 시각을 호의적으로 변하게 한 전기가 되었다.

하지만 17세기 중엽에 이르면서 다시 불가에 대한 관용적 분위기는 흐려지고 만다. 오히려 顯宗에서 肅宗 연간에 이르는 동안 정부에서는 築城과 그 防衛의 使役을 승려들에게 부과하게 된다. 정규군에 비해 성실하며 빼어난 축조 기술력이 이들의 고통만을 늘려주는 결과로 이어진 것이다. 이 외에도 직간접적으로 사찰에 대한 갖가지 요구와 진납의 폐해도 더욱 늘여놓은 셈이 되었다. 이에 따라 각 사찰에서는 원당을 구실로 삼거나 관료와의 연계를 통해 지역이나 잡역을 혁파한다는 공차를 얻어 사원에 게시함으로써 지방관들의 주구를 방어하려 하였다.[27]

경일이 당대 문사들과 교유하는데 적극성을 보였던 데는 이같이 불교계가 처한 암담한 현실과 결코 무관한 일이 아니었다. 다시 말해 승려 사이에 문예에 대한 관심이 고조되고 나름의 문집 간행의 열기가 고조된 이면에는 억불, 반불의 기치가 나부끼고 있는 상황이라 하더라도 불가에서도 나름의 시문적 전통과 저력이 있음을 내외에 천명하고자

---

27) 鄭炳三, 상게서, 181면.

했던 의지가 숨어있다. 당장 불교에 가해지는 압박을 피하기는 어렵다
해도 문학적 역량과 자질에 대한 넘치는 자부심은 그런 때일수록 더욱
표출시킬 필요가 있었을 터인데 승려들의 문집 간행은 단순히 문사적
취향을 넘어 유자들에게 대한 대응 방식의 하나로 채택되었다는 진단
마저 내릴 수 있게 한다.

　조선 중기 일부 승려들의 시적 관심과 높은 수준의 시 창작은 시문
을 업으로 생각하다시피 하는 유자들에게 승려층에 대한 새로운 인식
과 각성을 심어주는 계기로 이어졌다고 볼 수 있다. 시문을 통한 유불
간 소통이 이루어지면서 당대 정계의 거목들이라 할 수 있는 인물들
조차 승려의 시적 동반자로 발전하는 일을 어렵지 않게 목도할 수 있
게 되었다. 경일의 시에 언급된 유자 가운데 널리 알려진 역사적 인물
을 꼽으라면 鄭斗卿, 任有後, 金壽恒, 金壽興, 李植 등을 우선 거론할 수
가 있다.

先生大隱士	선생은 훌륭한 은사로
榮辱小塵緣	영욕은 세속의 작은 티끌 같은 인연이다
詩酒渾忘世	시와 술로 온통 세상을 잊고
琴書獨樂天	가야금과 책으로 홀로 하늘을 즐기도다
門垂陶令柳	문에는 도연명의 버들 드리워져 있고
池滿謝公蓮	연못에는 사령운의 연꽃 가득 하네
不恨看虛白	허백 본 것을 한탄치 않고
還堪讀太玄	돌아와 태현경을 읽도다

<次東溟先生贈白谷韻 又>

面壁坐相坐	면벽하고 앉은 것은 그냥 앉은 것이요
携節行卽行	지팡이 짚고 가는 것도 가는 것이다
路應回萬里	길은 만리를 돌아가는데
禪已悟三生	선사는 이미 삼생을 깨쳤도다

佛日辭山寺　　불일암을 작별하고
王春到洛城　　한창 봄날 서울에 이르렀다
一逢眞若舊　　한 번 보자 진실로 친구 같은데
遠別不勝情　　멀리 이별하니 아쉬운 정 이길 수 없네

開士欣相識　　보살은 흔연히 서로 알아보니
空門信有緣　　불문은 진실로 인연이 있도다
百年唯此日　　백년이 오로지 이 날에 달려 있고
四海對彌天　　사해가 하늘과 마주했네
每憶叢生桂　　늘 계수나무 우거진 곳 생각하다
新聞妙法蓮　　새롭게 묘법연화경을 듣는다
何時方丈室　　어느 때나 방장실에 앉아
端坐共談玄　　더불어 현담을 나눌 수 있을까

<附東溟元韻>

　敬一이 鄭斗卿을 얼마나 사모했는지는 『東溪集』에 정두경의 이름이 누구보다 빈번히 언급되고 있는 것으로 추론이 가능하다고 본다. 하지만 통상 친구와 같은 막역한 사이로 이해하기는 어렵겠다. 빈번하게 평소 東溟을 사숙한 사람같이 그는 일상적 교류가 아닌 유자이면서 불교에 대한 이해가 깊고 더군다나 시에 탁월하다는 점 때문에 그에 대한 존경과 관심을 놓으려 들지 않았던 것이다. 鄭斗卿에 대한 경일의 관심은 단지 정두경 시의 次韻이나 讚頌詩 창작뿐만 아니라 <神遊錄> 같은 서사물을 통해서도 확인이 가능한 것이다. <神遊錄>에서 경일은 천상에서도 지상에 못지않게 정두경의 文名이 널리 퍼져 있었으며 그의 시가 주련으로 씌어 있었음을 夢遊體驗[28]을 빌려 밝히고 있다.
　명망 있는 유자인데다 親佛的 성향이 남달랐던 정두경은 어느 불승

---

28) 뒤에 거론하겠으나 <神遊錄>은 경일이 자신의 몽중체험을 바탕으로 쓴 한문단편이다. 평소 신선세계에 대한 동경의식이 누구보다 강렬했던 인물답게 용을 타고 천상을 유영하는 기이한 체험이 꿈의 내용을 이루고 있다.

에게도 관심과 친연성을 가져다 줄 인물이었던 것처럼 보인다. 그러나 경일과 정두경은 도반이나 유년기의 친구처럼 상호 동등한 위치에서 이루어진 막역한 사귐은 될 수 없었다. 오히려 경일이 적극적으로 東溟을 추종한 것으로 보이는데 상호 간 스스럼없이 만나는 사이가 아닌, 상대를 흠모하는 지경을 넘어선 사숙관계였다고 보는 게 옳을 것이다. 정두경의 말년에 경일은 고작 30대였으므로 허물없이 시를 수창하는 사이로 발전하기는 힘들었을 것이라는 점을 감안할 때 이런 예상이 나오는 것이다.

우리가 흥미롭게 여기는 것은 鄭斗卿에 대한 讚詩 訟詩를 쓰되, 경일은 매개적인 인물로서 白谷을 사이에 두고 시를 짓는 경우가 적지 않았다는 점이다. 즉 경일은 鄭斗卿과 직접적인 관계를 맺기보다 私淑의 관계였다고 보는 편이 옳다. 그는 白谷과 鄭斗卿이 주고받은 시에 차운하는 방법으로 여러 편의 시를 남기고 있는데 이는 그가 얼마나 정두경에게 경사되어 있었는지를 잘 말해준다. <次東溟先生贈白谷韻>, <敬次東溟先生白谷韻>은 鄭斗卿이 백곡에게 준 시에 경일이 次韻한 것이다. 어떻든 白谷과 鄭斗卿 간의 시적 교류를 짚어 보지 않을 수가 없을 것 같다. 아래 시는 『白谷集』에 실린 것으로 鄭斗卿에게 보낸 백곡의 시이다.

學士文章伯　　　학사는 문장의 우두머리로
抛官愛叵羅　　　벼슬을 내던지고 술잔을 사랑했네
風塵靑眼少　　　풍진 세상에는 반가운 이가 적지만
江海白鷗多　　　강과 바다에는 흰 갈매기 많도다

梁世陶弘景　　　양나라 시절 도홍경이요
荊山陸法和　　　형산의 육법화로세
悲歡榮辱境　　　슬프고 즐거운 영욕 속에서

大醉一高歌　　　크게 취해 한 가락 높이 부르네
<寄呈東溟鄭學士>29)

衆作紛紜無好音　여러 사람 떠드는 속에 좋은 말 없거니
豈將蟬噪等龍吟　어찌 매미 울음이 용의 읊조림과 같겠는가
如今涉盡潺湲水　만일 지금 저 잔잔한 물을 다 건너고 보면
始覺東溟萬丈深　비로소 동명의 만 길 깊이를 깨달으리
<寄呈東溟詞伯>30)

　앞의 <寄呈東溟鄭學士>를 통해 우리는 白谷이 東溟을 어떤 인물로
바라보았는지를 가늠해 볼 수 있다. 그것은 白谷의 시선을 통해 본 東
溟의 像이지만 그대로 敬一이 생각한 동명의 像이기도 하며 나아가 불
가에서 바라보고 있는 정두경의 상이라 해도 지나칠 것이 없다. 정두경
에 대한 白谷의 찬탄이 <寄呈東溟詞伯>에 이르면 은인자중한 채 그 실
체가 드러나지 않는 인물로 그려지고 있으며 헤아리기 어려운 깊이를
지닌 大人으로 형상화되고 있는 바, 그에 대한 흠모와 숭앙심을 간파하
기에 부족함이 없는 수식이다.

　문집소재 시중에서 敬一이 東溟을 위해 지은 시는 <附東溟韻>뿐이
므로 두 사람이 일상에서 막역한 교류관계를 지속했다고 보는 것은
무리일 것이다. 경일은 일방적으로 존경과 흠모의 정을 보냈는데 詩作
에 임해서는 白谷과 東溟을 지켜보면서 儒佛間 이상적인 사귐을 노래
하였다.

　대체로 경일은 東溟이 불가에서 존숭의 대상으로 비쳐진 까닭으로
隱逸自重한 성향, 유자로서의 불교에 대해 높은 식견을 지니고 있다는
점을 들고 있는 것 같다. 시에 대한 능력 및 높은 덕성이 유가들 사이

---

29) 處能, 『白谷集』 上.
30) 處能, 상게서.

에서 동명의 명성을 드높여준 것이 사실일진대 佛家內 그에 대한 존숭의 기운을 구체적으로 말한다면 佛仙의 경계를 따지지 않고 자기 성향과 통하는 이라면 마음을 열어주었던 그 자재한 삶의 방식에 있었다고 해야 할듯 싶다. 하지만 무어라 해도 경일이 동명에게 심취하게 된 결정적 요인은 정두경이 불세출의 시인이었다는 데에서 찾아야 할 것 같다. 이 점은 아래의 시를 통해서도 엿보게 된다.

夫子文章大	부자의 문장은 큰데
東溟比厥深	동명은 그 깊음에 견줄만하다
風雲籠氣宇	바람과 구름은 기운의 집에 갇히고
造化入胸襟	조화는 가슴에 들어앉도다.
獨步凌千古	외로운 걸음으로 천고를 넘고
佳篇協五音	아름다운 시편은 오음과 어우러졌도다
悠悠楊馬輩	楊馬의 무리는 아득한데
俱是學蜩吟	그의 시는 두루 매미의 울음을 배웠도다

<寄呈東溟鄭先生>

東溟은 白谷에게 好佛 儒者의 면모를 넘어 이상적인 인물로 각인되어 있었음에 틀림없다. 그런 白谷의 評에 동의해서 일까. 어느 새 경일도 東溟에게서 누구와 견줄 수 없는 詩才를 발견하고 감탄을 멈추지 못하는 입장에 서고 만다. 이렇듯이 정두경의 대한 경일의 흠모는 철저히 일방적으로 이루어졌던 것 같은데 『東溟集』에는 경일관련 시가 발견되지 않는 점도 이를 대변해준다 하겠다. 그렇다면 상호 허물없이 친교를 튼 일도 없이 경일은 왜 동명에게 매료되었을까. 궁금한 점이 아닐 수 없다.

경일은 동명이 보여준 개방적 인식세계에 우선 공감했던 것이 아닌가 생각해 본다. 抑佛의 흐름 속에서 佛僧, 佛家에 호의적 시선을 유지하면서 그들과 격의 없이 어울리고 혹은 시를 주고받은 동명의

행적은 다른 유자와 확실히 구별되는 점이라고 해야 할 것이다. 정두
경 같은 호불 유자가 많으면 많을수록 불교계가 겪고 있는 탄압 혹은
멸시의 상황은 상당부분 완화될 수 있다는 기대감을 불승이라면 누
구든 가졌을 법도 하다. 확신하기는 어려우나 白谷도 어느 정도 이런
생각에서 동명과의 교유를 소중하게 여겼으리라고 판단한다. 다만 경
일과 백곡이 다른 승려들과 다른 점이 있었다면 출중한 시적 능력으
로 말미암아 스스럼없이 유자들과 교류를 직접 나눌 수 있었다는 점
이다.

당대를 풍미한 지성 가운데 敬一의 시 속에서 鄭斗卿 다음으로 빈번
하게 등장하는 인물로는 金壽恒과 金壽興을 꼽아야 할 것이다. 號가 文
谷, 字가 久之인 金壽恒(1629~1689)과 호가 退憂인 金壽興(1626~1690)은
형제지간이자 당시 정계의 실력자로서 고위직에 있는 인물답지 않게
승려들과 교유를 트고 지낸 호불적 유자였다. 부분적으로는 정두경과
흡사한 점이 발견되는데 경일의 시에 이들이 등장한다고 하더라도 그
들이 상호 사귐을 나누었는지 확인할 근거는 발견할 수 없다. 그러나
경일의 시를 통해 이들 간의 유대관계가 결코 녹록치 않았음이 확인된
다. 경일이 김수항에게 보낸 시 중의 하나를 보자.

絶代無雙士	세상에 둘도 없는 선비요
當今第一人	당대 제일가는 사람이로다
廟堂稱柱石	조정에서는 충신이라 했고
家世本淸眞	문벌과 세계는 본디 청렴하고 진실했다
宿負民生望	오래도록 백성의 바람을 지니고
方爲社稷臣	바야흐로 사직의 신하가 되었다
遙懷廣陵別	아득히 광릉에서의 이별을 생각하니
二十六靑春	그 때 스물여섯의 청춘이었다

<寄呈退優相國閣下>

一拜台階下	계단 아래에서 큰 절을 올린 지
于今二十年	벌써 20년이로다
黑頭眞宰相	검은 머리의 참된 재상이요
靑眼大名賢	푸른 눈의 큰 현자로다
芳草王孫綠	향기나는 풀은 왕손의 푸르름이요
啼禽蜀魄憐	우는 새는 두견의 가련함이로다
德音長耿耿	덕성스런 말씀은 오래도록 밝히니
高詠袖中篇	소매 속의 시편을 큰 소리로 읊도다

<呈文谷相國閣下>

위 시는 모두 金壽興과 金壽恒에 대한 찬송을 목표로 삼고 있다. 처음부터 상대에 대한 일방적인 존경심을 바탕으로 쓴 것이기에 상호 막역한 사이에서 주고받은 酬唱詩와는 분위기가 사뭇 다르다. 시가 내적 정서 혹은 사회 현상에 대한 고발 따위를 지향점으로 삼는 것과 달리 이런 종류의 시는 애초 시평의 대상으로 삼는 것조차 꺼려지는 바가 없지 않다. 하지만 경일의 주변을 에워싸고 있던 인물들의 동정, 그들 사이의 교섭관계를 살피는 방계적 자료가 될 수 있음에 의미를 부여해야만 할 것이다. 이 외에도 金壽恒에게 올렸던 시가 여러 편 확인되는데 다음 시는 전형적인 頌德詩의 테두리에서 일탈하여 어느 정도 시적 형상화를 염두에 둔 사례로 꼽을 수가 있다.

一夜霜風雁叫群	밤사이 서릿바람에 기러기 떼 요란하니
空階落木不堪聞	텅 빈 섬돌 앞 낙엽소리 견딜 수 없다
逢秋已變潘生鬓	다가온 가을 이미 깊어 반생의 백발 되었으니
看鏡非關杜老勳	거울을 보고 두보의 공훈을 관여치 않도다
却喜眞僧尋北麓	도리어 참된 중이 북쪽 산기슭 찾기 즐긴다
便教歸興入南雲	문득 돌아가 남쪽 구름에 드는 홍을 가르치네
何由共宿禪房靜	왜 같이 머무는 선방 고요한가했더니

細討華嚴貝葉文　　조용히 화엄경을 토의한다

<文谷次韻>

孤城寥落怨離群　　쓸쓸하고 인적 없는 고성에서 이별을 원망하며
空谷跫然亦喜聞　　텅 빈 골짝 발자국 소리 또한 기쁘다
好是淸秋逢韻釋　　이 맑은 가을에 시승 만남을 기뻐하며
可從忙處著詩勳　　정처 없이 시 지음을 따를만도도
塵中我本乘軒鶴　　세속 가운데 나는 본디 학을 올라타고
物外師應戀岫雲　　물외 밖의 스승에 응하여 산굴구름을 연모한다
回首蓬萊歸路湲　　고향 가는 길 머리 돌려 봉래산을 바라본다
自憐潦倒病休文　　늙어 병들어 글쓰기 멈추니 스스로 가련토다

<退憂相國次韻 時作廣陵尹>

　앞의 시는 金壽恒에게 올린 것이고 뒤의 것은 金壽興의 시를 차운한 것이다. 金壽恒과 金壽興은 형제지간으로 다 같이 상국에 오른 인물들로 당대 정계 영수를 지내면서 그 문벌을 과시하였다. 그러나 정치의 핵심에 서 있으므로 그들의 힘에 의지하고자 하는 현실주의적 이해 때문에 경일이 이들에게 나아갔다고 보는 일은 너무 단순한 접근이라고 본다. 시에 나타난 대로라면 두 인물은 당대정계의 거두이면서도 산승과 더불어 선적 담론을 즐길 만큼 유자적 편협함에 갇혀 지내지 않았던 것을 어렵지 않게 간취할 수가 있다.

　하지만 그들이 안으로는 親佛 유자임을 자처했을 망정 공개적으로 스스로를 佛者라 천명했던 것은 아니다. 세속을 일탈하고자 하는 道僧的 취향에다 시문에 대한 유별난 관심이 자연스럽게 승단의 울타리를 넘어 불자들과도 수창하고 현담을 주고받을 수 있는 여건으로 발전한 것이다. 김수항, 김수흥 형제는 儒家的 이념에 충실함으로써 정계의 영수자리에 올랐다고 하나 권좌에 그리 구애받지 않고 뜻이 맞는다면 승려라 할지라도 격의없이 수작, 대작의 상대로 끌어안았다. 이 점은 일

부러 불승과 거리를 두려하고 반불의 기치를 경쟁적으로 부르짖곤 하던 일반 유자와는 매우 다른 모습으로 비쳐질 수밖에 없었다. 金壽恒과 金壽興의 개방된 안목은 유교일변도의 경사에서 벗어나 승려라 할지라도 경일과 같이 儒佛仙에 두루 통달한 인물에 관심을 가지고 혹은 철학과 현담을 나누는 것을 거리끼지 않았으며 승려라 할지라도 얼마든지 친교의 대상으로 삼을 수 있음을 보여준 사례에 속한다. 儒佛仙 교류의 분위기는 17세기에 이르러서는 한층 무르익어 명망있는 유자 중에서도 佛仙에 관심을 보이는 이가 적지 않았으며 개중에는 승려, 처사들과의 교류를 적극적으로 도모하는 이도 있었다. 이는 승려들도 마찬가지다. 그들이 본분대로 불교적 세계에 몰두하는 것은 물론이지만 많은 승려들이 유교나 선교에 대한 폭넓은 관심을 보이는 한편으로 상당한 정도의 식견을 갖추고 있었다.

경일 개인만을 주목한다면 그는 上求菩提, 下和衆生을 목표로 삼았음이 분명하지만 자신의 취향, 사회적 분위기에 편승하여 세속을 일탈하고 太虛 공간에 자유자재로 노니는 老莊主義者가 되길 간절히 염원했다. 그 같은 바람이 그의 시에 어떤 식으로든 반영되고 있다고 보는 것이 마땅하다.

경일은 유자든 불자든 폭넓게 관계를 유지할만큼 열린 사고를 지닌 인물이었다. 유교, 불교적 지향점 대신 道敎, 老莊風의 이미지를 강조하면 할수록 儒佛間 정신적 동질성이 그만큼 공고해진다는 점을 일찌감치 간파했다고 하겠으며 이것은 불교 사상뿐만 아니라 老莊的 思惟에 친숙한 인사들과 어울릴 수 있도록 하는 중요한 매개 구실을 하기에 이른다. 경일의 시편에는 鄭斗卿, 金壽恒, 金壽興 같은 정계의 거두가 등장하는가 하면 여타 儒者, 文人들도 곳곳에서 산견되고 있다. 가령 任有後(1601~1673), 李時楳, 申維翰(1681~?), 趙世煥(1615~1683), 趙龜錫(1615~1665), 吳挺緯(1616~1692), 申周伯 등은 경일과 문학적 교류를 유지했던 당대 관료 및 문인들로 확인된다. 경일이 남긴 143편의 시 가운데 비율 면에서 명사, 문사, 도인들과 주고받은 시가 불교 교단 내 인물들과 나눈 시를 압도하고 있어 그의 폭넓은 교류관계를 엿볼 수 있게 해 준다.

그런데 유자나 당대 인사들과 나눈 시에서 경일은 친교를 중심적 제 재로 삼고 있을 뿐만 아니라 많은 시에서 상투적이라 할 정도로 칭양이 나 송덕의 내용에 치우쳐 있는 것을 보게 된다. 시적 대상이 외적 풍광 이 아니라 구체적 인물을 대상으로 삼음으로써 시의 품격이나 미학성 을 기대할 수 없게 된다. 그렇지만 시가 인간교류의 중요한 매개체로 여겨졌던 만큼 아주 의미 없는 것으로 치부해 버릴 것도 아니다. 경일 도 대상인물과의 사적 인연, 그리고 무엇보다 상대에 대한 화답과 찬송 의 일이 생기면서 순수한 서정시와 판이한 목적성 위주의 시가 적지 않 게 산출되었는데 그것은 당대 교류와 현실을 엿보는 소중한 전거로 삼 을 수 있기 때문이다.

조선시기에 들어와 유불간의 시적 교류에서 승려들의 유자 칭송시가 전에 없이 눈에 띄는 것은 시대적 상황에서부터 연유한 것이었음도 고 려해야 한다. 즉 유자들이 억불의 집행관으로서 끊임없이 승려들 위에 군림하고자 하는 욕망을 지니고 있었으며 이에 반발하기 어려운 것이 승려들의 입장이었다. 유교 인사들이 정작 자신들의 문집에는 승려들과 나눈 수창, 화답의 시를 수록하지 않는 반면 승려의 문집에는 유자와 나눈 사소한 和答詩까지 수록하는 경향을 보이고 것도 유불간 위치가 달랐다는 점을 일러주고 있다.

경일의 시에 등장하는 인물 가운데 주목할 부류는 盆城, 金烏 등 한 때 자신이 머물던 지역 안에서 만났던 인물들일 것이다. 승려는 기본적 으로 속인들과의 교분 따위에는 일부러 눈길을 피해야 마땅한 일이지 만 경일은 잠시의 인연조차도 쉽게 망각하지 않고 이를 시적 제재로 끌어들이기를 즐겼다. 그의 시적 상대는 주로 영남 권역의 지방관들로 나타난다. 그가 주석한 지역에서 인연을 맺고 교유한 문사의 범위라고 해도 좋겠는데 당시 그들과 나눈 도타운 정은 다음 시들이 잘 보여주고 있다.

> 盆城 禹使君 － <秋日呈盆城禹使君>, <與禹使君舟行下黃山江答轅字>,
> 　　　<夏山使君謂我曰師以何教我以此答之二首>, <呈夏山玄城兩使君>,
> 　　　<送夏山李使君遊伽倻山>
> 湖南 觀察使 趙世煥 － <甘露寺呈湖伯趙世煥相公>, <附趙公次韻>
> 湖南伯 趙龜錫 － <敬呈湖南伯趙相公龜錫號藏六>
> 湖南伯 吳挺緯 － <俗離山中奉別湖伯吳相公挺緯>
> 高陽太守 李石堅 － <奇呈高陽太守李公石堅>
> 驪州府使 李時楳 － <到驪興府呈牧伯李公時楳號六隱>, <與驪伯登淸心
> 　　　樓>, <復與驪伯浮江>

누구보다 경일 시에 빈번하게 출현하는 인물이 禹使君이다. 그는 號를 夏山으로 하고 盆城(김해)에서 副使를 지낸 바 있으며 경일이 盆城에서 오랫동안 주석했던 탓으로 허물없이 시를 주고받을 정도로 절친한 사이가 되었다.

> 碧天寥廓處　　　푸른 하늘은 텅 비어 끝이 없고
> 白日更分明　　　해는 또한 분명하다
> 一覺春床睡　　　한 순간 침상에서 봄 잠을 깨니
> 長年夢不成　　　오래도록 꿈을 이룰 수 없도다
> 擧樹除枝葉　　　나무를 들어 줄기와 잎을 없애고
> 呈珠去垢塵　　　구슬을 들어 올려 먼지를 닦는다
> 曹溪示妙訣　　　조계의 신묘한 비결을 보여주니
> 面目本來眞　　　얼굴은 본디 참되도다
> 　　　　　　<夏山使君謂我曰師以何教以此答之二首>

불교의 참 이치는 인내와 고통이 없이는 얻기 힘들다. 도승과 친교를 트고 막역하게 지낸다 해서 상대에게 불교적 깨우침이 절로 전염되는 것은 아니다. 성찰에 이르지 못한 자는 오히려 수행자를 안타까운 심정으로 바라볼 수밖에 없다. 夏山도 그런 사람인 성 싶은데 경일과 막역한 사이를 유지한 것으로 보아 불교의 이치를 이해하려고 노력하는 유자였으리라고 생각한다. 그런 그에게 경일은 단순한 친교를 넘어 시를 통해 불교 세계의 윤곽이나마 전해줄 요량을 하고 있는 듯하다. 불교적 가르침은 엄폐된 채 보이지 않는 본래 모습을 직시하는 것을 중요하게 여긴다. 누구나 본성 혹은 진면목을 볼 수 있는 눈을 가지고 있으되, 무엇에 그 눈이 가려지면서 분별력을 잃어버리게 된다. 따라서 거칠고 투박하게만 보이는 원목도 다듬기에 따라 보배로 바뀌는 것처럼 평범한 사람들을 각자의 시각을 통해 세상을 볼 줄 알고 스스로 변화할 수 있는 가능성이 있다는 믿음을 바탕으로 경일은 시를 통해 일종의 隨機說法을 행하고 있다 할 만하다.

경일의 시가 반드시 상대에 대한 賞讚이나 傳敎的 方便으로만 흘러갔다고 보는 것은 경계해야 한다. 특정 상대를 염두에 둔 작시일지라도 외적 세계에 대한 관심 및 내적 감흥의 발현을 통해 일방적인 찬시의 목적성을 희석시켜 나가고자 애쓰는 경우도 얼마든지 목도되기 때문이다.

紅樹千峰間白雲	붉은 단풍 일천 봉우리 사이 흰 구름 한가롭다
五秋山色錦屏分	늦가을 산 빛은 비단 병풍을 세운 듯하고
壺中勝賞誰同得	별천지의 절경 누구와 같이 볼까
自有風流兩使君	두 使君에게는 애초부터 풍류가 있도다

<呈夏山玄城兩使君>

위 시에서 滿山紅葉은 굳이 사고, 관념, 신분 따위와 무관하게 누구에게나 감흥을 불러일으키며 시적 창작으로 이어지게 하는 외경의 하

나로 선호되어 왔다. 그런데 경일이 儒者, 文士, 隱士들과 나눈 시들에
서는 일방적으로 떠올리는 관념적이고 선취적인 경향이 상당히 퇴색된
것으로 비쳐진다. 승려임에도 그는 구태여 禪的 깨달음을 앞세우려 들
지 않는 것이다. 경일의 시 대부분이 그러하지만 그는 불승으로서의 입
장만 앞세우는 식의 시를 고집하지 않았다. 그의 시에는 평소 생각하고
있었던 바대로 유불선으로 대표되는 제 종교가 궁극적으로는 하나의
지향점으로 돌아간다는 인식은 비교적 선명하게 드러나고 있다. 따라서
승려답지 않게 유불선 습합의 주제지향 혹은 同道論的 사유를 作詩의
토대로 삼는다는 비난에도 그는 개의치 않는다.

그런데 儒佛仙의 諧合을 시 창작의 사상적 기반으로 삼기 위해서는
여전히 관념적 차원에서 서성대서는 곤란하며 무엇보다도 구체적 대상
을 택해 心象을 담아낼 때만 의미가 살아나게 된다는 점31)도 그는 깨닫
고 있었다. 三笑故事가 경일의 시에 빈번히 제시되는 것은 그런 점에서
매우 의도적인 것으로 보일 정도이다.

종교, 사상의 터전이 판이하다는 것 때문에 허심탄회하게 담론을 나
눌 수 있는 모임이란 현실 속에서 기대하기가 쉽지 않은데도 불구하고
경일은 그런 시적 형상을 지향하였다. 따라서 종교간 간극을 넘어 유불
선간의 이상적인 모임을 상징하는 三笑故事32)야말로 경일에게 시창작
의 원동력을 제공해준 시적 단초로 지적할만하다.

---

31) 李晉吾, 『韓國佛教文學의 연구』, 민족사, 1997, 143면.
32) 『廬山記』.
    "流泉이 절 밑을 감싸고 흘러 虎溪로 들어간다. 옛날에 惠遠法師가 손님을 보내
    는데 여기를 지나가면 호랑이가 갑자기 울곤 하였으므로 虎溪라 이름하였다. 그
    때에 陶潛은 栗里山에 살고 山南 陸修靜은 역시 도가 있는 선비였다. 원사는 일
    찍이 두 사람을 전송하는데 서로 이야기하면서 도가 서로 맞아서 호계를 지나치
    는 줄도 몰랐다. 그리하여 크게 웃었다. 지금 세상에서 三笑圖를 전하는 것이 여
    기에서 근본한 것이다(流泉 匝寺下入虎溪 昔惠遠法師 送客過此 虎輒號鳴故名 時
    陶元亮居栗里山南 陸修靜亦有道之士 遠師嘗送此二人 與語道合 不覺過之 因相與大
    笑 今世傳三笑圖 蓋本於此)."

五馬尋眞日	사또가 본진으로 찾던 날
江山落木時	강산은 낙엽 질 때이다
陶翁來索酒	도연명은 찾아와 술을 찾고
遠老坐吟詩	혜원은 앉아서 시를 읊는다
霜葉粧林面	서리 맞은 단풍은 온 산을 물들이고
晴嵐林岯眉	맑은 바람은 산굴을 쓸어온다
禪房携話處	선방은 대화를 이끌어 머물게 하고
仙漏曉光遲	신선의 물시계로 새벽빛이 더디다

<盆城禹使君>

陶公[33]은 禹使君으로, 遠公[34]은 경일로 대체시켜 보더라도 전혀 부자
연스러운 데가 없다. 가을은 이미 깊어 산중은 불타는 듯 온통 단풍으
로 뒤덮였으며 맑은 바람이 산 중턱을 쓸어내릴 때 두 사람은 선방에
머물며 묵었던 정담을 나누느라 밤새는 것도 잊고 있는 듯하다. 속세를
떠난 仙境에서 시간의 흐름을 온통 잊고 있는 이들을 보면 누구라도 어
렵잖게 地上仙을 떠올릴 수 있을 정도이다. 三笑故事는 다음 시에서도
시적 상상의 원천으로 작용하고 있다.

---

33) 陶公은 陶淵明을 말한다. 『廬阜雜記』에 소개된 아래 일화를 통해 惠遠과 陶淵明
의 막역했던 관계를 엿볼 수 있는 한편 호방하고 구애됨을 극히 싫어하는 도연
명의 성정을 엿 볼 수 있다.
  "惠遠法師가 白蓮社를 결성하고 편지를 보내 陶淵明을 청하니 연명은 답하기를
'제자는 술 마시기를 좋아하니 법사가 술을 마시게 한다면 곧 가겠노라' 하였다.
원공이 '좋다'하여 연명은 당장 갔다. 그리하여 원공이 입사하기를 권고하자 연
명은 눈살을 찌푸리고 가버렸다."

34) 遠公은 惠遠을 말한다. 그는 승려였지만 아래 기사는 儒仙세계에 대해서도 조예
가 깊었음을 보여주고 있다.
  "雁門賈氏의 아들로 처음에 유학을 배워서 6經과 老莊學에도 능통하였다. 약관
뒤에 道安大師를 따라 출가하여 대승의 奧旨를 통달하였다. 廬山 東林寺에 있으
면서 緇素 123명이 모여 白蓮社를 결성하고 아미타불상 앞에서 선서하고 함께
淨業을 닦았다(慧皎, 『梁高僧傳』 卷6)."

右軍風度謫仙才　　王羲之의 풍모에 귀양 온 신선의 재주
方外論交惠遠來　　惠遠이 와서 방외의 사귐을 논한다
詩思海門秋色闊　　해협의 광활한 가을색깔 시를 불러오고
客懷蠻館夕陽開　　나그네는 석양 무렵 객사에서 시름에 젖는다

斷雲影裡舍盂倦　　조각구름 그늘아래 한잔 술로 시름잊고
落雁聲中覓句催　　들려오는 기러기 울음소리 시구를 재촉한다
話盡東方山水好　　동방의 좋은 산수를 이야기한 뒤에
晴天一髮指蓬萊　　맑은 하늘 터럭 한 발 봉래를 가리킨다

　　　　　　　　　　　　　　　　　　　＜訪愼齋＞

　진정한 도반과의 만남에서 시대적 이념이나 사상 따위는 큰 장애물로 여겨지지 않는다. 王羲之의 풍모를 지닌 愼齋, 그리고 그를 방문한 경일은 스스로를 惠遠이라 자부하면서 참 자유인으로서 눈앞에 펼쳐진 자연을 더불어 공유한다. 시적 발흥은 만추에 접어든 해협, 客館의 저녁노을, 그리고 상투적으로 가을 시에 등장하는 기러기 등이 범속한 경물과 함께 투사되고 있으나 그렇다고 해서 상투적 시어 때문에 지적 감흥이 엷어지는 것 같지는 않다. 泉石膏肓에 빠진 두 사람은 자연과 일체를 이루며 자연 속을 유유자적하게 소요하며 속세의 진애를 털어내고 천상으로 비상하기를 갈구한다는 점에서 신선적 취향이 그대로 일치한다. 시구 중의 蓬萊는 바로 신선들의 귀양처이니 마치 그곳은 두 사람이 마땅히 돌아갈 최종의 귀의처로 지목하고 있는 셈이다.

霜落靑山望眼寒　　청산에 서리 내리니 춥게 보이고
江岑日晩雁嘶酸　　강산에 날 저물자 기러기 울음마저 애처롭다
天情碧洞風將冷　　하늘은 맑고 푸른 계곡 바람 불어 차가운데
秋盡楓林葉正乾　　가을 낙엽 진 단풍나무 정녕 말랐도다

蓼谷煙霞來夢裏	꿈결같이 삼계에 안개 내리고
鷲峰螺黛出雲端	검푸른 취봉에서 구름이 인다
陶公不赴東林約	동림의 약속에 도공은 오지 않는데
無限幽懷底得寬	한없는 수심을 어찌 느긋하게 풀까

<待蓼溪翁不至>

　<待蓼溪翁不至>는 경일이 삼계옹을 찾아갔으나 그를 만나지 못한 채 발길을 돌려야 했던 어느 날의 경험을 바탕으로 하고 있다. 경일이 발길을 돌려 귀가하다가 마주친 단풍은 여기서 마냥 찬탄만을 터뜨리는 건너편의 풍광의 의미로만 머물지 않는다. 불타고 있는 가을 산은 화려함의 극치를 이루면서 동시에 인간의 발치가 닿지 않는 거리에서 자신을 불사르며 무위한 자연만이 만들어내는 위엄에 절로 고개 숙이도록 하는 것이다. 오래도록 경일이 눈길을 뗄 수 없었던 이유일 것이다.

　그러나 자세히 보면 秋山에는 사람의 모습이 어른댄다. 그곳에는 시인이 있고 그와 담소를 나눌 수 있는 삼계옹이 숨어있는 것이다. 그런데 추산 어딘가에 머물고 있을 蓼溪翁은 陶淵明으로 비유되고 있는 반면에 경일 자신은 惠遠으로 대응되고 있음에 주목할 일이다. 三笑故事는 다소의 이론이 있기는 하지만 보통 儒佛仙을 대표하는 陶淵明, 惠遠, 陸修靜이 한 자리에 모여 격의 없이 고담과 준론을 나누며 속세의 경계를 초탈했다는 현자의 모임에서 나온 말이다. 그런데 경일의 시에 삼소고사가 빈번히 차용되고 있다 해도 기실 儒佛仙을 각각 대표하는 세 지식인의 화해로운 회합공간을 의미하는 원래 고사와 그대로 대응되는 것은 아니다. 위 시에는 陶淵明과 惠遠 두 사람의 모습을 하고 있는 蓼溪翁과 敬一만이 등장하고 있는 것이다.

　어쨌든 승려와 도인으로서 蓼溪翁과 경일은 오래전부터 신분에 구애됨이 없이 통교를 해온 것이 분명하다. 경일을 중심으로 본다면 경일이 시적 공간을 禪趣的으로 이끌어간다거나 아니면 유자의 편에 끌려가 유교적 세계에 일방적으로 동조하는 식으로 어느 일방에 의해 주도되는 그런 사이가 아니라 상호 상대를 너그럽게 인정하는 관계였던 것으로 봄이 옳다. 삼소고사를 시적제재로 거듭해서 끌어들이는 경일의 본의를 파악할 때 불교적 세계의 현창으로 보는 것은 지나친 부연이다. 오히려 유불적 세계를 지양하며 오히려 도교적 세계를 그 지향처로 삼고 있다는 느낌이 강하며 시적 바탕에는 老莊的 사고, 관념이 깔려 있다고 말하는 것이 시적 정수를 옳게 밝히는 것[35]이라고 생각한다.

그의 시에는 널리 알려진 유자, 위정자와 더불어 이름은 밝혔으되 그 행적이 묘연한 處士, 隱士 등도 다수 보인다. 이들은 공통적으로 揚名과 출세 대신 산수 간 隱忍自重하고 있는 사람들로 탈속 지향적인 경일의 작시과정에서 빼놓을 수 없는 시적 동반자가 되곤 한다. 이 점을 확인시키는 시들을 예거하면 다음과 같다.

　　　<王林寺別尹秀才>, <寄德淵處士>, <贈金生>, <暮春李生草堂>,
　　　<次呂秀才佛池峯韻>, <次寄車山居士>, <次文先生題迦葉窟韻>, <題黃
　　　處士白鷗亭>, <送崔生>, <次獨樹居士韻>, <次崔生韻>

위 시에 등장하는 인물들은 분명 초야에 묻혀 자연 친화적 삶을 영위하고 있는 지식인들이지만 시에서는 그 像을 달리하여 동경의 대상이자 세속 일탈의 꿈을 불어 넣어주는 仙客, 혹은 신선의 이미지를 지닌 인물의 형상을 지니게 된다.

　　　鏡湖之曲賀公居　　경호의 굽은 곳에 賀公은 머물며
　　　都把生涯托牧漁　　온 생애 牧童과 漁翁으로 살아가네

---

35) 申周伯, 상게서, <東溪集序>.
　　"何 莊生有言 五聲不亂 孰爲籲戲 五色不亂 孰應六律 五色不亂 余惡夫巧聲嬌色亂
　　天下矣 故以溝中之斷 而并存於不朽."

逸興長洲花雨後　긴 모래 벌에 꽃비 내려 흥이 일어나네
閑吟半壁夕陽餘　반 남은 夕陽 속에 한가로이 읊조린다
風簷對客傾尊酒　바람 부는 처마 밑에 나그네와 술잔 기울이고
晴榻呼童曬架書　볕 내린 걸상에서 아이 불러 책을 말리네
身與白鷗盟已久　갈매기와 어울리기를 맹세한지 오래요
浩然胸次自淸虛　넓은 가슴 따라서 절로 비워지네

明沙翠竹野人居　고운 모래사장 푸른 대숲은 野人이 머무는 곳
半是樵蘇半是漁　반은 나무꾼, 반은 漁夫일세
挾岸桃花烟雨裡　좁은 해안, 안개 빛 속에 복사꽃 피어있고
滿園芋栗雪霜餘　뜰 가득한 토란과 밤꽃, 눈서리 같네
樽中細酌澠池酒　술통에서 조금 澠池酒를 따르고
床上閒吟老氏書　상 위에서 한가로이 老氏書를 읊조리네
夢逐海鷗遊浩蕩　꿈 속 갈매기 따라 豪宕하게 노니니
百年心跡得雙虛　하 세월 마음에 두 虛無 얻었도다

　　　　　　　　　　　　　　　　　　＜題黃處士白鷗亭二首＞

　白鷗亭은 필시 白沙場이 길게 내려다보이는 곳에 위치한 정자였을 것이다. 위에서 그리고 있는 풍경은 바로 그 곳에서 내려다 본 前景이다. 故事를 시적 모티브로 수용하는 것은 중세 시인들에게는 일반적인 작시 방식의 하나로 무조건 몰개성적이고 상투적인 어법으로 폄하하는 것이 옳은 것인지는 재고할 여지가 있다. 오히려 그런 특징은 과거시기 누구에게나 폭넓게 수용되었던 시창작의 보편적 문법으로 여겨야 마땅할 것이다. 다만 위에서 보듯, 賀知章이 전고인물로 선택된 것은 일반적인 일은 아니다. 賀知章이야말로 李白에게 있어 더 없는 知音이자 자연친화적 성정을 지니고 있었다는 점에 주목하여 뭇별처럼 빛나는 唐나라 시인 중에서 그를 典故的 인물로 택했으리라 짐작된다. 그런데 하지장은 시 뿐만 아니라 ＜伽倻津龍王堂奇遇錄＞에서도 李白과 함께 다시 한번 등장하고 있어 누구보다 경일은 그에 관심이 깊었음을 읽을 수 있다.

<기우록>에 등장하는 水神들은 한결 같이 불세출의 시재를 지니고
서도 현세에서 영달과 부귀를 누리지 못했던 불우한 과거를 공통적으
로 안고 있다. 賀知章과 李白도 마찬가지로 독특한 이력이 생략된 채
두 사람 모두 사후 川澤을 관장하는 수신으로 영생불사의 존재가 되었
으며 하부중생들의 편에 서서 그들을 이해하고 보살피고 있다는 점을
부각시키고 있다. 그런 역사인물이 시속에서는 현재적 인물로 대체되고
있다고 할 것이다. 곧 <題黃處士白鷗亭二首>를 보면 黃處士는 李白의
친구였던 賀知章의 모습과 다를 바 없는 인물로 나타난다. 경일은 왜
하지장과 黃處士가 닮아 있는지 현재 황처사의 살아가는 모습을 통해
그대로 제시해 놓고 있다.

시에서 흰 모래가 펼쳐진 백사장 혹은 저녁 노을에 황홀하게 물든
서녘을 보여주는 것은 단순히 지상의 장엄상을 선보이려는 것이라기
보다 일부러 俗氣가 범접할 수 없는 배경을 통해 그런 곳이야말로 선
객들에게 썩 어울리는 곳임을 주지시켜 주려는 의도가 있었다고 보아
야 할 터이다. 아울러 그 같은 묘사는 黃處士가 지닌 내면의 순결성과
초탈함을 상징적으로 보여주고자 하는 의도에서 출발하고 있다고도
할 수 있다.

나그네와 술잔을 기울이거나 白鷗와 친구를 삼아 유유자적하게 사노
라면 모든 탐욕은 절로 사라지고 가슴 속은 맑은 기운으로 가득 차게
마련이다. 좀 더 시간이 지나면서 세속적 출세나 입신은 괜한 짐일 뿐
이며 반은 나무꾼, 반은 어부로 사는 삶에 대해 더없는 흡족함을 갖게
된다. 그것은 결코 홀로 향수하기에는 너무나 아까운 그야말로 은사의
삶이다. 이런 하지장의 삶을 그렇게 동경하고 있던 경일이기에 스스로
佛門에 귀속된 존재라는 것에 구애되지 않고 마음이 통하는 이들을 널
리 수소문했으며 무명 인물일지라도 삶의 지향성과 맞는다면 어울리기
를 마다하지 않았던 것이다. 강호자연에 몰입한 채 한가로이 풍월을 지

으며 뜻 맞는 친구와 어울리는 것이야말로 그가 도달하고자 하는 이상
이었다.

敬一의 시를 그의 행적이나 전기적 맥락과 결부시키는 것은 터무니
없는 시 해석을 피할 수 있다는 장점이 있기는 하다. 그렇지만 선입견
처럼 따라다니는 바, 불승이므로 시가 곧잘 傳敎나 弘法의 기능적 소임
에서 자유롭지 못할 것이라는 추측은 제한적으로만 수용하는 것이 옳
다고 본다. 그의 주거처는 분명 절이나 암자였음에도 실제 그가 문학적
상상력으로 적극 수용하고 늘 의식했던 것은 老子, 莊子의 세계로서 선
인들이 노니는 공간이라고 해도 지나치지 않는다. 지상에서는 산수 간
에 몸을 의지하여 진세의 때를 씻으려 했으며 때가 되면 羽化登仙의 주
인공으로 長空을 유영하는 존재가 그의 욕망 속에 투영된 모습이었던
셈이다. 경일의 내면은 山僧으로서는 어울리지 않을 정도로 일탈 욕구가
자제되지 못한 채 넘쳐나고 있다. 한시는 경일에게 있어 그런 내면을
드러낼 수 있는 심적 토로의 場으로 활용되고 승화되고 있는 듯 하다.
그의 시에서 시적자아는 광활한 창공을 유영하는가 하면 속진이 가신
은밀한 곳에서 유불선을 초월한 현자들과의 고담준론을 몹시 동경하고
있었다. 현실적 자아는 분명 장삼차림의 불승이지만 시적자아는 우화등
선을 매양 꿈꾸는 地上仙으로 착각할 만큼 그의 눈길은 시종일관 천상
의 그 어디를 응시하고 있는 것이다.

2. 佛僧과의 交流詩

경일이 覺性을 은사로 모시고 출가했을 때 覺性의 문하에는 수많은
인물들이 모여 있어 이제 막 출가한 경일이 괄목할 대상으로 돋보일 수
는 없었을 것으로 본다. 그러나 곧 博覽强記的 능력을 십분 발휘하여

20세 전에 이미 불교에 통달했을 뿐 만 아니라 유교와 도교에 대한 깊은 식견을 갖추게 되었다[36]했으니 당대주변인의 세세한 증언을 더 보태지 않더라도 群鷄一鶴의 면모를 헤아려 보는데 어려움이 없다. 청 장년기에 이르러 그 재능이 본격적으로 알려지는 것과 동시에 자연히 교단 밖으로도 그 명성이 퍼져 나갔다. 즉 공경대부들 사이에서도 그의 詩名이 널리 퍼지면서 유불적 경계를 넘어 그는 누구나가 시적교류를 나누고자 하는 인물로 바뀌었던 것이다. 앞에서는 당대 유자, 명사, 은사들과의 교류를 살펴보았으므로 이제부터는 불가 내에서의 시인으로서의 면모, 좁혀 말해 시적 상대, 교류의 상황, 미학적 특성 등을 훑어보고자 한다.

1) 敬一과 處能의 詩

경일에게 가장 큰 영향을 준 이는 아무래도 處能이라고 말하는 것이 옳다. 處能은 首初(1590~1668), 挺特, 震言(1622~1703), 玄一(1630~1716), 眞一, 應俊(1587~1672), 敬一과 더불어 각성의 제자에 속하지만 여러 동문 가운데에서도 가장 두드러진 자취를 남긴 인물로 꼽힌다. 백곡이 누구보다 강렬한 인상을 남긴 데는 반불적 분위기를 쇄신시키기 위해 諫發釋教疏를 올려 斥佛策과 排佛論에 당당히 맞섰다는 행적과 무관하지 않았다. 處能 이외에 경일과 비교적 막역한 관계를 유지한 불승으로는 彦上人, 沈上人, 智明, 義禪上人, 寶禪子, 宇澄上人, 玄上人, 靈祐上人, 機上人, 坦英上人, 訥上人, 順悅上人, 性聰大師, 閑上人, 文贊上人 등을 거론할 수가 있다. 경일이 이들과 사적으로 어떤 유대를 맺고 있었는지를

---

36) 慈鑑, 상게서.
　　"於是厚俸給資良 使之受學于關東之楡岾寺碧巖大師門下所在 師爲之遜席 博洽貫通 萬言無碍 年未二十矣 已而自念佛教如此 儒老盖亦遍諸 出而謁當世名士 傍通百家不勞而解 由此藉甚公卿間."

밝혀주는 기록은 찾기 어렵다. 그리고 이 승려들의 성향과 문학적 자취
도 밝히기가 쉽지 않다. 다만 승려이면서 경일과 마찬가지로 脫俗의 기
질을 강하게 내재하고 있었던 인물들이라는 점만은 여러 정황으로 어
렵잖게 미루어 볼 수 있다.

하지만 많은 불승 가운데서 白谷과 性聰만큼 경일에게 깊은 감화를
끼친 인물은 찾기 어렵다. 경일의 시에서 백곡이 등장하는 시로는 <謹
次白谷大師韻>, <次白谷大師白馬江懷古韻>, <謹白谷大師呈嶺南伯趙相
公韻>, <哀白谷大師>, <再次白谷白馬江韻> 등을 들 수가 있다.

客滯秦京日	나그네 서울에 머무는 날
西風送雁初	서녘 바람에 첫 소식이 전해왔네
忽看天外信	홀연히 먼 곳의 편지를 읽고
遙寄洛中書	먼데서 한양으로 편지를 부친다
城樹烟光積	성 나무에 안개 빛 쌓여있고
江雪雨色舒	강에 내리는 눈 사방으로 흩어진다
翩然旅枕夢	나그네 꿈자리에 펄펄 날다가
飛入故山居	머무는 옛 산에 날아든다

<謹次白谷大師韻>

朔風吹緊卷江沙	북풍 크게 불어 강모래 마는데
遠客西歸路更賖	먼데 나그네 서쪽 가는 길 또 멀다
千里嶺南都摠攝	천 리 먼 곳 영남의 도총섭은
十年林下弊袈裟	십 년 산중 살이에 가사가 낡았다
仍看臘雪初封樹	동지 첫 눈 나무에 쌓인 것 보고
忽憶寒梅已着化	홀연 매화 한 떨기 꽃필까 생각한다
知已但蒙方伯愛	이 몸 방백의 사랑함 이미 알거니
荷恩忘却在天涯	입은 은혜 잊고는 하늘 끝에 서 있다

<附白谷元韻>

위 두 시는 白谷의 시가 곧 시적 발화점이 되고 있으며 그로부터 시적 상상을 얻어오고 있는 예이다. 嶺南都摠攝이 된 백곡이 10년 동안 산문을 떠나 나라를 지키기 위해 혼신을 다 했음을 敬一은 익히 알고 있었으며 어느 면에서는 백곡을 통해 자신의 처지를 투영해보았으리라는 예상마저 가능하게 한다. 불승으로서 반불책에 저항하면서 다른 한 편으로는 산성지기로 머물며 호국의 역을 수행한 백곡의 행적은 특히 그 자신의 체험과 어우러져 더 할 수 없이 큰 울림으로 다가왔을 터이다. 이점에서 白谷의 시멸은 경일은 남다른 슬픔과 회한에 휩싸이게 만들었던 것이다.

痛哭禪門柱石摧   선문의 주춧돌 깨짐을 통곡하는데
不知誰復棟梁材   그 누가 또 동량의 재목이 될지 알 수 없네
文含八斗才如海   문장은 八斗를 머금고 재주는 바다와 같고
道震三韓氣若雷   도는 삼한에 떨치니 기운은 우뢰 같았다

金骨粲然起物累   빛나는 모습은 물건의 누추함을 넘어섰으며
靈珠晃朗破昏埃   영험한 구슬 밝게 빛나 어두운 먼지를 깨뜨렸다
追思昔日蒙提誨   옛날 가르침 입음을 회상하며
淚濕羅衫獨盡哀   눈물로 옷깃을 적시며 홀로 애석해한다
                        <哀白谷大師韻>

이 시는 白谷과 敬一이 얼마나 가까운 사이였는지를 주지시켜주는 데 부족함이 없다. 禪門의 주석이며 棟梁之材라며 백곡에게 최상의 말로 극찬하는 것을 단지 개인적 정회에서 나온 상투적 차원으로 보는 것은 지극히 단편적인 생각이다. 사실 당대 많은 이가 白谷의 삶을 이야기했으며 그들은 하나같이 抑佛의 시대에 할 말을 다한 그의 용기에 환호했을 뿐더러 정연한 논리로 佛家의 입장을 대변해준 데 대해 더 없는 경의를 표했다. 경일도 다른 사람들처럼 백곡에 대한 경외심과 숭앙심

으로 가득 찼을 터인데 가까운 발치에서 백곡의 진면목을 선연하게 목
도해온 그로서는 그 정도가 훨씬 더했을 것이다. 그 때문에 백곡 찬시
는 한결 웅숭한 깊이로 오래도록 긴 여운을 남기게 된다.

경일이 백곡을 주목하게 된 또 다른 까닭으로 우리는 백곡이 지닌
출중한 문학적 재능을 빼놓을 수 없다고 본다. '文含八斗才如海'라는 구
절에서 보듯 僧俗간에 白谷이 가진 시적 재능은 누구도 범접할 수 없었
던 것으로 회자되었다. 물론 '道震三韓氣若雷'라며 백곡이 도달한 깨우
침과 禪趣에 대한 찬탄도 등장하지만 경일에게 보다 부러운 것은 백곡
의 그 출중한 문장과 시승으로서의 면모였다고 하겠다. 당대시단에서
최고봉에 올라선 鄭斗卿조차도 白谷의 시야말로 詩禪一體의 경지에 올
라서 있다며 찬사를 아끼지 않았다.

> "내가 그 시문을 보았는데 모두 三昧를 얻어 九僧도 많다 할 것이
> 못되는 것이었다. 그러나 能禪師(白谷)로 하여금 저 能行者(慧能) 만큼
> 선을 깨치게 하였더라면 그 시문은 여기에 그치지 않을 것이니 能禪師
> 는 아는가.[37]

鄭斗卿은 단순히 당시나 송시를 얼마나 유지 승계하고 있는가에 따
라 시를 품평하던 일반적인 관점대신 백곡시가 지닌 특유의 품격에 초
점을 맞추어 그 변별적 특성을 지적하고 있다. 詩禪一體라는 말에서 드
러나듯 정두경은 불교시의 이상적 경지를 詩와 禪의 조화로 꼽았다. 그
런 잣대로 볼 때, 백곡시는 佛理를 잘 표상시키고 있는 대표적 사례가
되는 것이다. 여러 편의 수창시를 읽으면서 우리는 백곡과 경일의 관계
가 단순한 동문사이가 아니라 마치 끈끈하게 맺어진 사제지간의 사이

---

37) 鄭斗卿, <白谷集序>.
　　"余見其詩若文 皆得三昧 九僧不足多也 然使能師悟禪如虛行者 則能師之詩文 不但
　　止此而已 能師會麽."

로 발전하지 않았던가 유추해보게 된다. 경일의 생에 있어 백곡은 궁극적으로 도달해야 하는 이상적인 승려의 상으로 단단하게 고정되어 있었던 것으로 여길 수 있다.

詩文과 관련하여 白谷이나 경일에게 나타나는 공통점은 불교적 세계관에만 갇혀있지 않고 유교, 도교적 세계를 지향하면서 이를 시 창작에 있어 주요한 상상적 발판으로 삼고 있다는 점이다. 白谷은 일찍이 申翊聖의 문하에서 경서, 사기, 논어, 맹자 등은 물론 韓愈, 蘇軾 등의 글까지 널리 섭렵한 것으로 전해진다.[38] 敬一 또한 楡岾寺에 주석하고 있던 覺性에게 출가한 이후 20세가 채 되기 전에 불교의 이치를 스스로 터득했을 뿐만 아니라 유학과 老莊子사상까지 두루 섭렵함으로써 당대 명사들로부터 방문을 받았고 다른 한 편으로는 제자백가에도 통달하여 힘들이지 않고서도 쉽게 이치를 풀어낼 수 있는 수준에 올라서 있었다.[39] 백곡시에 나타나는 儒佛仙 습합의 세계관은 그대로 경일의 시에 투영되고 있는 바, 이 두 시승의 정신적 궤적이 방불했던 만큼이나 시 사상적 측면에서 불교는 물론 유교와 도교가 시의 사상적 기저를 형성하고 있다.

2) 敬一과 性聰의 詩

경일의 주변인물로서 또한 栢庵 性聰(1631~1700)을 거론하지 않을 수 없다. 그는 翠微(1590~1668)를 사사하였으므로 각성의 法孫인 셈인데

---

38) 息庵居士, <白谷集序>.
   "그리하여 公(申翊聖)은 선사에게 경서와 사기 ,논어, 맹자 등 우리 유교의 글과 한편으로는 韓愈 蘇軾 등의 글을 가르쳤다. 선사는 오랫동안 그것을 밤낮으로 읽고 외운 끝에 드디어 터져 나오니 그 문장은 방패하고 호양했다(公乃教以經史語孟諸吾儒家言 旁及韓蘇等書 師遂日夜誦讀 久而後乃發之 其文頗滂沛浩漾)."
39) 慈鑑, 상게서.
   "而提關東之楡岾寺碧岩大師門下所在 師爲之遜席 博洽貫通 萬言無碍 年未二十矣 已而自念佛教如此 儒老盖亦遍諸 出而謁當世名士 傍通百家不勞而解."

外典에 밝았다는 점, 아울러 시에 능하고 당대 문사들과 활발히 교유하였다는 점 등에서 백곡이나 경일의 삶과 여러 면에서 일맥상통하는 요소가 있다. 경일이 性聰을 어떻게 여겼는지는 시를 통해 어렵잖게 감지된다.

法席眞宗匠　　　법석에서는 진실로 종장이요
詞壇老作家　　　시단에서는 원로 작가로다
胸中動星斗　　　가슴 속 마음 북두칠성을 움직이고
筆下奮龍蛇　　　붓을 놓으면 용과 뱀을 떨치게 한다

雨綠王孫草　　　비맞아 푸른 왕손의 풀이요
風然蜀魄花　　　바람 불자 두견화로다
新篇如錦繡　　　비단에 수놓듯 새 시를 지어서
吟喜得無邪　　　즐겁게 읊조리니 사특함이 없도다
　　　　　　　　　　　　　　　　　＜次栢庵韻性聰大師＞

南極仙山碧海邊　　남극 신선의 산 푸른 해변가
百泉泉石勝新泉　　百泉寺의 섬과 돌은 新泉을 앞선다
千尋鷺瀑懸吟裡　　천 길의 백로폭포 떨어지며 노래하고
一點鰲岑起眼前　　한 점의 자라산 눈앞에 솟았네

滿壑松風吹復斷　　골짝 가득한 솔바람 불다가 다시 끊기고
上方明月缺還圓　　높은 곳 밝은 달은 이지러졌다 둥그려졌네
名區有客渾忘世　　명당에서 나그네는 세사를 잊고
始覺壺中別有天　　비로소 술병에 별천지 있음 깨닫네
　　　　　　　　　　　　　　　　　＜次栢庵題百泉寺韻＞

　앞의 시에서 경일은 栢庵 性聰이 지닌 詩僧으로서 걸출한 면모를 보여주면서 동시에 그 시가 갖는 특성으로서 사특함이 전혀 없음을 강조하고 있다. 寺內에서는 출중한 老禪으로 추증되며 시단에서는 누구보다

도 걸출한 시재로 꼽히는 인물이 바로 성총이었음이 밝혀진다.[40]

가슴 속에 품은 생각이 밖으로 표출된 시어는 북두칠성을 감동시키는가 하면 붓 자국이 지나가면 꿈틀대는 용과 뱀의 형상을 지어낼 정도라며 性聰의 詩書에 대해 경일은 매우 구체적인 비유를 동원하여 찬탄을 아끼지 않는다. 경일은 감각적으로 비유하여 性聰의 시를 비단에 놓은 수와 같다고 하는데 단지 화려한 것에 그치지 아니하고 孔子가 말한 대로 思無邪[41]의 경지에 이르렀음을 강조한다. 누구나가 추구하는 시의 이상적인 기능을 발견한 것이다.

두 번째 시는 성총의 시에 차운한 것이지만 산수시의 전형에서 일탈하고 있지는 않다. 여기서는 栢泉寺라는 사찰 공간을 노래하고 있는데 首頷頸 聯까지는 온전히 해변, 산, 폭포, 송풍 등 산수의 구성물을 고스란히 채집하는데 초점이 놓여있다. 그러다 尾聯에 오면 비로소 시적 화자이자 시인 자신이 자연 속에 파묻혀있으면서 느끼는 소외감을 드러내게 된다.

내용으로만 보면 시인이 불승이라고 단정지을만한 흔적은 거의 없다. 적어도 시를 대할 때만은 승려 혹은 전교자로서의 사명감 따위를 접어두고 物我一體的 태도로 화자와 대상 간의 경계를 허물고 자연과 더불어 삶을 영위하고자 하는 인간의 보편적 욕망을 드러낸다. 이는 경일 시만이 아니라 性聰의 시에서도 똑같이 발견되는 특징이다. 결국 그 시대 숱한 名士와 詩僧이 경일의 주위에 포진했으나 白谷, 性聰만큼 경일에게 깊은 인상을 남긴 이는 다시 찾기 어려울 것 같다. 그런데 이들에 대해서 경일은 존경심과 숭앙심을 보내는데 머물지 않고 詩格, 주제,

---

40) 시를 보면 法號, 居號까지 밝히고 있는 승려는 많지 않고 대부분은 上人이란 이름으로, 그것도 불완전한 법명만을 밝히고 있어 상대에 따라 친소관계를 구별하고자 하는 의도를 감지할 수 있다고 할 것이다.

41) 『論語』, 爲政篇.
"子曰 詩三百一言以蔽之 曰思無邪."

사상 등에 걸쳐 성총과 백곡시를 추종함으로써 폭넓은 유사성을 드러
내게 되었다고 할 수 있겠다.

불승이라면 시까지도 悟道, 傳道의 한 방편으로 여기는 것이 일반적
이나 경일은 오히려 이를 경계한 듯 소인묵객의 풍모가 한결 농후하게
나타난다. 그는 산수 간에 노닐며 시화를 나눌 수 있는 도반으로서의
格을 퍽 중시하면서 그런 인물들과 시적교류를 지속한 것이다. 이는 곧
그가 불교적 테두리에 연연하지 않았으며 열린 안목으로 외물의 내적
형상화라는 시의 본질에 다가가기 위해 노력했음을 보여준다. 그의 시
는 승려로서의 입장에 구애받지 않고 道人 혹은 逸士의 입장을 취하고
있는 듯 탁한 현실세계를 초탈하여 자연 친화적이고 무의한 세계를 동
경하는 내용으로 가득 차 있는 것이다.

3. 詠史的 성격

내면에 응어리진 무엇이 밖으로 표출된 것을 동양에서는 시의 출발
로 여겨왔다.[42] 그러나 시가 한탄이나 외침의 일시적 배설이 아니라 의
미 있는 말을 거듭 조탁하는 과정과 함께 언어적 형상과정을 통해 심상
을 마련한다는 특징을 지닌다. 다시 말해 읽는 이에게 내부에서 표출된

---

42) 내용, 형식에 걸쳐 중국 시가 우리 한시의 모델이 되다시피 했다는 점에서 중국
　　시와 자연의 관계를 언급하고 있는 劉若愚의 말은 여러 가지를 시사해 준다고
　　본다.
　　"다른 나라와 마찬가지로 중국에서도 자연의 아름다움과 자연에 대한 즐거움
　　을 표현하는 무수한 시구 등이 있다....중국인들의 마음에는 자연을 운동의 원
　　동력으로 관철하는 것이 아니라 하나의 실재로 받아들이는 것으로 만족하는
　　것 같다 …… 이렇기 때문에 자연이라는 것은 인간에게 인자한 것도, 적대적인
　　것일 수도 없다. 인간은 자연에 대해 영원한 투쟁을 생각할 수 없고 그것의 부
　　분이 된다(劉若愚, 이장우 역, 『中國詩學』, 동화출판공사, 1984, 72~73면)."

언어가 의미 있는 무엇으로 남기 위해서는 이미지를 통한 구체적 像이 마련될 때 독자들은 훨씬 빠른 걸음으로 시인의 내면세계에 다가갈 수 있게 된다.

한시에서 고래로 애용된 시적 대상은 자연이었다 해도 과언이 아닌데 그것은 시 창작의 가장 중요한 매재로 선호되었을 뿐만 아니라 그에 대한 형상화를 거부하는 시인은 찾기 어렵다. 자연은 곧 시적 대용물이면서 정서적 환기물로 그 어떤 것보다 높은 효용성을 발휘해 왔던 것이다. 그렇다면 운수납자의 行脚으로, 혹은 산중의 은거자로서 승려에게 자연은 어떤 의미로 다가오는 것이었을까.43) 그것은 유자들의 눈에 비친 것과 어떻게 다를까? 우선은 경일의 山水詩에 나타나는 공간적 의미 가운데 역사 현실적 시각이 강하게 내재되어 있음을 지적해 보기로 한다.

경일에게 있어서는 산수간 어떤 장소일지라도 곧잘 역사적 현장으로서 특정한 의미까지 함축적으로 표상한다는 점에서 그 의미가 새삼 주목된다. 대개 그가 주목하는 시적공간은 순수한 자연으로서의 對應物이라는 테두리를 넘어선다. 곧 아득한 과거 적에 나름으로 찬란한 역사를 일구었던 특별한 곳임을 밝히며 그곳을 잊어서는 곤란하다는 소회를

---

43) 승려들의 자연관을 엿보기 위해서는 유자들의 자연관과 어떻게 다르며 시문에 여하히 표출되는가를 살피는 것이 보다 수월한 작업으로 이어질지도 모른다. 필자는 시에 수용된 승려들의 자연관에 대해 본격적인 관심을 가진 적은 없다. 그러나 고려 승려들의 記文을 대상으로 살펴본 바, 승려들의 자연인식을 어느 정도 간취할 수 있었다. 즉 불가에서도 자연친화적인 관심은 세속인들과 다를 바 없었으며 그들에게 자연이란 대상은 因物生情, 安心立命, 似觀非觀 등의 感悟 현상을 촉발시키는 대상으로 비춰지고 있음이 밝혀진다. 이는 오로지 自然親和, 泉石膏肓의 획일적 시각만이 전제되는 유자의 자연관과 큰 거리가 있는 것이면 불교적 깨달음을 전제한 새로운 인식위에서 자연을 바라봄으로써 체득된 자연관이라고 보았다(김승호, 「고려후기 불가에서의 자연인식」, 『불교어문론집』 제6호, 한국불교어문학회, 2001, 63~86면). 이는 승려들의 기문을 대상으로 추출한 특성이기는 하지만 필자는 불교한시, 선시에서도 이런 속성은 어렵잖게 발견된다고 생각한다.

여지없이 담아 놓고 있다. 다음 시에서는 산수공간과 역사적 과거가 중
첩된 像을 제시하고 있는데 정확히 말한다면 자연으로 환기된 역사 혹
은 그 현장이 시적 초점으로 포착된다.

昨夜秋風動	어젯밤 가을바람 불더니
冥冥送鴈群	먼 하늘에 기러기 무리지어 가네
影過湘水岸	그림자 상수 가를 지나고
聲落楚天雲	기러기 소리 초나라 구름에 떨어지네
塞北驚蘇武	변방 북쪽에서 소무에게 놀라고
江南弔屈君	강남에서는 굴원에게 조문하다
關山千里月	천리 떨어진 관산의 달이요
愁殺漢家軍	한나라 군사를 죽이는 수심이로다

<詠雁>

여기서 시적 대응물은 기러기에 맞춰져 있다. 기러기란 흔히 애틋하
고 스산한 상념을 이끌어오는 매개자로서, 창공을 거친 데 없이 날아다
닌다는 점, 아울러 자유분방한 상상을 촉발시킨다는 점에서 즐겨 수용한
전통적 제재이다. 이 시에서도 기러기는 지상의 경계를 한순간에 허물고
기러기는 중국 중원으로 날아가며 시간에 구애됨 없이 아득한 역사 현
장으로 인도해주는 역할을 맡고 있다. 오랑캐가 사는 변방에서는 볼모로
잡혀 고초를 겪다 19년 만에 귀환한 한나라 장군 蘇武를 떠올리고 강남
에서는 간신배에 몰려 무고하게 죽어간 초나라 屈原이 또한 가을의 상
념을 구체화하는 역사인물로 등장하고 있다. 기러기와 함께 천리 떨어진
關山의 달은 그렇지 않아도 향수에 젖어있는 한나라 군사들의 마음을
여지없이 흔들어 놓았으며 그것은 아득한 시간을 건너 경일의 心象마저
추연하게 만들어 버리고 만다. 기러기를 통해서 촉발된 쓸쓸한 심상이
어느 새 역사적 상상으로 번져 나가는 것을 볼 수 있다고 해야겠다.

그런데 이 같은 역사적 사실의 대응이 시인의 현재적 체험에서 우러나온 것이라기보다 전통적 상상과 보다 밀접하게 연결되었다는 점은 두말할 나위 없다. 깊어지는 가을날 시인에게 갑자기 일어나는 사념이 시적 발화를 촉발시킨 것까지는 그렇다 해도 작시가 이루어지는 다음 단계에서는 그 전부터 학습된 歷史와 典故가 잠재되어 있다가 부지불식간에 시에 삽입된다. 그렇다면 시인 개인의 창발성을 대신하여 주로 전통적 상상에 의존해 지어진 시라는 생각을 하지 않을 수 없다. 따라서 중세에 지식인들이 보편적으로 수용하고 있던 중국의 역사, 인물 그리고 典故的인 배경의 나열은 아무래도 진정한 역사의식의 발현이라고 보기 어려울 것 같고 오히려 전통적 상상에 의지한 상투적 작시라는 비판적 평에서도 벗어나기 어렵게 된다. 하지만 이런 시만을 예로 들어 그의 시가 기껏 전법적 시나 상투적 시어에 의존하고 있다는 쪽으로 폄하하려는 태도는 경계해야만 할 일이다.

가령 <讀砥柱碑>, <萬魚寺>, <再次白谷白馬江韻>, <駕洛懷古> 등은 좀 다른 각도로 읽어야 한다고 본다. 무엇보다 이들 시가 주목되는 바는 공통적으로 전통 시에 의거한 상투적 시어를 지양하고 이 땅에 일어난 역사를 시적 사건으로 수렴하고 있다는 점일 것이다. <再次白谷白馬江韻>, <駕洛懷古>를 각각 살펴보기로 한다.

興亡千古使人愁	천고의 흥망이 사람을 수심에 빠뜨리는데
白馬寒江空自流	겨울 백마강 텅 빈 채 절로 흐르네
滿月將虧聞鬼泣	둥근 달 장차 이지러지고 귀신의 흐느낌 들리는데
飛兵不御作龍羞	날쌘 용사들이 제압 못하고 용에게 미끼 던졌다
扶蘇山色孤城暮	부소산 빛은 외로운 성의 저녁이고
蘭寺鐘聲故國秋	고란사 종소리는 고국의 가을이로다
回首落花巖下路	낙화암 내려가는 길 머리 돌리니

烟波唯有釣魚舟　　뿌연 물결 속에 낚싯배뿐이로다
＜再次白谷白馬江韻＞

위 시는 전형적인 회고시인데 그 대상으로 시인은 자신이 살고 있는 '현재'가 아닌 '과거'를 택하고 있다. 시인은 정신적 유영을 일삼는 자이므로 아득한 과거로 소원해서 역사를 노래한다고 해서 이상하게 볼 일은 아니다. 얼마든지 그는 역사적 상상력을 발휘할 수 있고 나름의 심상을 빚어낼 수가 있다. 다만 아득하게 흘러가 버린 시공간 가운데에서도 伽倻 혹은 三國時代를 포착한다는 점이 눈길을 모은다.

시인들이 일반적으로 선호하는 것은 당대적 시공간이라는 일반적 성향에 비추어 확인하기 어려울 정도로 시간을 소원해 가는 경일에게 어떤 특별한 사정이라도 있지 않았을까 하는 의아심이 드는 것은 어쩔 수 없다. 무엇보다 조선 중기의 지식인이지만 조선의 개국이나 李成桂의 위대함을 찬탄하거나 그 이전의 고려 왕조의 멸망을 안타깝게 회억하는 것을 능사로 알던 당대 시인의 관행과는 거리가 멀기 때문이다.

앞에서 살핀 바 있지만, 경일은 혁혁한 역사의 시기를 마다하고 간신히 흔적만 전하는 가야 백제의 역사, 그것도 패망의 사실을 고스란히 수용하고 있는 것을 보게 된다. 위 시는 설화시라고 불러도 좋을 만큼 백제 멸망 시에 민간에서 떠돌던 기이한 풍문들을 전하고 있다. 널리 알려진 대로 신라에서는 당나라에 원군을 청하였고 당에서는 蘇定方을 선봉으로 하여 많은 군사들을 파병함으로써 백제 땅을 유린, 강탈하기에 이른다. 다만 唐軍들에게 유일한 방해꾼이자 공포의 대상으로 여겨진 것이 白馬江에 몸을 숨기고 있는 용이었다. 하지만 그것도 잠시뿐 소정방이 말을 미끼로 삼아 용을 낚아 올림으로써 唐軍은 정벌과정에서 유일한 장애물을 제거하는데 성공한다. 용의 퇴치이후 한껏 기세등등해진 당군에 밀려 백제군은 더 이상 대적할 수 없게 되었으며 이후 백제는 멸망의 길로 접어든다.

한 때 海東 성국으로서 당당함을 과시했던 百濟가 당나라 援軍에 의해 순식간에 멸망해 버리다니 정말 그럴 수 있는가. 아주 오래 전 역사의 편린이지만 그 사건은 여전히 추연한 마음에서 벗어날 수 없게 한다. 다른 시들에서보다 특별히 野史를 상세히 첨언하고 있다는 것도 색다르다고 하겠다. 그만큼 백제의 멸망은 시인에게 비극적인 일로 깊게 각인되어 있다고 할 수 있다.

신라 권역에서 수행과 교화로 일생을 바친 그가 백제의 멸망을 분연하게 여기는 까닭은 다른 무엇보다 역사가 늘 강자의 편으로 엮어진다는 점을 새삼스럽게 환기하고 있는 때문인지도 모른다. 약육강식의 논리로 구성된 역사에 대해 무심하거나 혹은 열광하는 것 모두 지식인으로서 바람직한 태도가 아니다. 따라서 그는 비극적 역사를 반추하는 것으로만 그치지 않으며 그런 역사야말로 망각되어서는 곤란하다는 생각에서 찬란한 영광의 역사를 마다하고 비운의 역사를 일부러 찾아 이를 노래하고 있는 것으로 여겨진다. 다음은 <駕洛懷古>로 앞의 시와 창작적 동기 면에서 적지 않은 유사점이 나타난다.

首露遺墟似泛萍	수로의 유적지는 부평초 같고
千年王業若流星	천 년의 왕업은 유성과 같다
三叉水入重溟黑	세 물줄기 모여드니 한층 빛이 검고
七點山分小島靑	일곱 점으로 산은 나뉘고 작은 섬은 푸르다
城郭至今依海堧	성곽은 지금껏 해변과 붙어있고
閭閻如舊列郊坰	민가는 예전처럼 교외에 줄서있다
二陵烟樹含愁色	안개 낀 두 무덤가 나무는 근심의 빛을 띠고
多少行人說地靈	몇몇 행인만 땅의 영험함을 말하네

<駕洛懷古>

위 시에 나타난 배경을 구체적으로 검증하기는 어렵다. 首露王의 자취가 남아있는 해변가 근처인 듯싶은데 시인이 당도한 그곳은 화려했던 왕궁 터를 도무지 떠올릴 수가 없을 정도로 황량하게 변해버렸다. 번성했던 왕조의 터전이라고는 믿을 수가 없다. 왕궁 터로 전해지는 자리에는 초가가 열 지어 있는 을씨년스런 풍경만이 펼쳐져 있다. 안개가 두 왕릉 근처 나무를 에워싸고 있는 풍경조차도 우울하고 칙칙한 색조를 벗어나지 못하고 있다. 그나마 다행이라면 근처 사람들에게는 그 터가 영광의 역사 현장으로서 뚜렷하게 회억되고 있다는 사실이 아닐까 싶다.

사실 조선 중기 정도에 이르면 伽倻國은 그에 대한 정확한 존재는커녕 한 시기 위세를 드날린 국가로서의 면모를 기억해주는 이가 드물 정도로 망각되어 버리고 마는데 이런 현상은 이미 고려시기부터 시작된 것으로 보는 것이 옳을 것이다. 일연이 『三國遺事』에서 가야국의 존재를 부각시키려 애쓴 것도 따지고 보면 영영 그 역사가 인멸될 것을 우려한 때문일 것이다. 그렇게 매몰되어버린 역사이기에 경일에게는 한층 동정과 연민의 대상으로 다가왔던 것이고 한걸음 나아가 사관적 태도로 가야를 환기시키기 위해 이를 題詩의 제재로 수용한 것으로 보인다.

경일에게 가야국이 얼마나 특별한 대상이었는가 하는 것을 알려주는 또 하나의 자료가 <伽倻津龍王堂奇遇錄>이다. 거기서 사건 전개의 중요한 축으로 등장하는 용왕이 수로왕의 아들로 설정된 것은 의미심장하다. 그만큼 경일은 가야국에 대해 각별한 관심과 애정을 보이고 있는 것이다.

따지고 보면 소국의 중의 하나이자 아득한 과거에 사라져 버린 가야국에 대해 경일처럼 집요하게 관심을 둔 이는 없는 것 같다. 가야국에 대한 유별난 그의 관심은 원래부터 남달랐던 史觀的 태도에서 출발하여 마침내는 三生의 시간관 속에서 승자, 패자 모두를 덧없는 것으로 보되,

멸망의 역사만이 잊혀진 것을 아쉬워하는 심정으로 확장해 나간다.

비운의 역사를 발라내 이를 詩化하는데 익숙한 경일에게 역사는 폭압과 압제의 악순환으로 여겨졌을 가능성이 높다. 사람들은 찬란한 역사에 대해 영광과 찬탄을 아끼지 않고 있으나 약육강식의 현실 속에서 끝내 승리를 차지한 자에게만 환호하는 것은 결코 균형 잡힌 시각이 아니라고 보았다. 그는 일종의 역사적 의무감에서 시적 제재를 택했던 것이다. 찬란하게 현창되는 역사일수록 사람들을 오만하게 하며 자칫 자기만족감에 빠뜨리게 하고 마침내 현실감각마저 잃게 만든다. 역사의 굽이에서 힘없이 사라진 시간대를 주목하는 것이 혹여 몰락한 존재에 보내는 감상적 반응이라 비판당할지 모르나 고금을 통하여 인간들이 겪었을 고초와 시련을 헤아리는 일이야말로 시인의 몫이 되어야 한다고 경일은 역설하고 있다.

영광과 불멸의 순간으로 찬탄되던 시간마저 이제는 다 소멸해버렸다는 엄연한 사실을 직시하는 데서 경일의 詠史詩는 출발한다. 경일이 바라보는 역사란 승자의 흔적이나 그를 상기하는 이야기가 아니라 '과거'지만 잊혀져서는 곤란한 '현재'의 환기 대상으로 여겨지고 있다는 데 그 특징이 있다.

4. 山水詩的 성격

敎述性과 詠史性을 지닌 시는 수행자이면서 동시에 대중교화에 뜻을 둔 경일에게 서정이나 감흥을 우선하는 순수시에 앞서 염두에 두어야 할 대상으로 여겨졌을 가능성이 높다. 순수한 정서의 표출을 생각하기 전에 이른바 삶 속의 관계망을 생각하면 내적 세계에 못지않게 외적 세계 또한 시적 대상으로 택할 수밖에 없다는 점을 누구라도 수긍하게 될 것이다. 경일에게 있어 修行, 親交 등과 결부되어 만난 사람들과의 인연은 詩話거리로 함부로 유실할 수 없는 것으로 인식되었으며 혹은 과거로 거슬러 올라가 만나게 되는 역사현장 또한 시적 발화의 소중한 촉매재로 떠올랐던 셈이다. 경일은 그만큼 作詩를 통해 특히 과거의 역사현장을 적극 끌어들이는데 익숙했다. 그는 시속에서 끊임없이 삶과 역사를 되새김하였다. 이른바 자기 자신에게 침잠하여 他者에 전혀 반응하지 않는다거나 역사를 외면한 채 현재적 시간 안에서 시를 써나갈 수도 있겠으나 속세와 거리를 둔 수행자답지 않게 그는 자신을 에워싸고 있는 세계, 역사에 대해 관심의 끈을 놓으려 들지 않았다.

『東溪集』에서 순수한 서정의 표출이라고 할 만한 시가 상대적으로 적은 까닭을 밝히는데 있어 필자는 그의 신분적 조건에서 살펴보는 것은 무망한 일이 아니라고 생각한다. 그러나 그는 승려이기 전에 당시에 유일한 문학으로 인정되던 한시의 수혜를 비교적 풍성하게 받은 사람이었다. 중세시기에 시란 앞서 말한 대로 자신의 내면을 표출시키되 과잉되게 감정과 흥취를 발설하기를 자제하고 매개물인 자연을 통해 간접적으로 드러내는 쪽으로 흘러가는 것이 일반적이었다. 이점은 경일의 시에서도 어렵잖게 관찰되고 있다. 경일의 시를 범주 상 自然詩에 귀속시키는 것에 큰 무리는 없다는 말인데 시적 제재로 산, 나무, 해변 등 자신을 에워싸고 있는 자연경물, 혹은 천체가 빈번히 등장하여 시인의 감정과 내면을 함장시키고 있다고 보는 것이다. 世事에서 벗어나 고요하게 가라앉은 마음으로 높은 누대에 올라 주변을 조망하고 있음을 잘 보여주는 다음 시는 자연과의 合一을 넘어 온전한 동반자로 남고 싶어하는 그의 욕구가 잘 반영되고 있다.

　　獨上危臺氣自豪　　홀로 위태로운 누에 오르니 기세가 호방해지고
　　九霄雲盡絶纖毫　　하늘에 구름 사라지니 비단 털 끊긴다

秋山面面疑仙幛   가을 산마다 선계의 휘장 의심케 하고
風籟時時聽海濤   바람퉁소 때때로 바다 파도에서 들려오네

極目烟岑從地聳   다 하여 보니 안개 낀 묏부리 땅에서 솟아있고
背看巖岫入天高   뒤돌아보니 바위산 하늘로 들어가 높네
歸禽一點橫空去   날짐승 한 마리 텅 빈 하늘 스쳐가니
知是胡鷹白錦毛   흰 비단 털의 오랑캐매임을 알겠네

<登伽倻山白雲臺>

가야산 白雲臺에 올랐던 경일이 그의 앞에 펼쳐진 광경을 고스란히
묘파해 놓은 경우이다. 起에서는 시적 화자의 움직임이 드러나 있지만
이후 그 앞에 펼쳐진 원경만 부각되다가 화자는 자취를 감추어 버린다.
처음 시인의 눈은 비단 구름으로 가득 차 있다가 곧 흔적도 없이 텅 빈
공간으로 바뀌는 하늘을 향하고 다음에는 계곡과 묏부리가 치솟아 있
는 원경으로 이동하고 있다. 가을산은 온통 붉은 색으로 물들어 있으며
때때로 불어오는 바람은 파도소리와 흡사한데 안개 속의 봉우리가 멀
리 아득하게 보일 뿐이다. 뒤로 고개를 돌리면 역시 험한 바위산이 하
늘을 향해 치솟아 있다.

頷聯까지는 하늘과 그 밑의 산경을 포착한 것으로 말없이 그 웅혼
함을 자랑하고 있는 山河大地가 묘사의 초점으로 잡힌다. 그에 비해
尾聯에 이르면 다소 파격이 일어난다. 거대하게 묘사된 外景에 비해
작은 파동에 눈길이 꽂히는데 매 한 마리의 움직임에 그의 시선이 한
참동안 머문다. 한 마리 날짐승이 허공을 가로 지르는 장면은 잠깐 비
추어지지만 특별한 의미를 부여하는 것이 아닐 수 없다. 微物의 움직
임은 거대한 산하대지에 비긴다면 하잘 것 없으나 자연 속 인간의 모
습으로 代喩하는 데는 부족함이 없다. 산수와 대비되는 미물의 파동,
그것은 인간의 몸짓으로 換喩가 가능할 터인데 천지간의 자연 속에

의지해 살아갈 수밖에 없는 인간의 왜소함을 응집하고 있다고 해도
어색할 것이 없다.

風戕虐浪窆波騰　　풍랑 거칠게 일어나고 역풍에 파도 끓는데
寒氣湫湫逼竦兢　　차가운 기운에 근심하며 전전긍긍 하네
千里雪山摧復起　　천리 설산은 일어나길 막고
萬重銀屋折還層　　만 겹의 은 집에 오르는 것 꺾어놓네

鯨鯢怒鬪呑雲去　　고래는 싸우며 구름을 삼킨 채 사라지고
神物蜿蜓攫霧升　　신물은 꿈틀대며 안개를 움켜쥐고 오르네
無限望洋亭勝槩　　끝없는 망양정의 빼어난 경치
海門秋日偶攀登　　가을날 해협에서 우연히 오른다

<次望洋亭韻>

　바닷가 풍광 좋기로 이름난 망양정에 올라 사방의 경치를 소묘해 보
려는 시인의 의욕이 시편에 가득 차 있다. 가을도 깊어져 한기가 느껴
지는 때 해협에 위치한 망양루에는 바람이 몹시도 매서운데 멀리 흰 눈
가득한 고산은 천공의 냉랭함을 한껏 더해주고 있다. 시인은 이제 바다
를 보기 위해 누대에 오르려 하지만 첩첩이 쌓인 눈이 계단에 오르는
시인의 발길을 방해한다. 눈앞에 펼쳐진 바다는 심한 바람에 물결은 한
없이 거칠다. 용이 꿈틀거리며 운무 속에서 승천하고 있는 상상으로 대
응되는 것은 그래서 썩 어울린다. 눈앞의 풍광을 포착하느라 尾聯에 이
르러서야 겨우 시인의 자취가 드러나는 것을 보는데 遠境의 묘사가 우
선이고 자신의 흔적은 애써 희미하게 처리하려는 의도 때문에 빚어진
결과이다.
　한시의 제재는 자연이고 그 안에서 발췌되는 것은 정적감이다. 앞의
시가 그런 예였다. 하지만 '次望洋亭韻'은 자연의 온순한 모습이 아니
다. 격풍으로 물결이 험하게 일렁이고 앞서 내린 눈은 사람의 발길을

막아 놓는다. 尾聯에서 망양정이 아름답다고 감탄하고 있으나 실상 그 형상적 대상은 해경의 다양함 가운데서도 바람과 물결에 의한 動的 이미지만 집중적으로 제시되고 있다. 불승으로서 唐의 王維처럼 禪趣味나 靜寂美 대신 동적 대상을 형상화하고 있어44) 여타 시들과는 구별되는 사례로 보아야 할 것이다.

정적미를 추구하는 전통적 시각을 탈피하여 경일은 내부에 응축된 무엇인가를 동적인 대상을 통해 분출시키는 방법을 택하고 있음을 보게된다. 시적 상관물로서 자연이 취택되고 이를 형상화되는 것이 일반적인데 사람에 따라 달라질 수밖에 없는 상념을 전통적 상상으로 도포한다는 점에 대해 그는 흔쾌히 동의한 것 같지 않다. 위 시에 포착된 바다, 산, 구름, 풍랑, 비, 눈 같은 외적 대상들은 정적미를 드러내기 위해 선별된 제재들이 아니다. 오히려 그 같은 시적 대상들은 자연이란 無爲한 존재이며 말이 없다는 인식을 허물어뜨리기 위해 동원된 것이라고 보는 것이 옳다. 그리하여 동적인 외물, 이미지들을 통해 내면을 분출하기에 이르는데 이는 정적미 위주의 시가 갖는 상투성을 피해 동적미를 포착하여 제시해 줌으로써 읽는 이들에게 세계를 바라보는 색다른 시각을 열어놓았다고 할 만 하다.

많은 시는 아니더라도 <次望洋亭韻>에서 보듯 경일은 정적미를 따르는 대신 역동적이고 거친 장면까지 그대로 대입시키고 있는데 이는 심중에 응축된 무엇인가를 배설하고자 하는 욕구에서 나온 것이다. 이로 보면 경일은 선적 이미지로 고착화하기 십상인 시적 상투성을 뛰어넘어 또 다른 시적 특성을 창출하는데도 관심을 기울였다고 말할 수 있겠다.

---

44) 陳允吉 지음, 一指 옮김, 『중국문학과 禪』, 민족사, 1992, 77면.

5. 心仙跡佛的 면모

불가에서는 승려들의 시 창작에 어떤 반응을 보였을까? 선사들이 내세운 경구 가운데 가장 흔한 것 중의 하나가 언어에 대한 과도한 믿음을 버리라[45]는 훈계였던 만큼 언어의 정수라 아무리 강변해도 이런 시각 앞에서 詩作은 결코 권장할 일은 될 수 없었다고 할 것이다. 하지만 승려 층에서는 물론이고 유자 가운데서도 "예부터 고승들로서 선을 깨친 사람은 비록 문사에 종사하지 않더라도 그 문사가 매우 깨끗하였다"[46]며 불가 시에 나타난 文辭의 순결성을 지적하면서 선시에 의미를 부여하고 그 나름의 특장에 주목한 이도 적지 않았던 것이 사실이었다.

그렇다면 경일의 시에 俗氣는 어떻게 가셔지고 선취적 세계는 정말 성공적으로 구현되고 있는 것일까? 대체적으로 白谷, 性聰과 마찬가지로 조선 중기 고승들은 출가 전후에 이미 상당한 정도의 學詩 경험을 지니고 있었다. 明鏡菩提의 삶을 살고자 다짐한 이후에도 盛唐詩를 비롯한 운율을 터득한 바탕이 예비되었던 까닭에 승단 밖 유자, 고관들과 시를 주고받는 것에 어려움을 겪는 일은 없었다. 하지만 유교적 문사의 취향에 매몰되어 버리고 만다면 승려들의 시를 굳이 선시, 혹은 오도송 등으로 별칭해야 할 하등의 필요가 없을 것이다.

---

45) 申周伯, 상게서.
"何 莊生有言 五聲不亂 孰爲繇籥 五色不亂 孰應六律 五色不亂 余惡夫巧聲嫭色亂天下矣 故以溝中之斷 而幷存於不朽."
46) <白谷集序>
"그리하여 公은 선사에게 經書와 史記, 論語, 孟子 등 우리 유교의 글과 한편으로는 韓愈, 蘇軾 등의 글을 가르쳤다. 선사는 오로지 오랫동안 그것을 밤낮으로 읽고 외운 끝에 터져 나오니 그 문장은 방패하고 호양하여 마치 산골짝 물을 터 놓은 것 같았다. 그래서 東溟 鄭斗卿은 더욱 찬탄하면서 禪師를 기재라 하였다 (公仍敎以經史語孟諸吾儒家言 旁及韓蘇等書 師逐日夜誦讀 又而後乃發之 其文頗滂沛浩漾 若峽之決而河之瀆也 東溟鄭公斗卿 尤歎賞之 以爲奇才)."

경일의 시중에서 禪詩的 테두리 혹은 禪風的 요소가 비교적 농후하게 드러나는 시로는 <偶吟二首>, <登伽倻山白雲臺>, <春日幽懷>, <伽倻山>, <題八空山內院庵西軒>, <內院庵眺望> 등을 거론해야 할 것이다. 이들 시는 다른 것들에 비해 禪美的 요소가 강한 반면 시적 제재나 작시의 동기로 작용하던 인간과의 관계망은 그리 선명하게 드러나지 않고 있다. 즉, 詩眼이 청정한 세계의 심상을 잡아내되 오롯하게 청정심을 투영하는 데만 몰입하고 있어 다른 무엇보다 시어가 담백, 진솔하여 읽고 난 후 天高無碍한 느낌을 받을 수 있다. 이런 점에서 일반 유자들의 시와는 변별적 특성이 강하게 드러난다고 할 것이다.

終朝喫飯何曾飯	아침내 밥 먹었건만 어찌 일찍 먹은 것이며
竟夜沈眠未是眠	밤새도록 잠을 자도 잔 것이 아니라네
低首只看潭底影	고개 숙여 연못 속 달은 볼 줄 알아도
不知明月在靑天	맑은 하늘에 밝은 달 있는 줄 모르네
可笑騎牛更覓牛	소를 타고 소를 찾으니 우스우며
不須頭上更安頭	머리 위에 또 머리 놓는 일 필요 없다
曹溪鏡裡元無物	조계의 거울 위에 애초 물건 없으니
天下禪流面壁求	禪流들아, 면벽으로 구하지 말라

<偶吟二首>

禪家에서는 본질과 방편을 혼동하는 인간의 우매함을 곧잘 여러 가지 비유를 들어 지적한다. 그중에서 달을 보라고 손가락으로 가리키는 것은 손을 보라는 뜻이 아닌데 사람들은 달 아닌 손가락만을 응시한다는 비유를 통해 眞如의 세계 대신 方便에만 눈을 돌리는 사람들의 우매함을 실감 있게 꼬집는다.

위에서 우리는 凡夫에 주는 비슷한 질책을 보게 된다. 아침 내내 밥을 먹어도 먹은 것이 아니고 밤새 잠을 잤지만 잠잔 것이 아니라는 역설을 보여주고 있는 것이다. 결국은 중생들 대부분이 迷妄 속에 살아가고 있다는 점을 누구나 쉽게 이해할 예를 들어 범부의 어리석음을 나무라고 있는 경우이다. 예는 또 이어지는데 소를 타고서 소를 찾아 나서는 것[47]이나 머리 위에 또 머리를 얹으려드는 것도 어처구니없는 행동에 대한 비유들이다. 사람들은 너나 없이 도를 찾기 위해 발분하지만 그것은 또 다른 집착이라는 암의가 이런 지적 속에는 들어있다고 보아야 한다. 사람들이 禪悟라고 생각하는 것도 따지고 보면 미혹의 다른 말인 경우가 대부분이다. 따라서 경일은 이 시에서 면벽하며 묘오의 경지에 도달하려는 것부터가 부질없는 것이라 책망하면서 진실을 볼 줄 아는 안목부터 요구하고 있다.

위에 제시한 두 편은 禪詩 품격이 물씬 풍겨 나오고 있어 불승으로서 경일에게 가장 잘 어울리는 작품이라고 할 것이다. 그러나 선시에 해당하는 것이 그렇게 많지 않다는 점을 발견하게 되면서 도대체 그의 시가 갖는 정체성에 대해 의문을 갖지 않을 수 없다. 신분으로 보아 어울릴 것 같지 않은 도교적 분위기의 시가 禪詩를 압도할 정도로 빈번하게 목격되는 기이한 현상을 외면하기 어려운 것이다.

太爐陶鑄衆山川　　큰 화로는 뭇 산천을 다듬어
洪造全功此岳偏　　공들여 넓게 이 산들을 만들었다
鐵壁不堪飛禹斧　　철벽은 날쌘 우나라 도끼로도 감당할 수 없고
雲根安得用秦鞭　　구름은 어떻게 진나라 채찍을 얻을까
松杉盡入天皇歲　　소나무 삼나무는 모두 천황시절로 돌아가고
烟霧渾籠太古年　　자욱이 낀 안개는 태고적 혼돈이다
欲識伽倻眞面目　　가야산의 진면목을 알고자 하나

---

47) 이 대목은 禪家에서 禪의 정수를 드러낸 것으로 꼽고 있는 十牛圖를 바탕으로 한 시적 形象化로서 鏡虛의 尋牛頌(可笑尋牛者 騎牛更覓牛 斜陽芳草路 那事實悠悠)에서도 같은 구절을 찾을 수 있다(장순용 엮음, 『禪이란 무엇인가』, 세계사, 1991, 230면).

混元玄骨象爻先　　혼원과 현골은 육효를 앞선다

<伽倻山>

눈앞에 펼쳐진 산경은 거대한 무게로 다가와 경일의 눈길을 놓아줄 줄 모른다. 그것은 태초 우주의 섭리로 이루어진 것이기에 새삼스럽게 조물주의 존재적 의미를 생각하지 않을 수 없게 하는 대상이 된다. 그러나 정말 가야산의 본체가 지금 눈앞에 펼쳐진 바로 그것인가 하는 의문이 다음 순간 경일의 머리를 헤집고 들어온다. 그리고 사물의 근원은 엄연하게 존재한다는 것이며 단지 外物의 투영을 진면목으로 생각하는 우를 범해서는 곤란하다는 생각으로 점차 번져간다. 64卦로 세상 이치를 풀어내는 주역조차도 사물의 근원에 대한 온전한 풀이에 해당된다고 단언하기는 어려운 노릇이다. 경일은 바로 이런 점에서 불멸의 역사조차 無爲한 자연에 비하면 그림자일 뿐이라는 회의감을 거두지 못하고 있다.

아울러 그에게는 禪的 지향성이나 禪指를 망라하여 敎海의 세계로 이끌어 가야 한다는 의도조차 그리 뚜렷하지 않다. 경일은 오히려 태허를 꿈꾸는 老莊子 풍에 더 기울어져 있는 것으로 비쳐진다.[48] 道에 이르고자 하는 길은 여럿으로 갈라지는 것처럼 보여도 도달처는 한 점으로 귀착된다. 混元이나 太虛, 曹溪라는 말[49]들은 한결같이 궁극의 도를 갈무리하고 있는 용어로 지목될 터인데 승속을 초월한 忘機의 상태를 전제로 할 때에만 기대할 수 있다는 점을 아울러 내비치고자 하는 의도

---

48) 조선시대 佛僧들의 시에 老莊思想이 수용된 까닭을 두고 儒家의 獨善主義에 대한 대응적인 현상으로 풀이하기도 한다(李晉吾, 『韓國佛敎文學의 硏究』, 民族社, 1997, 215면).

49) 이런 용어들은 佛敎로 말하면 解脫의 의미를 내포한다. 그것은 인간 道, 실재의 混沌化를 가리킨다. 莊子에게 있어 道란 인간의 개념적 인식을 넘어선 발랄한 宇宙의 作用이며 동시에 살아있는 混沌과 하나가 되고 그것을 있는 그대로 사랑하는 것을 말한다(安東林 역주, 『莊子』, 현암사, 1998, 17면).

가 시의 이면을 지배하고 있다는 생각을 거두기 힘들다.

隱逸自重하는 상태에서 은밀히 문도들 사이에서나 수수되던 승려들의 시가 조선 중기에 이르면서부터 유자들 못지않게 간행으로 이어지며 이는 점차 불가의 전통으로 자리 잡는다.50) 유자들이 유가의 학통과 이념의 전승이란 취지에서 자유스럽지 못했다면 승려시문집의 간행은 이른바 선사로서의 풍모와 禪的 깨달음을 간접적으로나마 체현시키는데 도움이 된다는 믿음에서 출발했다고 본다.51) 누구도 적시한 적이 별로 없으나 선시의 창작과 문집 간행은 결국 선가에서 언어가 갖는 힘을 역설적으로 적극 증거하는 일이었다고 할 만하다.

그렇다면 『東溪集』에 수록된 시들을 선시로 규정하는 것이 마땅한 일일까. 앞에서 그의 시가 지닌 대략의 특성을 일별해 보았지만 그의 시를 선시로 규정하는데 주저스럽게 만드는 면도 적지 않은 것이 사실이다.

경일의 시를 접할 때 받는 첫 인상은 그가 禪的 세계가 아니라 도리어 仙的 세계를 지향하였던 인물이며 이를 현실에서 직접 구현하기보다는 작시를 통해 내부적 욕망을 표출시키는데 능하다는 점이다. 세속을 초탈한다는 점에서 禪과 仙간에 상통하는 요소가 있는 것은 분명하다. 하지만 禪은 스스로가 내면으로 침잠하여 깨우쳐가는 것에 초점을 둔다면 仙은 지상을 벗어나 또 다른 異界로 편입되길 바라는 자유의지를 기조로 한다.52) 후자처럼 불승이 천상을 유영하고 있는 것은 자신의 처지를 부정하는 일이라고 하더라도 무방하다. 오히려 중생과 더불어 상호 각자가 부처되길 지향하며 자신의 내부를 끝 간 곳 없이 탐색해 들어가 진면목을 발견하는 일 곧 참 '나'를 찾아 단단히 부여잡는 일을

---

50) 鄭炳三, 「眞景時代 불교의 진흥과 佛敎文化의 발전」, 『진경시대』, 돌베개, 1998, 18면.
51) 李鍾燦, 『韓國佛家詩文學史論』, 불광출판부, 1993, 451면.
52) 李鍾殷, 「國文學과 道敎思想」, 『韓國文學의 道敎的 照明』, 1986, 30면.

과업으로 하는 것을 禪에 비유할 수 있을 듯하다. 스스로를 변화시키고 마침내 불변의 자아로 다시 탄생하는 과정을 바로 禪이라 불러도 좋을 것이고 그것의 언어적 발설이 禪詩인 셈이다. 경일도 앞서 본대로 불승으로서 선시에 관심이 아주 없지는 않았던 것을 알 수 있다.

하지만 적확하게 말한다면 경일은 禪詩가 아니라 道仙 志向性[53)]에 기반해 仙詩를 지은 인물이었다고 해야 옳다. 그것은 다름 아닌 세속으로부터 부단히 비상을 꿈꾸었던 그의 성향을 근거로 한 판단이다. 그의 내면을 들여다볼 때, 成仙化에 대한 열망만큼 그를 사로잡고 있었던 것은 없다고 생각된다. 가령 다음과 같은 시어들은 그의 仙的 지향을 가늠해 볼 수 있다는 점에서 주목할 필요가 있다.

謫仙：<次與秀才佛池峯韻>, <遊鳥嶺龍湫>)

王涼仙：<詠金剛山>

羽化翁：<春日舟行>

仙漏：<呈盆城禹使君>

仙區：<題白蓮社江月軒>,<謹次退溪寄林葛川韻>

方外：<寄呈退憂相國>

仙園：<次文先生題迦葉窟韻>

謫仙翁：<獅巖瀑布>

仙府壯：<登金剛山>

仙幛：<登伽倻山白雲臺>

仙府：<次申進士賞秋韻>

仙興：<再次甘露寺壁上韻>

老氏書：<題黃處士白鷗亭>

仙藥：<贈日本僧中岳長老歲六>

---

53) 道仙指向的 취향은 敬一의 親交 범위를 통해서도 확인된다. 그가 교류한 愼齋, 德淵, 趙璨 등은 揚名을 추구하기보다도 脫俗한 채 仙界를 꿈꾸는 處士 부류에 속하며 이들과 交流하는데 경일이 주목한 것은 상대의 신분과 배경이 아니라 佛道를 아우르며 作詩와 談論의 疏通이 가능한가 하는 점이었다.

仙客：<次磧川寺懸板韻>
謫仙才：<訪愼齋>
方外論交：<訪愼齋>
仙家：<次崔生韻>
謫仙流：<謹次星州吳使君道一遊金烏韻>
仙李：<題族譜卷後>
黃庭：<暮春偶吟>
仙庭：<題八空山內院庵西軒>,<內院庵眺望>
仙山：<次栢庵題百泉寺韻>

발췌한 시어만으로 경일이 老莊사상이나 道敎사상에 깊이 경사되었다고 단정 짓는 것은 성급하고도 무모한 일이 될 것이다. 하지만 시어의 구사를 통해 시적 지향점을 가름한다고 본다면 평소 그가 보인 도교적 세계에 대한 동경의식과 분리시켜 생각하기가 어렵다. 이는 그가 仙的 세계를 무던히도 지향한 인물이라는 점을 선연하게 비추어 준다. 申周伯이 지적한대로 위에 제시한 시어들은 확실히 仙界나 老莊思想에 퍽심취해 있었음을 상징적으로 대변해 주고 있다. 그가 불승이었던 만큼경일이 禪悅의 형상화를 도외시했다는 평은 아무래도 지나치다. 그러나내용은 차지하고서 그의 시어는 신선사상, 도교세계를 이미지화하는 것들로 가득 차 있다고 할 만하다.

道仙思想[54]에 경사된 시어의 구사는 그의 시와 유자들의 시를 구분하기 어렵게 만드는 요인으로 이어지기도 한다. 仙的 취향이란 어떤 사상, 철학적 울을 떠나서라도 중세 한시에서 상투적으로 끌어들이는 상상이자 시적 소재원의 구실을 감당했다는 점을 부정할 수 없겠는데 경

---

54) 이 글에서는 道敎사상 혹은 老莊사상 대신 道仙思想을 주 용어로 사용하기로 한다. "道敎라고 할 때에는 옛날의 신선술로부터 발달한 일종의 방술적 종교를 가리키는 것이므로 도가와는 구분해야 한다(구보다 료온 저, 최준식 옮김, 『中國儒佛道 三敎의 만남』, 민족사, 1990, 16~17면). 본고에서의 道仙思想이란 神仙思想과 道家思想을 포괄하는 것으로 테두리 지을 수 있다.

일의 시에서는 유자들의 시와 큰 거리감을 찾아보기 어려우며 문사, 詩
人墨客들과 스스럼 없이 어울린 日常의 자취에서 알 수 있듯이 그는 시
속에서 禪的 세계 못지않게, 아니 그 이상으로 仙的 세계가 추구되고
있었다.

心仙跡佛은 경일의 삶과 시를 상징하는 말로 더 없이 적절하다. 外樣
은 僧服차림이지만 정신적으로 신선세계를 부단히 동경했었기에 붙여
줄 수 있는 상징어인 것이다. 이 같은 경일의 면모는 당대인들 사이에
서도 벌써 화제거리로 회자되었던 것으로 보이는데 경일이 驪州方伯 李
時楳에게 <與驪伯登淸心樓>란 시를 지어주자 李時楳는 다음과 같이 화
답했다.

使君無事臥江州   벼슬아치는 일없이 강두에 누워
逢看仙僧上古樓   仙僧이 옛 누에 오르는 것을 보았도다

李時楳는 경일을 '禪僧'이 아닌 '仙僧'으로 칭하고 있는 바, 이 한 마
디만큼 경일의 시적 성향을 적절하게 형상화해주는 말은 달리 발견하
기 어렵다. 경일이 불승으로서의 임무와 사명감을 외면하면서까지 道敎
와 神仙世界에 매몰되어 간 것은 아닐지라도 그가 남긴 시만 놓고 본다
면 분명 선선세계를 무척이나 동경한 승려임이 점점 명징하게 드러난
다 하겠으며 天上과 우주, 그리고 太虛의 원초성을 회복하고자 하는, 일
종의 老莊主義者로 규명된다. 僧俗을 초월하여 많은 사람들과 어울리고
교류하였으나 그의 풍격을 적확하게 발췌해낸 이는 아무래도 李時楳일
성 싶다. 우리는 경일이 왜 禪僧이 아니라 仙僧으로 불려야 마땅한지
이제껏 시를 통해 훑어보았거니와 경일을 승복차림에다 육환장을 쥐고
장공을 가로질러 비등하는 신선으로 본 李時楳의 눈썰미에 동의할 수
밖에 없게 되었다.

Ⅳ. 경일 小說文學의 이해

『東溪集』은 경일의 문학적 위업을 증거해 주기에는 흡족하지 못한 빈약한 분량의 시문들로 채워져 있다고 하겠다. 이것은 앞서 시문에 대한 논의에서도 실감하던 부분인데 산문영역에 있어서도 그 사정은 크게 달라지지 않는 것이다. 그렇지만 <伽倻津龍王堂奇遇錄>은 경일이 남긴 유일한 소설이자 그의 작가적 역량과 소설사적 위상을 뚜렷하게 부각시키는 작품으로 지목하는데 어려움이 없다. 작품 수가 많다 해서 무턱대고 작가적 역량이 높다고 말할 수 없는 반면에 단 한 편의 작품일지라도 문학사적 위상을 거듭 해서 논의[55]해야만 하는 작품도 있을 터인데 필자에게 <기우록>은 후자의 예에 해당하는 것으로 받아들여졌다. 다시 말해 <奇遇錄>은 경일의 소설가적 면모를 확인시켜주는 유일무이한 소설이며 특히 전기소설사에서 새로운 조망이 요청되는 작품이라는 것이다. 적어도 작가로서 경일의 위상을 점검하는데 자리에서 <기우록>[56]을 지나치고서는 그에 관한 어떤 논의도 무의미해 보인다.

---

[55] 필자는 남권희본을 선본으로 삼아 활자화한 『한국불교전서』 v12 소재 『東溪集』을 접하고 논문(김승호, 「太虛堂의 伽倻津龍王堂奇遇錄 연구」, 『고소설연구』 11집, 한국고소설학회, 1999)을 발표한 바 있다. 경일의 문학적 조명으로는 최초의 작업이었지만 미흡했던 부분이 적지 않은 것이 사실이었다. 따라서 이후 <가야진용왕당기우록>에 대한 논의는 과거 논의에서 미흡했던 부분을 보태고 수정한 것임을 밝혀둔다.

[56] 이후 논의부터는 용어의 번다함을 줄이기 위해 <伽倻津龍王堂奇遇錄>을 줄여서 <奇遇錄>으로 부르기로 한다.

　<奇遇錄>은 소설의 유형으로 보아 전기소설의 범주에 속하는 작품임에 틀림없다. 역사적 장르로 볼 때 전기소설은 15세기 발흥하여 많은 文士들의 애호 속에 널리 읽혀져 온 유형으로 그 어느 것보다 우리 소설사에서 큰 비중을 차지하고 있으며 그간 소설사적 의의에 대해서는 비교적 찬찬하게 조망이 이루어졌다고 할 수 있다. 그렇지만 전기소설이 羅末麗初에 출현한 이래 17세기에 이르기까지 월등한 양식으로 군림했음은 물론 기법, 주제의식에 걸쳐 상당한 논의거리를 예비하고 있다는 점에서 이에 대한 논의가 온전히 마무리 되었다고 말하기는 아직 이르다. 오히려 이후로도 전기소설의 기원과 성격, 후대 유형과의 교섭 양상 등에 이르기까지 다양한 논의의 여지를 지니고 있는 양식이라고 할 수 있다.

　우리 소설의 맹아기에 傳奇小說이 먼저 주목의 대상으로 떠오른 데는 분명한 이유가 있다. 즉 중국에서 새로운 문체의 소설인『전등신화』가 선풍적 인기를 누렸다는 바깥 환경의 변화와 함께 한 편으로는 이 땅의 지식인들 사이에서도 새로운 글쓰기에 대한 욕구가 새삼스럽게 피워 올랐다는 점이 推動力으로 이어진 셈이다. 15세기는 시대적으로 傳奇와 결별하고 이제 傳奇小說로 진입하는 시대였다. 이런 흐름은 단순히 양식적 이동에 그치지 않고 시대 상황, 세계관의 인식을 수용할 수 있는 담론의 추구와 맞물려진 형상이다. 15세기에 접어들면서 金時習에 의해 처음 등장하게 되는 전기소설은 그 때까지 유지되던 전기, 설화와 거리를 두면서 변화하는 시대 욕구에 걸맞게 주제를 발견, 탐사, 추적하는 적합한 양식으로 인식되기에 이르며 그 이후에도 중세적 공간에서 사랑, 이별, 꿈, 죽음을 기조로 하는 현실세계와 이를 초탈한 異界까지 이야기 속에 갈무리하는 양식적 전형으로 정립되기에 이른다.[57]

---

57) 김기동,『한국고전소설연구』, 교학사, 1983, 15면.

이렇듯이 전기소설은 소설사에서 부침한 여러 갈래 가운데에서도 가장 오랫동안 그 생명력을 보전하여왔는데 그 전기소설의 마지막 시대에 등장한 작품이 바로 <기우록>이라고 할 수 있다.

<기우록>은 경일이 남긴 한 편의 소설에 불과하지만 앞에서 말한 대로 소설사적으로 갖가지 검토거리를 풍성하게 구비하고 있는 작품이라는 것이 드러난다. 이제 이 작품이 지닌 변별적인 특성 가운데 골자만을 앞서 밝힌다면 아래와 같다.

첫째, 17세기는 소설 사상 선초 전기소설이 맹아한 뒤 거듭 월등한 유형으로 창작되어오다가 서서히 종언을 고하는 시기이다.58) 이런 상황에서 출현한 <기우록>은 전기소설의 마지막 모습을 증언해주는 작품으로서 의미마저 지닌다. 이를 통해 우리는 15세기 출현한 전기소설이 17세기에 이르러 어떤 변화양상을 보이는지 시사 받을 수 있게 되는 것이다.

둘째, <기우록>은 전기소설의 담당층이 승려로까지 널리 확산되었음을 명백하게 보여주는 증거가 된다. 그동안 전기소설의 창작주체로는 늘 유자만이 거론된 것이 사실인데 불승이 전기소설의 창작주체로 활동했다는 점에서 기존의 인식을 바꾸지 않을 수 없게 되었다. <기우록>은 16세기 승려 작가 海日의 <浮雪傳>59)과 함께 주제, 내용, 구성

---

58) 蘇在英은 「古小說史의 時代區分問題」(『고소설연구』 5집, 한국고소설학회, 1998, 32~34면)에서 그동안 자신의 연구와 김태준, 박성의, 김춘택 등의 고소설사 목차를 참고하여 우리소설사를 15~16세기, 17세기, 18세기, 19세기 등 크게 4시기로 나누어 시대구분을 꾀하고 있다. 그에 의하면 17세기는 임병양란과 불가분의 관계를 맺고 있으며 心性類, 艶情類, 歷史軍談類와 중국소설의 번안이 적극적으로 모색되던 시기이면서 동시에 전기소설이 자취를 감추는 시기로 파악된다. 이런 소설사적 흐름에 비출 때 <기우록>이 傳奇의 전형을 보여준다는 점은 또 다른 주목거리가 아닐 수 없다.

59) 傳奇小說의 하위 갈래로 佛敎傳奇小說 유형을 설정해야 한다는 것이 필자의 주장이다. 愛情傳奇小說이 곧 초기 전기소설의 지평을 연 유일한 사례로 파악하고 이에만 소설적 의의를 부여하는 일은 자료적 실상에 맞지 않으며 전기소설의 전

등에 걸쳐 이른바 유자들의 전기소설과의 동이점을 밝힐 수 있는 더 할 나위없는 자료적 의미를 함축하고 있다고 해야 할 것이다.

셋째, 이 소설은 전기나 설화가 충족시켜주지 못한 과거 역사 및 당대상황을 심도 있게 형상화하고 있어 현실성이 미약한 전기소설의 흐름에 큰 변화를 암시하는 작품으로 매거하더라도 부족함이 없을 정도이다. 특히 17세기 널리 퍼진 애정전기소설과 달리 <기우록>에서는 才子佳人끼리의 만남, 사랑, 이별을 주조로 하는 상투적 내용을 탈피하여 당대 민중들의 고단한 삶에 주목하고 있으며 이들이 겪는 고초와 시련을 외면하지 않고 위정의 이치와 바람직한 지향점을 계시함으로써 社會 啓蒙的 담론으로서의 성격마저 보여주고 있다.

1. 伽倻津龍王堂奇遇錄의 출현과 前代 傳奇小說과의 관련성

17세기 중, 후반에 創作된 것으로 보이는 <기우록>은 소설사적 맥락에서 보면 전기소설의 절정기에 오르고 한편으로는 그 유형적 특성이 변모하기 시작하는 시점의 산물에 속한다. 15세기 『金鰲新話』가 출현한 이래 전기소설이 지속적으로 창작되고 수용되어온 前史가 있었기

체상이 오히려 흐려질 수 있다는 생각 때문이다(김승호, 「불교전기소설의 유형설 설정과 그 전개 양상」, 『고소설연구』 17집, 한국고소설학회, 2004). 이외 <浮雪傳> 을 중심으로 하여 불교전기소설 논의에 참고가 될 만한 논문을 들면 다음과 같다.
황패강, 「부설전연구」, 『신라불교설화연구』, 일지사, 1975.
김영태, 「부설전의 원본과 그 작자에 대하여」, 『한국불교학』 제1집, 1975.
김승호, 「16세기 승려작가 暎虛 및 浮雪傳의 소설사적 의의」, 『고소설연구』 11 집, 한국고소설학회, 2001.
경일남, 「부설전의 인물대립 의미와 작가의식」, 『어문연구』 34, 어문연구학회, 2000.
오대혁, 「부설전의 창작연원과 소설사적 의의」, 『어문연구』 47, 어문연구학회, 2005.

에 <기우록>의 출현이 가능해졌다는 점을 간과할 수 없을뿐더러 애정 전기소설에서 私談的 성격이 크게 퇴색되고 대신 사회적 사건과 상황 이 중점적으로 부각된다는 점 역시 주목할 일이다.

17세기에도 애정전기소설은 여전히 폭넓게 읽혀졌으며 오히려 번성 함을 자랑하면서 절정의 단계에 올라서게 된다. 궁녀와 궁 밖 才士사이 의 비련이나 전란으로 인한 연인들의 만남과 이별 등 이른바 초월적 전 개가 아닌 현실적 배경과 낭만적 이야기로 짜여지는 것이 이 시기 애정 전기소설의 특징이었다. 독자들은 비현실적 색채가 강했던 설화적 담론 에서 현실주의적 경향의 이야기에 심취하게 되었는데 초월적 세계와 영혼으로 상징되는 상투적 전개를 넘어서 현실성과 세속성을 담지한 전기소설을 목도할 수 있게 되었다.[60] 가령 <운영전>, <최척전>, <영 영전> 등은 그 대표적 사례로 재능 있는 남자와 아름다운 여인사이의 비련으로서 사랑과 이별, 죽음 등을 그리고 있는데 작품에 따라서는 행 복을 담보하지 못한 채로 마무리되는 일도 허다해진다.

위에 열거한 작품 이외에도 才子佳人 간의 애정, 이별, 죽음을 축으 로 한 낭만적 이야기는 선초 전기소설에서부터 상투적으로 대입되었음 을 우리는 익히 알고 있다. 즉 <萬福寺樗蒲記>, <李生窺墻傳> 등이 그 런 경우인데 작가의 시선이 밖을 향하고 있다기보다는 선별된 才子佳人 의 주위를 크게 벗어나지 않는 범위에 머물고 있다. 주동인물인 남녀는 사랑에 빠졌으나 곧 어떤 장애물로 인해 화합하지 못한 채 이별한다든 가 한 쪽이 죽음에 이르는 비극적 전개범주에서 크게 벗어나지 못한다. 이는 그대로 唐나라 전기소설의 전통적 승계와 다를 바 없다. 이처럼 애정전기소설은 우리 전기소설사에서 지배적인 현상으로 오래도록 유 지되며 17세기 즈음에 이르면 그 절정의 단계에 올라서는 것을 보게

---

60) 이에 대해서는 梁承敏의 논문(『17세기 전기소설의 통속화 경향과 그 소설사적 의미』, 고대 박사학위논문, 2003)을 참조할 수 있다.

된다.

하지만 <기우록>은 17세기 그 절정기에 이른 애정전기소설과는 전혀 다른 인물과 내용을 담고 있다. 어떻게 보면 전기성을 보다 강조함으로 退嬰談으로 치부되어 마땅한 내용이라는 선입견마저 피해가기 어렵다. 하지만 그것은 말 그대로 선입견에 불과할 수 있다. 이 소설의 진면목을 캐내기 위해서라도 우선 내용을 살펴볼 필요가 있겠는데 다음은 대략적인 줄거리이다.

   a. 예부터 伽倻津에는 龍王이 살고 있었으며 고래로 그곳에 제사를 올리고 지성을 바치는 풍속이 이어져 왔으며 특히 祈雨 祈晴祭를 드리면 반드시 효험이 있다고 전해왔다. 그리하여 근역의 사람들은 물론 그곳을 지나는 稅貢船이나 商船員들도 하선하여 제사를 올리곤 하였다.

   b. 여름이 끝나고 가을로 접어드는 때에 혹심한 가뭄에 시달리던 황강변에 사는 선비 만랑자가 용왕당에 올라 가뭄의 참혹함 속에서 고초를 겪는 민초들을 생각하다가 祈雨祝文을 지어 龍堂의 처마에 붙인다.

   c. 漫浪子가 기우축문을 붙이고 배회할 때 갑자기 한 사신이 그 앞에 출현하여 洛神王의 使臣으로서 명을 받아 만랑자를 초청하기 왔다고 밝히게 된다. 이에 만랑자는 사신의 인도로 용궁에 들어가게 된다.

   d. 龍王을 만나자 마자 漫浪子가 지상의 혹심한 한발에 대해 걱정하며 용왕의 선처를 부탁하게 되는데 용왕을 통해 비로소 만랑자는 세상 밖에 극심한 가뭄이 이어지는 까닭이 인륜도덕의 붕괴에 대한 옥황상제의 징벌 때문임을 알게 된다.

   e. 漫浪子의 愛民정신에 감명된 龍王이 문제해결을 위해 오래전에 세상을 뜬 뒤 川澤의 水長으로 있는 四位(屈原, 張騫, 李白, 賀知章)를 초청하기 위해 각처에 사신 편에 서신을 보낸다.

   f. 四位가 龍宮으로 초청되고 龍王, 漫浪子를 포함한 6人이 시공을

초월하여 교류의 자리를 갖는데 서로간 안부를 묻고 자신들의 감
회를 피력한다.

g. 漫浪子와 四位를 위한 주연이 베풀어지는 한편 屈原, 張騫, 李白,
賀知章, 漫浪子 순으로 돌아가며 시를 짓고 서로들 각자의 감상을
토로한다.

h. 漫浪子가 자신이 지은 기우축문을 四位에게 보이면서 세상의 한발
이 얼마나 비참한 결과를 가져왔는지를 밝히지만 용궁에 모인 누
구에게도 해갈의 권능을 발견할 수 없게 된다. 궁리 끝에 용왕의
제안에 따라 6명이 옥황상제에게 합작 祈雨文을 올리기로 한다.

i. 洛神王 등의 청을 받은 동해용왕이 기우문을 천상에 보고하였으
며 기우문을 읽은 옥황상제가 여러 신하들과 숙고한 끝에 雨師府
와 海王欲神에게 명하여 낙강주변에 수일간 비를 내리게 한다.

j. 흡족하게 비가 내려 완전히 해갈하게 되자 漫浪子는 龍王에게 감
사의 인사를 올리고 四位와 함께 귀가 길에 오르는데 곧장 고향
으로 돌아가지 않고 제 신들과 더불어 蓬萊山으로 들어간다.

<기우록>이 어떤 작품을 창작적 전거로 삼았는지 단도직입적으로
밝혀내기는 어려운 일이다. 정황으로 보건대 전기소설의 출발점으로 삼
는『金鰲新話』뿐만 아니라『전등신화』의 영향력을 우선 생각할 수 있
겠다.61) 혹은『金鰲新話』의 창작에 촉매역할을 한 明나라 瞿佑의『剪燈
新話』와 형식 내용적 유사성을 보이고 있는 만큼 이들 두 작품집이
<기우록>의 출현에 영향을 끼쳤다고 보아도 큰 무리는 없다. 그 점에
서 먼저『剪燈新話』가운데 <龍堂靈會錄>, 그리고『金鰲新話』의 <龍
宮赴宴錄>을 일별한 뒤 이들 작품과 <기우록>간의 친연성과 아울러
차이점을 타진하는 식으로 논의를 진행하기로 한다.

---

61) 金起東,「金鰲新話의 연구」,『동양학연구』5, 1975.
金鉉龍,『韓中小說說話比較研究』, 일지사, 1977.
『금오신화』가 산중에 비장된 채 소수에게만 알려졌을 뿐이고『전등신화』는 간
행이 거듭될 정도로 널리 인기작품으로 꼽혔다는 현실을 외면해서는 안 될 것으
로 본다.

1. 蘇州府 吳江에 용왕당이 있는데 근처를 지나는 이는 누구나 지성을 올릴 정도로 고래로 영험성을 지니고 있는 곳으로 유명했다.
2. 원통 연간 聞人子述이 용왕당에 이르러 용의 승천을 보고 묘당에 시를 지어 붙였다.
3. 용의 사신이 갑자기 나타나 聞人子述을 데리고 용궁으로 인도했다.
4. 용왕이 문인자술의 題詩에 대해 찬탄한 나머지 초청했음을 밝히고 영접한다.
5. 越의 范相國, 晉의 張使君, 唐의 陸處士가 더불어 초정되고 용왕은 이들을 위해 연회를 베푼다.
6. 뒤늦게 연회에 참여한 오나라 子胥가 范蠡에게 구원을 토로했고 범려가 전날의 죄를 사과하고 난 후 자서의 회고담이 이어진다.
7. 伍子胥, 范相國, 張使君, 陸處士, 聞人子述, 龍王의 순으로 자리를 잡고 돌아가면서 시를 짓는다.
8. 초청 인사들이 용궁을 떠나는데 용왕이 聞人子述에게 진주와 서우의 뿔을 담아 준다.
9. 배를 타고 나오니 동이 트고 있었고 이후 그는 용왕당에 절하고 집으로 돌아간다.

초기 전기 소설 연구에서는 이 양식이 자생적인 것이 아니라 중국에서 유입된 양식이라는 단정적 추론을 앞세워 작품들 사이의 유사성 여부를 확인, 검증하는 데 보다 큰 관심을 기울였다고 할 수 있다. 이런 결과로 사건, 등장인물 등에 걸쳐 『金鰲新話』는 『剪燈新話』를 고스란히 모방한 것이라는 결론에 이르렀고 이후 이런 선행연구는 한동안 이의 없이 묵수되어온 편이다. 그렇지만 시간이 지나면서 『금오신화』가 전승의 답습이 아니라 김시습의 개별적 창발력에 의존하여 출현하게 된 작품이라는 진단이 점차 늘어가는 추세로 바뀌었다.[62]

---

62) 장덕순, 『한국설화문학연구』, 서울대출판부, 1978.
     임형택, 「현실주의적 세계관과 금오신화」, 『국문학연구』 13집, 1971.
     조동일, 『한국소설의이론』, 지식산업사, 1977.

줄거리로 볼 때 <奇遇錄> 역시『전등신화』의 <용당영회록>과 놀랄 만큼 내용, 형식에 걸쳐 유사성을 보여주고 있어『전등신화』의 모방작 이라는 추론을 내리더라도 어색하지 않을 정도이다. 하지만『金鰲新話』의 <龍宮赴宴錄> 또한 <奇遇錄>과 방불한 면이 많다는 점에서 <奇遇錄>이 <龍堂靈會錄>의 모방이라고 단정하는 것은 문제가 있다. 다음은 <龍宮赴宴錄>의 줄거리이다.

1. 松都 天摩山 속에 용추가 있었는데 옛날부터 龍神이 있다는 전설이 있는 곳으로 조정에서는 때가 되면 이곳에서 제사를 올리곤 하였다.
2. 고려 시대 글재주로 이름을 떨친 韓生이 방에서 책을 읽다가 복두를 쓴 두 사람이 하늘에서 나타나 瓢淵의 신룡의 지시에 따라 왔다며 동행하기를 청했다. 한생은 의아하게 여기면서도 두 사람이 인도하는 대로 따라갔다.
3. 10여 명의 사인들이 한생을 말에 태우고 순식간에 청의동자 두 명이 영접하고 있는 水晶宮에 이르렀다.
4. 용궁에서 한생을 청한 것은 용왕의 딸을 위해 지은 別閣의 상량문을 쓰지 못해 애를 태우다가 韓生을 청해 상량문을 짓도록 하기 위함이었다.
5. 용왕이 潤筆宴을 베풀어 한생을 위로하였으며 여러 精怪들이 춤과 노래를 보여주는 가운데 한생도 江河에서 온 여러 군장들과 더불어 송시를 지어 바쳤다.
6. 용궁을 떠나는 길에 용왕은 한생에게 비단 두 필과 구슬 두 개를 선물로 주며 궁성 밖까지 따라 나와 전송하였다.
7. 사자의 등에 올라탔던 한생이 바람과 물소리가 그쳐 눈을 떠보니 바로 자기 집에 누워 있었으며 손에는 용왕이 준 선물이 쥐어져 있었다.

김광순,「고소설사서설」,『어문논총』19, 1985.
설중환,『금오신화연구』, 고려대민족문화연구소, 1983.

8. 그 후 한생은 용궁의 보물을 누구에게도 보여주지 않다가 홀연히
   명산으로 들어가 자취를 감춰버렸으니 그에 대한 소식을 아는 이
   가 없었다.

내용상 <靈會錄>, <赴宴錄>, <奇遇錄> 3작품은 배경과 인물설정은
물론 龍宮 내 詩會 등에 걸쳐 유사한 모티브를 유지하고 있어 간 텍스
트적 관련성을 외면할 수 없게 한다. 물론 출현순서는 <靈會錄>, <赴
宴錄>, <奇遇錄>의 순으로 나타나는데 일단 <영회록>과 <부연록>만
을 놓고 본다면 <영회록>의 영향으로 <부연록>이 창작되었다는 생각
을 쉽게 해볼 수 있다. 이미 金台俊이 <부연록>이 <靈會錄> 혹은 <慶
會錄>의 영향을 받아 지어졌다는 점을 지적[63]한 이후 많은 이들이 동
의하기도 한 터이다. 『金鰲新話』가 이 땅의 몇몇 지방을 배경으로 삼고
있다고는 하지만 전기 소설로서 새롭게 탄생한 『剪燈新話』적 내용, 체
제, 주제와 퍽 유사한데다 이전까지 이런 류의 작품이 등장하지 않았다
는 점에서 충분히 수용할만한 견해이다.

그렇다면 <기우록>은 어느 작품을 주로 자양분으로 삼아 출현할 수
있었는가. 내용만으로는 <奇遇錄>이 『金鰲新話』의 <龍宮赴宴錄> 한
작품만 답습, 모방해서 창작되었다고 말하기는 어려울 듯하다. 따라서
잠정적으로는 앞선 두 작품이 모두 어느 정도씩 <기우록>에 영향을
끼친 것으로 추단하고 논의를 펼치는 것이 옳을 듯하다.

<靈會錄>의 서두에 나타나는 배경은 용왕당이 세워져 있는 강가이
며 용왕의 영험함을 믿는 사람들이 고래로 치성을 올리던 곳으로 설정
되어 있다. 이 같은 배경은 <기우록>에 등장하는 伽倻津과 그대로 부
합하는 양상을 보이고 있어 흥미롭다. 오래 전부터 용왕의 영험함이 서
려있다고 믿어온 龍王堂은 두 줄기의 강물이 합수하는 어귀에 세워져
있었으며 지역민들은 날이 가물거나 장마가 계속되면 고하를 막론하고

---

63) 김태준, 『조선소설사』, 학예사, 1939, 59면.

이곳에 이르러 정성을 바칠 정도로 그 영험함을 지닌 곳이었다.

배경의 유사성은 <부연록>과 <기우록> 사이에서도 엿볼 수 있다. <赴宴錄>에서는 강가가 아닌 개성 천마산 중턱에 위치한 용추를 배경으로 이야기가 펼쳐진다는 차이가 있긴 하지만, 그곳에서도 역시 龍神에게 치성을 드리며 재액을 쫓고자 했던 점은 마찬가지이다. 이후 전개되는 이야기에서도 주인공의 身上明細的인 이력, 용궁의 초청과정, 주인공의 文才과시, 다양한 고금 명사들의 초청과 시회와 독시 등 전통적으로 채택되던 범례적 순차가 그대로 적용되고 있어 크게 보아 세 작품이 동일한 서사 구조로 짜여져 있다고 말해도 될 것이다.

『剪燈新話』,『金鰲新話』가운데 어떤 작품이 <기우록>에 직접적인 영향을 끼쳤는지 단정 지어 말하는 것은 적절하지 않다고 하겠다. 전기소설로서 <기우록>이 앞선 작품을 분명히 모방한 것이 부정할 수 없는 사실이라면 차라리 『剪燈新話』와 『金鰲新話』두 작품 모두 <기우록>의 출현에 영향을 끼쳤다고 보는 것이 오히려 설득력 있는 추론이라고 볼 수 있다.

전에 발표한 논문에서 필자는 『金鰲新話』의 <부연록>이 <기우록>에 더 직접적인 영향을 미쳤을 것으로 진단한 바가 있는데 이는 좀 성급하지 않았던가 생각한다. <龍宮赴宴錄>에 나타나는 창조적 모방. 즉, 중국을 배경으로 하지 않고 이 땅의 특정 지역을 구체적으로 지목하여 핍진성을 도모했다는 점이 그대로 <기우록>의 특성으로 감지되지만 한편으로 <용궁부연록>도 『전등신화』의 <영당영회록>과 혹사하여 이를 모탕으로 창작된 작품이 아니라고 부정할 수도 없다. <기우록>도 그런 전철을 밟은 산물일 가능성이 높아 필자는 <기우록>이 출현하기까지에는 두 작품의 영향이 두루 미쳤을 것으로 본다.

<赴宴錄>이 <靈會錄>, <慶會錄>을 바탕으로 두고 씌어졌다는 점을 들어 그 아류나 모방작으로 폄하하는 평은 나오지 않게 되었다. 모

방이라든가 번안정도의 작품으로 보려는 시각 대신에 金時習의 창발성
에 의해 새롭게 구축되었다는 평가가 주를 이루게 되었는데 이 땅에 사
는 이를 등장인물로 설정한 점, 전국 여러 지역을 서사적 배경으로 삼
고 있다는 점에 근거를 두고 있는 바, 중국을 배경으로 삼는데 익숙했
던 조선시기의 소설 창작 경향에서 보면 매우 예외적인 현상이라고까
지 말할 수가 있다.

<赴宴錄>에서 공간적 배경으로 삼고 있는 곳은 개성 천마산 박연폭
포이다. 이곳은 靖難 이후 세속적 현달을 버리고 작자 김시습이 산천을
주유하던 때 지나쳤던 곳[64]으로 그가 당시 본 용추 유람체험을 바탕으
로 하여 소설적으로 이입, 승화시켰다는 풀이는 얼마든지 가능하다. 金
時習이 중국 전기소설의 이식에 의한 수동적 입장을 탈피하여 나름으
로 창작에 임한 명징한 근거로 꼽을 만한 것이다. 그런데 김시습이 지
향한 대로 <기우록>에 있어서도 이 작가가 지니고 있었던 개별적 성
향은 별도로 지적할 수 있다. 다시 말해 <奇遇錄>은 인물과 배경, 두
가지 점 모두에서 전대 소설과 다른 개별적 특성을 담지하고 있는 작품
이라고 말할 수 있다.

2. 伽倻津龍王堂奇遇錄의 인물, 시공간, 그리고 歷史對應

1) 漫浪子의 인물기능

<기우록>의 주인공 漫浪子는 얼핏 보면 <靈會錄>의 聞人子述, <赴
宴錄>의 韓生과 별반 다른 점이 없는 것처럼 보이지만 사회 현실, 특히

---

64) 소재영, 「금오신화의 문학적 가치」, 『한국 고소설의 조명』, 아세아문화사, 1990,
28∼29면.

민중의 삶에 지대한 관심을 표명하고 있는 민중지향적 인물로 밝혀진
다. 서두에서 立身揚名이 뜻대로 되지 않자 서글픈 심회를 시와 술로
달래는 나약한 문사 정도로 치부해 버릴 수 있을 지 모르나 그런 예단
은 곧 깨어지고 만다.

　이야기가 진행됨에 따라 만랑자의 애민정신이 얼마나 강한지, 그리
고 여러 신들 사이에서 매개적 역할을 얼마나 능란하게 발휘하고 있는
지 선연하게 드러나게 되는바, 용궁초청 자체에 감읍하고 있는 聞人子
述이나 韓生과 인물성격이 다르다는 인식을 심어주게 된다. 만랑자에게
발견되는 인민에 대한 애휼심은 용왕이 기우제시를 평하여 "그대의 시
를 살펴보니 백성들을 위해 비를 청하는 것으로 세상을 제도하고자 하
는 뜻이 대단하다고 할 것이오(王曰 審君之詩 乃爲民請雨也 濟世之志 可謂勤
也)."라는 데서 한층 분명하게 판명된다. 용왕당에 시를 붙인 것은 단순
히 자신의 문재를 과시하여 용왕은 물론 천상의 옥황상제의 이목을 끌
어내자는 의도가 아니다. 오히려 그것은 비참한 지경에 처한 민중들을
어떻게든 구원하지 않을 수 없다는 지식인으로서의 사명감에서 나온
것이라고 보아야 한다. 만랑자는 자발적 판단 아래 降雨의 가능성을 타
진한 끝에 지상은 말할 것도 없고 天下 江澤, 天上의 옥황상제마저 설
득시켜야 한다는 의무에서 출발하여 우선 神格들을 설득하기로 한다.
만랑자의 집념이 아니었다면 낙강의 인민들은 재난의 구렁텅이에서 구
원될 여지가 없었을 것임에 틀림없다.

　이를 통해 본다면 만랑자는 더 이상 우연한 기회에 용궁에 불려간
불우낙척한 선비가 아닌 셈이다. 그는 세상의 구원을 가능케 한 단초적
기능을 담당했을 뿐더러 순기능적 국면으로 사태를 돌려놓은 데 결정
적 계기를 마련한 주동적 인물이다.

2) 伽倻津의 寓意性

<기우록>에서는 중앙 집권적 시각을 거두고 외지고 험한 洛江 권역을 주 무대로 삼고 있다. 그같은 배경의 선택은 경일의 개인적 이력과 무관하지 않은 것으로 보인다. 곧 경일 자신이 주석처로 전전한 곳이 바로 盆城, 洛東江 권역인데 그는 공간을 자의적으로 선택할뿐더러 그 시공간과 관련된 역사인물을 병렬시켜 이야기를 우의적으로 이끌어가고자 하는 의도조차 엿보인다. 과거 문인들의 교양적 범위가 시와 역사에 기울여져 있었다는 점은 누구나 수긍하겠는데 <기우록>에서는 다양한 시공간이 모자이크 식으로 조합되어 있음을 보게 된다. 지상세계는 그대로 17세기 말 조선의 상황이며 水府세계는 고금의 賢者, 神格이 시공을 초월해 운집한 현장이며 천상은 과거와 이계를 두루 포괄하는 절대불변의 통제 공간으로 그려지고 있어 한껏 흥미를 고조시킨다. 주인공은 洛江邊에 살고 있는 寒微한 선비로서 자신이 머물고 있는 지역에 깊은 애착과 자부심마저 지니고 있어 작가는 그를 통해 현실주의적 시각을 내보인다고 하겠다.

漫浪子는 17세기 쉽게 만날 수 있는 한 선비에 불과하다. 물론 사건 해결의 중추적 역을 담당하지만 洛神王(龍王)과 어울리지 않는 당대적 인물이다. 가야국을 세운 수로왕의 후손으로 전하는 용왕이 수부를 관장하는 신격인데 비해 주인공은 자신의 입신조차 불투명한 한미한 서생일 뿐이다.

이야기가 진행되면서 용왕은 洛江을 지키는 수장이 되어 누구보다도 만랑자에게 도움을 주고 있는 것으로 나타난다. 아득한 시간, 공간의 간극에도 불구하고 만랑자와 용왕이 인연을 맺게 되는 곳을 낙강, 그 중에서도 伽倻津으로 설정한 것부터가 낙신왕을 역사적 인물이 아닌 현재적 의미를 지닌 기능으로 수용하려한 의도에서 비롯된 것이라고 보고 싶다. 서두에는 낙강 어느 즈음에 위치한 가야진, 그리고 그곳에 위치한 용왕당을 멀리 혹은 가까이 조망하면서 역사적 유래와 더불어 아직도 명성을 잃지 않는 곳으로 부각시키며 이른바 만랑자의 용궁체험을 세심하게 묘사한다.

가야진의 위쪽에 龍堂이 있는데 큰 두 물줄기가 바닷물과 더불어 물줄기가 돌아나가는 곳이다. 그곳에 섬 하나가 물위에 가파르게 가로질러 있는데 마치 용이 노니는 모양이다. 소나무가 우거지고 돌이 뾰족한데 물결이 들어오고 나가는 사이에 그 아래로 굴이 생겼는데 그 깊이를 알 수 없었다. 물이 가득차면 조용하다가도 용솟음치기도 했다. 사람들이 그 곳에 다가가면 신물이 있어 그 안에서 문을 닫는 것 같았다. 황당하게 놀라고 털이 곤두서 감히 그를 볼 수 없었다. 그곳이 세상에서 말하는 용굴이라는 것이다. 옛사람들이 그 용굴 위에다 사당을 지어 신에게 제사를 지냈는데 어느 날 신이 갑자기 鄕人의 꿈에 나타나 말하길 "내 뒤로 堂이 등지고 있어 제사를 받는데 방해가 되니 즉시 반대편 땅으로 당을 옮기라" 했다. 그리하여 거친 풀을 베어내고 우거진 것을 다듬으니 멀리 아득하게 연기와 구름이 물결치는 강이 끝없이 펼쳐진다. 무릇 나라의 稅貢船들에서부터 경상 해안의 고기, 소금 배들이 용당 아래를 지날 때는 모두 반드시 향불을 피워 제사를 올렸다. 그 주군의 관리와 고을사람들은 때때로 제물을 올리고 정성을 바쳤다. 혹 祈晴과 祈雨祭를 올리면 곧 응답이 있었으니 그 영험함이 일찍부터 널리 알려졌다.

伽倻津上 有龍王堂 有兩大水 與海潮所匯之處也 而一島陡橫於水上 如遊龍之狀 松鬐石角 浸露波間 下有穴 其深無底 積水冲融洶涌 人臨之 似有神物閟宅于其內 荒惚而神驚毛竪 不敢覘焉 世謂之龍窟 昔人建祠于上以祭神 有日神忽夢於鄕人曰 堂背於吾後 妨於享祭 卽移堂於相對之地 荒茅平楚 一望極目 烟波雲浪 浩渺無際 凡國租稅貢之船 及嶺海 魚鹽之舟楫 皆經由於堂下過之者 必以香火 奉之 其州郡之吏 及鄕居之人 歲時亦以牲幣致敬 或以雨晴祈 其應如響 靈異夙著也

위에 묘사된 배경에 따라 지형적 특성 등을 다시 한번 살펴보기로 하자. 두 줄기로 나뉘어 흐르던 강물이 하나로 합해지는 지점에 섬 하나가 누워있다. 그곳은 넉넉한 강폭만큼이나 먼 곳의 바닷물이 들이닥쳐 민물과 서로 섞이는 곳이기도 하다. 옆으로 누워있는 섬은 멀리서 보면 마치 용이 헤엄치는 듯 보이는데 실은 섬에 소나무가 우거진 데다 돌들이 뾰족하게 치솟아 그렇게 보였다. 바닷물이 드나들면서 생겨난 섬 아래쪽의 굴 역시 이곳에 오는 사람들에게 호기심과 함께 경외감을 불러오는데 부족함이 없었으며 특히 도무지 알 수 없는 그 깊이 때문에 오래 전부터 신물(神物)이 살고 있다는 풍설이 대대로 전해 내려왔다. 神物의 존재에 대해 부정하는 사람은 없었다. 혹간 그 은밀한 공간에 접근해본 사람이 없는 것이 아니었으나 하나같이 神物의 유무를 살피지도 못한 채 뒤돌아 나오기에 급급했다. 바로 세상에서 말하는 龍窟이 그곳이었다.

오래 전 사람들은 龍窟 위에다 사당을 지었으며 해를 거르지 않고 제사를 올리는 풍속을 지켜오고 있었다. 특히 근처를 지나는 稅貢船과 고기, 소금 배의 선원들도 이곳에 이르면 반드시 내려서 제사와 치성을 바치면서 항로의 무사함을 기원하고서야 다시 뱃길을 떠나곤 했다. 州郡의 관리와 鄕人들 역시 해마다 날을 정해 제사를 올렸으며 가뭄과 장마가 계속될 때는 이곳에 이르러 치성을 바치며 조화로운 일기로 바꾸어지기를 고대하는 풍습이 있었다.

그렇다면 가야진과 용당은 온전히 상상으로 빚어낸 공간일까, 아니면 작자가 눈여겨보았던 어느 포구를 모델로 하여 적절히 변주한 것일까. 손에 잡히듯 묘사된 것으로 보아 상상으로 엮어낸 것 같지가 않다. 가야진의 위치, 즉 주변 경관과 함께 황강과 낙강을 연결하는 곳으로 그 요충적 위치마저 상세하게 부언하고 있는 것으로 미루어 본다면 伽倻津이 단지 허구적으로 설정한 공간이 아니라 현실 공간을 모델로 삼았다는 심증이 더욱 굳어진다.

사실 큰 강이나 포구 山頂 등에 제사와 치성을 올리는 전통은 아득한 시기로 소원할 수 있을 터인데, 가야진은 천재지변을 물리치며 풍년을 기원한다든가 가뭄 속에서 비를 기원하는 등 의식거행 처로 여겨져 왔으니 지방민들의 치성장소로 존중되는 것은 물론 조정에서도 사신을 파견하여 큰 제를 올리곤 했던 것이다.

<기우록>에는 伽倻津이 누렸던 과거의 위엄과 중요성이 구체적으로 적시해 놓고 있지는 않으나 과거 시기부터 전국적인 명성을 누려왔음을 증거해 주는 기록이 적지 않다.

> 伽倻津祠는 사전의 하나로 공주 웅진과 더불어 남쪽의 독으로 중사에 속하며 매년 향축을 내려 제를 올린다.[65]

> (가야진은) 郡面 사십 리에 있으며 곧 洛東江의 하류이다. 신라가 伽倻國을 정벌할 때 왕래하던 나루이며 본디 강의 상하를 流通하는 것을 일러 伽倻라 했다. 고려에서는 赤石龍堂을 가야라 하여 치제를 하였으며 세종대에 黃龍이 강중에 나타났으므로 용이 나타난 곳에 치제를 하고 또한 가야라 하여 그 옛 이름대로 하였다.[66]

황산강의 상류에 위치한 가야진은 신라 訥祗王(417~458)때 신라가 강을 건너 伽倻를 정벌하기 위해 배를 대고 왕래하던 나루터가 있었던 곳으로 일명 玉池洲라고도 불렸으며 삼국시대부터 조선시대에 걸쳐 낙동강을 통한 순조로운 뱃길과 강의 범람을 막기 위해 때마다 제사를 지내던 장소였다. 아울러 지금의 漢江과 錦江, 포항의 曲川江 등과 함께 신라가 국가의 주요 4대 강에 제사하였던 四瀆의 하나였다고 『三國史記』

---

65) 『新增東國輿地勝覽』 卷22, 梁山郡 祠廟條.
　　"伽倻津祠 祠典 與公州熊津 俱爲南瀆 載中祠 每歲降香祝以祭."
66) 『梁山郡誌』, 梁山郡, 1983, 1474면.

에 기록되어 있다. 조선시대에도 4독의 하나로 여전히 명성을 누렸으며 나라에서는 매년 香祝과 칙사를 보내 국가적 제의를 거행한 것이다. 매년 마을 사람들은 이곳에서 제사를 올려 홍수로부터 마을을 지켜줄 것을 기원하고 있으며 가뭄이 심할 때에는 비를 내려줄 것을 기원하는 祈雨祭를 지내기도 한다.

현재의 사당은 1406년(太宗 6년)에 지은 것을 중건한 것이다. 규모를 보면, 정면 1칸 측면 1칸의 맞배지붕의 단출한 건물이다. 당 안에는 祭床과 함께 그 위에는 물을 다스리는 수신으로서 머리 셋을 가진 용이 걸려 있다. 풍수 지리적으로 볼 때 이 곳 사당이 자리 잡은 자리는 뒤쪽의 天台山과 龍山을 잇는 중간 위치로서 소위 '땅의 기운이 모이는 지점'이라고도 한다.[67]

중세시기 祭를 올리는 川澤은 한둘에 그치지 않았으나 가야진은 대표적인 瀆으로 인식되어 왔다. 하지만 한강, 덕진, 웅진, 두만강, 평양강 등과 함께 전국적 명성을 누렸던 가야진도 다른 곳과 마찬가지로 조선 후기 이래 점차 존재적 의미를 상실해 갔다. 그럼에도 原型은 아니지만 중수된 伽倻津祠가 아직까지 의연히 자리를 지키고 있으며, 양산군에서는 이를 지방문화재로 지정하고 매년 군수가 제관으로 나서 한 두 차례씩 제사를 봉행해온 터이다. 황룡이 물속에 나타났다는 전설[68]에서 비롯된 기우제처로서의 유래는 여전히 망각되지 않은 채 현재까지도 근민들에게는 기우 혹은 기청의 원을 바치는 장소로서 의미를 일깨워 주고 있는 셈이다.

결국 地形的 묘사와 함께 전승되는 내력을 토대로 가야진의 역사를 훑어볼수록 소설배경은 한낱 상상 속에서 나온 것이 아니라 역사적 공간으로서, 가야진을 그대로 이입시키고 있음을 확실하게 알 수 있다.

---

67) 伽倻津祠의 안내판(양산군 원동면 용당리 소재).
68) 『新增東國輿地勝覽』 卷22, 梁山郡條.

경일이 가야진을 소설의 배경으로 택한 것에 대해 우리는 몇 가지 까닭을 궁리해볼 수 있겠다. 우선 가야진이 그 자신 주석했던 절에서 그리 먼 곳이 아니었다는 점을 들어야 할 것이다. 현재 행정구역상 양산군에 속하는 伽倻津은 경일대사가 주로 머물렀던 大興, 甘露, 靈井, 中峰, 興國, 湧泉寺 등에서 비교적 가까운 곳에 위치하고 있다. 경일은 일찍부터 가야진이 설화를 풍성하게 간직하는 나루임을 주목했겠는데, 위에서 말한 대로 黃龍이 출현했었다는 등 갖가지 설화가 풍성하게 전해지고 있었던 만큼 초월적이며 호기심을 촉발하는 전기소설의 성격에 비추어 소설적 배경으로 삼기에는 어느 곳보다 적절하다고 여겼던 것이다.

게다가 경일 생전에 몰아닥친 한발에 의한 재난과 관련시켜 이곳은 쉽게 잊을 수 없는 공간으로 오래도록 각인되어 있었다고 생각된다. 즉 현종 11년에서 12년(1670~1671)에 몰아닥친 한발을 庚辛大饑饉[69]이라고 부르거니와 이때 심각한 피해를 입었던 곳이 영남 지역이었고 그중에서도 낙동강변의 피해가 엄청났음을 사료가 극명하게 증거해주고 있다. 결국 경일은 역사적 사건으로서 한발의 災害를 수용하는 한편 당대 정치 人倫의 혼란상을 寓意하자는 생각에서 가야진을 소설 배경처로 삼아 전기성과 현실성을 한데 접합시키게 된 것이다.

이 같이 독특한 발상에서 출발한 <기우록>은 위에서 보았듯 낙강 근역을 상상의 근거지로 삼고 있으며 지상, 수부, 천상이 합심하여 가뭄에서 민초들을 구하는 서사적 축을 근간으로 한 전형인 전기소설로

---

69) <기우록>이 모방이나 상상이 아니라 작가의 현실적 체험이 창작의 동기로 이어졌을 것이라는 추론은 매우 현실적이라 할 수 있으며 그에 따라 <기우록>의 창작 년대도 顯宗 11~12년(1670~1671) 즈음이 아닐까 여겨진다. 이때의 가혹한 가뭄은 전국적으로 대기근현상을 촉발시켜 후대에 庚辛大饑饉이라는 별칭이 따라붙었으며 굶주림과 함께 전염병이 창궐하여 100만 이상의 인명피해를 낸 것으로 기록되었다(李泰鎭, 「자연재해 전란의 피해와 농업의 복구」, 『한국사』 30, 국사편찬위원회, 356~366면 참고).

탄생하였다.

<기우록>은 단순한 傳奇가 아니라 寓意性을 내재한 소설이다. 그런데 그 전기적 발화법이 시대적으로 뒤떨어졌다고 느끼는 시기에 굳이 이런 유형을 택한 것에 의아한 생각이 들지 않을 수 없다. 그런데 도교적 우주관을 통한 전기적 구성에 의지하지 않고서는 끝내 작자가 표상시켜야 세계를 구현해 낼 방도가 없음을 이해한다면 이 작품이 지닌 퇴영성만을 지나치게 부각시키는 것도 편향된 태도라 할 수 있다.

3) 伽倻國 및 龍王의 寓意性

<기우록>은 낙강주변의 혹심한 가뭄의 참상을 그 소설적 배경으로 수용하는 한편 인물 역시 그 재난을 타개해줄 능력을 지닌 사람들 위주로 등장시키고 있다. 대표적 인물이 용왕이다. 고래로 용은 風雨를 관장하는 권능을 지니고 있었던 만큼 그는 누구보다 낙강 유역에 닥친 가뭄을 극복해주리라는 기대감을 고조시킬 수 있는 인물이었다. 게다가 그는 일반 용들과 달리 비범한 血統마저 지닌 것으로도 밝혀진다. 곧 그는 과거시기 그 지역을 통치하던 首露王의 아들로 밝혀진다.

> "옛날 가야국의 수로왕이 한 아들에게 명하여 가야진의 수장으로 제수하였고, 벌써 천 년이 지났는데 가야진이란 곧 지금 이 땅을 가리키는 것이니 낙신왕이라 칭하며, 그의 성은 김이고 이름은 갑이라고 한다.[70]

---

70) 敬一, 상게서, <기우록>.
   "昔伽洛國首露王 命一子 授職於伽倻津已有千百年之久 而伽倻津 卽今此江故 今而洛神王稱之 已卽姓金 名甲也."

當代的 사안이 이야기의 중요한 내용으로 취택되고 여기에 과거 역사 인물을 한데 변주시킴으로써 <기우록>은 원래 전기소설이 추구하던 대로 역사 보완물로서의 성격을 농후하게 간직하게 되었다. <기우록>에서 順機能的 역할을 수행하고 있는 용왕은 설화 속에 상투적으로 대입되던 용의 전형적인 상을 훨씬 넘어 혈통마저 밝혀놓고 있는데 보통 설화 속 용왕들에게 별다른 가계나 이력이 부언되지 않는 것과 비교하면 매우 특이한 사례가 아닐 수 없다. 하지만 현실반영적 소설을 지향하면서 용궁의 개입에서 보듯 傳奇的 요소를 거세하지 못하고 있는 점은 의문이다. 과거에 유행한 전기소설의 典型性을 추종해서는 결코 현실반영적 의도를 구현시킬 수 없다. 때문에 작가는 용왕을 역사적 인물로 끌어오는 순발력을 보이며 어쨌든 전기소설 특유의 초월성을 탈색시키고자 애쓴 결과로 여겨진다.

만랑자는 우연한 기회에 용궁 안 누군가에게서 용왕이 수로왕의 아들이었다는 놀라운 사실을 전해 듣게 된다. 洛王이 곧 江岸의 우두머리가 된 것도 따지고 보면 그의 범상치 않은 혈통에서 보면 당연한 결과이다. 그런데 역사상 명멸했던 숱한 나라와 역사인물이 있음에도 특별히 가야국과 수로왕의 후손을 등장인물로 택했다는 점은 필시 작가의 특별한 의도를 반증한다. 경일이 천 여 년 거슬러 올라가 용왕의 혈통을 가야국 수로왕에게 연결시키고 용왕의 이름을 金甲이라고 구체적으로 적시하고 있음은 가야권에 대한 짙은 향수 혹은 역사적 환기에 목적이 있지 않고서야 그럴 까닭이 없다. 그런데 가야국에 대한 경일의 관심이 딱히 <기우록>에서만 확인되는 것은 아니다. 『동계집』에서 우리는 가야국을 제재로 한 다음과 같은 시를 보게 된다.

首露遺墟似泛萍　　수로왕이 머문 터는 부평초 같고
千年王業若流星　　천년 왕업은 유성과 같다

三叉水入中溟黑　　세 줄기 물 섞여 들어 강물 더욱 어둡고
七點山分小島靑　　일곱 점으로 산은 흩어지고 작은 섬은 푸르다

城郭至分依海堧　　성곽이 끝나는 곳은 해변과 이어지고
閭閻如舊列郊坰　　민가는 옛날처럼 교외에 열 지어 있다
二陵烟樹含愁色　　안개 낀 두 무덤 사이 나무들 쓸쓸한데
多少行人說地靈　　몇 몇 행인은 땅의 영험을 이야기한다
<駕洛懷古>

伽倻國의 멸망을 안쓰럽게 여겼던 경일이 가야의 옛 궁터를 보자, 순식적으로 응축되었던 감회가 한 순간에 분출되었고 그것이 시로 바뀌어 터져 나왔다고 할 수 있겠는데 천 년 전의 영광을 상상하던 시인에게 성벽과 두 무덤만이 유허지 임을 알려주는 현장은 처연한 기분에 휩싸이게 만들었던 것이다.

확실히 伽倻는 『삼국사기』에서도 언급이 없었으며 길고 긴 역사 속에서 기억해 주는 이가 드물어진 나라이다. 경일은 까마득하게 잊혀진 채 몇몇 사람에게만 회억되고 있다는 것 때문인지는 모르나 가야국의 실체를 어떻게든 되살려 내고자 안간힘을 다하고 있다. 하지만 가야국은 이미 지나간 과거의 나라일 뿐이다. 가야국의 유허지를 답사했으나 경일 앞에 비쳐지는 것은 성곽과 궁궐이나 행인으로 부산한 과거 시기의 현장과는 거리가 멀다. 民家 몇 채가 눈에 들어오는 것의 전부이다. 무상한 풍경 앞에서 경일을 더욱 회한에 빠지게 하는 것은 안개 낀 무덤과 주위 나무들이다. 하지만 몇몇 행인만은 그 터가 얼마나 화려한 역사의 공간인지 그리고 영험한 터로 전승되어 왔는지를 말해줌으로써 그나마 경일을 위로하는 듯하다. 다음 시도 경일이 얼마나 가야국과 수로에 대해 깊은 관심을 가졌는지 증거해 주는 시로 보아야 할 터이다.

首露山河舊	수로의 산하는 오래되었으나
金州邑里新	김해 고을은 새롭다.
地形分錯繡	땅은 들쭉날쭉 나눠졌고
江勢派天津	강은 하늘 포구로 갈라져 나온다
六卵千秋異	천 년 전 여섯 알은 기이하고
雙陵萬古神	두 무덤은 萬古에 신령스럽다
寒烟迷海樹	찬 안개 속에 바다나무 희미하고
落日下城闉	성문 아래 해가 진다

<盆城>

　화려한 옛 영광의 현장에 또 다른 시대의 역사가 이루어진다. 과거 가야국이 번성했던 곳에 이제는 김해고을이 들어서 마을을 이루고 있음을 경일은 목도한다. 하지만 그가 반추하고픈 과거는 가야국이다. 그런데 과거 수로왕이 머문 터로 알려진 곳에는 二陵만 남아있을 뿐, 과거를 유추하게 하는 것은 어디서도 찾아보기 어렵다. 수로왕이 다스렸던 山河라고 하지만 여느 산하와 다를 데가 없으며 기실 수도는 백성들이 모여사는 한적한 민촌으로 변해버려 왕궁이 간직했던 위세는 온데 간 데 없다. 오로지 두 무덤만이 간신히 아득한 과거의 영광된 역사현장으로 견인해줄 뿐이다. 들쭉날쭉한 해변가 강물이 빠져나가는 지점에서 시인은 六伽倻의 영광을 잠시 떠올리다가 나무와 일몰의 광경으로 눈길을 돌리게 된다. 스러져간 왕국에 대한 기억은 해질녘의 을씨년스러운 풍경들과 중첩되어 수로와 가야에 대한 연민의 정을 더욱 더 깊게 새겨 놓는다.

　경일이 그토록 가야권역에 깊은 관심과 애정을 보이는 까닭은 무엇일까. 雲水衲子라는 말로 별칭되듯, 특정지역에 대한 집착은 오히려 버려야 될 정으로 여긴 것이 불가의 시각이 아니던가. 경일이 왜 가야역사에 비감해 하는지 그 까닭을 즉각 내놓기는 어렵겠으나 그가 운수납

자이기 전에 伽倻圈에 발을 딛고 삶을 영위했다는 것과 연관시켜 볼 일
인 것 같다. 구체적으로 그는 盆城, 密州, 洛江 주변, 즉 옛 가야 권역을
축으로 주석과 수행에 전념했으니 가야권역 자체가 그의 傳敎, 布敎지
역인 셈이다. 따라서 그 땅이 지니고 있는 역사와 유래에 마냥 외면만
할 수는 없다. 그가 과거시기의 가야권역에 각별한 관심과 회한을 지니
고 있었던 것은 이처럼 당위론적인 것으로 여겨진다.

　앞에서 주로 가야지역을 소설적 공간으로 편입시키고자 하는 작가의
의도를 짚어 보았다면 이제는 가야국의 인물적 수용에 대해 살펴보기
로 하자. 만랑자와 더불어 降雨의 청을 실현시키기 위해 詩宴에 참석했
던 인물 가운데 낙신왕에 버금가는 또 다른 권세를 지닌 인물이 東海龍
王이다. 만랑자와 四位의 중론을 모아 옥황상제에게 주달하게 되는 동
해용왕은 분명 이 땅의 수호신이 되어 낙신왕 못지않게 무고한 백성을
구하자는 수장들의 결의에 동참하는 것은 물론 중계자로서의 몫을 기
꺼이 수행한다. 江澤의 水長보다 동해의 용왕이 한층 높은 권능을 지녔
음을 알게 된 四神과 만랑자가 옥황상제에게 직접 상주하는 대신에 동
해 왕을 매개인으로 내세웠던 것이야말로 위기해결의 전기로 작용했다
고 할 만하다.

　『삼국유사』에서 확인되는 것처럼 동해 용왕에 대한 이 땅에서의 숭
앙심은 오랜 전통으로 자리 잡고 있었다.[71] <기우록>에서 동해용왕
이 국토를 지키는 수호신의 기능을 감당하며 옥황상제로 하여금 강우
의 시혜를 내릴 수 있도록 하는데 결정적으로 기여하는 매개자로 등
장한 것도 이전의 설화적 전통을 수용한 것이다. 동해용왕은 詩宴에

---

71) 一然, 『三國遺事』 卷2, 文武王條.
　　죽어 동해 용으로 화하여 신라를 수호하리라 맹세했던 문무왕은 이런 관념을 지
　　닌 대표적인 인물이다. 동해를 끼고 있는 신라로서는 동해용왕을 수호신으로 보
　　는 전통이 과거부터 형성되어 왔음을 아울러 엿보게 하는 사례이다.

참석한 용궁 인사들과 달리 그에 대한 이력이나 과거가 소개되고 있지는 않다. 하지만 우리의 전통적 관념 속에 자리 잡아왔던 수호용으로서 土俗的 守護神으로서 동해용왕의 人物機能을 읽어내는 데는 부족함이 없다.

3. 水宮과의 結緣과 민중구원적 시각

앞에서 <기우록>이 전기소설임에도 불구하고 배경, 인물에 걸쳐 자생적 요소로 볼 수 있는 것들을 들어 그의 구체적 양상을 훑어보았다. 그러나 대의적으로 볼 때 <기우록>이 전대 전기소설의 계보에서 온전히 일탈한다고 하기에는 적절치가 않다. <기우록>이 전대 전기소설로부터 멀리 이탈하고 얼마나 나름의 독자성을 갖추고 있는지를 밝히기 위해서는 보다 폭넓은 살핌과 추적이 요청되는 것이다.

사실 15세기 전기소설의 선편인 『金鰲新話』은 이미 현실 공간은 물론 인간의 체험 범위를 초월한 이계마저 배경으로 적극적으로 취택하고 있으며, 사랑, 이별, 죽음 등의 모티브를 포함하여 작자의 세계관, 처세관을 보여주는 다양한 내용을 담고 있다. 담론의 공통적 場으로서 초기 전기소설에 나타나는 이 같은 전형성은 후대 전기소설에서도 큰 편차없이 그대로 수용되는 것을 보게된다.

먼저 <영회록>, <부연록>에서 용궁 내 賢者들의 시회에 눈을 돌려보자. 두 작품 모두 용왕의 주도하에 매우 큰 규모의 시회가 펼쳐지고 있는 데 詩會에 초청된 인물들은 한결같이 즉석에서 시를 짓고 감상할 만한 高士 아니면 賢者들이다. 시회의 구성원들이 나누는 대화의 주제는 역사, 철학, 유가적 지식에 해당하는 거대담론이라기보다는 시를 중심으로 한 이야기, 즉 詩會 참석자들의 시품평과 감상에 서로간의 이목이 집중되고 있다. 이는 말할 것도 없이 당대 식자층에 미만해 있는 崇文, 人文主義的 관심을 고스란히 반영하는 것이다. 그런데 <영회록>, <부연록>의 주인공들은 그런 시대적 요구에 부응하는 문재와 능력을 갖추었음에도 불구하고 세상에서 현달하지 못하고 몹시 불우한 처지에 놓여 있다는 공통점을 안고 있다.

그런데 전기소설에서는 자칫 揚名과 立身에서 먼 거리에 있는 이들을 주로 주인공으로 설정하는 전통을 그대로 따르고 있다. 언뜻 생각하기로는 불우낙척한 처지의 주인공이지만 正道를 잃어버린 현실을 고발하고 비판하는 데는 이만한 이들이 없다는 판단 때문이 아닌가 싶다. 일단 주인공의 자리에 선 선비는 현실적 모순과 부조리가 다름 아닌 기득권자들의 무능력, 무감각적인 인식에서 싹튼 것으로 보고한다. 이는 현실에 대한 비판적 화살을 거둘 수 있는 큰 명분으로 이어진다.

중세시기 시창작의 탁월함은 세상에서 입신하기 위해 갖추어야 할 첫 번째 조건으로 여겨졌으며 이를 갖추고 있는 이는 순탄한 삶을 보장받은 것이나 마찬가지였다. 하지만 전기소설 속 주인공들은 일쑤 그런 등식이 그대로 적용되지 않는다는 것을 보여준다. 특출한 文才에도 불구하고 주인공은 누구에게도 인정받지 못하고 있으며 그저 자연에 묻힌 逸士로서 젊은 날을 허송할 뿐이다. 이렇듯 세상이 이들을 인정하고 있지 않을 때 이계에서 오히려 그 인물됨을 인정해 주는 것으로 서두를 열어가는 전기소설의 구조는 참된 지식인을 용납하지 않는 현실세계에 보내는 역설적 비판에 해당하는 것이 아닐 수 없다.

그렇다면 젊은 인재를 먼저 알아보고 정중히 모셔가는 龍宮 세계는 어떤 공간적 특성을 지닌 곳일까. <영회록>에 그려진 용궁은 문학적 교양이 대단히 중시되는 곳이다. 영회록에서 문인자술을 초청한 까닭은 그가 발군의 글재주를 지녔기 때문이었다. 그만큼 용궁에서는 문을 받드는 풍토로 가득 차 있었다고 할 만한데 보다 구체적으로는 龍王女의

별장을 짓는 과정에서 상량문을 작성할 자가 수부에는 존재하지 않는
다는 것이 문인자술을 초빙한 이유이다. 지상에서 아득히 먼 수중이라
하더라도 崇文의식이 지배하는 세계라는 점에서 보면 물 밖의 인간세
계의 풍경과 별반 다를 게 없다는 점이 밝혀진다.

　하지만 주인공들을 대하는 태도에는 큰 차이가 드러나고 있다. 세상
이 내친 주인공과 함께 또 다른 역사 인물, 혹은 이인들을 詩宴의 귀빈
으로 대우하는 것은 전기소설의 상투적 전개에 해당한다 하더라도 <영
회록>이나 <부연록>의 詩宴 참석자들은 주인공과 같이 현세에서 주목
받던 인물이 아니다. 그들은 이미 오래 전에 죽은 역사 인물들이며 현
재는 精怪가 되어 수부나 이계에서 또 다른 생을 영위하고 있다는 공통
점을 지니고 있다. 용궁은 그러니까 인간의 지각, 관념, 사고를 바탕으
로 볼 때, 모든 것이 뒤죽박죽된 곳으로 보이며 현실세계의 규범화된
사고체계로는 도리어 적응이 힘든 곳으로 이해된다.

　<영회록>에서 용왕은 聞人子述의 초청과 때를 맞추어 越나라의 정
승 范蠡, 晉나라의 使君 張翰, 唐나라의 처사 陸九蒙을 초청하였으며,
주연이 무르익는 즈음에 吳나라 大夫 伍子胥가 합석함으로써 현재 중심
의 모임도 아니고 그렇다고 과거 중심의 모임도 아닌 현재와 과거, 그
리고 수부를 비롯하여 많은 공간마저 혼재해버리는 시공간으로 형상화
되어 있다. 역사인물의 혼재로 인한 시공의 초월은 인간의 인식범위를
초탈하는 것이기에 대화의 단절이 우려되지만 그들은 뜻밖에도 상대방
을 이해하고 있음은 물론 타자의 말을 경청하며 공감을 표시한다. 등장
인물 간 생몰연대와 활동시기의 편차 역시 크게 문제가 되지 않는다.
지난 역사에 대한 비분강개함을 안으로 응축시키고 있었던 수신들은
한결같이 자신들의 말을 경청해주는 참석자들 앞에서 역사가 天道대로
흘러가지 않는다며 불평하거나 스스로의 비운에 겨워 자학적인 울분을
토로하기까지 한다. 혹간 한 사안을 두고서 언쟁으로 발전하는 일도 발

생하게 되는 데 가령 范蠡와 伍子胥의 삶을 두고 참석자들 간에 치열한 공방이 오가는 것들이 그런 예이다.

하지만 과거란 돌이킬 수 없는 법. 참석자들은 영사와 회고조의 시를 지은 뒤 시회를 마무리 하게 된다. 몽유적 색채가 강한 용궁 내 풍경과 등장인물의 동정을 쫓다보면 서사적 틀이 入夢, 坐定, 討論, 詩宴, 覺夢 등의 전형적 구성72)에 의존하고 있는 것을 보게 되며 이는 그대로 <부연록>의 서사적 구조로 적용된다. 물론 <영회록>과 달리 <부연록>은 이 땅을 배경으로 삼고 있을뿐더러 시연의 주빈으로 초청된 인물들도 이 땅 인물들이라는 점에서 차이가 있다. 하지만 <영회록>의 서사적 구조를 크게 탈피한 것으로 보기는 어렵다.

<영회록>에서 유구한 역사 가운데 논쟁적 여지를 남기며 후인들에게 질정될 소지가 높은 역사적 사안이 화제로 떠올랐다면 <부연록>은 시종일관 용궁 내부의 문제 및 용왕에 대한 訟詩의 창작에 보다 큰 관심을 보이고 있다. 그렇다하더라도 서사 공간을 용궁으로 대체한 것으로 미루어 궁극적으로 역사, 윤리 등을 펼쳐 보이기 위한 데 목적이 있었음은 부정하기 힘들다. 그 점을 놓치지 않을 때 <기우록>이 지닌 서사적 의의가 드러난다. 곧 <기우록>은 등장인물의 입장과 소회를 빌려 경일 자신의 현실인식을 드러내려 하다 보니 영회록과 방불한 구조와 내용으로 흘러갔다고 보는 것이다.

그런데 조선 초 지식인들이 억압된 사고와 일탈의 욕망을 배설하기 위해 창발된 전기소설의 효용성이 17세기에 이르러서도 여전히 양식적 소임을 다할 수 있는 유형으로 동일한 의의를 부여받을 수 있을까하는 데는 의문이 없지 않다. <기우록>이 17세기의 작품이기는 하나 鮮初

---

72) 몽유록에서 입몽, 좌정, 토론, 시연, 각몽 등의 구조적 틀을 갖추고는 있으나 모든 작품이 일률적으로 적용되는 것은 아니다. 작품에 따라 서사 순차와 구조는 얼마든지 가변적으로 나타난다고 보아야 할 것이다(신해진, 『조선 중기 몽유록의 연구』, 박이정, 1998, 284~285면).

전기소설의 특성을 거의 그대로 수용하고 있다는 데 이의를 제기할 수 없을 정도로 내용, 주제, 형식적 측면에 두루 걸쳐 방불한 면모를 보여주고 있기 때문에 그 소설적 의의에 대한 회의를 피할 수 없게 되는 것이다.『金鰲新話』출현 이후 2백여 년이 지난 후에 등장한 작품임에도 전기소설과 다른 것이 없다면 <기우록>이 지닌 소설사적 의의란 그야말로 보잘 것 없는 것으로 추락될 수밖에 없게 된다.

그렇다면 시대사적으로 <기우록>이 내재하고 있는 새로움, 혹은 이전 전기소설과의 차이점은 무엇일까. 이를 밝히기 위한 첫 작업으로 여기서는 주인공 만랑자의 궤적을 보다 꼼꼼히 추적하고 시회의 성격을 면밀히 살펴보기로 한다. 그렇게 한다면 <기우록>이 기왕의 작품을 맹목적으로 추종한 것이 아님을 차츰 확인할 수 있을 것으로 본다. <기우록>이 夢遊 전기적 틀을 전대 전기소설에서 취했다는 점을 들어 작품의 전체적 의의를 부정해서는 곤란하다. 모방이나 재창조냐 하는 경계의 구분은 이계의 의미와 주인공의 지향점이 과거 소설과 얼마나 달라지고 있느냐에 따라 결정된 문제일 터이며 차분한 분석이 뒷받침 된 뒤에야 그 가부를 판단할 수 있다고 여긴다.

주인공 만랑자의 용왕당 제시가 용궁을 체험하는 뜻밖의 행운으로 이어지게 된 것을 보았다. 하지만 주인공은 용왕이 無所不爲의 능력을 지닌 자로 보고 그에게 제시를 통해 자신의 청을 부탁하고자 하는 생각을 지니고 있었다는 사실을 알아야 한다. 다시 말해 만랑자는 한발로 말미암아 가장 큰 고초를 겪는 무리가 民草들이며 그들을 구해줄 권능은 오로지 용신만이 지니고 있다는 점을 확신하고 용당에 올랐음을 주목할 필요가 있다. 이같은 점은 제시의 내용에서 앞서 드러난다. 題詩를 보면 용신의 마음을 돌리기 위한 애원, 그리고 한발에 대한 처참한 보고가 특유의 화려한 傳奇文體로 길게 구사되고 있다. 잠깐 龍王堂 題詩를 보도록 하자.

龍王之堂枕江頭	용왕당은 강 머리를 베고 있고
堂下長江千古流	堂 아래로 천고의 강물 흐른다
昔人誰構而誰祀	그 옛날 누가 짓고 누가 제사 올렸나
今人亦以陰晴求	이제 사람들 역시 비와 해를 구한다
龍王靈異夙頗著	용왕의 영험 전부터 파다하여
有禱必驗無虛需	기도로 효험 보니 헛된 법 없네
人心澆薄世道混	사람 인심 얇아지고 세상도리 혼탁하니
天厭之人神亦尤	하늘이 싫어하고 신 또한 더욱 심하다
十年已見三年旱	십년동안 벌써 삼년의 가뭄 드니
白猪餘殃連白牛	흰 돼지의 재앙이 흰 소로 이어지네
自今夏半亦旱酷	여름 중간부터 가뭄 혹심한데
誰料今年災又周	올해도 재앙이 이어지면 어쩌나
人之售類豈强半	사람의 힘이 어찌 반을 넘을까
存者無幾亡不籌	산 사람들 기약 없고 죽은 자는 헤아릴 수 없다
人雖獲戾敢爲宜	사람들 잘못하고도 감히 옳다고 한다면
禽獸草芥何咎休	금수와 초개를 어찌 꾸짖을까
縱希靈澤來修敬	영험한 수신이 와 다스려 주길 바라지만
何吝雲腹幷雨油	어찌 인색하게 구름도 없고 비도 내리지 않나
乾坤涵養雖萬流	하늘과 땅이 비록 만물을 키운다 하지만
人乃其中靈最優	그 중에서 사람의 영험함이 가장 뛰어나네
今如掃枯塡溝瀆	이제 마른 나무를 쓸어 강물을 메우니
宇宙失色含瘡疣	우주는 빛을 잃고 병색이 완연하다
湯之七旱堯十日	탕 임금 때 칠년 가뭄과 요 임금 때 십일 비
桀燒紂炎焚九州	걸왕 때 가뭄과 주왕 때 가뭄은 천하를 불태웠다
吾遭聖世何所致	우리는 어느 때나 태평성대를 만날까
箕民坐捕殷民憂	백성들 주저앉아 은나라 백성 근심 안고 있네
下氓雖有不愆省	백성들에게는 잘못이 없는데
天地赤子終何仇	천지는 어찌하여 백성을 원수로 삼나
神龍如恤蒼生苦	신룡이 만약 백성의 고통 구휼해 줄진대
上訴天庭輸盛謀	천상에 상소하여 좋은 방책 알려주오
如將甘露注大地	장차 대지에 감로수를 내려

沛澤洪恩何以酬   큰 비 온다면 그 은덕 어떻게 갚나

전체 구성상 본격적인 전개에 앞서 발단적 기능을 하고 있는 이 시는 급한 나머지 용왕에 대해 불문곡직하고 비를 내려달라는 식의 청원은 일부러 자제하고 있다는 인상을 받는다. 사실 이 시는 목적시이며 이를 읽는 대상이 뚜렷하게 정해져 있다. 그 점에서 왜 시를 짓게 되었는지 근거를 절실하게 보여주어야 한다.

이 시는 첫째, 가뭄으로 대지가 얼마나 불타고 있는지 그 참혹한 현장을 소상하게 그리고 있어 목적시의 성격에 그대로 부합된다. 만랑자는 이 기우시를 통해 용궁에 대한 請願의 의미를 공고히 다져주는데 목적을 둔다. 둘째, 시에서는 가뭄의 피해가 아무 잘못도 없는 백성들에게 미친다는 사실을 분명하게 밝히고 있다. 징벌의 의도는 좋으나 그 결과는 엉뚱하게 번진다는 점을 수부와 천상에 알려주기 위한 속 깊은 의도에서 나온 시이다. 아울러 끝에는 강우의 시혜를 앞서 예단해 놓음으로써 천상천하 신들조차 차마 백성 구휼의 뜻을 포기할 수 없도록 하고 있다.

文史복합 서술물로서 전기소설이 대화, 설명, 묘사를 포함하는데다 시문을 삽입하여 문체를 다채롭고 화려하게 꾸미는 것을 상기한다면 이 제시는 전기소설에서 상투적으로 따라붙는 揷入詩의 한 예를 벗어나지 못한다. 거기다 풍부한 수식과 비유적 언어를 기반으로 하는 揷入詩를 서두에 안치함으로써 어색한 느낌이 없지 않을까 싶은데 그것은 기우에 불과한 것으로 밝혀진다. 사건 진행을 예고해 준다거나 각 마디를 요약해 주거나 사건의 완급을 조절하는 기능까지 감당함으로써 산문을 통한 설명적 기술에 조금도 부족함이 없는 기능을 수행하고 있는 것이다.

아울러 만랑자의 위 祈雨詩는 신룡에 대한 哀訴에 그치지 않고 이후

전개될 사건을 견인하는 구실을 하고 있기도 하다. 제시는 만랑자의 현실진단과 비판, 백성에 대한 애련함, 그리고 오로지 신룡만이 한발의 재앙을 해결해 줄 수 있다는 신뢰감과 기대감을 전제로 하여 일회적인 희원으로만 머물지 않고 현실적 구원을 기대할 수 있게 만든다. 이런 점은 발단부에서 마찬가지로 題詩를 삽입하고 있는 <영회록>, <부연록>과 비교해보더라도 색다른 점이 아닐 수 없다.

　　용왕당의 주인은 용왕이시니 푸르고 붉은 집 강물에 비치고, 해마다 올리는 제사 그 누가 거역할까. 개기를 바라면 개고, 비오기를 바라면 비 온다. 평생 가리지 않고 기이함 좋아하니 산수를 찾아 吳와 楚를 헤맨다. 일엽편주로 무지개 밑을 지나고, 창강에서 발 씻고 진토의 때를 씻는다. 신룡은 정이 있어 노고를 위로하며 사람과 구름 부려 장관을 보인다. 긴 꼬리 굽이굽이 옥기둥에 드리우고, 은빛 비늘 화려하게 춤을 춘다. 시골마을 노인은 고개 숙여 알현하고, 배 위에서는 사공들이 제사 올린다. 모두들 신룡은 본디 영험하다 말하니 복 주고 재앙 없애는 일, 비웃을 수 있나. 나는 용당에 올라 용과 말하고자 하네. 지성에 감격하여 용은 허락할 것이다. 정수물을 길어다 술을 삼고, 강 꽃을 꺾어다 안주 삼으리. 큰 글씨로 집에 시를 부치니 지나는 사람들 놀라고, 머무는 자 화를 낸다. 세상에서는 적선인을 모르니 웃으며 용과 이별하고 돌아간다.

　　龍王之堂龍作主 棟宇青紅照江渚 歲時奉事孰敢違 求晴得晴雨得雨 平生好奇無與俉 訪水尋山遍吳楚 扁舟一葉過垂虹 濯足滄浪浣塵土 神龍有心慰勞苦 變化風雲快觀覩 鬈尾蜿蜒玉柱垂 鱗甲光芒銀鏡舞 村中稽首朝翁姥 船上燃香拜商賈 共說神龍素有靈 降福除災敢輕侮 我登龍堂共龍語 至誠感激龍應許 汲挽湖波作酒漿 採掇江花當殽脯 大字淋漓寫庭戶 過者驚疑居者怒 世間不識謫仙人 笑別神龍指歸路[73]

---

73) 瞿佑, 『剪燈新話』, <龍堂靈會錄>.

<영회록>에서 시적 내용은 용신에 대한 찬탄, 그것에 핵심이 놓여
있다고 해도 과언이 아닐 정도로 용에 대한 과장된 찬사와 애읍으로 일
관하고 있다. 그만큼 聞人子述이 용왕을 크게 경외하고 있었다고 보아야
한다. 다만 聞人子述이 용당에 올라갔다가 용이 찬란하게 빛을 뿜으며
승천하는 장엄상을 목도하면서 평소 지니고 있던 외경심을 훨씬 넘어서
갖가지 미사여구를 동원하여 온전한 찬송시를 만들어낸다. 어찌됐든 신
비체험이 용궁에서 주인공을 초청하는 계기로 연결시키는 원인이 된다.
이 <영회록>과 <기우록>의 서두는 비슷하다 해도 서사적 논리성이나
구성력에 있어서는 <기우록>이 한층 낮다는 느낌을 지울 수가 없다.

애초 문인자술이 용궁에 초청된 것[74]은 이전에 용궁사당에 시를 써
준 것이 발단으로 작용하게 된 것으로 드러나는데 그에 대한 용왕의 찬
사는 분에 넘칠 정도였다. 불우낙척한 처지에서 음풍농월로 시간을 보
내던 주인공이 뜻하지 않게 異界 체험을 하게 된 것은 다른 의미에서
본다면 용궁만은 知人知鑑的 능력을 갖추고 진정한 문사를 선별해 내
고 있음을 보여준다. 그러나 제시 행위나 그에 대한 반응은 합리적으로
생각하고 이치와 도를 추구하는 성리학적 세계관과는 어울리지 않는
것이라 해야겠다. 주인공을 비롯, 용궁 안 모든 사람이 감동할 수 있었
던 것은 현실적 시각과 달리 또 다른 이계가 존재한다는 민간 신앙적
믿음이 깔려 있었기에 가능한 것이었다.

그렇다면 『金鰲新話』에서는 어떻게 그려지는가. 『金鰲新話』는 발단
부에 시를 삽입시키지 않고 있어 어떤 면에서는 <영회록>과 거리를
두고자 한 것처럼 여겨지기도 한다. 하지만 삽입시의 여부만 가지고 『금
오신화』가 온전히 金時習의 創發性에 의거한 작품인지 아닌지를 간파

---

74) 瞿佑, 상게서, <龍堂靈會錄>.
　　"얼마 전에 훌륭한 시를 주셨는데 뜻이 아름답고 글씨도 절묘하여 우리 사당이
　　이 때문에 몇 배나 빛나게 되었소. 그래서 이리 모셔서 은행을 갚고자 하였소(日
　　間蒙惠高作 詞旨旣佳 筆勢又妙 廟庭得此 光彩培增 是以屈君至此 欲得奉酬)."

하기는 무리이며 시란 서사의 핵심적 부위가 아니라 본문의 요약적 반복이거나 대화의 보조적 역할에 그치고 있으므로 이에 지나치게 비중을 둘 필요도 없다고 할 수도 있다.

<부연록>의 韓生이 용궁에 초정된 까닭을 우선 보자. 그는 젊어서부터 글로 조정에까지 이름을 떨치고 있었던 선비이다. 빼어난 능력 때문에 지상은 물론 용궁까지 파다하게 퍼졌으며 불우낙척하게 지내다 누구도 가보지 못한 용궁으로부터 초청받는다. 하지만 이런 인물설정이 사건 전개상 필수 불가결한 구도에 해당되는지는 의문이 없지 않다. <영회록>에서와 같이 막연하게 崇文의식만 앞세운 채 시적 재능이 무엇보다 존중되는 중세시기의 인식을 드러내기 위한 인물설정 이상의 뜻은 없어 보인다.

그렇다면 <奇遇錄>이 과연 <靈會錄>, <赴宴錄>과 비교하여 나름의 변별성을 갖추고 있다고 단언할 수 있는가. 우선 용왕에게 '기우시를 올림 → 용의 감복 → 주인공의 초청'이란 서사적 진행으로만 본다면 <기우록>이 선행 작품에서 선보였던 내적 구도에 무심하게 승차한 것으로 여겨진다. 그러나 <기우록>에는 용궁초청이 단순한 崇文的 취향을 공유하는 무리의 상투적 회합, 그 이상의 절박한 사단이 얽혀있다는 결정적 차이를 놓쳐서는 안될 것이다. 서두부분을 주목하면서 이전 작품과 다른 <기우록>의 특성을 부연하기로 한다.

가을도 깊어가는 음력 7월 어느 날, 草野의 한 선비가 작은 배한 척에 몸을 싣고 鵲江을 따라 노를 저어 내려간다. 언뜻 보면 현달의 뜻을 이루지 못한 선비가 음풍농월로 시름을 잊고자 잠시 遊船에 몸을 맡긴 것으로 여겨질 법하다. 하지만 그의 행적을 뒤좇아 갈수록 일없이 한가하게 노니는 遊客의 모습과는 여러 가지가 어색한 것을 발견하게 된다. 우선 강주위에 펼쳐진 풍경이 시흥을 돋우기는커녕 금세 참담한 심정에 젖어들게 만들고야 만다. 오랫동안 계속된 가뭄의 후유증으로 전답

은 잔뜩 말라 먼지가 날 정도이고 초목도 누렇게 고사해 버린 지 오래
여서 주위 어디를 둘러보아도 한결같이 황량한 광경뿐이다. 특히 강변
에는 음울한 안개가 잔뜩 뒤덮여 있고 달빛도 없어 아무것도 분간할 수
가 없을 정도였던 것이다.

그런 주위의 배경 속에서 강을 따라 내려가던 만랑자가 배를 댄 곳
은 바로 용당 아래였다. 다른 곳도 아닌 용당 밑에 배를 댄 것이 기이
하다 하겠는데 그 까닭이 곧 밝혀진다. 즉 만랑자는 용당에 기우시를
붙이기 위해 그곳에 들른 것이다. 堂에 기우시를 붙인 까닭은 한발을
어떻게든 그치게 할 요량이었으니 그가 일개 유객이 아니라 당대 현실
을 고민하면서 민중을 구원하려한 先知者로서 투영되는 대목이다.

만랑자의 시가 기우시인만큼 낭만이나 자연친화적 감상 따위하고는
거리가 있음은 물론이다. 시에서 그는 용신에 대한 권능과 함께 가뭄으
로 가장 고초를 겪는 무리가 다름 아닌 백성이라는 점을 용신을 상대로
설득시키는 데 초점을 두고 있다. 민초에 대한 애휼감을 바탕으로 선처
를 호소하는 것이 핵심이다. 문장은 논리가 정연한데다 누가 읽더라도
그 청을 외면하기 어려울 정도의 진지함과 절박함이 강하게 담겨 있다
고 본다.

용왕당에 시를 붙였다고 해서 만랑자가 그에 대해 곧바로 반향이 있
을 것으로 기대하지는 않았을 것이다. 도리어 그것은 주변의 어려움을
참다못한 한 지식인의 자기 위무적 행동에서 크게 벗어나지 않는 것으
로 여겨질 여지가 크다. 그런데 용궁에서 제시에 빠른 반응으로서 사신
이 그를 초청하러 오는 돌발적 사건으로 이어진다.

"뜻이 아름답고 글씨가 절묘하여 사람들로 하여금 그 맛을 알게 하
고 간담을 서늘하게 하니 더불어 친교를 나누고 문사의 높은 표상을
이어받고 싶었소 그러므로 받들어 그 은혜에 보답코자 한 것이오."[75]

용왕이 왜 만랑자를 불렀는지부터가 이로써 명확하게 밝혀지고 있으며 '文士之高標'로서 칭송한 이면에는 벌써 그에 대한 검증이 이루어졌음이 입증되고 있다. 만랑자의 시적 특출함이 남을 감동시킨다는 점도 외면할 수는 없지만 만랑자의 인간됨, 곧 특권의식 대신 혹독한 가뭄 속에서 갖가지 고초에 시달리는 민중의 처지를 이해하는 한편 연민의 정으로 가득한 선비의 면모가 확인76)되면서 용왕은 그에게 신뢰와 협조를 아끼지 않게 된다. 사정이 이처럼 전개된 데는 제시가 절대적인 힘을 발휘했다. 사실 題詩에 현세의 위기와 구원의 변이 일목요연하게 정리되어 있었으므로 만랑자는 용왕과의 대면에서 다른 말을 구구하게 보탤 필요가 없었다.

사건전개를 놓고 보면 용궁 초청을 두고 <기우록>에서는 이후 전개될 상황과 매우 긴밀하게 연결될 수 있게끔 사건이 구조화되고 있는 바 전대소설에서 보던 데로 崇文의식을 바탕으로 세상의 선비와 수부의 용왕 간 私的 결연이 이야기의 핵심으로 포괄될 수가 없다. 경일은 재난 해결의 통로를 찾기 위해 용궁 행을 결정했다고 보아야 옳다.

그런데 용왕의 호의에도 불구하고 정작 결정적인 대목에 이르러 용왕이 비를 주재하는 全知全能한 존재가 아니라는 점이 밝혀지면서 일은 갑작스럽게 난관에 봉착한다. 용왕이 전해주는 자초지종에 따르면 가뭄을 징벌로 내린 이는 玉皇上帝이며 그는 누구보다 세상의 부도덕과 인륜의 파괴에 대해 증오감을 떨치지 못하고 있었다. 옥황상제가 바라본 세상은 이미 正道를 잃은 지 오래였다.

> 지금 이 나라의 신하들은 임금을 모르고, 아들은 아비를 모르고, 아

---

75) 敬一, 상게서, <기우록>.
    "詞之旣佳 筆勢又妙 令人玩味 心膽俱寒 欲與之親 承文士之高標 以得奉酬故."
76) 敬一, 상게서, <기우록>.
    "찬찬히 그대의 시를 읽어보니 백성을 위해 비를 비는 것으로 세상을 구하는 데 퍽 근심하고 있다 할 만하오(審君之詩 乃爲民請雨也 濟世之志 可謂勤矣)."

우는 형을 모르며, 지어미는 지아비를 모르며, 인의를 귀히 여기지 않으며 도덕을 중히 여기지 않으며 하늘에 오만하고 신을 외설스럽게 하며, 성현을 속이고, 그 행하는 바가 스스로를 앞세우며 공적인 일은 파괴하며, 자신만 꾀하고 타인을 해치니 그로써 탐욕과 허망함을 지혜로 여기고 거짓과 교묘함을 큰 행동으로 삼고 상하 간에 서로 속이고 대소간에 서로 적이 되니 그 생각과 행동이 금수에 가까운 것이다.77)

이 대목은 용왕이 왜 바깥 세상에 가뭄이 지속되는지 그 근본적인 까닭을 전해주고 있다. 위기적 사건으로 제시된 한발이 단순하게 엄습한 한 때의 재해로만 여겨온 사람들에게는 경종을 울리는 진단이 되면서 <기우록>이 어떤 점에서 <영회록>, <부연록>과 변별적 거리감을 지니는지 그 까닭이 명징하게 나타나는데 초목을 시들게 하는 것은 물론 흉작과 기근을 초래한 가뭄이 실은 도덕과 예의염치를 모르며 영일 없이 살아가는 인간들의 잘못 때문이라는 질책 앞에서 만랑자는 물론 모든 협조를 다짐했던 용왕마저도 적지 않은 충격을 받았음이 틀림없다.

만랑자는 옥황상제의 위력에 대해 익히 알고 있었을 터이지만 무엇보다 그가 놀랐던 것은 세상을 보는 옥황상제의 눈이 상상 이상으로 치밀하고 적확하다는 점이었다. 이는 "가뭄과 기아로 세상을 쓸어버리려는 생각에서 해악의 신과 산하의 신령에게 명하여 크고 작은 강과 시내, 샘의 물을 봉쇄하고 사사로이 降雨의 시혜를 받을 수 없도록 한 옥황상제의 하명"78)에서 고스란히 간취된다.

---

77) 敬一, 상게서, <기우록>.
　　"今此國人 臣不知君 子不知夫 弟不知兄 婦不知夫 不貴仁義 不重道德 慢天褻神 罔
　　聖欺賢 其所施爲 徇私滅公 利己害人 以貪虛爲智慮 以巧詐爲大行 上下相欺 大小相
　　賊 其心行 幾於禽獸故."
78) 敬一, 상게서, <기우록>.
　　"上帝厭之 以荒飢之風 振而掃之 卽宣勅於執持海嶽之神 山河之靈 盡封巨細江河泉
　　井之水 禁爲私施."

지상이나 수부의 존재들이 믿을 수 없을 만큼 지상을 내려다보는 천
상의 눈은 예리했으며 더 이상 인내할 수 없는 시점에 이르자 마침내
옥황상제의 분노가 폭발한 것이다. 그 점에서 <기우록>의 한발은 자연
발생적으로 발발한 일회적 현상과는 성격이 판이하다고 볼 수 있다.

4. 庚辛大饑饉과 詩會의 기능

천상에서 굽어보고 있는 현실세계는 구체적으로 17세기 중엽의 조선
사회이다. 도덕성의 부재를 지적했지만 정치 사회적으로 잠깐 이 시기
의 상황을 새삼 되돌아볼 필요가 있다고 여겨지는 데, 당시 조선의 혼
란상은 그 이전에 발생한 역사적 사실과 불가분의 관계를 맺고 있다는
점에서 16세기의 정황을 일단 살펴보는 것이 필요할 것으로 본다. 임진
란에서 보듯, 외란에 시달리기는 했으나 이 시기는 여전히 인간의 내적
수양을 중요시하는 성리학이 위정의 사상체계로 받아들여지고 있었다.
"그러나 왜구의 침입을 경험하고, 안으로는 분당간의 경쟁과 훈척의 비
리 및 농촌사회의 계층분할을 경험하면서 성리학이 본연의 기능을 다
하지 못하고 있다는 자각이 커져갔다. 즉 성리학은 출세를 위한 도구로
전락하고, 선비들은 이욕에 빠져 있었던 것이 당대의 실상이었다."79)
그렇다면 소설 속에 나타나는 극심한 가뭄이란 16세기 말부터 고조
된 政爭에 대한 응징에 해당될 터인데 어느 시기보다 유달리 천재지변
이 많았다는 점 역시 <기우록>이 단순히 상상으로만 지어낸 이야기가
아님을 엿보게 한다. 경일이 世壽로 30대에 들어선 1667년 4월에 가뭄
이 심하여 조정에서 구원교를 내린 것을 필두로 1670, 1671년 연이어
가뭄과 함께 막심한 흉작을 겪는다. 뿐만 아니라 전국적으로 전염병에

---

79) 노태돈 외, 『한국 역사』, 창작과 비평사, 1997, 236면.

의한 사망자가 일만 여명, 기근자만 수백만 명에 이를 정도의 엄청난 피해를 입는다. 이 때의 재난은 庚辛大饑饉이라 불릴 만큼 오래도록 잊혀지지 않았다.

물론 당시 조정에서는 나름의 救恤策을 세웠던 것으로 나타난다. 1672년 4월 조정에서 기민들을 대상으로 한 구휼책을 집행하게 되는데 특히 가장 큰 피해지역인 경상도에 집중되었다. 그곳의 飢民 대상은 무려 33만 명에 이르렀으니 통계로 보더라도 경상도가 庚辛大饑饉의 가장 큰 피해지역임을 분명히 드러낸다. 그런데 아무리 혹독한 재난이 덮치더라도 시간이 지나면 퇴색되게 마련이고 기록한다 해도 소략한 증언으로 그치는 것이 일반적인 현상이라 해야 할 터이다. 이런 점에 비추어 소설적 형상화를 통해 당대를 증언한다는 것은 의외의 사실이 아닐 수 없다. 만랑자를 앞세워 당시 재해를 형상화하고 있는 <기우록>은 그런 점에서 새삼 주목될 수밖에 없겠는 바, 경일은 이 작품을 통해 작가로서, 시대증언자로서의 이중적 역할을 자임했던 것으로 보아야 될 것이다.

만랑자가 題詩를 통해 용왕에게 비를 청하고, 용궁에 들어가서도 백성을 구원하기 위해 안간힘을 다하는 것은 전대미문의 재난에 빠져 있는 지역에 머물고 있던 지식인으로서 당위적인 처신이라고 하겠으나 그는 곧 인간의 힘으로는 어쩔 수 없는 현실적 한계에 직면하게 된다. 그는 한낱 불우한 선비일 뿐이며 지상에서는 下意上達할 최소한의 권한조차 누릴 수 없는 신분의 울을 벗어날 수 없었다. 그런 현실적 조건을 감안할 때 만랑자가 이계에 눈을 돌릴 수밖에 없음은 지극히 당연해 보인다. 다시 말해 우연히 용궁의 초대를 받아 뜻밖에도 위기에 처한 현세를 구원할 조력자를 접하게 되었다는 것이 다음 단계의 전개이지만 그런 신비체험적 개입은 사건 전개상 필연적 구성일 수밖에 없다는 것이다.

가뭄 극복이란 난제 앞에서 용왕을 조력자로 설정한 것은 충분히 이

해가 간다. 하지만 그 용왕이 낙강유역에 들어섰던 가야국의 후예라는
점은 매우 의미심장한 전제가 아닐 수 없다고 본다.

> "가야국 수로왕에게 한 왕자가 있었는데 그에게 명하여 가야진 수
> 호의 직책을 내린지가 이미 천백 년이나 되었으니 그래서 아직도 가야
> 진이라 부르게 된 것이다. 지금은 낙신왕이라고 부르게 되었다. 그는
> 姓이 곧 金이고 이름은 甲이다."[80]

이를 통해 우리는 洛神의 家系, 神格의 범위 등을 대략 헤아려 보게
된다. 漫浪子, 龍王, 이 두 사람은 이른바 庚辛大饑饉의 최대 피해지인
낙동강변인 양산 지역에서 삶을 영위하고 있다는 공통의 인연을 지니
고 있음이 밝혀지고 있어 흥미를 끈다.

내용상 용왕이 처음부터 만랑자의 후원자를 자처한 것은 아니다. 한
때 만랑자는 용왕의 소극적인 태도에 실망한 적도 있다. 하지만 만랑자
는 용왕에서 가감없이 물밖 세계의 실상을 전함으로써 수부로 하여금
세상에 대한 관심을 이끌어 내며 이후 詩會는 만랑자의 애민정신에 따
라 용왕의 적극적인 관심과 배려를 표명하는 자리로 바뀐다. 이 때 용
왕은 四位 곧 屈原, 李白, 張騫, 賀知章 등을 용궁에 초청하여 도도한 취
흥 아래 시회를 베풀게 되는데, 전대 전기에서 참석자들이 오로지 시작
에만 관심을 기울이는 것과 달리 만랑자가 전하는 한발 보고를 접하게
되자 참석자들은 시흥을 일단 접고 바깥 정황에 귀를 기울이며 한발의
대책을 강구하는 데 골몰하기 시작한다.

처음에는 그들도 한발을 하늘에서 인간 세상에 내린 당연한 징벌로
받아들인 편이었다. 하지만 만랑자와 용왕만의 힘으로는 일을 성취할

---

80) 敬一, 상게서, <기우록>.
　　"昔伽倻國 首露王 命一子 授職於伽倻津 已有千百年之久 而伽倻津 卽今此江故 今
　　以洛神王稱之 爾卽姓金 名甲也."

수 없다는 것이 밝혀지면서 각처에서 초청된 수신들도 시회의 흥겨움을 밀치고 이 문제를 놓고 고민하기 시작한다. 결국 수부 내 신격들이 힘을 합해 지은 請願詩가 천상에 도달하자 옥황상제도 지상에 대한 징벌을 거두고 비를 아낌없이 내려주는 시혜를 베푼다.

이런 내용전개는 확실히 <기우록> 이전의 전기소설과 여러 가지로 대비점을 보여주고 있다고 하겠다. <기우록> 이전의 전기소설은 역사인물들이 자신들이 머물던 시공간과 상관없이 수궁에서 베푼 詩會에 집결한다. 그리고 허심탄회하게 시를 酬唱하면서 지성끼리의 현담준론을 나누는데 <기우록>에서도 서두에는 시회의 상투적 광경을 고스란히 담고 있다. 익명성이 담보되는 용궁안의 환몽적 분위기 아래 여러 현자들 간에 과거 회고적 영사시가 수창되는가 하면 술잔을 주고받으며 점차 취락이 도도해지는 공간으로 변해 버리는 것이다.

그러나 <기우록>에서는 일반 몽유전기소설에서와 같이 흥겨운 시회의 현장을 보여주지 않는다. 즉 역사상 뚜렷한 자취를 남긴 참석자들이 용왕의 청에 따라 순번대로 자신의 감회를 시화하는 것은 그렇다 해도 여지껏 가슴에 담아왔던 울분, 분만을 거리낌없이 배설함으로써 흥겹던 분위기가 일시에 찬물을 끼얹은 듯 무겁게 가라앉는다.

전통적으로 시연에 등장하는 인물들은 남다른 이력의 소유자들이다. 따라서 울분과 한탄을 기저에 깔고 있는 그들의 시는 현생에서의 시련과 고초를 겪은 인물들답게 주변에 대한 폭넓은 관심과 미래에 대한 전망대신 개인적 범주의 한탄과 증오, 울분으로 채워지는 것이 대부분이다. 바깥세상 혹은 세상과 수부를 포괄하는 거시적 안목은 그 점에서 기대하기 어려워지고 대신에 폐쇄적이고 애상조의 시어를 통해 귀족적, 자기도취적 세계만을 표출하기에 급급하다.

<기우록>은 전대 소설에서 볼 수 있는대로 자기도취적이며 향락적인 분위기를 유보시키고 그 대신 만랑자로부터 세상의 사정을 경청하

는 자리로 바꾸어 놓는다. 四位가 川澤의 首長으로 있는 만큼 세상 밖의 가뭄과 무관할 수 없는 처지이며, 그들의 조력여하에 따라 사태는 의외로 쉽게 해결될 수 있을 것이라고 판단한 쪽은 만랑자와 용왕이다. 만랑자 못지않게 세상을 걱정하던 용왕은 시연이 막바지에 이르자 만랑자의 시를 내보이며 사위의 동태를 살피게 되는데 四位는 예상과 달리 훨씬 적극적으로 세상의 구원에 동참하기로 한다. 그때까지 강우는 용왕이 지닌 고유의 권한으로 알고 있던 이들은 도탄에 빠진 蒼生들에게 시혜를 베풀어 주는 것이 마땅하다는 데 공감하면서 고군분투하는 만랑자의 후원자가 되기를 자청하는 것이다.

詩會가 인민을 구제하는 토론의 장으로 바뀌면서 눈에 띄는 첫 번째 변화는 만랑자가 지녔던 애민의 정이 용왕을 거쳐 사위에게 순차적으로 파급된다는 점이다. 아울러 신격들의 조력으로 아무리 혹독한 시련일지라도 끝내 해결될 수 있으리라는 낙관적 전망이 점차 비등하게 된다는 점도 눈여겨 볼 대목이다.

과거 전기소설에서 詩宴이 문재가 뛰어난 몇몇 사람만의 모임으로 그려졌다면 <기우록>에서는 단순히 시를 수창하는 식의 동호인의 범주를 벗어나 한발로 인해 고통을 겪는 민중을 구원하기 위한 대책을 모색하는 장으로 바뀌게 된다. 개인적 감흥을 시로 배설하는 기존의 시연이 용궁 밖 해갈을 고민하고 해결해야만 하는 자리, 곧 대사회적 의미망을 포섭하는 자리로 변화되었다고 할 것이다.

경일은 <기우록>에서 형식에 관한 한 傳奇의 형식적 틀을 고스란히 안치시키고 있다 할 수 있다. 이 점만 보면 17세기 등장한 <기우록>에서 새로움을 지적하기란 그리 쉬운 일이 아니다. 원래 전기소설에서 더 나아가지 못했거나 도리어 퇴영적으로 흘러가 버린 대표적 사례로 지목될 위험성마저 있다. 하지만 앞서 본대로 내용 면에서는 15세기 전기소설의 흐름과는 사뭇 다를 뿐더러 새로운 내용의 전기서사를 구축해

놓았다고도 할 수 있다.

일찍이 역사, 사실의 보완을 위해 등장한 것이 傳奇[81]라는 견해가 있었지만 경일은 신이함과 초월적 요소가 지배하는 전기소설적 전통을 그대로 묵수하면서 다른 한편으로는 대사회적인 문제를 내용과 주제의 초점으로 삼는 것을 보게 된다. 그는 결과적으로 이 양식이 당대 역사 현실 및 사상과 사고를 描寫, 寓意하는 데 여전히 적합한 양식이라는 입장을 취한 셈이다. 당대 현실의 묘사, 우의적 처리는 앞서 살펴본 터이므로 이후부터는 <기우록>에 투영된 사상 종교적 측면에 주목해 보고자 한다.

5. 伽倻津龍王堂奇遇錄의 사상적 바탕

壬丙兩亂이 끝나면서 조선 사회는 일단 안정기로 접어드는 듯 했다. 그러나 倭와 淸의 침탈을 경험한 이후에도 정치 사회적으로 평온함을 기대하기는 어려운 국면이 지속된다. 직전까지 外憂에 시달렸다면 17세기 중기부터는 內患에 시달리게 되었다고 말할 수 있다. 分黨과 政爭이 격화되고, 훈척들의 비리가 끊임없이 발생했으니 정국 불안의 진앙지는 조정이라고 말할 수 있을 정도로 정치권은 혼돈 속에 파묻힌다. 이런 정국의 불안에 편승한 것인지는 확언하기 어려우나 이 시기 지식인들 사이에는 점차 사상적 동요가 일기 시작한다. 그 때까지 유일무이한 사상체계였던 성리학마저 그 기능을 의심받는 지경에까지 이르게 되는데, 아직 견문이 없었던 외래 종교와 문물이 속속 수입되면서 성리학으

---

81) "소설을 역사의 일종으로 여기던 비평가들의 시각에서 보면 소설의 특성은 역사의 그것과 분명하게 구별하기는 어려운 것이었다. 그러나 비평가들의 시각에서 보면 소설은 역사가 가지는 '실록'의 성질을 가지고 있어 정식 역사에서 빠진 부분들을 모아서 기록함으로써 정식 역사의 부족한 부분을 보충할 수 있으므로 소설도 역시 정식역사와 함께 그 가치를 인정받을 수 있었다(방정요 저, 홍상훈 역, 『중국소설비평사략』, 을유문화사, 1994, 166~167면)."

로 무장된 사람들의 고식적 사고에도 미묘하게나마 파문이 일기 시작
한 것이다.

소설이 환상과 허구의 산물이면서 동시에 당대 세계를 반영하는 서
사체라고 할 때 <기우록>에 17세기의 현실과 함께 당대 세계관이 어
떻게든 투영되었다고 보는 데 이의를 달 수 없다. 외연적으로는 <기우
록>의 내용이라야 천재지변을 핵심적 사건에 맞추고 이의 해결을 서사
의 축으로 삼고 있는 단순한 구도이지만 서사의 기저에는 17세기 조선
사회가 지닌 혼란과 모순이 은밀하게 반영되고 있음을 우리는 앞에서
잠깐 살펴보았다.

경일 활동 당시의 혼란상을 보여주는 사례는 여러 가지가 있으나 성
리학 중심의 사고에 대한 변화가 나타난다는 점은 주목할 일이다. 기존
의 중심사고 체계인 유교에 회의적 시각이 비등하기 시작했다는 점은
달리 말해 이외 다른 사상 체계에 대해 사람들의 관심이 높아졌음을 가
리키는 바, <기우록>이 유교와 함께 불교, 도교를 아우르는 三敎習合
的 요소를 의외로 강하게 견지하는 것도 시대사상적 흐름과 무관하지
않다고 본다. 여기서는 <기우록>을 지탱하고 있는 三敎사상을 중심으
로 경일이 제시하고자 한 사상과 교훈, 작품 내 형상화 양상과 내적 의
도 등을 캐보려고 한다.

1) 儒敎思想

17세기에 이르러 성리학이 누려왔던 독점적 지위에 회의의 조짐이
나타나는 것은 사실이라해도 <기우록>에서 유교적 세계관은 여전히
내용적 틀을 유지하는 데 핵심 요소로 작용하고 있다는데 이의를 달기
가 어렵다. <기우록>에서 지적하고 있는 사회의 혼란은 그 점에서 유
교사상에 대한 실망의 결과라는 논리로 이어질 수 있다. 구체적으로 낙

동강변에 그토록 심한 가뭄이 닥친 것은 단순한 기상 이변에 대한 재해의 의미로 한정지을 일이 아니다.

가뭄이란 실로 옥황상제가 "인간이 분수와 예의염치를 모르며 동물적 삶을 살아가는 것"[82]을 보다 못해 내린 징벌이었음이 밝혀지는 바, 이는 三綱五倫의 붕괴를 안타깝게 여기는 유교적 발상에서 나온 반응이라 해도 과언이 아니다. 三綱은 임금과 신하, 어버이와 자식, 남편과 아내 사이에 마땅히 지켜야 할 도리를 규정하고 있으며 五倫은 개인과 집안 내의 윤리 도덕일 뿐더러 위정에 있어서의 핵심적인 요체로 받아들여지는 것이 유교의 시각이었다. 그것은 개인에서 시작하여 국가공동체까지 포괄하는 핵심적 덕목으로 여겨졌던 터인데 지상의 위기상황은 三綱과 五倫의 부재가 몰고 온 필연적 결과로 받아들이고 있다.

그렇다면 유교에서 바라보는 위정의 이상적 모습은 무엇인가. 齊 나라 경공이 孔子에게 정치에 대해 물었을 때 공자는 '君君臣臣子子'로 요약하여 상대를 설득시켰던 적이 있다. 공자의 뜻은 임금은 임금답게 덕치를 베풀어야 하고, 신하는 신하의 도리를 지켜야 하며, 君과 臣은 자기의 맡은 바 신분과 직무를 존중하고 침범하지 말아야 한다는 데 있을 것이다.[83] 그래야 사회 질서와 평화가 유지되고, 계급사회에 있어서의 직능적 효율도 따라오며 모든 사회 역량이 덕을 갖춘 군주로부터 구심점을 찾아 仁政 德治로 발전할 수가 있다고 본 것이다.[84]

三綱五倫이 조선의 국가 사회적 이념과 그대로 대응되느냐는 따져 볼 일이지만 아득한 시기 발원한 전통적 덕목들이 이제는 더 이상 지켜지지 않는 현실을 <기우록>은 문제 삼기로 한다. 그러니까 <기우록>

---

82) 경일, 상게서, <기우록>.
83) 『論語』, 顔淵篇.
    "齊景公 問政於孔子 孔子對曰 君君臣臣父父子子 公曰 善哉 信如君不君 臣不臣 父不父 子不子 雖有粟 吾得而食諸."
84) 장기근 편역, 『논어』, 명문당, 1984, 300면.

은 여전히 사회 도덕규범으로서 유효성을 지니고 있는 유교적 도덕, 특히 三綱五倫을 강조하고 그 덕목의 준수를 환기시킴으로써 당대 무질서와 함께 무도한 세태에 대해 경종을 울리려는 생각을 담고 있다. 그 점에서 <기우록>은 世態소설적 성격이 다분하다고 말할 수 있다.

사실 인륜, 도덕의 붕괴가 끼치는 폐해는 한 부분에 국한되지 않는다. 국가, 사회 간의 갈등과 불협화음은 물론이고, 개인 간 이기심의 팽배, 거짓과 모함의 증가 따위도 모두 유교적 이념을 망각하면서 나타나는 폐해들에 속할 터인데 이 소설은 正道가 실현되지 못함으로써 발생한 천상으로부터의 징벌을 한발이란 엄청난 시련으로 처리함으로써 누구도 여기서 면책될 수 없음을 보여주고 있다. 특히 선명히 대상을 지목하지는 않았으나 은연중에 위정계층에게 비판의 화살이 꽂히고 있음을 알 수 있다. 그만큼 위정층에 대한 경일의 시선은 몹시 날카롭고도 매섭다할 수 있다.

문면에 나온 慢天褻神이란 말이 무엇을 뜻하며, 그 주체가 누구인지를 생각해 보자. 평민, 민중들이 하늘에 오만하고 신을 업신여기는 일이 아주 없는 것은 아니다. 그러나 그들이 잘못을 저지른들 천상이 화를 낼 정도로 심각한 사태로까지 발전하는 일은 없다. 그에 비해 爲政階層은 다르다. 그들의 위선과 도덕적 일탈은 순식간에 일국을 혼란의 구렁텅이로 내몬다. 이 때문에 정치문란과 悖逆의 당사자로서, 권력의 상층, 어쩌면 군왕까지 포함하는 특정한 인물들에게 비판적 화살이 겨누어진다고 할 수 있다. 그렇지만 왕을 지목한 노골적 성토는 찾아볼 수 없다. 겉으로 드러나기로는 정치 관료들의 무도한 행위에 대해서만 지적하고 있을 따름이다.

"하늘에 오만하고 신을 외설스럽게 하며, 성현을 속이고, 그 행하는 바가 스스로를 앞세우며 공적인 일은 파괴하며, 자신만 꾀하고 타인을 해치니 그로써 탐욕과 허망함을 지혜로 여기고 거짓과 교묘함을 큰 행동으로 삼고 상하 간에 서로 속이고 대소 간에 서로 적이 되니 그 생각과 행동이 금수에 가까운 것이다.[85]

천재현상으로서의 폐해나 혼란상을 막연하게 나열해놓은 것이므로 그 구체적 사건과 상황은 별도로 세분화되어야 할 것인데 이 가운데는 당쟁을 지적한 듯 한 대목도 분명 들어있다. 그러니까 상하의 구별 없이 상호 헐뜯고 당략적 차원에서 대의가 무엇인지를 돌아볼 겨를이 없는 위정자들의 행태야말로 가장 규탄하고 싶은 사항이 아니었던가 생각해본다. 왕에서부터 그 아래 위정자들은 경일로부터 결국 한발에 있어 일차적으로 원인을 제공해준 대표적인 무리로 지목되고 있다고 보아 틀림이 없다.

그렇다면 그 같은 난국을 해결할 방책은 무엇일까. 실마리를 잡아 사태를 무리 없이 풀어가기 위한 방법을 찾을 수 있을까. 가장 시급한 일은 지금의 처지와 상황을 그대로 직시하는 것이다. 그리고 참회와 반성에 적극 나서는 것이니 어떻게 보면 해법은 너무나 간단한데 있다고 할 만하다. 하지만 지적한 바와 같이 현세 인간들은 거짓을 진실이라고 말하고 있으며, 궁지에 몰리면 변명과 핑계를 대기에 급급할 뿐 자기반성이나 죄책감을 전혀 보이지 않았다. 이런 상황 속에서 仁義와 道德을 권면하는 일은 부질없는 짓이며, 서둘러 그 무리를 消去하는 이외에 궁리해볼 여지가 없다는 판단에 이른다. 낙강주변의 사람들이 혹독한 가뭄 속에 하늘의 무심함을 내뱉지만 그것은 실상을 몰라서 하는 일이다.

만랑자와 함께 水府의 현자들은 이구동성으로 옥황상제에게 선처를 당부하고 나서게 된 소설적 전개는 아무래도 이치에 합당치 않다. 특히

---

85) 敬一, 상게서, <기우록>.
　　"慢天褻神 罔聖欺賢 其所施爲 徇私滅公 利己害人 以貪虛爲智慮 以巧詐爲大行 上下相欺 大小相賊 其爲心行 幾於禽獸故."

그들은 피해의 직접적인 당사자가 아니라는 점에서 그러하다. 그러나 그렇게만 볼 일은 아니다. 세상에 대한 응징에도 불구하고 人世에서 여전히 재앙의 본질을 깨닫지 못하고 있는데 비해 한발에 대한 걱정과 우려가 異界에서부터 일어나기 시작한다는 점은 대단한 역설로 보이지만 그들은 사건의 본질을 꿰뚫고 있었다. 그들은 무도한 무리를 응징하는 것을 반대해서가 아니라 엉뚱하게 민초들에게 징벌의 고통이 미치게 되기 때문에 자발적으로 탄원에 나서게 되었다고 보는 것이 옳다.

임금을 기점으로 하여 민초에 이르는 상의하달 혹은 그 반대로 민중에게 임금으로 올라가는 하의상달적 소통이 원활하게 이루어지기란 쉬운 일이 아니다. 하지만 그것은 반드시 회복되어야 할 과제이다. 지상의 위기가 상하소통의 부재에서 기인했다면 그 위기 극복은 상하소통을 확보하는 일에서 시작되지 않으면 안 될 것이다. 즉 '漫浪子 → 龍王 → 四位 → 東海龍王 → 玉皇上帝'의 순차는 下意上達的 구조에 속한다. 여러 단계를 밟고 있는 것과 같이 보이나 만랑자를 뒷받침하는 四位와 龍王이 합심하여 옥황상제에게 소청하기까지의 대략적 통로이다. 어쨌든 이 같은 인간과 신의 합치된 발원, 그리고 각 단계마다 이에 호응하는 존재들로 인해 천상의 감화를 이끌어 낼 수 있었다.

만랑자는 용궁에 들어설 때만해도 용왕이야말로 저 물 밖 세계의 한발로부터 민초들을 구원해줄 위력자가 될 것이라는 믿음에 흔들림이 없었다. 하지만 이에 대해 용왕으로부터 우주적 질서가 그렇게 구조화된 것이 아니라는 점을 전해 듣게 되었으며 마침내 위계의 정점에 옥황상제가 자리 잡고 있음을 알게 된다. 사실 처음부터 상제는 悖德한 세상을 응징하겠다고 작정하고 때를 기다리고 있었다. 이렇듯 한발이 온전히 옥황상제 명에 따라 이루어진 것이므로 川澤江河의 수장으로서는 그저 바라볼 수밖에 없다는 응답을 듣게 되는 것은 당연한 일이었다.

『孟子』盡心章에서 말하고 있는 것처럼 유교에서 사랑의 논리는 인간의 가장 가까운 사이인 부모, 친족은 말할 것도 없고 나아가 이웃과 백성을 사랑하고 끝내는 만물을 사랑하는 데까지 나아간다.[86) 옥황상제를 정점으로 하고 그 하부에 민중 층이 널리 포진되어 있는 피라미드 구조는 下意上達的인 언로 확보를 존중하는 유교적 위정관과 거리가 멀다할 수 없다.

<기우록>에서 濟世와 爲政에 관한한 최상의 정점에 옥황상제가 있다고 본 것은 많은 것을 시사한다. 洛神과 더불어 초청된 강하의 수장들은 玉皇上帝의 명을 따르는 말단의 신격에 불과하다. 따라서 시제에서 채택된 표문의 전달자가 필연적으로 요청되는 셈이다. 이런 상황에서 등장하는 인물이 바로 동해 용왕이고, 그를 통해 水府의 祈雨文이 천상에 전해질 수 있는 가능성이 확보될 수 있었던 것이다.

그렇다면 위정자로서 옥황상제가 유교적 이념에 바탕을 두고 이상적 통치행위자로서의 상을 보여주고 있는가 하는 의문이 앞선다. 일단 수부나 지상에서 옥황상제는 범접하기 어려운 절대자로 인식되고 있음은 의문의 여지가 없다. 그것은 한발의 치유가 오로지 그에게 귀속 되는 구조적 특성에서 읽혀진다. 한발을 통해 옥황상제의 존재적 의미와 신격이 더욱 공고해진다는 점을 <기우록>은 여실하게 보여준다.

그런데 다른 시각으로 보면 그가 종국에 베푸는 강우의 시혜 역시 고도로 계산된 치세방법의 하나일 수 있다. 가뭄이란 물리적이고 직접적인 제재를 가하여 세인들에게 스스로의 잘못을 깨닫고, 本然之性을 회복시키기 위해 옥황상제가 고안해 낸 일처럼 보이기도 하는데 이는 天人相關 사상에 의거해 펼쳐진 사건 상황의 전개에 해당될 수 있는 것이다.[87)

天人相關 사상에 따른다면 지상의 재해는 필연적 일에 속한다. 그런

---

86) 금장태,『유교사상과 한국사회』, 성균관대 대동문화연구원, 1987, 48면.
87) 松島隆裕 외 3인 , 조성을 옮김,『동아시아 사상사』, 한울아카데미, 1991, 53면.

데 극심한 재앙에도 위정계층은 여전히 오만하며 무책임하기 이를 데 없었다. 그에 따라 지상에 재앙이 닥친 것인데 도리어 인민만 도탄에 빠지는 뜻밖의 부작용을 피할 수 없게 된다. 이 점은 만랑자가 발의하고 용왕이 주선한 시회의 자리에서 극명하게 밝혀진다. 결국 人世와 격절된 곳에 머물고 있음에도 용왕과 사위는 인민구원이라는 대승적 명제를 직시하며 위기적 상황에서 백성들을 구원키 위해 열과 성을 다 한다.

그런데 위기극복의 결정적 존재는 아무래도 천상의 옥황상제이다. 그의 열린 시각이 있었기에 降雨는 가능했다. 諸神이 아무리 간청한다고 하더라도 그가 마음을 풀지 않았다면 甘雨는 기대하기 힘들었을 것이다. 옥황상제는 단순히 응징의 조짐으로 天聲만을 울리는 정도에서 재앙을 내린 것이 아니었다. 그의 판결은 엄정했으며 한번 내린 결정은 번복하는 법이 없었다.

하지만 옥황상제는 세상의 실정과 여론에 귀를 닫고 마냥 외면하는 존재가 아니었다. 천상의 질서에 편승하고 지상의 허물을 책하는 데 있어 그는 양보할 뜻이 전혀 없었으나 끝내는 인민의 삶만은 도모해주어야 한다는 신격들의 발의 앞에서 끝까지 징벌만을 고집하는 외골수의 인물이 아니었다. 옥황상제가 이처럼 수렴청정하기까지는 이상적인 정치란 덕을 바탕에 둬야 한다는 유교적 爲政觀이 큰 영향을 주고 있다고 하겠다. 마치 공자가 말한 바, "덕으로 다스림은 마치 북극성이 제자리에 있으되 여러 별들이 한결같이 절하고 좇음과 같으니라."[88]라는 말을 상기시킴은 물론 언론에 항상 귀를 기울이고 있는 그의 모습에서 우리는 이상적 군주상을 발견하기까지 한다.

결과적으로 옥황상제가 가뭄을 통해 내렸던 가혹한 재난에서 마음을 바꾸어 수부의 청에 따라 下邦에 흡족하게 비를 내림으로써 인민을 비

---

88) 『論語』, 爲政篇.
   "爲政以德 譬如北辰 居其所 而衆星共之."

롯해 천하 사람들의 그에 대한 숭앙심은 전에 없이 높아지게 되었다고 할 수 있다. <기우록>은 인륜도덕이 붕괴된 조선 땅에 강력한 경고를 주면서 다른 한편으로 우주 내 절대자인 옥황상제의 權威와 德治가 여하히 구현되는지를 보여주는데 서사의 지향점을 두고 있었다. 세상의 한심한 모습을 지적하면서 옥황상제란 최고의 권위자가 어떤 사고를 지니고 실제 덕치가 어떻게 실현되는가에 서사적 목표를 두고 있었다.

　　그렇다면 하방세계는 옥황상제의 施恩을 어떻게 받아들여야 할까. 옥황상제가 징계를 유도하고 단순히 은덕을 베풀었다고 마냥 즐거워하는 것은 아직 그들이 迷妄에서 벗어나지 못했음을 보여주는 것일 따름이다. 강우란 인민에 대한 애휼감 때문에 허여된 일시적 관용 그 이상의 의미로 해석하는 것은 좁은 안목이다. 世人들이 강우의 의미를 제대로 읽어내지 못하는 한 또 다른 한발 혹은 다른 형태의 응징이 몰아닥칠 가능성을 배제하기 어렵다.

　　<기우록>은 왜 천상의 권능자를 등장시켜 징벌을 내렸던가. 그 의중을 꿰뚫어 보는 독자만이 그 寓意性을 제대로 간파한 것이 된다. 같은 맥락에서 볼 때 옥황상제를 천상의 인물로 설정하고 海神, 江澤의 神 및 龍王, 漫浪子, 蒼氓들에게 차례로 유교적 질서를 환기시키고 있으니 一王 중심체제로 일사분란하게 통치되는 이상적 사회에 대한 지은이의 갈망을 발견하기란 어려운 일이 아니다.

　　<기우록>이 庚辛大饑饉 사건을 배경으로 깔고 있는 만큼이나 풍자, 우의적 성격이 강한 작품임을 알 수 있다. 그럼에도 당대 상황과 현실을 핍진하고 절실하게 형상화해나갔다고 말하는 것은 여전히 주저스럽다. 거기다 기층민들의 불만거리였던 崇文의식, 嫡庶의 차별, 天賦人權의 테두리에서 소외된 여성들의 삶 등 산적한 문제들은 애써 외면하고 있다는 점은 아쉬운 일이 아닐 수 없다. 그렇지만 왕을 축으로 한 위정자들에 대해 비판적 시선을 두고 있다는 점, 그리고 유교적 통치의 이

상적 모습이 무엇인가를 각성시키고 있다는 점은 <기우록>이 도달한 소중한 성과라는데 이의를 달기 어렵다. <기우록>은 초기 애정전기소설의 서사관행에서 벗어나 있는 것은 물론 당대 정치 현실문제에 시선을 집중함으로써 사랑, 이별, 죽음 등 사적 범주에 그쳤던 전기소설의 관용적 범주를 뛰어넘고 있다. 이렇듯 對社會的 시각이 강하게 구현되는 이면에는 경일이 여전히 외면할 수 없는 유교적 세계관이 가로 놓여 있었다.

2) 道敎思想

외우내환이 사상체계의 회의로 이어지게 하는 단초가 될 수 있다는 견해는 널리 퍼져 있다. 성리학이 기존 입지를 계속 유지해나갈 수 있을 것인가 혹은 사회적 변화 속에서 마침내 쇠락하고 말 것인가, 예의 주시하는 분위기가 팽배해 있던 17세기 조선의 환경이 그런 예일 듯하다. 당시 일부 지식인들이 성리학을 일단 정학으로 인정하면서도 陽明學, 道敎, 佛敎, 天主敎 등의 이단 사상을 인격 수양의 도움이 되는 종교로 받아들이게 된 것도 그 시대적 추이의 한 모습일 터이다.[89] 이런 점에서 <기우록>에 儒佛仙 習合요소가 강하다는 점은 그리 놀라운 일이 아니다.

하지만 규범적 종속성이 두드러진 유교의 시각과 다르게 불교 쪽에서는 주변 사상 철학에 대해 예민하게 반응할 필요성을 느끼지 못했다. 역사적으로 소원해 보더라도 불교에서는 다른 사상과 융합하기를 꺼리지 않았으며 이 같은 분위기는 17세기 들어서도 크게 변화하지 않는다. 다만 정도의 차이는 있다고 보는데 유자들의 소설과 마찬가지로 경일의 소설에서도 전에 없이 三敎習合의 정도가 한층 심화되고 있는 것으

---

89) 노태돈 외, 『한국 역사』, 창작과비평사, 1997, 237면.

로 나타난다.

불교가 외래 종교 사상과의 교류와 소통에 관용적인 시선을 지니고 있었던 것과 관련지어서 우리는 당대 불교가 처한 암울한 상황, 그리고 이를 타개하기 위한 僧團의 동향을 주시해 볼 필요성이 있겠는데 유자들의 세계를 이해하고자 하는 승려들의 태도는 오히려 새롭게 해석할 부분이 있다고 본다. 즉 승려들은 유자들의 세계를 이해하고 그들과의 교류를 마련함으로써 유자들의 反佛, 反僧的 시각을 개선하는데 도움이 된다고 여겼을 가능성이 높다. 이 추론은 조선 중기 승려들이 불교 경전을 읽고 부처님의 가르침에 몰입하는 한편으로 유교, 도교 등 이른바 外道에 대한 관심과 이해의 폭을 넓히려는 한 현상과도 관련지어 진다고 생각한다. 불가에서의 외도에 대한 관심과 이해는 他者(儒家)와의 소통이나 교류를 위한 불가피한 수용일 수도 있을 것이다.

승려들도 산문 안에서만 동떨어진 채 살아갈 수 없는 존재이다. 승려라 할지라도 대 사회적 존재로서 어쨌든 자기 세계에 대한 몰입만이 능사는 아니며 타자에 대한 인식의 지평을 넓혀나가는 일이 긴요하다는 각성을 지니고 있었다. 불승들의 유교, 도교의 세계에 주목은 그 신분을 망각한 일탈적 행위라기보다는 대사회적 존재로서 당연한 관심사였다. 승려가 유교적 교양과 이해를 깊이 지니고 있다는 것은 우선 위정자, 당대 지식인들과 교류를 유지하는 조건이자 그들을 괄목상대하게 만드는 전제가 된다는 인식이 널리 퍼진 것도 조선 중기였다.[90] 따라서

---

90) 경일이 이른바 眞景時代의 출발기에 해당하는 肅宗연간에 활동한 인물로서 각 방면에 조선적 자생성을 보여주는 당대적 분위기 아래에서 불교 문예를 꽃피운 인물중의 하나로 우선 지목해 마땅할 것이다. 그러나 그 이외에도 적지 않은 불승들이 문집을 간행함으로써 유자들과 또 다른 측면에서 불교문학의 높은 수준을 일구어 냈음은 주목할 일이다. 경일의 활동기를 전후하여 문집을 남긴 승려를 예시하면 아래와 같다.

松雲惟政, 鞭羊彦機, 暎虛海日, 霽月敬軒, 詠月淸學, 震默一玉, 奇巖法堅, 靑梅印悟, 虛白明照, 霜峰淨源, 喚醒志安, 好隱有機, 箕城快悅, 月渚道安, 雪巖秋鵬, 涵月海源,

많은 승려들이 유교가 아닌 道敎나 老莊思想에도 심취한 것으로 밝혀지고 있는데 경일은 그 대표적 인물이었다고 보아도 좋을 것이다.

경일의 시문은 그가 유교보다 도교 지향성이 보다 강했던 인물이었음 잘 입증해준다. 왜 그가 도교적 세계에 그토록 기울어졌는지 구체적인 사정은 알 길이 없다. 다만 단편적인 기록을 통해 몇 가지 유추가 가능할 터인데 출가 전후 경일의 학적 경향이 어땠는지를 먼저 훑어보는 것이 필요할 듯하다.

그는 20세 전에 벌써 불교의 핵심이 되는 요체를 꿰뚫고 있었으며 유교와 도교의 문헌도 널리 섭렵하여 山門을 나서면 당대 명사들과 스스럼없이 어울리곤 했다.[91] 속인들 사이에서도 화젯거리로 떠올랐으며 명사들조차 그에게서 보통 승려가 구비하지 못한 소양과 폭넓은 사유의 깊이를 발견하고는 경탄하기를 그치지 않았다. 수행 일변도로 스스로를 몰고 가는 성향이 아니었기에 儒佛的 소통을 모색하던 사람들에게는 더욱 더 그가 친교의 대상으로 선호되었던 것으로 보인다. 경전에만 매몰된 대부분의 승려와 달리 도교사상에 대한 관심과 이해가 그로 하여금 승단 밖 사람들과 친교를 틀 수 있는 적절한 매개적 조건으로 작용하지 않았던가 생각해 보게 된다.

조선시대에 들어와 "道敎思想 혹은 仙敎에 대한 관심은 유가를 넘어 불가에서도 보편적으로 퍼져있는 것이 사실이다. 겉으로는 도교를 이단

虛靜法宗, 雪坡尙彦, 蓮潭有一, 楓岳普印, 南月希遠, 龍岩體照, 仁岳毅沾, 野雲時聖, 松桂懶湜, 振虛捌關, 繁岩毅旻, 澄月正訓, 華嶽知濯, 括虛取如, 沖虛指冊, 獅巖采永, 逍遙太能, 靜觀一禪, 中觀海眼, 碧巖覺性, 枕肱懸辯, 雲谷沖徽, 翠微守初, 白谷處能, 暮雲震言, 寒溪玄一, 懶庵眞一, 東溪敬一, 楓溪明察, 栢庵性聰, 無用秀演, 石室明眼, 翠峰國樞, 晦庵定慧, 南岳泰宇, 霜月璽蓂, 雪潭自優, 無竟子秀, 影海若坦, 頭輪清性, 南岳泰宇, 月波兌律, 龍潭慥冠, 雲潭鼎日, 秋波泓宥, 月城費隱, 默菴最訥, 鏡巖應允, 兒庵慧藏, 海鵬展翎(鄭炳三, 상게서, 188~189면 참조).

91) 慈鑑, 상게서.
　　"年未二十矣 已而自念佛敎如此 儒老盖亦遍諸 出而謁當世名士."

시 하고 있었다 해도, 내적으로는 도가서를 읽지 않는 사람이 거의 없을 정도였다. 유자로 자처하는 사람일지라도 老莊을 비롯한 道家書의 문구 내지 학설을 인용하거나 언급하지 않는 선비가 거의 없었다."92) 李栗谷, 朴西溪, 韓南塘으로 이어지는 유자들의 노장사상에 대한 관심과 이해가 17세기 정도에 이르면 교양인으로서 당연히 습득해야 하는 과제가 될 정도였다.

그런데 유자들이 老莊子 사상에 대한 관심이 있었다 해도 원래 수행자로의 본분마저 망각하고 수도를 위해 입산을 택할 정도로 나아가지는 않았다. 그들에게 현실적 사유인 유교와 달리 노장, 도선사상은 전혀 다른 관점에서 수용되었다고 말할 수 있다. 다시 말해 老莊子, 道仙사상에 관심을 보인 유자들이 적지 않은 것은 사실이지만 온전히 신분적 테두리를 넘어 異敎로 달려간 것으로 일반화시켜 이해해서는 안 된다는 말이다.

도가사상에 대한 관심과 이해는 불가에서도 교양의 한 요소로 받아들여지는 분위기가 역력했다. 하지만 경일의 경우, 堂號를 太虛로 명명한 것에서 보듯 도가에 대한 경사는 남다른 편이었다. 그것은 단순한 취향 정도가 아닌, 도교에 대한 아주 각별한 경사를 상징하는 단서로 삼을 수 있다고 본다. 불승인 경일이 太虛라는 道名을 사용하는 데까지 이르자 주변에서는 우려와 의문의 눈길마저 따르게 되었다. <次客嘲太虛堂韻>은 道敎 혹은 道仙사상에 대한 경일의 생각을 어느 정도 암시해주는 것으로 보여 흥미롭다.

吾堂號太虛	내 집을 太虛라 부르는 것은
不獨愛淸虛	淸虛함을 사랑해서만이 아니다
六氣無窮化	여섯 기운이 끊임없이 변화하니

---

92) 송항용, 『한국 도교 철학사』, 성대출판부, 1987, 74면.

雖虛不是虛　　　비록 텅 비었다 해도 빈 것이 아니다

<次客嘲太虛堂韻>

道仙思想에 대한 경일의 관심은 여기서 그치지 않았다. 가령 시어를 일별해보면 그가 얼마나 道家, 神仙思想에 기울어져 있었는지 명백해진다.

武陵遊客 桃源浪, 謫仙, 十洲 － <題白蓮精舍>
物外 － <退憂相國次韻 時作光陵尹>
象外 － <六隱李相公次韻>
老氏書 － 題黃處士白鷗亭
混元 天籟 － <次獨樹居士韻>
黃庭 － <暮春偶吟>
仙庭 － <渡驪江廻文> <內院庵眺望>
太淸 仙情 － <題八空山內院庵西軒>
仙槎 － <附濟川元韻>

경일이 隱士나 逸士를 자처하고 산 경우라면 위의 시어들은 무심하게 받아들일 수 있다. 하지만 그가 불승의 신분이었기에 仙的인 시어의 과잉된 주입은 여러 의혹과 당혹감을 불러왔을 법도 한데 道士, 隱遁者들과 어울리기를 좋아했으며, 老莊書를 탐독하는데서 한걸음 나아가 스스로를 羽化登仙의 주인공이 된양 도교적 환상에 빠져들기를 즐기는 습성이 그에게는 있었다.

鏡湖之曲賀公居　　경호의 굽은 곳에서 賀公은
都把生涯托牧魚　　온 생에 목동과 어옹으로 살아가네
逸興長洲花雨後　　긴 모랫벌에 꽃비 내려 흥이 일어나니
閒吟半壁夕陽餘　　반 남은 석양 속에 한가로이 읊조린다
風簷對客傾樽酒　　바람 부는 처마 밑에 나그네와 술잔 기울이고
淸榻呼童曬架書　　볕 내린 걸상에서 아이 불러 책을 말리네

身與白鷗盟已久	흰 갈매기와 맹세한지 오래요
浩然胸次自淸虛	넓은 가슴 따라서 절로 비워지네
明沙翠竹野人居	고운 모래 사장 푸른 대숲은 야인이 머무는 곳
半是樵蘇半是漁	반은 나무꾼, 반은 어부일세
挾岸桃花烟雨裡	좁은 해안, 안개 빛 속에 복사꽃 피워있고
滿園芋栗雪霜餘	뜰 가득한 토란과 밤꽃, 눈서리 같네
樽中細酌灑池酒	술통에서 조금 승지주를 따르고
床上閒吟老氏書	상 위에서 한가로이 도덕경을 읊조리네
夢逐海鷗遊浩蕩	꿈 속 갈매기 따라 호탕하게 노니니
百年心跡得雙虛	하 세월 마음에 두 허무 얻었도다

<題黃處士白鷗亭>

　鏡湖에서 세상의 名利와 揚名을 잊고 野人으로 살았던 賀知章의 삶이 시의 초점으로 등장한다. 경일은 천상에서 謫降한 仙人으로 받아들이고 있는 터인데 현재 경일은 지상선으로서 하지장의 면모를 선망한다. 賀知章은 泉石膏肓의 전형적인 처사로서 자연 속에 묻혀 술을 마시거나 혹은 道德經을 읽고 지내며 어느 때에는 갈매기와 道伴을 이루어 진정 바라는 淸虛의 세계에 노닐고 있다고 했다. 그것은 하지장의 삶이면서 동시에 경일 자신이 꿈꾸는 이상적인 삶임에 틀림없다.

　도교적 상상은 유자들에게도 羽化登仙의 주인공으로 동일시하게 만들지만 그들이 추구한 지향점이 정말 成仙化에 있었는지는 밝힐 수 없다. 다만 경일의 천상비공에 대한 소망은 궁극적으로 虛寂에 대한 지향에서 출발한 것이라는 추측을 자아내고 있는 것 같다. 그에게 ‘虛’란 단순히 비어있음을 넘어 원초적 세계, 본질적 귀의처와 통한다고 본다. 신선의 풍모를 동경하고 仙界를 지향하는 경일의 모습이 단지 시를 통해서만 확인되는 것은 아니며, <霽月軒記> 같은 記文에서도 얼마든지 포착된다.

　날이 밝으면 집 위를 서성거리고 날이 흐려지면 별채에 드러누워 장주의 호접몽을 꾸니 즐거워 하다가 잠자리에 있음을 깨닫는다. 일어나 난간에 의지하여 뜬 세상을 바라보니 꿈같고 환상 같은 것이 바뀌어 가슴을 비친다. 자잘한 것 끊고 높은데 올라 보니 하늘과 땅의 구별이 없어진다.[93]

위 글을 보면 浮薄하기 이를 데 없는 세상을 뒤로 하고 높은 별채에 몸을 맡긴 채 우주적 광활함 속에 유영하는 환상에 빠져있는 경일의 모습이 곧바로 떠오른다. 俗塵이 끼어들 틈이 없는 그곳은 그렇잖아도 현실초탈의 의지로 가득 차 있는 그에게 도교적 상상력을 한층 증폭시킨다.

일상적으로 듣던 물소리이건만 갑자기 長廣舌로 들리고, 山色은 그 청정한 몸을 드러낸다[94]고 했다. 그는 <霽月軒記>의 끝에서 스스로 터득한 듯 本然的인 대상으로 산수를 받아들이며 "갑자기 누가 시를 내어 주었는가(其誰賜之)."라고 자문한 뒤 "無極眞君이 아니라면 누구겠는가(卽無極其君乎)."라고 머뭇거림 없이 답을 내리고 있다. 無極眞君은 사물의 최상, 최종의 존재, 혹은 지극히 신묘한 대상일 터인데 달리 神, 宇宙, 造物主로 대체해도 가능할 터이다. 여기서는 도교적 의미가 강조되어 진선이나 도덕의 근본을 가리키는 것으로 볼 때 핵심에 가까이 다가가는 것이 될 것 같다. 경일은 불교적 사유를 굳이 고수하지 않고 道敎와 仙學에도 강한 관심을 보였다고 할 수 있으며 이것은 무한한 상상을 불러 일으켜 시문의 창작에 적지 않게 기여하고 있는 것으로 여겨진다.

경일의 도교세계에 대한 깊은 관심과 이해는 자신의 테두리를 넘어 문도들에게도 어떤 식으로든 파급되었다고 필자는 생각한다. 가령 『東

---

93) 敬一, 상게서, <霽月軒記>.
　　"夙則徜佯於軒上 霽則寢臥於窩中 使莊生胡蝶之夢 栩栩然忽覺於枕上 起而憑軒 俯觀浮世 則如夢如幻轉得胸鏡 絶涓埃而頂眼盡乾坤矣."
94) 敬一, 상게서, <霽月軒記>.
　　"適來泉聲呈長廣之舌 山色顯清淨之身."

溪集』간행에 주도적 역할을 했으며, 태허당대사행적을 쓴 慈鑑은 누구보다 스승의 도교적 취향을 그대로 답습하고 있는 인물이다. 그가 佛名대신 伴雲道人이란 道名을 사용했음은 직접적 증거가 되며 이는 경일이太虛堂이란 道名을 더 선호한 것과 흡사하다. 도교지향적 취향은 경일의 친교 범위에서 더욱 잘 드러난다. 그의 시편에서 확인되는 愼齋, 德淵, 趙璨 등은 양명을 추구하기보다도 탈속한 채 仙界를 꿈꾸는 처사에속하는 사람들로서 그가 교류의 대상을 선별하는 데 있어 중요시한 것은 상대의 신분과 배경이 아니라 佛道를 아우르는 데다 시적, 담론적소통 조건을 구비하고 있느냐하는 점이었다.

　<기우록>을 전기소설의 범주에 넣는 첫 번째 까닭은 그 배경에서찾을 수 있다. 이 소설은 地上과 水府, 그리고 천상세계가 두루 서사 공간으로 수렴되고 있는 중에 천상 절대자인 옥황상제가 人倫, 道德이 붕괴된 조선 땅에 한발의 징벌을 내렸으나 만랑자와 몇몇 神格이 합심하여 祈雨文을 지어 올린 덕에 강우의 시혜를 얻었다는 줄거리를 담고 있다. 그런데 내용상 낙강 근역에 그토록 극심한 가뭄을 내린 이를 다름아닌 천상의 玉皇上帝로 설정한 것부터가 도교적 상상에 의해 구축된소설이라는 점을 명백히 시사해주거니와 시에서 추상적으로 처리된 이미지가 소설에 이르러서는 보다 구체적이고 정교하게 형상화되고 있다.

　신선담에서 上帝만큼 도교적 세계를 잘 대변하는 인물은 없다. 천상에 上帝가 존재한다는 관념은 殷代부터 나왔으며, 유교적 세계에서도그런 관념이 있다하나 周代 이후 天의 인격적 측면이 약화되기 시작하다가 성리학이 출현한 이후에는 天을 비인격적 존재로 파악하게 된다.[95] 도교에서 지존으로 통하는 상제가 <기우록>에 와서도 그대로 天雨를 주재하는 최고의 신격으로 설정함으로써 이 소설은 다른 어떤 전기소설보다 도교적 상상에 의거한 작품임을 보여주고 있다. 고래로 도

---

95) 한국종교사회연구소,『한국종교문화사전』, 집문당, 1991, 380면.

교적 세계에서는 上帝를 天上만이 아니라 지상, 수부 세계까지 관장하고 있는 절대적 權能者로 보는 경향이 있었다. 절대자로서 면모는 지상에서 인민을 다스리는 왕과 흡사한 위상과 권한을 보여주되, 천상을 지배한다는 점에서 왕 중의 왕으로 불려도 마땅할 정도이다. 그는 천상과 천하를 모두 포괄하는 절대적 존재로 특히 神話와 敍事巫歌 등에 빈번하게 등장하기도 한다.

<기우록>이 도교적 세계를 형상화하고 있다는 것은 최고의 권능자 일인을 정점에 놓고 그 아래 집단이 일사분란하게 움직이는 우주적 질서를 담론의 축으로 삼는 데서 잘 드러난다. 이같은 서사구조는 유교나 불교세계의 관념과 통하는 바 없지 않으나 지고한 존재를 옥황상제로 삼고 있어 다른 무엇보다 도교적 상상에 의해 의지하여 전개된 소설임을 분명하게 주지시킨다.

詩에서도 경일은 창공으로의 비상을 부단히 꿈꾸는 話者임을 보여주었다. 자신이 세계를 이루는 한 개체라는 생각을 갖고 주변 혹은 다른 세계와의 관계를 의식하기보다 그의 눈빛은 무엇에 현혹된 듯, 시종 천상을 응시하고 있었던 것이다. 이렇듯 신선과 같이 영원불멸의 존재로서 세속을 벗어나 無涯한 공간에서 자재하게 살아가기를 꿈꾸고 있었던 인간, 그가 곧 경일이라고 해도 과언이 아닌 셈이다.

그런데 <기우록>에서 천상은 시에서 갈구하던 낭만적 공간과 비교할 때 의미가 전혀 달라지고 있다. 천상은 동경의 공간이기에 앞서 현실 구원의 공간으로 의미를 지니는 것이다. 天災로 인해 숱한 민중이 큰 고통 속에 빠져들자 개인적 차원의 신선세계에 대한 동경의식 대신 현실적 위기를 타개할 목적에서 그곳과 소통을 원하는 주인공을 등장시키는 것도 같은 맥락에서 이해해야 할 것이다.

적지 않은 곡절과 사단이 있었지만 끝내 통치의 정점에 머무는 옥황상제에게 지상의 화급함을 읍소함으로써 긍정적 결말로 이행될 수 있도록 <기우록>은 짜여져 있다. 곧 상층에서 下府로 命이 전달되는바, '옥황상제 → 동해용왕 → 사위·용왕 → 만랑자 → 창맹'으로 서열화된 통치구조는 이상적으로 구현되고 있는 우주 내 질서를 표방하고 있다.

　그러나 현실을 전도시켜 왕이 부정되고 있거나 불분명하게 처리되고 있는 점에 대해 독자들은 의문을 쉽사리 접을 수가 없다. 천상, 천하, 수부의 다양한 신격이 등장하지만 그들은 기실 지상에 닥친 재해와는 아무 관련이 없는 존재들이다. 그에 비해 한발의 원인을 제공한 것은 지상의 인간들이고 중세적 정서에 따르자면 왕은 뼈저리게 책임을 통감해야할 존재이다. 천상에서 洛江주변에 가뭄의 징벌을 가한 것이 사실이지만 특정 지역민을 향한 선택적 응징이 아니라 세상사람 모두에 대한 경고이자 질책의 의미로 받아들여야 한다. 자기가 선 위치를 모르며 분별 있게 직분을 수행하지 않은 탓에 국가, 가정, 개인 간 반목과 불화가 끊이지 않는 下邦에 대한 징벌이자 경고일진대, 한 나라의 왕이라 할지라도 그 책임에서 자유로울 수 없음은 물론이다. 바로 경일은 이런 관점에서 소설을 짓게 된 것이다.

　上帝의 懲治와 더불어 지상에 대한 경일의 비판적 시각은 동전의 양면처럼 상관성을 지니고 있다. 그런데 경일은 王을 부정하는 적극적 입장을 취하지도 않으며 지상에 대한 애틋한 심정을 한켠에 간직하고 있다. 지상의 모순을 적시하기는 하지만 그는 절대자로서 상제를 부각시키는 것으로 그칠 뿐 지상의 왕이 어떤 징치를 받는지에 대해서는 입을 다물고 있다. 그러나 왕이 비판적 대상에서 제외되었다고 단정하는 것은 성급하고도 단순한 추측이다. 경일은 차마 왕까지 거론할 수가 없었을 뿐이다.

　16세기는 물론 17세기 초까지 조선은 전란과 혼란의 와중에서 헤어나지 못하고 있었다. 임진왜란의 발발을 놓고 누가 그 책임을 져야 하는가, 당장 규명할 겨를은 없었지만 위정자들의 책무만큼 막중한 것은 없었다. 따라서 왕이 안 된다면 그 이하 고위 관료들이라도 전란에 대한 참회를 보여야 함에도 17세기에 이르기까지 그런 기미는 전혀 보이지 않았으며 전대미문의 참상 뒤에도 또 다른 혼란상이 거듭 이어지면서 상층에 대해 부정적 인식이 한결 고조되었다고 할 수 있다. 17세기 일어난 몇 가지 사건만 보더라도 위정층에 대한 비판적 시각을 읽어내는 데는 어려움이 없다.

1636년 청나라 태종이 10만 명의 군대를 이끌고 5일 만에 서울을 점령하자 仁祖는 경황없이 南漢山城으로 피난하게 된다. 그러나 45일 뒤에 청나라에 항복하지 않을 수 없게 되는데 이는 反淸감정 뿐만 아니라 무능한 정부에 대한 백성들의 불만을 고조시키는 계기가 되었다. 여기에 남인과 서인들 간의 예송논쟁으로 대표되는 극한적인 대립 또한 당쟁의 수위를 높여만 갔다. 庚申換局에 의해 1680년 남인이 실각하고 서인 정권이 수립되면서 붕당 사이의 대립양상은 크게 달라져갔다. 재집권한 西人은 철저한 탄압으로 南人의 재기를 막았으니 이로부터 상대세력의 견제를 인정하지 않는 일당전제하의 추세로 바뀌기 시작했다. 상대방에 대한 보복으로 賜死가 빈번하였고, 외척의 정치적 비중이 높아졌으며, 정쟁의 초점이 왕위 계승 문제로 비화되는 등 朋黨정치는 정상적으로 운영되지 못했다.96)

17세기 이후 성리학이 보편화되고 붕당정치가 활성화 되면서 붕당 간 학문 경쟁과 아울러 정책 경쟁도 벌어지게 되었고, 그 과정에서 조선 후기 정치는 어떤 면에서는 역동적으로 운영되어 나아갔다97)는 긍정적 시각도 있으나 경일은 어쨌든 붕당 내 갈등, 위계질서가 허물어진 혼란의 와중에서 이상적인 정치의 구현을 간절히 희구하였다. 이런 정치적 무질서와 함께 연이은 가뭄을 두고서 천상의 神조차 더 이상 참지

---

96) 정석종 외, 『중세 사회의 해체1』, 한길사, 1994, 120면.
97) 노태돈 외, 『시민을 위한 한국 역사』, 창작과 비평사, 1997, 218면.

못하다가 내려준 징벌로 대응시켜보는 것은 결코 엉뚱한 발상만은 아니라고 하겠다.

儒教에서도 天上에 보이지 않는 주재자가 있어 우주 천하의 화합과 조화를 이루며 모든 존재에게 생명력을 불어넣고 있다는 사고가 없는 것은 아니다. 그러나 도교 세계에서와 달리 천상, 우주, 혹은 주재자란 그저 추상적 단어로만 생경하게 제시되는데 그칠 뿐 구체성이나 형상성을 갖추지 못하고 있었다. 그때 도교적 상상은 서사의 실마리를 풀어주는데 제격이었다. 사건과 상황, 그리고 인물의 구체적 형상을 예비하고 있는 전통적 神仙담론은 작자에게 이야기를 견인할 추동력으로 작용할 수가 있었다고 생각한다. 경일은 원래 도교적 취향을 지닌 인물이지만 현실을 우의하려는 입장에 서게 되자 더욱 더 그에 이끌리게 되었다고 해도 과언이 아니다.

경일이 作詩에 임하여 여느 문사들과 마찬가지로 혼탁한 현실과 부박한 세태를 외면하면서 도가적 상상과 이미지에 편승하기를 즐겼음은 이미 앞에서 충분하게 확인한 터이다. 그런데 <기우록>의 창작에 임하여 한층 더 도교적 형상성에 주목하는 것을 보게 되는 바, 천상세계와 우주 내 공간을 아우르며 도교의 절대자 옥황상제를 수용하여 보다 정치하게 부조해 나간다.

<기우록>을 통해 경일이 神仙, 道教사상을 표출시키고 있다 해도 그것은 자아의 일탈, 順天安命을 구하기 위한데 본의를 둔 것으로 단정하기는 쉽지 않다. <기우록>에서는 경일 자신의 사적 지향성은 그리 선명하게 드러나지 않으나 서사의 초점이 對他的인 곳을 지향하고 있다는 점만은 분명하다. 다시 말해 혼란과 무질서로 점철된 세상에 그 어떤 사상보다도 도가사상이 치유의 가능성을 제공해준다는 인식에 기초해서 도교적 상상력을 수용하게 되었던 것이다.

도교적 우주관에 따르면 옥황상제가 머무는 천상과 인간들의 現世,

神仙들의 仙界와 水府로 공간이 분화되는데 무엇보다도 모든 공간이 유일의 주재자 玉皇上帝에 의해 지배된다는[98] 특성이 핵심을 이룬다. 그러니까 하늘 아래 모든 下邦은 상제의 명을 받들어 龍王, 天子, 水神 등이 각각 통치하는 水府, 現世, 仙界 등으로 권역이 나누어진다. 天上, 天下, 水府로 3분화된 공간구조를 지니고 있는 <기우록>은 그 점에서 도교에서 이미 형상화하고 있는 통치구조의 온전한 수용인 것이다.

도교의 宇宙觀에 따라 전개된 <기우록>이지만 옥황상제, 수부의 수장, 현세의 매개자인 만랑자가 의미이상으로 부각된 반면에 현세의 수장으로서 천자나 왕의 모습은 가려져 있어 현실을 寓意해보고자 하는 애초의 의도가 달성될 수 있을지 의문이 드는 것도 사실이다. 즉 지상이 순리대로 돌아가지 않으므로 그에 대해 징벌을 가한다는 취지에는 공감하지만 그 대상이 백성으로 지목되어서는 곤란하다는 愛民정신에 기초하여 이야기를 전개하려 든다. 기껏 비판적 대상은 익명의 위정자로 지목되고 있는 형편이며 왕이나 上層官僚는 사건, 상황에 구체적으로 개입하지 않는다. 사태악화의 직접적인 가해자들이라 할 그들의 모습은 드러나지 않은 채 엉뚱한 인물들이 재난 극복을 위해 발분하는 셈이다. 수부에서 賢者들이 大同的으로 소집되고 그들의 합의된 의견을 바탕으로 실천으로 옮겨지는데 이 모든 것은 세상 인간들이 배제된 채 진행된다. 신격들은 유기적으로 얽혀있는 수부와 현재, 그리고 선계의 인물들은 만랑자의 전언을 통해 실상을 파악한 뒤 사태 해결의 통로를 찾아 나섰던 것이다.

<기우록>은 도교적 우주관을 바탕에 두고 있으면서도 각각 설정된 세계들 사이의 소통을 적극적으로 모색하고 있는 셈인데, 간단히 정리하면 만랑자와 옥황상제 간에 인연적 소통이 가능해지도록 사건을 구

---

98) 이종은 편, 『한국 문학의 도교적 조명』, 보성문화사, 1986, 46면.

조화하고 있다. 결과적으로 상제가 징벌의지를 거두고 해갈의 강우를 베풀어 주기까지 불우한 문사인 만랑자와 용왕의 역할이 결정적인 영향을 끼치고 있다고 하겠다. 하지만 만랑자가 처음부터 사건해결의 전체적 맥락을 꿰뚫고 있었던 것은 아니다. 그가 재난 해결의 비법을 알게 된 것은 용궁에 들어와서의 일이었으며 낙강변에 몰아친 한발을 극복하는 하는 유일한 일이란 옥황상제의 설득여부에 달려있다는 점도 이때 비로소 알게 된다. 만랑자가 천상세계의 존재적 의미를 갑작스럽게 인식하는 것으로 처리되었지만 기실 작가 경일은 처음부터 도교적 세계관에 따른 天命意識을 어느 단계에서는 확실히 인식시키겠다는 생각을 지니고 있었다고 보아야 한다.

　<기우록>이 도교적 우주관을 통해 영원불사의 세계에 사는 선인이나 천상세계에 대한 염원을 드러내 보인다 하더라도 주인공의 신성화에 외골수로 매달리는 등 神仙小說의 전형성을 발견하기는 쉽지 않다. <기우록>은 상상과 환상에 의지한 서사물이지만 그 본질에 있어서는 지극히 현실적인 세계상을 다루고 있다 해도 과언이 아니다. 인륜 도덕적으로 문란이 극에 달하고 있는 당시 상황과 함께 몰아닥친 한발이 모든 인간의 미망과 우둔함에서 기인한 것임을 알리는 한편 이를 타개해 나갈 방법이 무엇인지 고민하다가 불현듯 떠올린 것이 도교적 상상력이 아니었을까. 어쨌든 경일은 이로부터 서사적 견인력을 확보하는데 결정적인 도움을 얻는다. 물론 옥황상제나 용궁의 차입 없이도 패덕하게 굴러가는 세상에 대한 응징, 그리고 마침내 회개에 이르도록 하는 일이 결코 불가능하다고 보지는 않는다. 그러나 옥황상제야말로 최고의 지배자인 天子, 王에게도 응징을 가할 수 있는 유일한 존재라는 도교적 인식에 따라 그를 재앙치유의 주재자로 설정함으로써 이야기는 훨씬 강한 서사적 우의를 발휘할 수 있게 되었다.

　사실 <기우록>에서 천상과 수부, 현세는 매우 유기적으로 연결되어

있으나 선계와의 긴밀성은 쉽사리 기대할 수 없는 것으로 그려진다. 하지만 수부에 초청된 5인 중 만랑자를 제외한 屈原, 李太白, 賀知章, 張騫 등 4명은 江湖川澤의 수장이자 영원불사의 특권을 지닌 선인들로서 지상의 어떤 시련과 고난도 그리 큰 장애가 될 수 없다는 낙관적 전망을 가능케 해줄뿐더러 실제 위기탈출에 있어서도 나름의 역할을 보여준다. 하지만 그들도 상제의 명을 거스를 수 없는 위치에 있으며 그 지시에 일방적으로 순종해야 하는 운명들임이 드러난다. 洛神王도 마찬가지였다. 이런 점에서 만랑자를 비롯하여 四位는 사태를 수습할 매개적 인물이 절실하다는 판단을 내린다. 그렇게 해서 지목된 인물이 東海龍王으로 있는 廣淵王이었다. 동해용왕은 四海와 五湖에 이르는 구역을 그 지배권역으로 삼고 있어 낙강을 해갈시키는 것이 그리 어려운 일이 아닌 데다가 옥황상제의 신임을 받고 있는 터여서 난제를 해결하는 데 누구보다 큰 매개역을 감당할 수 있었다.

四位가 동해용왕에게 올린 청원의 글로 말미암아 東海 용왕은 흔치 않은 감동을 경험하게 되는데 매개자로서 동해용왕의 협조는 다음 단계, 곧 천상에 대한 청원전달을 가능하게 해줄 뿐더러 결과적으로는 옥황상제의 마음까지 되돌려 놓는 데 기여한다. 처음 동해용왕이 확인한 바, 수부에서 올라온 시는 옥황상제에 대한 하염없는 존숭과 함께 지상에서 벌어지고 있는 참상을 적나라하게 펼쳐내고 있었다. 하지만 그가 해갈의 施惠를 베풀기로 한 것은 자신들의 일이 아님에도 불구하고 신격들이 마치 제 일처럼 적극적으로 구원을 청하고 나섰기 때문이었다. 옥황상제로서는 타자를 향한 그들의 汎愛的 사고[99] 에 오히려 감복 받아 애초의 결심을 철회했던 것으로 보인다.

---

99) 경일, 상게서, <기우록>.
    "今妶海表小邦 旱魃爲災 幾望雲霓而歎息 草木皆焦 空希天澤之沾濡 雖爲下民之不
    仁 亦有樊臣之多責."

祈雨詩의 送信과 상관없이 玉皇上帝는 朝鮮을 예의 주시하고 있되, 정치 도덕적으로 사회가 혼란지경에 이르자 마침내 傍觀者的 입장을 거두고 한발의 징벌을 내렸다. 지상에서 보면 가혹한 처사일지 모르나 천상의 눈으로는 지극히 정상적인 판단에 속하는 일이었다. 천상을 가로지르는 그물망이라도 쳐 놓은 듯 사태를 탐지한 옥황상제는 罪過에 대한 벌을 내림으로써 우주적 질서와 天道의 의미를 새삼스럽게 환기시키려 했던 것이다.

일반적으로 시문에서 도가 사상을 수용하여 우화등선 혹은 천상의 소요함을 투사시키며 시적 자아의 浪漫的 放逸함을 펼쳐보이게 하는 데 비해 <기우록>에서는 도교의 형상성을 차용하여 이야기를 한결 흥미롭게 견인해 나가고 있다. 그렇다고 현실성을 외면하는 것은 아니다. 오히려 현실 내 통치구조로는 결코 위기를 극복할 수 없는 前代未聞의 한발을 통해 당대 정치의 무질서, 모순을 고발하는 한편 도교적 우주관에 따라 그 치유 가능성을 예시해 놓고 있다. 이는 경일이 <기우록>의 창작에 도교사상 내지 도교적 상상력을 적극 주입했음을 암시한다. <기우록>이 도교담론의 모방을 벗어나 생동감 넘치는 서사세계를 구현할 수 있었던 것은 첫째, 도교적 상상을 적극적으로 수용한 결과였으며 둘째, 당대 현실에 대해 비판적 시각을 견지하면서 능숙하게 그것을 隱喩, 寓意했다는 점에 있었다.

3) 佛敎思想

앞에서 道仙사상에 기울어진 경일의 면모를 살펴보았으나 그가 불승이었으며 거기다 적지 않은 문도를 거느린 지도급의 승려라는 점에 비출 때 <기우록>의 기저에 도교사상이 두드러지게 반영하고 있음은 의외의 일이 아닐 수 없다. 그러나 작가가 승려였던 만큼 불교사상에서 온전히 벗어났다고 보는 것은 아무래도 지나친 것으로 생각되며 이면을 응시하다보면 불교사상적 의존성이 적지 않게 드러나는 것도 사실이다.

앞에서 살핀 대로 儒仙的 요소가 한결 구체적이고 현시적으로 드러나는 데 비한다면 내재한 불교 사상적 요소는 잠재되어 있거나 부분적으로만 산견되는 것이 <기우록>의 특징이다. 그런데 인물의 설정과 배경에 관한 한 도교 사상에 심취한 경일의 면모를 진단하는 데는 어려움이 없으나, 그 같은 서사적 형상도 어느 면에서는 불교 사상에 뿌리를 두고 있다고 하겠다. 존재들 간의 유기적 관계망과 함께 인연관에 편승하여 소설이 전개된다는 점을 유념하고 읽어나갈 때 행간아래 숨어 있는 불교사상적 특성이 비로소 간취될 수 있다고 본다.

<기우록>은 불교적 宗旨 중 因緣을 특별히 강조하는 듯하다. 다른 용어로는 '有機性' 혹은 '全體性'이라 해도 좋을 듯싶은 데 한 개체를 통해 우주적 연결고리가 만들어진다는 점을 이미 서두에서 암시하고 있다. 즉 미미한 선비인 만랑자가 한발의 실상을 異界로 전하고 그로부터 위기 탈출의 계기를 모색하고 있는 것이다. 이야기가 진행됨에 따라 그는 한미한 현세의 선비의 능력을 넘어 전혀 다른 기능을 발휘하는 바, 그 내부에 입체적 상을 간직하고 있었다. 그가 한 걸음 내디딜 때마다 그를 축으로 한 외적 관계망은 확장되며 그의 주장에 공감하는 무리도 늘어가는 양상으로 변한다. 우선은 용왕이 그의 말을 경청한 뒤 조력자로 나서기를 자청하게 되며 천하 곳곳의 천택에 머물고 있는 네 수장들이 詩會에 동석하여 만랑자의 願을 실현시켜주기 위해 머리를 맞댄다. 이계를 대표하는 이들의 출현과 회합은 새로운 상황과 사태의 변화를 암시하는 것임에 틀림없다. 곧 수신들도 만랑자를 통해 현세에 닥친 재난을 알게 되고, 더불어 걱정하는 동조자로 변한다. 여기에 또 한 사람의 후원자로서 동해 용왕이 가세한다. 사실 용왕, 四神보다 한 단

계 높은 신격에 위치한 그의 협조는 천상에 상주할 인물을 찾기 어려운 상황에서 희망의 국면으로 되돌려 놓는데 중요한 轉機가 되고 있다.

만랑자로부터 비롯된 기우의 청을 두고 우주적 범위 내 숱한 존재들의 공감을 불러일으켜 나가면서 가뭄 해결에 대한 기대치는 높아지고 끝내는 애초 바란 대로 강우의 願을 달성하는 데까지 이르게 된다. 이렇듯 순기능적 사건으로 선회하기까지에는 여러 水神 및 天佑 陰助가 절대적이었다. <기우록>은 그만큼 인연의 연속성에 편승한 복합적인 구조로 이루어져 있다는 것을 보여준다.

<기우록>에서 우리가 시사받을 바는 우주 내 모든 존재는 상호 의존적 관계를 맺고 있다는 점과 함께 불교에서 말하는 慈悲의 본의가 무엇인지를 선명하게 숙지시켜준다는 점이다. 가뭄의 참상을 겪고 있는 편에서 보면 억울하고 비통한 재난임에 틀림없으나 작가는 돌발적인 선회를 통해 단숨에 위기를 역전시키기보다 점증적으로 단계를 밟아가며 해결책을 고민한다. 그 첫 단계에서 등장하는 인물이 漫浪子였다. 그러나 대부분의 독자들은 처음부터 그에게 기대를 걸지 않는다. 그는 不遇落拓한 일개 선비에 불과했기 때문이다. 하지만 그는 용왕, 신격들과의 관계망 속에서 동조자를 점점 늘려나가면서 동시에 낙강 근역의 한발을 水府, 天上의 관심사로 증폭시켜 그토록 고대하던 강우를 실현하는 역동적인 인물로 탈바꿈한다.

<기우록>에서 우주 내 통치자이자 判官者는 바로 옥황상제인데 그는 철저하게 因果應報的 원칙에 따라 세계를 다스린다. 한발이 돌발적이고 감정적인 차원에서 이루어진 것이 아닌가 싶지만 그것은 온전히 지상 인간이 불러들인 불가피한 벌인 셈이다. 곧 한발은 인간들의 참회와 반성을 이끌어내기 위한 방편으로서 이해해야 한다.

하지만 외골수로 응징만 시도하다보면 세상의 구원하고는 아주 거리가 멀어지게 된다. 가뭄을 통한 세상의 징치가 일회적 발상으로 비롯된

것이 아니거니와 옥황상제는 엄정하고 공편무사한 판관으로서 한발을 내릴 수밖에 없었으나 끝까지 그 결심을 고수할 수 없는 상황을 맞고 만다. 가혹한 응징만이 전부가 아니라는 주위의 간곡한 만류, 그리고 그 잠재해 있던 측은지심이 발동하여 降雨의 施惠를 베푸는 것으로 마음을 돌리게 된다. 그런데 그것은 하방 세계가 자신들의 악업을 절실히 참회했기 때문에 내려준 시혜와 본질적으로 다르다. 상제가 마음을 바꾼 것은 일차적으로 여러 수부에서 올라온 집단적인 호소가 직접적인 계기가 되었다. 또한 만랑자와 용왕, 그리고 사위가 시회의 참석자들로 시흥과 주연에 탐닉하는 대신 인민들의 고초와 희생을 먼저 생각한다는 점도 상제가 즉발적으로 징벌을 거두어 들이게 된 까닭이 된다. 인민을 긍휼히 여기고 그들에게 닥친 재난을 우선 해결해야 한다는 여러 수신의 결의, 그리고 그것을 뿌리치지 않고 수용하는 천상의 관용심은 아래와 같이『화엄경』에서 말하는 자비심과 퍽이나 닮아있다.

> 아, 중생들이 밑없는 생사의 큰 구덩이에 빠져 있거니, 아 나는 장차 어떻게 이를 속히 건져내 일체지(一切智)의 경지에 살 수 있도록 하랴. 아 중생들이 온갖 번뇌의 핍박을 받고 있거니 나는 장차 어떻게 이들에게 구호를 베풀어 온갖 선법에 안주케 하랴. 아 중생들이 生老病死를 두려워하고 있거니 나는 장차 어떻게 이들의 귀의처가 되어주어 그 신심의 편안을 길이 얻게 하랴. 아 중생들이 세상의 온갖 공포의 핍박을 받고 있거니, 나는 장차 어떻게 이들을 도와, 일체지의 도에 머물 수 있게 하랴. 아 중생들이 지혜의 눈이 없어서 항상 자신을 실제로 있는 듯 믿어 근심에 뒤덮여 있거니, 아 나는 장차 어떻게 방편을 써 의견(疑見)에 가리운 막을 도려내게 하랴. 아 중생들이 항상 어리석음의 어둠 속에서 갈팡대고 있으니 아 나는 장차 어떻게 밝은 횃불을 만들어 일체지의 성을 비쳐 이들로 하여 보게 하랴. 아 중생들이 항상 인색, 질투, 아첨, 기만에 의해 더럽혀지고 있거니, 나는 장차 어떻게 그들의 지식을 완전케 하여 청정한 법신을 증득케 하랴.100)

만랑자가 아무리 애휼정신이 두드러진 선비라 해도 지상에만 머물러 있었다면 <기우록>에서 해피엔딩적 결말은 기대하기 힘들어졌을 터이며 우주적 질서와 그 유기적 결연성은 실현되기가 어려웠을 터이다. 결과적으로 만랑자의 발의 및 諸水神의 일사분란한 기우문의 작성, 그리고 주달 임무자의 수소문 등 순차적으로 사태해결의 전기가 동반됨으로써 위기에서 긍정적 국면으로 점차 돌아 설 수가 있었다. 이는 다른 시각에서 보자면 작가가 애초부터 바탕에 두고자 했던 자비의 실천과정에 해당된다. 下邦의 백성을 위해 전 우주적 관심이 일어나는 것이야말로 유기적 삶의 이치를 역설하는 불교적 가르침 그대로이다. 하잘 것 없는 존재처럼 보이는 蒼氓이지만 그들에게 끊임없이 관심을 쏟고 불쌍히 여기는 데서 한 걸음 더 나아가 괴로움의 근원을 소거해 주는 것, 그리고 즐거움을 함께 나누고자 하는 단계에 이르러서야 慈悲行은 완성된다고 부처는 가르친다.[101]

<기우록>의 대강은 불교적 가르침과 그리 멀지 않거니와 그 점에서 <기우록>에 불교사상이 핵심적 요체로 기저에 깔려 있다고 하더라도 무리가 없을 것이다. 이후 보다 세밀하게 <기우록>에 담긴 불교사상적 특성을 살펴보기로 한다.

<기우록>에 제시되는 공간은 세 층위로 이루어져 있는데 인간이 살고 있는 地上 이외에 天上, 水中, 즉 二界가 이야기의 핵심적 공간으로 나타나고 있다. 이렇듯 세 공간은 天界을 정점으로 龍宮, 人世로 서열화가 이루어지며, 神人으로 이루어진 천상은 人世와 별다른 소통이 이루

---

100) 한용운, 『佛敎大典』, 홍법원, 1914, 76면.
　　　"哀哉 衆生無底生死大坑墮 我當云 何速勉濟 一切智地得住 哀哉 衆生諸煩惱逼迫 受 我當云 何救護作 一切善法安住 哀哉 衆生老病死恐怖 我當云 何歸依作身心 安穩永得 哀哉 衆生世間衆怖所逼 我當云何祐助 一切智道得住 哀哉 衆生智眼無 恒常身見疑惑所覆 我當云 何方便作 疑見翳膜所決 哀哉 衆生恒常癡闇迷惑 我當云 明炬作一切智城照見 哀哉 衆生常堅嫉謟誑所濁 我當云 何開曉 淸淨法身證得."
101) 수야홍원·김현 역, 『원시 불교』, 지학사, 1985, 148면.

어지지 않는 곳으로 그려진다. 하지만 인간은 그 권위와 존엄성을 익히 알고 있으며 天道에 따르지 않을 때 어떤 징벌을 받을 지도 너무나 잘 알고 있다. 그럼에도 蒼氓들은 물론이고 만랑자마저 우주 내 세계 간 차별성을 인식하지 못한 채 가뭄이란 그저 무심하게 내려진 자연 재해일 뿐, 현재 그들이 사는 세계가 無道해서 발생한 일이라는 생각은 하지 못했다. <기우록>에서 가뭄의 재난을 피할 수 없는 것은 당연한 일이 되는 것이다. 이 점을 너무나 잘 알고 있던 水府의 참석자들은 전대 전기소설에서 상투적으로 주입되던 행사, 곧 고금의 역사와 시인의 감회를 토로하던 시연을 거두고 오로지 상제의 마음을 돌리기 위한 명문 짓기에 골몰하는데 결국 기우시를 접한 용왕은 다음과 같이 심경의 변화를 일으킨다.

> "동방의 작은 나라 백성들이 우매하고 패역하기가 매우 심한 탓에 비 내리기를 금지하였는데, 지금 용왕들이 올린 글이 이에 이르렀으니 비를 내리는 것이 마땅한 일이 아니겠는가."[102]

천상에서는 자주 징벌을 내리지도 않지만 한번 내린 징벌을 쉽게 철회하지도 않는다. 그럼에도 <기우록>에서는 옥황상제 스스로 그 징벌을 거두어들인다. 징벌을 해제하는 데 있어서 피해 당사자가 아닌 수신과 용왕, 그리고 만랑자의 지성어린 請願이 사태해결에 결정적인 단초가 되고 있다는 점은 逆說的이다. 아울러 재난 해결에 있어 만랑자와 용왕에서 다시 四位로, 그리고 天神까지도 이에 합세하는 것도 흥미롭다. 천신 중 상제의 측근 漫倩者는 의외의 역할을 담당한다. 그는 상제에게 "下界의 蒼氓들이 비록 잘못을 저질렀으나 만약 상제가 큰 은혜를

---

102) 敬一, 상게서, <기우록>.
　　"東方小國之民 愚逆甚故 禁其雨澤 今龍王所 奏至此施雨可乎."

내리지 않는다면 어떻게 우러러 의지할 수 있겠습니까(下界愚民 雖有犯咎 若非上帝之洪宥 安所仰賴)."라 말함으로써 굳게 닫혀있던 옥황상제의 마음을 열어놓는데 결정적으로 기여한다.

사실 상제나 그 측근인 만정자는 세상의 중생들을 먼저 걱정하고 있는 인물임이 밝혀진다. 하지만 처음에는 그들도 무조건적인 관용에 대해 쉽게 마음을 열 수 없는 처지였다. 正道를 구현하기 위해서는 죄에 따른 벌이 필요하다는 관점에서 보면 천상에서의 망설임을 얼마든지 이해할 수 있다. 문제는 下邦에 있다. 그런데 인간들이 징벌의 진정한 의미는 물론 자신들의 허물조차도 눈치 채지 못하고 있었다는 게 큰 문제였다. 그들이 자신들의 허물을 모르고 태연할 따름인데 일방적으로 징벌만 내린다 해서 무슨 효과가 있을까. 천상에서도 일방적인 징벌에 대해 회의하지 않을 수 없었던 것이다.

그 같은 천상적 분위기를 일거에 돌려놓게 한 인물이 曼倩者였던 셈이다. 결과적으로 그는 만랑자에게서 시작된 강우의 청이 마침내 현실화되도록 매개역을 자처하였던 셈인데 옥황상제를 보필하는 천인들의 陰助까지 이끌어내는 데 적극 협조한다. 이렇게 강우에 대한 희원이 결실을 맺기까지에는 수부세계의 결의는 물론 천인들의 관심과 성원이 자리했다.

결국 옥황상제의 改心은 하방의 중생들과 잡다한 신들의 애휼심 및 자비심이 이심전심으로 천상에 전달된 것에서 찾아야 한다. 자비 공덕에 대해 역설하거나 불교적 교리를 어디에서도 펼쳐놓은 바가 없으나, <기우록>은 광대무변한 공간에 놓인 존재들이 어떻게 유기적 관련을 맺고 있는지를 보여줌으로써 우리는 이 작품이 인간구원이라는 명제와 아울러 불교적 因緣의 순환을 여실히 표출하는데 성공하고 있다는 평을 내릴 수 있게 되었다. <기우록>에 부처, 불승, 보살 등 이른바 불교적 인간이 전무하다는 점만을 들어 불교소설 혹은 불교사상과 무

관한 작품으로 단정지으려 든다면 이야기의 外皮만 본 감상적인 평일
뿐이다.

이제 용궁 혹은 용과 관련시켜 <기우록>이 지닌 불교적 서사물로서
의 특성을 살펴나가는 기회를 잠시 갖도록 하자. 전통적으로 부처를 수
호하는 동시에 민중들에게 호의적 인물로 부조된 용왕을 중심기능 인
물로 택하고 있으며 경전류 역시 용궁을 불국토의 하나로 설정하는 것
이 일반적이므로 <기우록>에서 용궁을 배경으로 설정한 점은 사상이
나 주제 측면과 함께 불교서사의 테두리에서 멀지 않다는 점이 선명히
드러난다.

수많은 불교 경전과 불교설화 속에 용이 등장하고 있으나 <기우록>
에 나타난 용, 용궁과 그대로 대응되는 이야기를 찾는 일이 수월치만은
않다. 불교 출현 이전 인도에서는 蛇神의 대상으로 龍을 숭배하는 전통
이 있었는데, 이것이 점차 불교의 護法衆으로 수용된 것으로 추측한다.
구체적으로 말해 불교에서 龍王, 龍神은 天龍八咎(龍, 天, 夜叉, 乾達婆, 迦
樓羅, 緊那羅, 摩喉羅迦) 가운데 하나로서 불법을 수호하는 半神半蛇의 존
재로 오래전부터 인식되어 왔다.

이뿐 아니라 동양에서 용은 비를 내릴뿐더러 오곡풍작을 좌우하는
주재자로 여겨지기도 했다. 숱한 용왕 중에서도 사가라 용왕은 바다 용
왕으로 비를 내리는 본존으로 숭앙된 것으로 전해진다.[103] 삼국 이래
불교 설화에 용궁의 차입이 빈번하고, 용왕이 특별히 강우를 주재하는
신으로 숭앙되어 온 전통에 의거할 때, <기우록>에서 용왕이 주동적
인물로 정해지고 그가 사건의 매개적 축으로 기능하는 것은 용궁을 중
심 공간으로 수용하는 것인 만큼이나 불가피한 일로 여겨진다. 당장 해
갈의 용단을 내리지 않으면 세상은 절망의 구렁텅이로 빠져들 것이라
는 위기감 속에서 강우의 권능을 가졌다고 믿어온 용에게 의존하는 전

---

103) 홍사성 외, 『불교상식백과』, 불교시대사, 1993, 1211면.

개는 이전에 등장한 <龍堂靈會錄>, <龍宮赴宴錄> 등에서 보듯, 호기심만을 불러일으킬 의도에 앞서 龍의 기능을 훨씬 넘어선, 서사내적 논리를 감안한 대입에 해당되는 것이다.

동양에서 관념한 용이란 대체로 惡漢보다는 善人으로 규정하는 게 일반적이다. 불교 쪽에서도 護佛衆의 하나로 부처를 보호하고 따르는 신심 깊은 신자로서 나타나는데 <기우록>에서 용은 부처의 가르침을 묵수하는데서 한 걸음 나아가 스스로 우주적 질서와 이계간 유기성을 자각하고 이를 매개하는 적극적인 존재이다. 다시 말해 降雨의 권능이 옥황상제에 있는 것은 사실이나 용은 천상과 천하의 중간자적 위치에서 끝내는 지상을 이롭게 하는 중재자, 조력자로서의 심상을 중첩적으로 간직하고 있는 것이다.

막연한 가운데서도 용과 용궁 차용에 영향을 끼친 구체적인 사례로 우리는 龍樹설화를 먼저 떠올릴 수 있다고 본다. 龍樹菩薩이 현세에서 어려움을 겪을 때 용궁이 그 해결책을 제시해주었듯 인간의 힘으로 해결 난망한 한발에 부딪치자 만랑자 역시 곧 용과 용궁의 권능을 떠올렸다는 점은 퍽 흥미롭다.

『龍樹傳』은 불경에 관한 한 전지전능한 지식으로 무장됐던 용수가 지상에서 최고의 선지식으로 우러름을 한 몸에 받았음에도 한량없이 많은 불경을 대하고는 절망에 빠졌다가 이를 안타깝게 여긴 大龍菩薩의 인도로 용궁에 들어간다는 내용을 담고 있다. 용수를 수부에서 청한 까닭은 용궁에 비장된 경전을 열람해 주기 위해서였다. 대용보살은 이때, 화함을 열어 방등, 심오한 불법, 무량의 묘법을 한 순간에 전수시켜 준다. 용수는 용궁에 90여 일간을 머물며, 그 많은 경전을 통독함으로써 河海같이 넓은 불법을 온전히 증득할 수 있었던 것이다.

이외에도 『三國遺事』 소재 明朗, 寶壤, 元曉, 義湘의 설화, 그리고 『宋高僧傳』 소재 玄光 설화를 보더라도 주인공들은 지상과 수부 두 세계를 자유자재로 오가고 있는 것으로 나타난다. 고승대덕들의 수부입궁은 물론 수부 내 청원에 의해서 이루어진 것이긴 해도 일단 弘敎者로서 불법전파의 수고를 마다하지 않는다. 삼국 이래 적지 않은 불교 설화들에서 취하고 있는 이 같은 서사구조는 용궁조차 불국토에서 벗어나지 않는다는 믿음이 깃들어 있다하겠으며 호불의 선봉에 용왕이 서 있음을 현시하는 것이라고 본다. 비유하자면 고승은 불법의 씨가 채 파종되지 않은 수부세계에 그 싹을 틔우는 초전자로 활약하고 있는 셈이다.104)

잠깐 <기우록>에서 벗어나 용왕, 용궁이 얼마나 친불교적 공간 내지 인물로 형상화되고 있었는지를 점검했다. 그런데 <기우록>에서의 용궁은 불법전파의 공간도 아니고 용왕 역시 불법수호자로 그리려는 의도도 전혀 보이지 않는다. 불교설화에서 상투적으로 보아왔던 호법적 인물기능을 벗어나 민간신앙적 대상으로서 용, 바로 그에 더 부합되는 像이라고 할 것이다. <영회록>, <부연록> 등 훨씬 앞서 등장한 전기소설과 다를 바 없이 <기우록>도 전기적 공간을 그대로 수용할뿐더러

---

104) 김승호, 「求法旅行과 그 附帶說話의 일 고찰 — 歸國僧의 龍宮체험을 중심으로」, 『한국승전문학의 연구』, 민족사, 1992. 273~285면.
龍이 불교와 얼마나 친연성이 얼마나 강한 존재인지는 숱한 불교 설화들이 잘 예증해 보여준다. 가령 불교서사에 등장하는 용은 대개 불법의 수호자로서 혹은 불제자로서 세상 천지에 불교를 전파하려는 부처의 뜻에 부응하여 홍교에 신명을 다 바친다. 그러나 용이 언제나 호불적 존재로 고착되어 있는 것만은 아니다. 사찰연기 설화 중에는 寺址의 占定을 놓고 창주자와 용의 마찰이 첨예하게 빚어지는데 사찰 건립의 최적지를 점거하고 있는 용이 저항하며 물러설 생각을 하지 않으면서 화해로운 해결이 어려워진다. 용들이 끝까지 자신의 터를 양보하지 않으므로 창주 측에서는 온갖 지혜를 동원해보지만 이들의 훼방을 막을 수 없게 되며 결국 創主 측에서 부처나 보살 등에게 도움을 청한 끝에 어렵사리 사찰건립의 원을 달성할 수 있게 된다.
그런데 그처럼 불사에 비협조적인 용들일지라도 근본이 악한 존재는 아님이 밝혀진다. 곧 그들은 끝내 불보살의 가르침에 따라 둘도 없는 호불자로 거듭나기 때문이다. 이렇게 본다면 동양의 불교서사 속에 형상화된 용이란 정도의 차이는 있으나 호불적 인간의 한 전형으로 애초부터 굳어져 있었다고 보는 것이 옳을 듯싶다.

용과 용궁이 지닌 내면적 의미까지도 그대로 계승하고 있다.

그러나 결정적인 차이는 <기우록>의 용왕이 伽倻역사와 뗄 수 없는 인연을 맺고 있을뿐더러 현재도 낙강밑 수부에 머물고 있다는 점이다. 즉 용이 降雨를 주재하여 오곡을 풍성하게 해주는 水神, 農神의 기능을 수행해왔듯이 洛神을 세상을 제도하고, 자비를 베푸는 法身의 또 다른 상으로 보더라도 어색할 것이 별로 없다. 낙신왕의 법신적 면모는 어쨌든 만랑자의 청을 들어주기 위해 동분서주하는 것에서 우선 포착된다. 용왕의 헌신적 자취는 그가 강우의 권한이 없음에도 끝까지 조력자로서의 역을 포기하지 않는다는 데 있었다. 설사 강우의 시혜를 베풀 수 없는 특별한 사정이 있지만 그는 온갖 수단을 다 바치는 헌신적 조력자로 나타날 뿐 용이 드러낼 법한 권위를 과시하는 적이 없었다.

<기우록>은 사건전개에서 만랑자와 더불어 중추적 역할을 하는 용왕이 등장함으로써 불교담론적 친연성이 한결 높아지게 되었다고 말할 수 있다. 용은 <기우록>에서 세계간의 유기적 연맥성은 물론 人世와의 관계야말로 우주적 질서를 구축하는 데 무엇보다 큰 힘이 될 수 있다는 사실을 새삼스럽게 환기시키고 있다.

흔히 불교서사의 테두리를 불교적 인간과 부처의 가르침을 매개하는 보살, 범신, 나한 등의 등장여부로 판정하는 일이 적지 않다. 하지만 보다 중요한 것은 불교적 宗旨를 전체 이야기 속에 얼마나 잘 용해하느냐에 달려있다고 보아야 할 것이다.

<기우록>은 불승의 작품임에도 겉에 불교적 색채가 의외로 드러나 있지 않은 작품이다. 하지만 이 작품은 천상을 가로 지르는 인디라 網을 안 보이게 설치한 듯, 世界간, 神格간 有機性을 보여줌으로써 불교적 인과응보의 원리 및 우주 내 상관성 등 불교적 요체를 行間아래에 깔아놓고 있다 하겠는데 이는 독해가 거듭될수록 분명해진다. 불교사상의 침윤적 요소를 전부 살필 수 없어 용궁과 용의 기능에 주로 고정시켜

살펴보았거니와, 용은 물속에 머물면서 물 밖의 세계에 대해 한없는 궁
휼심을 보이고 있으며, 慈悲功德의 정신으로 민초를 구원하는 일에 누
구보다 적극성을 보이는 인물로 형상화되었다. 요컨대 <기우록>은 불
교적 인간이나 그 종지를 생경하게 제시하는 대신 용을 등장시켜 慈悲,
施惠정신 등 불교적 사유의 정수마저 은연중에 설파하고 있는 것으로
밝혀진다.

V. 경일 漢文短篇의 이해

1. 神遊錄의 갈래적 특성

<神遊錄>은 395字에 불과한 한문단편이다. 소설이라 하지 않고 굳이 한문단편이라 부르는 데는 이유가 있다. 우선 형식, 주제, 기법적 측면을 따져보기 전에는 소설로 정의 짓기가 어렵기 때문이고 다음으로 꿈을 소재로 한 체험담, 즉 夢記 정도로 규정하는 것이 선입견 없이 논의를 펼치는데 도움이 될 것이기 때문이다.

어느 작품이든 해명에 임하면 먼저 장르적 정체성을 따져보기 마련이다. 장르적 경계를 마련하지 않는 한 작품의 본질을 꿰뚫어 보았다고 말하기 어려운 것은 장르란 작가인식의 범주를 드러내는 징표일뿐더러 그것 자체가 이미 이야기의 속성을 상당부분 구획지어 놓은 결과이기 때문이다. 따라서 <神遊錄>의 논의에서도 우리는 먼저 장르적 정체를 궁리하지 않을 수 없다.

<神遊錄>은 꿈을 서사장치로 활용하고 있으며 짧은 서사량에도 허구와 상상에 의지하고 있는 작품이므로 몽유소설에 편입시켜 무방한 조건을 갖추고 있다. 기법이나 장치가 소설성의 판별에 중요한 잣대인 것만은 틀림없다. 몽유장치를 적절하게 활용하고 있다는 점만 본다면 이 작품의 경계가 한문산문이 아니라 소설에 보다 귀속시키는 것이 바른 가름이 아닌가 하는 생각이 든다.

夢遊傳奇의 전통은 다른 유형에 비해 상대적으로 그 연원이 깊은 편이다. 『金鰲新話』에서 벌써 이 장치를 차용하고 있으며 이후 군락을 이루다시피하는 전기소설들에서도 이것이 폭넓게 수용되는 것을 보게 된다. 17세기는 오히려 몽유록에서 한 걸음 더 나아간 몽자류 소설로 서사적 흐름이 이행하는 시기로서 <神遊錄>도 그 같은 흐름에 따라 夢遊 장치를 수용한 작품일 것이다. 그러나 <神遊錄>에서 우리는 몽유장치 이외 기법적으로 몇 가지 색다른 점도 아울러 지니고 있음을 놓치지 말아야 한다. 우선, 당대 글쓰기에서 찾기 어려운 일인칭 시점을 통해 이야기를 펼치고 있다는 점이다. 경일은 私小說의 수법과 흡사하게 스스로 주인공이자 시점을 주도하는 화자가 제3자에게 신비롭기 그지없는 몽중 체험을 전하는 방식의 글쓰기를 시도하고 있다. 길지 않은 분량이므로 全文을 훑어보고 그 서사적 특성을 밝히기로 한다.

내가 몽중에 금란가사를 입고 육환장을 집고 바다로부터 선산의 최고봉 아래에 이르렀다. 어떤 돌 틈 사이에 이르니 돌 위에 푸른 단풍 한 그루가 있었으며, 비단 같은 채색의 구름이 덮여 있었는데, 그 바위 틈에서 일어나 순식간에 오색 빛으로 변했다. 구름이 골짜기에 가득 차 있는 가운데 푸른 용이 그 샘 가운데서 나오는데 머리는 각지고 뾰족했다. 마침내 내 앞에 와서 머리를 숙이고 자기에게 타기를 원했다. 이윽고 내가 그 몸에 올라타고 뿔을 잡았다. 이 때 용은 즉시 푸른 단풍나무에 올라 허공에다가 그 수염을 흔들고는 승천하였다. 하늘의 중간 지점에 이르러 나는 용의 등에서 아래세계를 내려다보았다. 그런데 푸르고 깜깜하여 아무 것도 볼 수 없었다. 이윽고 용에게 "다시 밑으로 내려갈 수 없는가."고 말했다. 용이 꿈틀거리며 내려가더니 푸른 바다 가운데 곧게 섰다. 꼬리를 바다 밑에 박고, 그 목만 약간 물 위에 드러냈다. 파도가 출렁이고 거세게 용의 등뼈를 때렸다. 이때 나는 다시 용에게 "다시 위로 올라갈 수 없는가."라고 물었다. 용이 이윽고 몸을 떨더니 허공으로 올랐다. 곧바로 구천으로 올라 한 집에 이르렀는데, 집은 허물어지고 계단 돌만 남아 있었다. 다시 한 곳에 이르니 건물이 몹시 당당했다. 나는 그 대청 위에서 잠시 쉬었는데, 한 벽에 시 한 수가 새겨 있었는데 세 구는 복잡해서 기억할 수가 없다. 첫 구만은 또렷하게 기억할 수 있다. 시에 쓰여 있되 "귤나무에 매달린 황금 감귤이 옥반에 가득하도다."라고 되어 있었다. 나는 용에게 말하길 "이 시는 누가 지은 것인가." 하자, 용이 "정동명이 지은 것"이라 했다. 나는 송연해져서 말하길 "선생은 세상에서 숭상하는 바이오. 이 시가 銀漢之間에 전해 졌으니 얼마나 신이한 일인가." 했다. 말을 마치고 다시 용을 타고는 천문에 이르렀다. 용이 뿔을 가지고 그 문을 두드려 소리를 냈다. 그러자 갑작스럽게 두 개의 문이 활짝 열렸다. 마침내 안으로 들어가 신령스런 어둠 속을 바라보니, 집마다 열두 층의 백옥 계단으로 이루어져 있었다. 나는 몸을 떨쳐 마침내 제 구층 꼭대기에 오르고 잠에서 깨어났다. 심신이 매우 상쾌했으나, 오히려 상제의 얼굴을 보지 못해 한스러웠다. 이후에 마침내 동명시를 이어서 전편을 읊조릴 수 있었으니, 그 꿈에서 본 시는 이렇다.

> 푸르고 노란 감귤 옥반에 가득하니
> 이것으로 선생이 옛 선관임을 알겠도다.
> 천금같이 좋은 시구 은하수에 전해지니
> 천제께서는 응당 상위에 두고 보시겠지

余昔夢中 披金欄杖六環 自海上仙山 最高峰頂而下 至一澗口 澗上有一青楓林 有一樓祥雲 自澗頭而起 須臾成五色 彌滿洞中 有一蒼龍 自澗心而出 頭角崢嶸 逶迤首於余前 而請騎之 余乃騎其頸 攀其角 於是龍卽緣青楓之樹 振鬣凌空扶搖而升天 至半天之中 余在龍背 俯視下界 則蒼蒼冥冥 杳莫可視 遂於龍曰 不可復下耶 龍蜿然而下 直立於碧海之中 其尾植於海底 其頸菫出水上 風濤溶湧 激囓龍脇 余復於龍曰 不可復上耶 龍乃奮身而升虛 直上九宵 至一館 館宇穨廢 階砌猶存 復至一館 館舍亭亭 余遂暫憩于廳上 有一片板子 刻一首詩 而三句漫然不可記 惟首句昭然可記 曰綠橘黃柑滿玉盤 余於龍曰 此詩其誰之作耶 曰鄭先生東溟之作也 余悚然曰 先生尙於世已 使此詩傳於雲漢之間 하기신耶 語畢復騎龍 到天門 龍以角扣其扉門聲 啞然雙扉洞開 遂入門 望雲宵 殿殿有十二層白玉之階 余騰身 遂登

第九層上而覺之 神心灑然 然猶恨未得見上帝 天顔耳 後遂繼東溟詩 吟成
全篇 以記其夢也 詩曰

綠橘黃柑滿玉盤
先生知是舊仙官
千金佳句傳雲漢
天帝應留案上看[105)]

여기서 夢遊者는 경일 자신으로 설정되어 있다. 금란 가사를 입고 육
환장을 쥐고 있는 승려가 바로 몽유자인 경일인 것이다. 백발의 그가
지팡이를 잡은 채 구름을 타고 어딘가를 향하다가 仙人들이 살 성 싶은
곳에 안착하는 행운을 얻는 것으로 서두가 열린다. 그런데 금란가사에
다 육환장을 쥐고 있으니 승려임에 틀림이 없으나 그가 보여주는 행동
으로만 한다면, 전통적으로 상념해 오던 地上仙[106)]과 크게 다를 바 없
어 보인다. 승복차림의 신선이라니, 어떻게 보더라도 부조화의 단 단면
이 아닐 수 없다.

하지만 다른 시각에서 본다면 천상비등에 대한 동경의식이 무척이나
강렬하지만 자신의 현재 신분을 온전히 탈피하지 못한데서 오는 일탈
의 욕망을 느낄 수 있다. 이처럼 평소 잠재되어 있던 경일의 욕망이 어
느 시기에 몽유형식을 빈 <神遊錄>으로 탄생하였다고 보는 것이 옳을
것이다.

경일은 신선들이 머무는 산정에 머물렀다가 천상과의 매개자라고 할
수 있는 蒼龍을 만나면서 애타게 그리던 天上 여행의 기회를 정말 우연
히 얻게 된다. 오로지 지상에서만 살아온 경일에게 천상비공 체험은 더
할 수 없는 호기심과 공포감을 가져다주었음이 틀림없겠는데 용은 구

---

105) 敬一, 상게서, <神遊錄>.
106) 李鍾殷 편, 『韓國文學의 道敎的 照明』, 보성문화사, 1986, 46면.

천을 자유자재로 유영하다가 水中에 낙하하고 다시 경일의 청에 따라 구천으로 솟아올라 종국에는 천궁세계에 안착함으로써 경일이 꿈에도 그리던 소망을 실현시켜 준다. 천상의 궁궐 속에 이르러 세상 어디에서도 볼 수 없는 황홀한 광경에 접한 경일은 온통 그곳에 눈을 빼앗긴 채 감탄하기를 그칠 수 없었다. 그러다가 그는 의외의 경험하게 된다. 바로 天宮의 기둥에서 東溟의 詩를 발견한 것이다. 평소 사모하던 詩伯 東溟의 시를 천궁에서 발견한 만큼 그는 말할수 없는 감격을 경험한다. 그것이 얼마나 강렬하게 각인되었던지 경일은 꿈에서 깨어난 후에도 <神遊錄>의 말미에 소개된 대로 시를 온전하게 재구할 수 있었다.

<神遊錄>에서 주인공은 地上의 삶을 감내하기 어려워하는 듯, 세속으로부터의 일탈을 간절히 소망하고 있는 것으로 보이는데 몽유자가 경일이므로 이 점은 결코 尋常하게 넘겨 버릴 일이 아니다. 그렇다면 그의 내면은 도대체 무엇인가.

은둔과 수행으로 일관해야 하는 승려의 삶에 비추어 본다면 무애한 세계 속에 들어서 마음껏 天上을 유영하고픈 의지는 범인들에 비해서 훨씬 강하게 용솟음 칠 수도 있겠다. 이런 맥락에서 소설 속 주인공이 바로 경일이거나 경일의 욕망을 매개하는 인물에서 벗어나지 않는 인물일 것이다. 다시 말해 <기우록>에서는 만랑자로 하여금 황홀하기 그지없는 수부세계를 체험하게 했다면, <神遊錄>에서는 龍에게 몸을 의탁하고는 그동안 나름으로 상상해왔던 천상 白玉京으로 날아가 그 곳을 속속들이 살펴볼 기회를 주인공에게 부여하는 것이다.

그런데 천상 궁궐의 화려함을 섭렵하고 있는 몽유자는 대체로 추상적인 감탄사만 터뜨리고 있을 뿐이다. 경일은 물론 독자에게 가장 인상적으로 각인된 사건이 있다면 鄭斗卿의 시 발견사건이다. 이미 한시의 분석을 통해 그가 정동명에 대해 얼마나 큰 관심을 지니고 있었는지는 충분히 간취한 바 있는데, 짧은 이 夢遊傳奇 속에서조차 경일은 예의

鄭斗卿에 대한 흠모나 숭앙심을 여지없이 표출시키고 있음을 발견하게 된다.

<神遊錄>에 투영된 작자의 가장 큰 욕망이라면 옥황상제를 직접 알현하는 것이 아닐까 싶다. 하지만 꿈이 과거 바람을 비추어주긴 해도 그 모든 것을 온전히 실현시켜주는 額子的 공간이 될 수만은 없는 듯하다. 욕망의 온전한 충족이 도리어 독자의 기대치를 허물어뜨리고 천상세계가 간직했던 신비감을 훼손할 지도 모른다는 우려감이 생기지 않았나 싶다.

이렇듯 작자는 스스로 물러선 일이면서 上帝 친견이 불발된데 대해 아쉬움을 표출하는 이중적 태도를 보이고 있다. 몽중의 일이란 잠시 스치고 지나간 신기루 같은 일로 치부해 버리면 그만일 터이나, 애석하게도 경일은 옥황상제와 대면할 기회를 놓치고 만다. 꿈속의 일인 데도 불구하고 왜 경일은 이를 유보해 놓고 있는 것일까.

앞의 사건이 필연적으로 옥황상제와의 조우를 필요로 하는 인과성을 지니고 필시 대면의 기회를 부여했으리라 보지만 이야기 전개상 옥황상제와의 조우로 말미암아 그의 권능이 퇴색될 수도 있다는 우려가 일면서 그리 처리한 것으로 여겨진다. 혹은 막연하게 상념하고 있는 천상세계, 혹은 옥황상제를 세세히 묘사하고 구체화시키는 일만은 역시 부담스러웠던 것은 아닐까 그렇게도 생각해볼 수 있다.

또한 <神遊錄>에서 화려한 궁궐, 누각만 형상화할 뿐 천인들의 모습을 어디에도 삽입시켜 놓고 있지 않았다는 것은 소설로 인정하기 어려운 취약점이 될 수 있다. 자기중심적 생각과 범주를 벗어나 수필이 아닌 소설로 이행하기 위해서라면 사건과 상황의 복잡한 섞임은 물론 등장인물이 가세하여야 마땅한 일이지만 도무지 그런 서사적 설계를 발견하기 어렵다는 점에서 한문단편 이상의 적절한 용어는 달리 찾기 어렵다. 그러나 <신유록>은 흔히 우리가 접하는 한문단편의 테두리로 몰

고 가기에는 적절하지 않을 정도로 소설성을 풍성하게 갖추고 있는 점
또한 인정하지 않을 수 없다.

2. 神遊錄의 小說的 특성

왜 <기우록>을 소설에 귀속시킬 수 없는가. 앞서 몇 가지 까닭을 들
어보았으나 골자는 두 가지로 집약될 것 같다. 우선 경일이 夢記的 울
을 넘어서지 않는 선에서 꿈에서 본대로만 쓴다는 다짐을 일관되게 지
켜 나간 결과라는 것이다. 꿈을 진술하는 데만 초점을 두고 있는 만큼
작가는 서사성이나 통일성 같은 것은 도외시될 수밖에 없다. 다음으로
는 오로지 東溟의 詩才를 알리는 통로로만 활용한 탓에 그 같은 결과가
나타났다고 여길 수도 있다. 스스로가 동명에 대한 숭모심이 워낙 강한
터였으니 굳이 복잡다단한 이야기를 부언할 필요가 없는 것이다. 도리
어 복잡한 서사적 파생과 수용은 동명에 대한 초점을 흐려놓을 가능성
이 높아지는 만큼 가능하면 단일한 목격담만 거론한 뒤 서둘러 이야기
를 마무리하려다 보니 서사성이 약화되었다고 추측할 수 있겠다.

사실 夢談은 사실담, 허구담 어느 쪽으로 수용해도 부담이 따르지 않
는 서사적 질료로 볼 수 있다. 일단 실제 몽의 증언적 성격에서 본다면
그것이 소설적 취약점을 가진데 대해 별다른 이의를 제기할 수 없다.
꿈이란 문면에서처럼 단편적 광경이나 특이한 장면만 인과성 없이 조
합된 심적 투영물일 수 있으므로 <神遊錄>이 짜임새 있는 서사적 특
성을 보여주지 못한 채 마무리되고 마는 것을 피할 수 없었다고 본다.
그런 점에서 이 작품은 소설이 아니라 오히려 수필적 영역에 귀속시켜
야 마땅하다는 생각에 미치게도 된다.

쉽게 몽기로 단정해 버렸으나 경일의 시대까지도 '수필'은 통용되는

양식명이 아니었음을 환기한다면 <神遊錄>을 수필에 귀속시키는 것에 쉽게 동의할 일도 아니다. 사적체험을 갈무리한 글이 얼마든지 씌어지고 읽힌 것이 사실이라 해도 당대적 양식으로서는 記, 說, 錄이 우선 지목되는 바, 그 점에서 이 글은 錄이란 원래 명칭이 오히려 부합될 수밖에 없다.

다음으로 기록된 내용이 사실인가 허구인가도 따져볼 필요가 있다. 경일 자신의 몽중 체험을 바탕으로 썼으리라고 추측했으나 허구적 산물일 가능성도 배제하기가 어렵다. 다시말해 夢체험을 빙자한 傳奇物을 염두에 두었다할 수도 있다. 다만 그런 경우를 예상하더라도 전기소설의 수준에는 아직 미치지 못한다는 것은 이론의 여지가 없다. <神遊錄>에서 주인공은 분명 실제 작가인 경일과 동일인으로 보이지만 꿈을 서사적 허구 장치로 수용하고 있는 것과 마찬가지로 소설적 구상에서 빚어낸 또 다른 허구적 인물로 볼 수도 있다. 요컨대 <神遊錄>은 꿈에 의탁하여 동명의 시적 위대함을 현시하고자 경일이 몽유를 차용해 지은 단편 소설적 夢記로 보는 것이 여러모로 타당하다고 할 터이다.

<神遊錄>이 소설이 아닌 夢記的 테두리에 넣을 수밖에 없는 근거로 지나치게 짧은 서사량, 등장인물의 부재, 아울러 희박한 주제의식 등을 열거했지만 앞에서 살핀 <기우록>과 비교해 본다면 이 작품이 갖는 소설성의 결핍현상은 한결 선명히 밝혀진다. 그렇지만 이 세 가지 요소 때문에 소설적 검토에서 이 작품을 완전히 배제시켜서는 곤란하다. 그것은 전기소설의 전형만을 지나치게 고집한 안목일 수 있기 때문이다.

<神遊錄>은 夢記에 속할 작품이라고 했지만 실제 꿈을 그대로 이식한 것인지 아니면 상상을 통해 그려냈는지 그 경계를 가리는 것이 중한 사안이라고 보지는 않는다. 오히려 이 작품은 꿈을 액자장치로 차용한 창작물이라는 점에 주목해야 한다. 꿈을 제재로 하는 이야기들은 단순한 夢記를 넘어 소설적 기운을 강하게 내재하게 마련이지만 여전히

<신유록>에 나타나는 바, 등장인물의 부재나 핍진성이 결여된 형상화 등은 소설적 한계로 지적되며 따라서 夢記로 규정하는 것이 여러모로 무리가 따르지 않는다.

<神遊錄>이 체험에 기초한 夢記로 인정해도 서사장치, 형식, 내용 전개 면에서 소설로 볼 수 있는 여러 요소를 담지하고 있음은 적기할 필요가 있다. 아울러 이 작품을 단순한 심심파적 산물로 인식해 수필영역에 귀속시키고 더 이상 논의점이 없는 듯 보는 것은 피해야 한다. '소설적'이란 수식이 필요할 정도로 허구적 상상에 의존하고 있을 뿐더러 일인칭 시점을 적용시키고 있는 점 등은 세심히 살펴보아야 할 서사방식이 아닐 수 없다.

시점의 측면에서 <기우록>이 일인칭 화자가 이야기를 이끌어 가는 점은 동시대 어떤 소설에서도 발견하기 어려운 특성의 하나로 주목된다. 사적 체험의 전달이라는 측면에서 이 같은 시점은 적절한 선택으로 여겨지는 바, 특히 소설적인 글쓰기에서 일인칭 화자의 적용은 보편적 관례를 벗어나고 있다는 점에서 여간 이채롭지가 않다.

작가는 주인공과 다르므로 주인공에 의해 주도되는 이야기는 일인칭 시점과 같이 직설적으로 작가의 내심을 그대로 투영하기가 불가능하다. 그것은 작가가 아니라 화자의 감각에 의해 이야기가 전개되는 것으로 나타난다. 일인칭 시점이 적용되는 <神遊錄>에서 敍述的 自我는 작자이면서 동시에 주인공이기도 하다. 따라서 이 두 인물 간에 빚어질지도 모르는 '말'의 혼선을 걱정할 필요가 없게 된다. 결국 일인칭 화법을 취함으로써 경일은 그의 내면세계를 숨김없이 비춰주는 데 상당한 효과를 거둘 수 있게 되었다.

<神遊錄>이 내용과 형식에서 소설에 미치지 못한다 할지라도 전기소설의 흔적만은 상당부분 함축하고 있음을 인정해야 한다. 조력자로서 龍을 택한 것도 그런 특징 중의 하나에 속한다. 용에게 인물기능을 지

나치게 부여한 것이 전시대 전기소설의 태생적 한계를 시사해주는 것
으로 비쳐지기는 하지만 지상이 아닌 천상으로의 유영을 꿈꾸고 있는
주인공의 욕망을 충족시켜주면서 응축되었던 주인공의 내면세계를 투
명하게 표출하는데 용만큼 적절한 대상도 찾기 어렵다는 면을 감안할
필요가 있다. 결국 <神遊錄>은 용을 비롯한 전통 傳奇物속의 인물과
배경을 그대로 수용한 뒤에다 작자의 사적 욕망을 가감 없이 덧보탠 단
편으로 그 성격이 드러난다.

짧은 단편이나마 <神遊錄>은 경일의 잠재된 의식을 표출시키고자
하는 의도가 비교적 선명하게 투영된 예이다. 경일이 마음속 깊이 묻어
두고 있던 소망은 하늘에 존재하는 궁궐관람, 그리고 유불세계를 두루
포괄한 당대 지성 정두경과의 만남이었다고 할 수 있으며 바로 그 소망
을 실현시키는데 夢遊裝置가 적절히 활용되었다.

다만 지나치게 짧은 서사량과 사변담 위주의 전개 때문에 夢記의 테
두리를 탈피하지 못한 한계는 앞에서 지적한 대로이다. 그렇지만 <기
우록>과 같이 전기소설의 전형성을 확보하지는 못했다하더라도 시점,
등장인물, 액자장치 등에 걸쳐 그 나름의 소설적 특성을 상당 부분 구
비하고 있다는 점을 간과해서는 안 된다. 또한 짧은 단편 속에 작자 자
신의 평소 욕구와 세계관을 그대로 드러냄으로써 현대적 의미의 수필
적 성격에 부합되고 있음은 특기할 점이다. 이런 특성을 종합할 때 <神
遊錄>이 소설성과 수필성을 두루 갖춘 한문단편의 凡例的 사례라는 결
론에 이르게 되는 것이다.

VI. 경일 佛家寓言의 이해

『東溪集』에는 記, 序, 碑銘, 說, 錄 등 여러 형식의 글이 수록되어 있다. 경일이 많은 작품을 남긴 작가는 아니더라도 여러 산문양식에 능했으며 작품의 수준도 상당하다는 것을 이를 통해 알 수 있다. 그 중에서도 특히 높은 문학성을 유지하고 있는 양식을 들라면 錄, 說에 속하는 것들이라고 보겠는데 원래 형식과는 별도로 <奇遇錄>은 소설에 속하고 <神遊錄>은 소설적 夢記라 할 수 있으며 <主人翁退五客說>은 寓言으로, 장르를 구체화시켜 경계를 지울 수 있다. 시와 달리 실용문적 성격이 강한 것이 記와 說의 특징이기는 하지만 이들 작품은 앞서 본 시문 못지않게 산문작가로서 경일의 또 다른 면모를 엿볼 수 있게 한다.

『동계집』에서 說과 錄은 雜著에 편입되어 있는데 문집의 편집과정에서 記, 序, 碑銘 등 실용성이 보다 강한 글들과는 구별하려는 편집자의 의도를 어렵잖게 간파할 수 있게 해준다. <기우록>과 <神遊錄>에 대한 검토는 대략 앞에서 이루어진 터이므로 이제부터는 경일이 남긴 유일한 寓言인 <主人翁退五客說>을 통해 그가 지향한 의론방식과 불가 산문으로서의 특징을 살펴보기로 한다.107) 굳이 <退五客說>에 초점을 맞추려는 것은 단순히 한편의 산문적 테두리를 넘어 또 다른 의미와 가치를 지닌 작품으로 여겨지기 때문이다.

---

107) 이후부터는 <主人翁退五客說>을 줄여 <退五客說>로 부르기로 한다.

1. 主人翁退五客說의 佛家寓言的 성격

　전통적 양식 속에서 說이란 어떤 대상에 대한 상세한 풀이와 함께 글쓴이의 주장과 견해를 함께 밝혀나가는 글쓰기로 이해하여 왔다.108) 찬자의 주장과 사고, 인식적 체계를 드러내는 글이 그렇듯이 우리시대 의 안목으로 본다면 과연 문학영역에서 논의할 대상인지 그것부터가 의문거리가 아닐 수 없겠으나 과거부터 문인들은 議論的 글쓰기에 몰 두하였으며 문집에 수록된 산문들 가운데서도 記와 說을 대표적 양식 으로 여겨왔던 것이 사실이다.

　記와 說이 중세지식인들에게 많은 관심을 끈 데는 나름의 까닭이 있 다. 먼저 說 양식을 살펴보자면 이 양식은 지식인들의 정신세계를 수용 하는 데 적합한 글쓰기라는데 많은 이가 동의했던 것이다. 理致와 道德 등을 포함하는 議論的 담론에 관심이 많았던 만큼이나 학자 선비들의 說에 대한 관심은 지대했다. 하지만 유자, 사대부들의 선호했다는 점만 으로 이들 양식이 문학적 의미를 한껏 지니고 있다고 말하는 일은 성급 하기 이를 데 없다.

　근래 說이 중등학교 교과서에 오를 정도로 이 양식은 주목을 받고 있다. 그처럼 새삼 주목의 대상이 되고 있는 것은 이 양식이 의론적 글 쓰기로서 혹은 교술담론으로서의 한계를 넘어 독특한 문학적 특성마저 갖춘 글쓰기로 밝혀졌기 때문이다. 무엇보다 논리나 시비의 변증에 동 원되는 선에 머물지 않고 지은이의 정신적 궤적을 선명하게 드러내 보 이는 양식으로서 담론적 의미를 인정받게 된 셈이다. 어쨌든 작자에게 이 양식은 스스로의 높은 식견과 인식적 지평을 열어 보일 수 있는 통 로가 되고 있으며 독자들로서는 나름의 감동과 여운을 누릴 수 있어 애 호한 것이겠다.

---

108) 장덕순, 『한국수필문학사』, 새문사, 1985, 44면.

李奎報의 경우 <鏡說>, <舟賂說>, <虱犬說> 등의 작품을 남기고 있는데 하나같이 출중한 비유와 촌철살인하는 機智, 허를 찌르는 諷刺, 우회적인 깨우침으로 독자에게 흥미와 교훈을 전해주고 있어 說문학을 빼고는 그의 문학적 위업을 정당하게 매기기 어려울 정도이다. 이규보 역시 세상이치와 깨달음을 우격다짐으로 주입하는 대신 우회적으로 참뜻에 도달케하는 說談論의 장점을 일찍이 인정했던 셈이다. 고려를 지나 조선시대에 들어와서도 열렬히 지어지는 산문양식으로 굳건히 자리를 잡을 수 있었던 것 또한 설문학이 지닌 이 같은 특성때문이라고 본다.

경일의 <퇴오객설>이 李奎報의 說과 같이 심층적인 독해를 필요로 하는 글쓰기의 한 사례라고 보지만 說문학으로서의 양식적 규범에 충실한 작품이라고 말하기는 사실 어렵다. <퇴오객설>은 說이란 그 양식적 명명과 상관없이 오히려 寓言의 서사방식을 보다 강하게 지니고 있는 것으로 보는 것이 실상에 부합된다고 생각한다.

寓言의 양식적 정의에 대해서는 아직 이설이 분분한 편이다.[109] 이를 두고 직설적 말하기 방식을 피하고 에둘러 말하는 기법적 측면만을 강조하는 경우가 있는가 하면 양식적 측면에 주목하여 그 테두리를 엄격하게 규정해나가야 한다는 입장도 있다. 수사법으로 보건대 글쓰기의 최종 목적이 주제의 제시에 있다면 우언은 그 주제를 보다 색다른 방식으로 환기시키는 기법을 중시하여 채택된 용어임을 알 수 있다. 직설적인 주제현시가 독자를 편안하고 수월하게 만든다면 우언은 그와 반대로 독자에게 궁리와 사유를 요구하며 끝내 흥미와 교훈성을 스스로 찾아내도록 요구하는 낯섦의 미학을 지니고 있다.

寓言은 인간의 성찰이나 교훈의 환기를 목적에 둔 註釋的 短型敍事

---

109) 윤주필, 「한문문명권의 우언론 비교연구」, 『동아시아 우언론과 한국 우언문학』, 집문당, 2004, 13면.

体110)로 정의하더라도 별 무리가 따르지 않는다. 허구적 發話에 의지하면서 에둘러 말하기를 곧잘 취택하는 것이야말로 이 양식이 지닌 독특한 특성에 해당된다. 아울러 이 양식은 온전히 상상이나 허구에 매달려 흥미를 불러일으키는 데만 골몰할 수 없는 특성도 지닌 바, 주제 현시 욕구가 서사성을 압도하다 보니 길이가 대체로 짧아지는 경향을 보이기도 한다. 이처럼 설명을 앞세우며 알레고리를 동반함으로써 우언은 일상적 독해로는 감당할 수 없는 부분이 많이 생기는 데, 그만큼 진지하게 주제를 탐색한다는 목적을 안쪽에 감추고 있는 양식이다.

단형 서사체로서 서사성보다 설명적이며 교술적 성격이 강한 글이라는 측면에서 볼 때, <退五客說>은 어려움 없이 우언의 하나로 지목할 수 있다. <退五客說>에서 내용 이상으로 관심을 사로잡는 것은 작자의 신분이다. 즉 유자의 작품이 아니라 승려가 쓴 작품이라는 점에서 우리는 이 작품이 불교적 사유의 제시 혹은 불교적 깨달음을 그 핵심으로 삼고 있다는 지레짐작을 우선해보게 된다. 아닌게아니라 차례로 등장하는 오객이 구체적 형상을 지닌 인물이나 동식물로 대응되지 않고 無定形의 존재로서 불가적 사유나 철학을 의론하기 위한 추상적 관념적 존재로 처리되어 한층 흥미를 불러일으키는 것이다.

그렇다면 승려의 글이므로 <退五客說>이 佛家的 세계의 구축에 비중을 둔 작품이라고 말할 수 있을까. 승려가 작가로 나섰다고 해서 그것을 곧 여타 寓言과의 차별적 징표로 수용하는 것도 이치에 맞지 않거니와 내용적으로도 佛家的 깨달음을 전하겠다는 의도가 크게 부각된 것 같지도 않다. 이런 점은 무엇보다 우언의 전통을 마련하고 이를 적극적으로 지은 계층이 유자들이라는 사실과 무관한 일이 아닐 지 싶다. 우언에서 불교적 색채가 희박한 것은 이 양식이 주로 조선시기 儒者들

---

110) 폴 헤르나디 저, 김준오 옮김, 『장르론』, 문장, 1983, 69면.

이 담당자였다는 점과 관련을 맺는다 하겠다. 잠깐 假傳시대까지 소급하여 우언의 후대적 전승과 양상에 대해 일별해보기로 하자.

조선 중기 흥행하는 우언의 뿌리는 신라 <花王戒>까지 거슬러 올라갈 수 있겠으나 우회적 글쓰기가 널리 성행한 것은 고려 말에 와서의 일이다. 신흥사대부 간에 유행한 事物假傳은 그 대표적인 사례로 꼽힌다. 고려 말 글쓰기의 전환지점에서 탄생한 가전은 결코 유자들만의 알레고리적 담론으로서 당대에만 잠시 유행하다가 홀연히 자취를 감춘 한시적 장르로 그치지 않았다. 담당층이 유자들에만 머물지 않고 승려들도 가전 창작에 적극적으로 가담한 것은 주목할 점이다. 불교가 점차 내부적 모순과 치부를 그러내는 고려 말은 말할 것도 없고 독특한 서사양식으로서 전범을 보인 가전은 조선시대 들어와서도 그 양식적 가치가 소멸되지 않았다. 무엇보다 사물에 대한 관심을 서사문학적으로 체계화하는 글쓰기라는 점이 주목된 것이다.

우언은 假傳이 지니고 있었던 초역사적 서사성격을 놓치지 않았다고 하겠다. 아울러 문장 표현과 수사에서 고사를 인용하면서도 표현에 있어서는 허구화를 지향함으로써 높은 문학성을 유지하고 있는 것, 이것이야말로 문인들의 눈길을 사로잡은 것이다.[111] 문사적 교양과 文才를 아울러 갖추어야 하는 가전은 無情之物에 사람의 性情을 가탁함으로써 주제의 참신성보다는 수법적 차원에서 기존의 글쓰기에 일침을 가할 수 있다는 장점 때문에 유자들은 물론 息影庵과 惠諶 같은 불승들도 <丁侍者傳>, <竹尊者傳> 등의 작품을 남길 수 있었다. 그러나 불승으로서 그들이 불가 고유의 가전문학을 창출했다든가 나름의 가전문학을 정립하는 데까지 나갔다고 보긴 힘들다. 다시 말해 慧諶이나 息影庵은 유가적 글쓰기에 편승하는데 더 가까웠지 불가 나름의, 가전을 배태하

---

111) 김광순, 「의인 소설의 사적 전개와 문학적 성격」, 『한국고전소설론』, 이우 출판사, 1984, 41면.

는 데는 이르지 못했다는 것이다.

조선시대에 들어와 수면 아래로 침잠해있던 알레고리적 글쓰기가 새롭게 비등하기 시작하는 때는 16세기이다. 그러나 고려 말 유행한 사물 가전을 그대로 반복하는 식의 부활은 아니었다. 고려 말 사물에 의탁한 가전에서 마음을 가탁하는 心性假傳으로 바뀌어진 것으로 보면 될 것 같다.

그렇다면 心性假傳이 널리 씌어지게 된 데 까닭은 무엇일까. 여러 요인이 있겠으나 性理學的 유일주의가 미만한 시대 속에서 지성들에게 이 양식은 새 공기를 불어넣는 탈출구의 역할을 한 것으로 비친다. 심성 가전은 16세기 士林派의 고도한 철학적 연구의 산물이며 동시에 그들이 당면했던 사회적 위기[112]를 반영하고자 했는데 심성가전은 그들의 욕구를 충족시켜줄 양식으로 여겨졌던 것이다.

17세기 중반 이후에 지어진 경일의 <退五客說>도 알고 보면 16세기 유자들의 심성소설과 밀접하게 연결된다. <퇴오객설>이 출현하기 전에 등장한 심성소설의 목록을 보자면 <花史>, <花王傳>, <抱節君傳> 같이 식물을 의인화한 작품이 있는가 하면 <天君傳>, <愁城誌> 같이 인간의 마음을 의인화한 작품이 열거되는데 이중에서 <退五客說>은 후자와 많은 공통점을 내재한 것으로 보인다.

고려 말 불승들의 가전이 등장하기 했었으나 <退五客說>이 그로부터 연유했다고 말하긴 어렵겠다. 앞서 추론한 바와 같이 <退五客說>은 佛敎寓言이면서도 동시대 유자들의 심성소설로부터 자양분을 얻고 있다고 보는 것이 타당해 보인다. 하지만 이 작품이 지닌 나름의 자생적 요소는 그것대로 인정할 일이다. 이제 <退五客說>이 선초 이래 전개된 심성소설의 전통을 계승하고 있다는 측면에서 前史를 잠깐 훑어보기로

---

112) 김성룡, 「이중 텍스트의 시학과 중층 독해」, 『동아시아 우언론과 한국의 우언 문학』, 집문당, 2004, 67면.

한다. 이 작업이 전제된 연후에야 우리는 비로소 <퇴오객설>의 내용적, 시대적 특성을 도출해 낼 수가 있을 것으로 여겨지기 때문이다.

16세기 心性小說의 출발점을 東岡 金宇顒(1540~1603)이 지은 <天君傳>에 두고 있는 것이 일반적이다. 天君이란 마음을 의인화한 것으로 마음이 육체를 지배하는 중심이며 그것의 수행 여부에 따라 범인, 혹은 성인으로 나누어지며 불교에서는 중생과 부처로 나누어지는 핵심적 요체라고 보아왔다. 따라서 심성 소설에서는 상투적으로 지고한 존재로서의 心, 곧 天君에게 현세의 제왕과 같이 막중한 의미를 부여한다. 그런데 이런 절대자를 중심에 두고 충신과 간신들이 편을 가른 채 대립과 갈등으로 점철되는 인간세상이 투영되고 있는 바, 알고 보면 평온함과 분노, 격정이 중첩되는 심중을 반영하고 있는 것이다.

마음으로 비유할 때 충신과 간신은 무엇을 가리키는지 그 범위가 대략 가늠된다하더라도 擬人이 중요한 기법으로 동원되는 데다 인간 세상의 성명으로 인물이 대체되어 심성소설에서 구체적인 心性을 즉각적으로 꿰뚫어 보기는 힘들어진다.

<天君傳>은 중세 봉건시기 治世治民의 정점에 있는 왕 못지않게 신하들의 역할이 중요하다는 점을 적시하는 한편 어떤 정치가 이상적인 것인지를 갖가지 심상을 등장시켜 형상화하고 있는 작품이다. 내용상 善人과 惡人의 대결 양상을 드러내다가 선인이 끝내 승자가 된다는 결론을 맺는다. 고소설의 전형성을 답습하는 것 같으나 군자가 지녀야 할 올바른 심성이 무엇인지를 숙지시키려는 열의가 과잉되게 표출되면서 정작 소설의 중요한 요소라 할 서사성은 상대적으로 위축되어 버리는 현상이 발생한다. 따라서 일반적인 고소설과 일정한 차이가 나타날 수밖에 없다.

<천군전>과 비슷한 시기에 등장한 소설로 또한 <愁城誌>가 있다. <수성지>에서는 유가적인 군신의 이상적인 관계와 정치의 위상을 말

한다. 인간에게 닥친 근심과 시름을 어떻게 물리쳐 나가는지 일련의 과정에 주목하고 있다. 愁城은 우울함, 원망, 분노의 마음과 대응되는 공간이다. 누구나 이런 마음을 지닐 수 있지만 소설에서는 근심을 인간의 삶 가운데 가장 큰 심적 장애물로 여기고 있다. 따라서 수성의 정복은 인간들의 희구하는 바이며, 그 실현과정을 소설전개의 축으로 삼고 있는 것이다.

고소설에서 흔히 보듯, <수성지>에서도 주동 인물과 반동 인물간의 대립과 갈등이란 이원적 구조를 그대로 갖추고 있다. 그런데 심적 비유나 대결과 응징의 논리가 합당하게 적용되어 있는지에 대해서는 적지 않은 의문을 제기하고 있다. 屈原이며 宋玉이 도리어 응징의 대상으로 떠오른 것은 전통적 교양으로 볼 때 논리적 모순이 아닐 수 없는 것이다. <수성지>에서 드러나는 구성의 허술함과 모순된 서사논리는 뒤이어 등장하는 麯堂 鄭泰齊(1612~1669)의 <天君演義>에 이르러서야 어느 정도 극복된다고 할 수 있다.

<天君演義> 역시 주인공이 天君이며 그는 인간의 감각과 七情을 의인화한 인물들을 거느리며 나라를 통치하는 주재자로 나선다. 그러나 통치자의 곁에는 늘 忠臣과 奸臣이 혼재되어 있기 마련이어서 천성은 慾性, 즉 간신인 越白에게 유혹당하여 마침내 구덩이(여자의 생식기)에 빠지는가 하면 歡白(꽃)으로 인하여 패망에 이르다가 惺惺翁, 主一翁, 誠意伯 등의 도움으로 처음 상태를 회복하게 되고 그제야 나라가 평안을 되찾게 된다.

<天君傳>이나 <愁城誌>에 비해 <천군연의>에 이르면 소설성이 한결 농후해진다. 소설성을 이루는 조건으로 여러 요소를 들 수 있으나 작자의 주제의식이 일단 명료하다는 점을 꼽을 수 있다. 사람은 본능에 따라 행동하고자 하는 욕구가 매우 강한 존재라는 점을 보여줄 요량을 하고 있다. 게다가 절제되지 못한 행동이 불러오는 것은 패망뿐임을 주

지시키는데 핵심을 두고 있다고 할 만한 데 구체적으로 본능을 견제하고 있는 성성옹, 주일옹, 성의백 등이 충성스러운 마음으로 그를 적극 보필하면서 잃었던 왕위를 되찾게 된다는 긍정적인 결말을 이끌어낸다. 심성이란 추상적 명제이니만큼 소설적 제재로 수용하기가 적절치 않은 것이어서 필연적으로 四端七情 등을 말하더라도 구체적 形像에 가탁하지 않으면 안 되었는데 간접적 담론이다 보니 번거롭고 까다로운 글로 인식되기도 했다. 그럼에도 시대적 환경에 편승하여 이 양식은 우회적으로 교술성을 펼쳐 보이려는 지식인들을 매료시키며 널리 수용되었다.

16세기 이후 성리학자들은 심성을 구체적 형상에 가탁시켜 인간의 내면을 여하히 다스려 인간답게 살 수 있을 것인가를 과제로 삼았다. 유학자들에게 무엇보다 중시된 것이 심성의 다스림이었던 만큼 문학과 수심의 方便을 찾던 그들로서는 心性寓言이야말로 퍽 의미 있는 서사체로 여겨졌음에 틀림이 없다. 심성소설이 기법 면에서 가전을 승계하고 있음에도 전혀 이의가 없으며 성리학의 깊이 있는 연구와 함께 심성과 관련한 논쟁이 치열하게 전개되었던 시대적 상황과 맞물려 예상했던 것보다 높은 담론적 유효성을 발휘할 수 있었다.

일반적으로 작자는 자신의 시각을 통해 자신을 에워싸고 있는 세계는 물론 스스로의 내면세계를 드러낼 수 있는 최적의 양식적 틀을 찾게 마련이다. 이때 작가 스스로 담론적 틀을 자의적으로 구축할 수도 있으나 작자 역시 역사적 존재라는 점을 감안한다면 우선은 전통적 글쓰기에 편승하게 마련이며 독자들 또한 익숙한 양식으로 기울어지는 것이 보편적이었다. 이런 현실적 조건 때문에 독창성이 남다른 작가라 하더라도 전통적 양식에 편승하여 글을 쓰는 쪽을 선호하게 마련이다.

경일이 심성적 우언에 관심을 갖게 된 것도 당대 우언양식의 유행과 더불어 자신의 내면세계를 드러내는 데 적절한 조건을 갖춘 양식으로 판단했기 때문인 것으로 이해된다. <退五客說>이 심성 소설의 성행시기와 맞물려 등장했다는 점은 이 작품이 작가의 개별적 동기에 의거한 작품일수도 있으나 본질적으로는 그보다 앞선 시대 혹은 동시대 심성 작가들로부터 많은 영향을 받았다고 말할 수 있겠다. 이제 줄거리를 바탕으로 <退五客說>의 내용적 특성을 살펴 나가기로 한다.

<退五客說>은 심성소설과 같이 주인옹과 더불어 20년 내지 30년을 同居同樂한 다섯 가지의 인간 심성, 혹은 그 존재들을 비유하는 喬曼夫, 尤物, 蘗麴, 惱眼, 鵝頭生이 갑자기 주인공 앞에 나타나 자신의 존재와 한계, 허장성세를 밝히는 일종의 대화 형식으로 진행된다. 5객의 이름만으로는 그들이 어떤 존재들인가 즉각적으로 이해하기에는 쉽지 않으나 이들이 주인공을 알현하는 자리에서 자신의 신상정보들을 매우 구체적으로 진술함으로써 심성 가운데에서도 어떤 존재인지 점차 그 윤곽을 드러내게 된다.

주인공은 스스로 主人翁이라 명명하고 있듯 이상적인 심성의 소유자임을 앞서 전제해 놓고 있다.[113] 이외에 天君小說과 같이 驕慢, 色慾, 睡眠, 煩惱, 財物貪 등 불교 수행과 수도에 극심한 해만 끼치는 심성적 요소들이 등장한다. 그들의 기능은 주인공을 회유, 설득하는데 있으며 이런 장면이 서사의 종결부까지 이어진다. 이는 천군소설에서 居敬窮理와 修己治人에 장애가 되는 심성들을 등장시키는 것과 다를 바 없이 심성 사이에의 치열한 공방 대신 상호 대화와 논변으로 이루어져 있다. 따라서 소설적 성격은 미미한 편이라고 보는 것이 옳다

<愁城誌>는 근심, 기우, 우환 따위가 인간의 삶에 큰 시련과 고통을 가져다주는 부정적 대상으로 꼽히면서 이를 물리쳐 일상을 회복하기까지의 과정을 서사적 중심에 놓고 있다. 그런데 심성이 국가를 이루는

---

113) 우연의 일치인지는 알 수 없으나 <愁城誌>에서도 이상적인 등장하는 주인공의 이름이 主人翁으로 나타난다. 어떻게 보면 <退五客說>이 <수성지>의 영향을 받아 창작되었다는 유력한 징표의 하나로 받아들일 수도 있겠다.

핵심적 구성체들로 寓意되어 있어 보다 심각한 상황이 연출된다고 볼 수 있다. 반면에 <天君演義>에서는 16세기에 고조된 사단칠정론의 근거를 두고 벌어진 논쟁을 연상시키는 바가 있는데, 사단칠정이라 할지라도 두 무리로 나누어 인간 심성에 가탁한 점으로 볼 때, <天君傳>에서 보여주었던 인물 설정과 동일한 구도가 <退五客說>에도 채택되고 있다 하겠다.

그러나 심성을 대하는 태도에 있어 경일이 유자들과 동일한 입장과 시각을 지녔다고 보는 것은 선입견에서 비롯된 진단일 수도 있다. 유교든, 불교든 작가가 견지하고 있는 세계관, 이념, 철학에 근거하여 대상을 사유하고 형상화하는 길을 모색했던 것으로 보이기 때문이다. <퇴오객설>이 이미 출현해 있던 심성소설로부터 일정한 영향을 받았다하더라도 사상, 내용에 걸쳐 그에 온전히 답습하기를 거부하는 듯 보인다. 만약 경일이 유자적 취향에 전적으로 공감한다면 <退五客說>은 상당한 길이를 지니고 많은 등장인물간의 갈등관계를 보여주는 이야기로 탈바꿈했을 터이나 <退五客說>은 그런 심성소설적 전통과 비길 때 퇴영적이라 할 만큼 짧은 서사량에다 서사성마저 고소설 일반에 미치지 못한다. 그런데 이미 많은 심성소설이 출현한 흐름을 거역하여 굳이 퇴영성을 면치 못하는 소설을 썼다고 보기는 어렵다. 아무래도 <퇴오객설>은 불교적 心性寓言을 염두에 두고 지은 것이라 하겠다.

유가 내에서 펼쳐진 심성론적 논쟁과 그의 우의적 형상에 비할 때 불가에서는 그런 글쓰기에 대한 관심이 미약했음이 사실이다. 억불의 상황이 점점 고착되어 간 16, 17세기 승려들에게 보다 다급했던 것은 천민과 다를 바 없이 추락을 거듭하는 신분을 지켜내는 일이거나 사찰 혁파와 같이 불교자체의 존립을 위태롭게 하는 정책을 누그러뜨리는 것이 급선무였는지 모른다. 평온한 상태가 전제되어야 가능한 것이 창작이라면 抑佛下의 환경은 기존의 글쓰기마저 유지할 수 없는 위기적 상황이었다. 마음을 다스려 그 진면목을 찾아 참된 이치를 증득하는 것이 승려의 본분이므로 심성 소설적 글쓰기는 불가에서 더 선호할 법한 양식임에 틀림없었으나 불교를 에워싼 억압적 환경은 불가적 심성 소설의 발흥을 도무지 기대할 수 없게 만들었다는 것이 필자의 소견이다.

이런 점에서 경일의 <退五客說>은 예외적 사례로 꼽아도 좋다. 경일이 이미 오래 전에 단절된 불가 우언 창작의 불씨를 살려 <退五客說>을 썼다고 말할 수 있다. 그렇지만 그를 불가우언의 선편을 잡은 인물로 인정하는 것에는 신중하지 않으면 안 된다. 고려 말에 벌써 惠諶과 息影庵이 우의적 글쓰기를 시도한 일이 있으므로 이를 마냥 외면하기 어렵기 때문이다.

그렇다면 경일은 그들의 유지를 계승하여 <退五客說>을 지은 것일까. 이 역시 회의적이다. 고려 말에 몇몇 승려들이 가전을 찬술했다고 하나 그것과 관련시키기에는 너무나 먼 시간적 간격이 나타나기에 경일이 이들의 우언적 글쓰기를 승계하고 있다고 말하는 것은 억견이 아닐 수 없다. 경일은 고려 말 불가 가전을 그대로 승계했다기보다 조선 중기 이후 널리 수용되고 있던 유가 우언을 나름으로 수용하여 불가우언을 꾀한 인물로 보아야 할 것 같다.

고려 말 혜심과 식영암은 신흥사대부 중심의 유가적 가전과 별도의 불가가전의 전통을 마련하고자 부심했다고 본다. 무엇보다 부패한 불교계를 목도하면서 심성의 이상적인 표본을 定하기로 마음먹고 교술적인 내용과 우회적인 형식을 지닌 가전에 눈을 돌린 것이다. 그러나 여전히 유자들의 가전과 다를 바 없는 事物假傳에 머물렀을 뿐 불가적 우언의 전통을 마련하는 데는 미치지 못하고 말았다.

물론 <退五客說>도 불가우언으로 불릴만큼 고유한 특질을 내재했다고 보기는 어렵다. 그러나 당대 사대부들의 가전과 구별시켜 불교적 교훈을 전해 준다는 작가의 의지만은 충분히 감지된다. 경일의 <退五客

說>은 사물에 대한 관심이 아니라 인간의 심성을 문제 삼되 감각과 욕망에 속하는 다섯 가지 반동적 인물을 등장시켜 진인개세의 방법을 모색하고 있는 작품이다.

2. 主人翁退五客說에 등장한 5客의 실체

<퇴오객설>에서 수행자의 이상형으로 설정된 이는 主人翁이다. 下位不動하면서 끝내 자신의 독자성을 지켜나가는 유일한 존재로 등장하기 때문이다. 그만이 이상적인 심성으로 전제된 반면 그를 제외한 5객은 모두 타기시되는 심성으로 채워져 있다. 그들은 주인공의 수행과 결개한 의지를 흔들어놓는가 하면 본성마저 허물어뜨리기 위해 끊임없이 주인공을 엿보다가 빈틈이 생기면 이미 모의한 대로 正心을 허물어뜨리고 그 자리에 자신들의 고약한 심성을 안치시키려 안간힘을 다하는 교활함을 보인다.

당시 유자들이 소설적 담론을 지향하고 있던 반면에 경일은 양식 명칭처럼 說이 지닌 특성을 고수해 나가는 선에서 <退五客說>을 지은 것 같다. 의론적 특성만을 주시한 탓인지 모른다. 서사량이 적고 사건 상황이 복합적이지 않으며, 갈등이나 대결 구도가 미미하여 <퇴오객설>을 심성소설에 포함시키기가 어려운 정도인데 심성소설과 찬술적 동기를 공유하고 있는 것만은 틀림없다. 특히 불가적 계율에서 강조하고 있는 부정적인 심성의 목록에 의거한 글쓰기라는 데에서 유자들의 작문 동기와 여러모로 비견이 가능한 서사적 세계를 보여주고 있다고 할 수 있다.

道를 추구하는 사람들에게 있어 인간 본연의 욕망을 떨친다는 것은 지난한 일이며 특히 득도를 작정한 이들에게 이보다 큰 장애물은 달리 없다. 때문에 대표적 심성의 목록에 속하는 喜怒哀樂愛惡慾은 깨달음을 추구하는 도인은 말할 것도 없고 범인들일지라도 이를 여하히 제어할지가 큰 과제로 떠오른다.

사실 불가에서는 여러 숫자로 得道와 수행을 방해하는 심성을 나열하면서 이의 초탈을 일찍부터 강조해온 터이다. 그 점에서 <退五客說>을 불가적 시각으로 접근하는 것에 크게 무리는 없다. <退五客說>은 도인 혹은 고승이 명성을 이미 얻고 내외간에 존중을 받고 있는 主人翁과 성도에 결정적 장애로 비유된 5가지 心性 간의 대화로 엮어나간다. 5가지 심성이 의론의 중심에 놓여있기 때문에 흥미진진한 사건이나 긴박한 상황을 포함하는 서사물로서의 기대감을 충족시켜 주기는 처음부터 어렵게 되어있다. 무엇보다 주인옹을 비롯한 5명의 나그네가 인간으로 의탁되어 있다고 해도 상호 이해관계를 전제하고 있지도 않으며 대결이나 갈등상도 구체적으로 나타나 있지 않아 서사성 추구에 진력하는 소설과 거리가 있다.

<退五客說>은 선악시비를 다루는 대화로 엮어지는데 악인형의 인물이 무려 5명이나 등장하는데 비해 이를 막아야 할 선인형 인물은 단지 한명만 나타나고 있다. 5객은 그 승패에 대단한 집착을 드러내고 있으나 처음에는 주인옹을 사모하는 나그네들이 문안인사를 하기 위해 방문한 것처럼 보인다. 불쑥 주인공 앞에 나타난 이들은 점차 이력을 과시하거나 남이 갖지 못한 능력을 과장되게 펼쳐놓는 데 열을 올리는가 하면 무례한 행동조차 서슴지 않는다. 하지만 이를 응대하는 주인옹도 만만찮다. 주인옹은 오객의 말에 동의하거나 친교를 맺을 의향을 전혀 보이지 않는다. 결국 도인 혹은 수행자로서 주인옹의 마음이 외부의 어떤 유혹과 언설에도 흔들림 없이 견지되고 있음을 보여주는 동시에 부정적 심성에 대한 心學의 높은 경지가 무엇인지를 내외에 천명하는 데 초점을 둔 이야기로 진행된다.

전대 심성 담론들은 선과 악의 명징한 대결을 전제로 했던 만큼 저절로 독자들의 호기심을 불러일으킬 수 있었으나, <퇴오객설>은 그 같은 대결적 국면을 기대하기에는 주인공의 심지가 너무 강하게 고정되어 있다. 주인옹으로 상징되는 수행의 지고한 경지 내지 도학의 심오함을 흔들림없이 천명하는 데는 효과적이라 하겠으나 이야기로서의 흥미를 크게 저상시키는 인물설정이 아닌가 한다.

<퇴오객설>의 내적 설계와 목적성이 어디를 지향하는 지는 비교적 선연하게 드러난다. 그러나 5객의 정체와 主客간의 대화가 지닌 심층적 의미가 무엇인지를 간파해내는 일은 여전히 만만찮은 작업으로 오래도록 궁리를 거듭하게 만들고 있다. 5객의 실제 면목을 파악하기 전에 이들의 유혹과 설득에도 의연하게 대처하는 主人翁이란 과연 어떤 인물인가 먼저 살펴보는 게 급선무일 것 같다. <退五客說>의 서두는 일반 傳體와 마찬가지로 주인공의 신상명세를 소개함으로써 이 담론의 목적과 지향점을 간파하는데 도움을 주고 있다.

> 스스로 주인옹이라 부르고 있는 주인공은 신기한 기운과 대장부의 뜻을 지니고 있는 자로 청표하고 소절하여 공명에는 전혀 뜻이 없었으며 고금을 우러르고 혹은 내려다보며 산수 간에 몸을 감추고 浩然之氣를 키우며 無生의 뜻을 즐겼으며 靑山을 집으로 삼고 흰 구름을 이웃으로 삼고 속된 기운 때문에 마음을 더럽히는 일이 없었으니 그야말로 도를 業으로 삼는 사람이라고 부를 만하다. 그가 배우는 것은 經傳子史로서 섭렵하지 않은 것이 없었는데, 문득 그 뜻을 알고 나면 읽기를 좋아하지 않았다. 가벼운 지팡이와 작은 모자를 쓰고는 바위와 샘물 사이로 왕래하였으며 바람 부는 아침, 달뜨는 저녁에는 이들을 즐기며 근심을 잊었다. 맑은 바람과 밝은 달, 두 동자가 좌우에서 그를 시중들었다.114)

---

114) 敬一, 상게서, <退五客說>.
　　"自號主人翁 神氣慷慨 有大丈夫之志 淸標素節 無意功名 俛仰今古 隱遁林泉 養浩
　　然之氣 樂無生之旨 靑山爲屋 白雲爲隣 未嘗以塵冗犯於懷 盖有道者也 其學則經傳

이만하면 호연지기를 키우고 無生에 뜻을 두고 숨어사는 자의 전형
으로 꼽더라도 부족함이 없을 것이다. 그는 세상에 나면서 거칠 것이
없고 집착하는 바도 없으며 유일한 욕심이 있다면 산수 간 逍遙吟詠하
는 것뿐이다. 그는 궁극적으로는 자연의 한 구성물로 同和하는 것을 목
표로 삼는다. 그를 에워싸고 있는 모든 것은 본래부터 있었던 그야말로
'자연'적인 것뿐이다. 無有한 것들에 에워싸여 있으므로 세속적인 것들
이 그의 시야를 더럽힐 여지가 그만큼 적다. 經傳子史를 빠짐없이 섭렵
하고는 있으나 그것은 이치를 캐기 위함이지 세상에 나가 입신하기 위
한 도구로 삼으려는 의도는 찾아볼 수 없다. 主人翁에게 책이란 뜻을
알기위한 것일 뿐 그 이상의 의미를 지니지 않는다.

이 같은 주인공의 형용은 문득 경일 자신을 투영시키고 있는 것이
아닌지 의문을 불러일으킨다. 이미 우리는 시를 통해 그가 얼마나 仙的
공간의 주인공이 되고자 했는지를 여실히 보아온 터이다. 상상 속에서
지어낸 인물일 수도 있겠으나 그 자신 '太虛'라는 호를 즐겨 사용하고
老莊 사상에 경사된 점을 감안한다면 산문 속의 逍遙子는 그가 지향하
는 이상적인 인물이 아닐 수 없다.

道人의 경지에 올라있는 주인옹이지만 완벽하게 도를 체득하여 흔들
림 없는 경지에 올라서 있다고 자부할 정도는 아니다. 만약 그같이 完
人으로 설정한다면 서사성을 강하게 구현시킬 여지는 더욱 더 줄어들
수밖에 없게 되는데 반석같이 마음을 다잡고 있었더라면 5명씩이나 나
서 주인공을 훼절시키려는 시도조차 하지 않았을 것이며 한 두 客만 면
담하고 말뿐 더 이상의 대면으로까지 이어지지는 않았을 것이다. 주인
옹이 도인이라고는 하지만 아직 완성의 지경에 오르지 못한 탓에 5명
의 불청객으로부터 불의의 방문을 받았다고 할 수 있다. 자칫 상대의

子史 無不涉獵 而輒知其意則已 以不好讀 輕藜短幀 往來於石泉之間 風朝月夕 樂
以忘憂 有淸風明月 兩童子侍左右焉."

음흉한 계략에 말려들어갈 위기도 여러 차례 맞게 되는 것도 따지고 보면 그가 아직은 숙성한 경지에 올라서지 못했기 때문에 일어난 일이 아닐까 싶다.

5객의 등장은 주인옹이 온전히 도의 경지에 들어서지 않았음을 증거해 주면서 동시에 수도의 길이 녹록치 않다는 점을 아울러 시사해준다. 주인옹이 5객을 불신했던 만큼 그들의 장황한 언설에도 불구하고 그는 그저 해괴한 수작으로 보고 일소에 붙이는 것까지는 우리의 기대와 어긋나지 않는다. 하지만 자신은 그들을 전혀 알지 못하지만 상대방은 자신을 오래전부터 잘 알고 있었다는 대목에 이르러서는 주인옹도 당황하지 않을 수 없게 된다. 내방객이 주인옹의 신상을 훤히 꿰뚫고 있는 것과는 대조적으로 상대에 대해 주인옹은 아무 정보도 없다보니 분위기는 자못 냉랭하게 바뀐다. 첫머리에서 주인공의 이상적인 모습을 역설했으나 주인옹을 중심으로 하여 일방적으로 이야기가 전개될 수 없음을 암시하는 伏線으로 삼을 수가 있다.

돌연히 나타난 상대를 두고 가장 당황해하는 것은 주인옹이지만 독자들도 의아함과 호기심에 사로잡히기는 마찬가지이다. 따라서 이후의 전개에서 그들의 존재를 해명해주는 것을 당위적 과제로 삼을 수밖에 없게 되는 것이다. <退五客說>은 상당히 꼼꼼한 설계를 통해 읽는 이들의 호기심을 촉발시키는 동시에 이후까지 해독의 과정에 편승하도록 유도하고 있음으로 보게 된다.

주인옹은 5객에 대해 아는 바가 전혀 없었으므로 사실 5객들로서는 신상 정보를 최대한 소상하게 갖추어 주인옹에게 자신들의 인간됨과 정체를 밝히는 일이 불가피한 일로 떠오를 수밖에 없게 된다. 무엇보다 家系, 나이, 國籍, 身分, 性品, 따위는 기본적으로 전해주어야 할 신상에 속한다. 그러나 인간의 이야기가 아니라 다섯 가지 인간의 심성에 대한 報告라는 점에서 통상적인 대화가 유지되기를 기대하기는 벌써부터 어렵게 되어있다. 눈에 보이지 않는 존재들인 만큼 형상으로 보여주기가 어려운 것은 물론이려니와 신상명세를 작성하기가 어려운 태생적 한계마저 지닌 존재들이므로 문제가 만만찮다. 아무리 임기응변에 능한 작가라 해도 형제가 없는 그들을 제 삼자에게 인지시키기는 거의 불가능한 일처럼 보인다. 독자는 물론이고 주인옹마저 온전히 상대를 규명하지 못하는 이유를 이 같은 점에서 찾을 수 있다.

수수께끼를 풀어나가는 식의 신상확인이 따르긴 해도 애초 구상적 모습을 찾기 어렵게 형상화된 것이나 어렴풋하게 그 존재적 그림자를 드리우는 선에서 그치고 말 수밖에 없었던 것 역시 다른 무엇보다 심성을 擬人化하는 데서 빚어질 수밖에 없는 한계라 할 것이다. 이후 문면에 나타난 내용과 추론을 보태, 5객의 진면목이 과연 무엇일까 차례대로 궁리해 보자.

1) 第1客

첫 번째 객은 느닷없이 나타나 자신은 고향이 없다고 밝혀 주인옹을 놀라게 한다. 그는 "방촌의 방에서 성장하여 결코 굴복하지 않는 고을에서 노닐었다(生出自無何有之鄉 長於方寸之地 遊於不屈之邑)."는 말로 입을 연다. 이런 고백만으로는 여전히 상대가 어떤 인물인지 갈피를 잡기 어려운데 "은밀한 집에 머물며 사나움에 있어 대적할 이가 없으며 누구도 나와 포악함을 겨룰 수 없다(慓悍莫與余敵 暴躁孰與吾比)."라는 설명에 이르면서 점차 그의 정체가 조금은 선명해지게 된다. 분명히 부정적인 존재임이 틀림이 없는데 놀랍게도 자신은 "위로는 제왕에서부터 아래로는 서민에 이르기까지 모두 친구로 삼고 있으며 농민, 장사꾼, 어리석은 자, 똑똑한 자, 미인, 추녀, 노인, 어린애와 어울려 지낸다(雖上自帝王 下至民庶 吾皆得以友之 不擇農商愚智妍媸老弱 皆慣與之交)."고 밝힘으로써 듣는 사람을 다시 종잡을 수 없는 상태에 빠뜨린다. 하지만 현자 성인들 중에는 그를 극히 싫어하고 마음속에 품은 것조차 증오할 정도였다고 밝히는 것으로 미루어 그의 행동거지가 현자나 성인들의 깨우침과는 상당한 괴리가 있음이 쉽사리 드러난다. 횡설수설한 자기소개로 말미암아 주인옹과 제1객의 대면이 화해롭게 이루어지기를 기대한다는 게 처음부터 어려워진다.

서두부분의 전제에 따르자면 주인옹은 현자, 성인의 무리에 넣어 전혀 부족함이 없는 일종의 完人으로 형상화되어 있다. 이렇다 보니 제1객부터 자신들의 원래 의도를 달성하기는 쉽지 않아 보이는 것은 물론 상대를 잘못 물색했다는 생각을 갖게끔 한다. 더군다나 상대를 점검하고 기회를 엿보아 적극적으로 설득과 유혹에 나서 주인옹을 함락시키려던 제1객이 주인옹의 물음에 한마디 대꾸조차 못함으로써 어렵게 마련한 첫 상면은 소득 없이 끝나게 된다. 치열한 논설없이 제1객이 백기를 든 셈이다. 다만 주인옹이 이름을 물었을 때 제1객이 자가 喬曼夫라고 대답해줌으로써 그의 정체를 밝힐 수 있는 한 단서를 남긴 것이 그나마 다행한 일이었다.

喬曼夫라는 字는 앞서 유보해 놓거나 터무니없다고 생각했던 가정을 일거에 무화시키면서 그 실체를 좁혀서 단정짓게 하는데 어느 것보다 큰 도움을 준다. 여기서 '喬曼'은 글자만 다를 뿐 심성 중 고약한 요소의 하나로 꼽을 수 있는 '驕慢'을 가리킨다고 해도 별 무리가 없을 터이며 이는 바로 이어지는 신상명세와 상호 대조해볼 여지를 남긴다.

그렇다면 교만한 마음을 두고 쉽게 알아볼 수 있도록 그려낸다면 어떨까. <退五客說>에서 말하는 교만한 마음은 그 모양새부터가 사납고 험상궂게 생겼을 것이라는 유추는 누구나 쉽게 해볼 수 있다. 아닌게아니라 주인옹이 본 제1객은 붉은 머리에다 부릅뜬 눈, 불타는 듯한 수염, 강같이 큰 입을 지니고 있었다. 교만이란 심성을 두고 쉽게 떠올릴 수 있는 형상 바로 그것이었다. 아울러 그가 또한 잘난 체 하면서 겸손함이 없이 방자하게 군다고 했으니 이것도 그러한 겉모습과 썩 어울리는 형상이다. 추상적인 심성에 대해 구체적이고 구상적인 형상, 그것은 그대로 심성소설의 기법을 그대로 추종하고 있는 듯 보인다.

전통적으로 심성소설이란 가전과 같이 사물을 사람으로 가탁하는 것이 아니라 여러 심성에 각각의 낯을 부여하고 그 전례에 편승하는 방법으로 지어졌던 작품이다. 이 같은 처리는 15세기 초 權近의 『入學圖說』에서 소개된 心性圖 이래 16세기 이후 심성의 현존성에 대한 믿음, 곧 심성은 이러저러한 양상으로 존재한다는 믿음이 우언적으로 표출된 셈인데 心性寓言이 마음의 肉化를 서사적 핵심으로 삼고 있는 서사물이라는 지적과 통한다.115) 교만의 속성을 여러 가지 형상적 특징으로 육화시킴으로써 추상적이고 관념적인 대상마저 쉽게 인지되는 대상으로 바꾸어 놓았다 할 수 있다. <퇴오객설>은 심성소설의 肉化的 形象化 기법을 차용하여 추상적 언설로 끝날 법한 이야기에 새로운 활력을 부여하면서 독자의 호기심을 자극하도록 배려한 담론이다.

2) 第2客

두 번째로 主人翁을 알현한 자는 성명을 밝히기 전에 신산스런 그의 삶부터 장황하게 열거하는 것으로 주인옹의 관심을 이끌어내려 한다.

"殷周나라가 망하거나 쇠퇴한 것도 나와 연관되며, 陳唐도 이 자로 말미암아 멸망의 길에 들어서게 되었으니 비록 현명하고 어리석고 귀하고 천한 무리나 군자나 지조 있는 선비들이라 하더라도 나와 더불어 즐겁게 지내지 않는 자가 없으며, 장차 위험이 닥치니 그것을 고쳐야

---

115) 김성룡, 상게서, 69면.

한다는 것을 알지 못한다."116)

제2객은 간단히 말해 善惡의 두 얼굴을 지닌 존재이다. 신분고하를 막론하고 모든 이가 어울리기를 좋아한다는 것은 매우 큰 장점이지만 위험이 닥치는데도 불구하고 그 현실을 깨닫지 못하게 만드는 것이 그의 단점이다. 전체적으로 보아 제2객은 사람을 멸망의 구렁텅이로 몰아가는 악한 존재로 보는 게 타당하다. 따라서 과시하듯 자신의 이력을 열심히 털어놓았으나 정작 주인옹은 귀찮은 표정만 지을 뿐 끝내 이름조차 묻지 않을 정도로 그와의 대면을 극도로 꺼리는 낯으로 바뀐다. 역시 제1객과 마찬가지로117) 대면 전까지 주인옹은 제2객에 대해서 아는 것이 아무것도 없었다.

이를 보더라도 이들 사이에 순탄한 대화를 애초부터 기대하기 어렵게 되고 만다. 이미 주인옹의 군은 마음을 간파했음에도 2객은 고집스럽게 입 발린 말과 몸짓을 동원하여 이목을 끌려는 노력을 멈추지 않는 것도 대화의 파탄을 부채질하는 요인이다. 결국 2객은 주인옹의 마음을 허물어뜨리겠다는 다짐과 달리 별 소득 없이 발길을 돌리게 되고 대면은 흐지부지된다. 일이 이같이 전개된 것은 결코 제2객의 요령부득에 있었다고 보지 않는다. 문제는 그가 설득의 대상으로 지목한 주인옹이 너무 굳센 의지의 인물이라는데 있었다.

상대가 여러 가지로 자기 신상의 특성을 나열하고 있음에도 두 번째 인물의 정체를 파헤치기는 의외로 어렵다. 우선 자상한 자기소개를 마련해야 했음에도 수수께끼를 풀어가는 식의 우회적 암시만 제공하는

---

116) 경일, 상게서, <退五客說>.
　　"殷顚周喪 實係於吾 陳失唐衰 亦出於吾 而雖賢愚貴賤之儔 君子節士之徒 皆莫不與余樂而歡娛 而不知危之將至也而止之."
117) 경일, 상게서, <퇴오객설>.
　　"伺其翁之所欲 而翁冷然而視故 窃爲翁愍而不取也 翁知其爲尤物而不問名."

것이 탈이다. 名이나 字조차도 여기서는 찾아볼 수 없어 그의 실체를
잡아낼 단서가 턱없이 부족하다. 그나마 가장 결정적인 언질이라면 '尤
物'이므로 이를 통해서 어떤 실마리를 잡아야 할 듯하다. '尤物'이란 곧
주인옹이 상대의 언행을 좇아 한마디로 규정해 놓은 말로서 통상 훌륭
한 사람을 가리키거나 '미인'을 지칭하기도 하고 또는 '엉뚱한 것', 혹
은 '정상에서 벗어난 존재'를 뜻하는 말로 쓰여 왔다.

　일단 여기서는 '우물'을 미인의 대칭으로 상정해 보기로 하자. 이 경우
앞서 열거한 謁見者의 이력과 상당부분 일치한다. 누구나 알고 있듯 미
인은 과거부터 경계의 대상으로 지목되어왔다. "역대 왕조 가운데 미인
에 현혹되어 政事를 돌보지 않거나, 酒池肉林에 빠져 나라를 파탄지경으
로 몰고 간 이가 적지 않으며 그 미인은 남자라면 누구나 좋아하는 대상
으로 어울려 즐기기를 마다하지 않았다." 제2객은 어처구니없게 女色에
서 벗어나기 힘든 욕망의 일단을 주인옹에게 환기시킴으로써 주객이 전
도된 모습도 보여준다. 어쨌든 제2객은 구체적 형상을 지닌 미인이 아니
라 色慾, 혹은 色貪으로 바꾸어 새기더라도 상관없겠는데 심성소설에서
애초에 마련했던 전형대로 미인에 대한 경계적 寓意로 바라보아야 훨씬
어울린다. 요컨대 제2객의 정체는 色, 혹은 美人이라 말할 수 있다.

3) 第3客

　3번째 객과 주인옹의 대화는 특히 <麴醇傳>, <麴先生傳>에서 발견
되던 우의적 전통을 그대로 답습하고 있음을 역력히 보여준다. 주인옹
과 제3객의 대면을 통해 작자는 서두에서 자신을 술의 다른 말인 '儀
狄'으로 자칭해 정체를 조회하는데 도움이 된다. 오래전부터 술은 사람
들에게 양극단의 평을 낳았던 대상이다. 이성 대신 감성, 그리고 本然之
性 대신 욕망의 표출을 충동질하는 대표적 매개물이었기에 그에 대해

서는 거개 악평으로 흘러가게 마련이었다. 특히 심성 수양을 목적으로 삼는 이들에게 그는 기피의 대상이 될 수밖에 없었다. 하지만 第3客은 자신의 폐해는 외면한 채 순기능적 측면을 어떻게든 선전하여 상대의 판단력을 흐트러뜨리고자 한다. 억지스럽게는 하지만 일단 그의 자기소개를 들어보기로 하는데 역사적 典故에 편승하는 방법으로 자신의 존재를 과장하는 것이야말로 그의 특기가 아닌가 하는 생각이 든다.

먼저 그는 李太白, 劉伶 같이 역사상 걸출한 문인이 한결같이 자신의 친구였다고 말한다. 주변의 부정적 시선을 피해나가는 동시에 문식의 정도를 은근히 현시하는데 목적을 둔 발언이 아닐 수 없다. 옛사람들은 술을 어떻게 대했는가도 흥미로운데 그들은 세상의 숱한 술을 알고 있었으며 竹簡에 이를 기록해놓았던 점[118]을 적시한다. 전고의 제시가 단순히 자기주장보다 훨씬 설득력을 높여준다고 생각한 제3객은 과거시기 술과 인연을 맺은 현자들의 故事와 逸話를 동원해 자신의 입지를 강화하는 한편 그에게 쏠리는 회의적인 시선을 묵살하려 든다.

그밖에 八仙者를 자신의 친구로 치켜세우는가 하면 하늘에는 자신의 별이 있으며 땅에는 자신의 샘이 있다며 저 넓은 세계 간 결코 범상치 않은 존재임을 은연중 과시하고 있다. 그리고 일반적으로 술이 지닌 기능이나 그 효용성을 밝히기도 한다. 즉 사람들이 걱정, 즐거움, 성공, 패배에 빠졌을 때는 물론 예를 올리는 자리에서조차 그 필요성이 인정되는 존재임을 입증하기에 바쁘다.

그런데 그의 말이 허풍이 많이 섞여 있다고 하더라도 전부 도외시할 것만은 아니다. 왜냐하면 그로부터 비롯된 흥취는 "거문고와 피리에 고운 선율을 띠게 하며 술잔이 오가는 사이에 세상의 온갖 근심을 모조리

---

118) 敬一, 상게서, <退五客說>.
　　"吾之弟兄 太白劉伶 吾之故人也 與吾遊者 遍天下而車載斗量 不可勝計 如上之人 皆知名今古 載迹於簡編."

잊게 하는 효과"를 발생시켜 모든 이를 즐겁게 해주기 때문이다. 따라서 그것은 잊을 수 없는 존재로 부각될지언정 그 중요성을 부정한다거나 일방적으로 매도해서는 곤란하다는 동정심을 유발시킬 수 있는 단계까지 나아간다.

그렇지만 제3객은 自重自愛가 지나쳐 威勢마저 주는 상태로 발전한다. 가령 "주인공과 객이 만날 때, 임금과 신하가 즐길 때, 將相 간의 연회시, 선비와 백성들이 어울릴 때는 한결같이 나를 못 잊어 한다."[119]는 말들이 여기에 해당된다. 아울러 어느 때고 喜怒哀樂에서 벗어날 길 없는 인간에게 늘 벗이 되어주는 가하면 매서운 추위가 닥쳐 그 무엇으로도 막아내기 어려울 때 그만은 제 홀로 겨울의 神과 당당하게 맞서는 존재가 바로 자신이라는 사실도 깨우쳐 준다.

제3객의 말을 듣다보면 술에 대한 장점은 일일이 매거가 어려울 정도로 많으며 혹간 부정적 인식을 지닌 사람일지라도 부지불식간에 그를 옹호하는 쪽으로 돌아설 가능성이 점점 높아진다. 하지만 그의 말에 전적으로 신뢰를 보낼 수는 없다. 제3객의 말은 과시욕이 가득한 自畵自讚인 만큼 자기 주관이 뚜렷하고 엄정한 정신력의 소유자라면 그가 얼마나 허장성세에 능한지 오래지 않아 알아챌 수 있다.

주인옹은 대화가 장황해져서인지 혹은 상대의 사악한 기운에 감염된 탓인지 이야기를 끝내기도 전에 갑작스럽게 두통이 일어나는 것을 느끼게 된다. 不請客과의 대면을 끝내지 않을 수 없게 되는데 헤어지기 직전에 제3객의 姓이 麴麴이요 字는 不醒이라는 사실을 겨우 듣는다. 사실 이 이름은 제3객의 언행에 비추어 썩 어울리는 것이 아닐 수 없었다. 즉 麴麴이란 분명 술을 가리킨다. 혹여 이것을 믿을 수 없다면 '不醒'이란 字를 살피는 것도 요령이다. '不醒'이란 술에 취해 아직

---

119) 敬一, 상게서, <退五客說>.
　　 "人知吾之有大功而重之 至於主客之接 君臣之樂 將相之宴 士庶之歡 皆不忘吾而請之"

제 정신을 회복하지 못하고 있는 혼미한 지경을 가리킨다고 말할 수도 있으니 상대는 술이거나 술에서 깨어나지 못한 혼미한 상태를 가리킬 것이다.

술은 확실히 두 얼굴을 지닌 대상이다. 선과 악 어느 쪽을 보느냐에 따라 그에 대한 평이 크게 달라지는 데 그가 강조하듯 억눌린 심성을 스스럼없이 펼 수 있게 한다거나 즐거운 흥취를 불러일으키는 촉매자로서의 역할도 부정할 수만은 없다. 그렇지만 서두에서 길게 펼쳐진 술의 미덕과 긍정적 효과나 공적의 열거에도 불구하고 주인옹은 그를 인간의 바람직한 심성을 흐트러뜨릴 수 있는 음험한 존재로 보고 미리부터 그와의 대면조차 허락하지 않으려 했다. 좁혀 말한다면 제3객을 두고 작가는 술 자체 혹은 그것에 취해 깨어나지 못하는 상태를 제3객에게 찾아내 고발하는 한편 잠깐 동안의 대면조차도 못견뎌하며 그를 곁에서 물리치려 든다.

4) 第4客

제4객은 주인옹에게 혼미한 존재로 파악된다. 이제까지 알현한 어떤 내방객보다 부끄러움을 심하게 타고 있다는 점이 색다르다. 하지만 그 역시 겉모습과는 달리 오랜 세월 동안 주인옹과 더불어 지낸 사이임을 실토함으로써 主人翁을 당황하게 만든다. 주인옹이 눈치 채지 못했으나 그는 옹의 곁에서 동고동락해 왔음을 너무나 생생하게 증언해주고 있는데 제 나름으로 지어낸 말이라 하기 어려울 정도로 구체적 체험에 근거를 두고 있다.

> 나는 주인공과 더불어 밤낮 가장 가까이 있는 사이로 翁이 피곤하면 곧 내가 따라가고 翁이 서책을 볼 때면 나 역시 시중을 들다가 밤이

깊어지고 사위가 모두 조용해져 옹이 이윽고 홀로 자기 방에 머물면 나는 옹의 마음을 엿보다가 달려든다. 눈이 감기면 내가 온 것을 알 수 있고 눈이 떠지면 내가 간 것을 알 수 있다. 비록 겨울밤이 깊고 여름 밤이 짧고 봄날이 길다 해도 나는 옹으로 하여금 길고 짧음의 고통을 모르게 할 수 있다.[120]

이렇게 제4객이 과거부터 동고동락한 사이임을 밝히자 주인옹은 새삼스럽게 눈을 부릅뜨고 벌컥 화를 내게 되는데 첫 대면에서부터 주인옹이 궁지에 몰렸음을 암시해주고 있다. 그렇다면 제4객의 실체는 무엇으로 보아야 할까. 그가 惱眼을 이름으로, 昏夫를 字로 삼고 있으니, 다름 아닌 졸음, 잠이라 보면 큰 무리가 없을 것이다. 그의 정체가 일찍 밝혀져서 그런 때문인지 주인옹은 그에게 대꾸조차 않으려 한다. 하기사 도를 닦고자 다짐하고 있는 그에게 惱眼이라 스스럼없이 말한다는 것 자체가 분노를 불러일으키는 기폭제나 다름없었다.

어찌 되었든 옹이 그를 기피하는 것은 자신의 본성을 파괴하려 드는 속성을 지녔다는 것 때문인데 옹이 조금이라도 빈틈을 보일라치면 제4객은 곧장 혼미한 상태로 몰고 들어갈 기세가 역력하다. 그만큼 그는 修道者와 道學者를 괴롭히는 대표적 존재라 할 수 있다. 이름을 '惱眼'이라고 하고 字를 '昏夫'라고 한 것은 그런 특성에 비추어 적절한 命名이다. 하지만 자기 수행을 명제로 걸고 있는 주인옹인 만큼 그의 甘言과 巧言에 말려들어가지 않을뿐더러 수도자의 내적 충밀함을 확인시켜주는 자리로 변하게 된다.

---

120) 경일, 상게서, <退五客說>.
　　"吾與翁 夙夜有最視之分 翁飽而困 則吾亦隨之 翁看書史 則吾亦侍之 至於更心夜久 餘物皆寂 翁乃獨處私室 吾伺翁意林林而至 合眼則知吾之來 開睫則知吾之去 雖於冬宵之永 夏夜之促 春晝之長 吾能使翁 不知其長促之苦耳."

5) 第5客

마지막으로 등장하는 제5객은 앞서 객들에 비해 상당히 짧게 자신을 소개하고 있어 그 정체를 추적하는데 더 큰 혼동과 어려움을 야기하게 된다. 제5객의 말과 이를 경청하는 주인옹의 모습을 보기로 한다.

> 내 자취는 남쪽 땅 오랑캐 무리에 속하는데 근래 화성이 능히 냉병을 치료하는 것을 알게 되었고 비 오기를 기다려 성장하며 불을 얻은 즉 빛을 밝게 비출 수가 있고 별들을 이끌고 집에 머물며 음식을 먹는다. 옷과 집을 불태운 자들은 모두 나를 원수로 여긴다. 물건을 좋아하고 탐하는 자들은 모두 나를 좋아하니 나는 능히 사람들을 기쁘게 해주며 또한 사람들을 원망하게도 한다. 내가 어찌 蘇秦, 張儀, 西子, 麗姬의 부류가 아니겠는가. 단지 그 냄새가 심히 고약하여 사람들로 하여금 코를 막고 서쪽을 향해 싫어하는 것이니 나 역시 사람들을 원망하거나 좋아하지 않으며 싫어함과 좋아함 그 사이를 이용한다. 옹이 조용히 앉아 있는 것을 알고는 다정히 가까이 갈 수 있었다. 그러나 주인옹 역시 코를 막고 불쾌한 표정으로 물었는데 鵝頭生은 이름이고 曇麽耳는 號였다.[121]

앞서 등장한 4명의 객들은 신상발언을 통해 그 실체에 어느 정도는 다가갈 수 있는 여지를 남겨주고 있다. 설사 확증하기 어려운 경우가 발생한다 해도 핵심어처럼 제시되곤 하는 名, 號는 불투명하게 보이는 상대의 정체를 비교적 선연하게 드러내는 암시적 지표가 되고 있다.

하지만 제5객의 경우, 이름이 鵝頭生이면 號가 曇麽耳라고 밝히고는 있지만 이것만 가지고 實體를 밝히기가 여간 어려운 것이 아니다. 이점

---

121) 敬一, 상게서, <退五客說>.
　　"拙迹自南土族蕃 近世吾能知火性能治冷疾 待雨露而長養 得烟火而光華 動卽司星 屋則耆食 燒衣爇屋者 皆寃於吾 好貨貪財者 皆喜於吾 則吾能使人喜也 亦能使人怨也 吾豈非蘇秦張儀西子麗姬儔也 但氣臭甚惡人有掩鼻西惡之者 吾亦不以人之怨喜 用嫌欣於其間也 問翁之悄悄然坐幸近之耳 翁亦掩鼻不喜而問 鵝頭生名 曫麽耳號也."

에서 앞의 4객과 제5객은 구별된다. 제5객의 설명 중 그나마 실마리를 잡게 해주는 대목으로는 물건을 탐하는 사람들이 모두 그를 좋아하며 그 역시 사람들을 좋아한다고 밝힌 점이다. 재물을 탐하는 사람들이 좋아하는 것 중에는 돈이 으뜸일 터이지만 그 다음 대목, 즉 張儀, 蘇秦과 같은 변설가들의 무리에 속한다는 대목에 이르면 딱히 돈이라고 말하기도 힘들다. 이것 이외 그는 마지막으로 그의 특성 중 하나로 자신의 체취가 몹시 역겹다는 점을 곁들여 밝힌다. 사람들이 좋아하기는 하되, 한편으로는 악취를 풍겨 사람들의 눈살을 찌푸리게 만드는 대상이라는 점도 그의 正體를 벗기는 단서로 제공된다. 하지만 이것만으로는 우리의 뜻이 관철되지는 않는다. 5객이 나름대로는 신상정보를 던져주고 있으나 그 말조차 횡설수설하는 식이어서 해명의 단서로 활용하기가 어렵다는 것이 문제이다.

그렇지만 그가 던져준 여러 신상적 정보를 다시 음미하면서 그 정체를 벗겨나가지 않을 수 없겠는데 그가 스스로 제공한 암시들에 따라 추론할 때, 그는 돈, 惡臭, 妾言 따위로 정체가 좁혀질 수 있지 않을까 생각한다. 어떻게 보든 그가 사람들, 특히 수행이나 도를 닦는 사람들에게 반갑지 않은 대상이라는 것만은 분명하다. 특히 그의 악취는 누구든 기피하지 않을 수 없게 하는데 주인옹도 코를 막고 불쾌한 표정을 지으면서 간신히 이름과 號를 묻고는 서둘러서 대화를 종결해 버릴 정도로 대단한 혐오감을 주고 있다.

3. 主人翁退五客說의 佛家寓言的 위상

이제 주인옹에게 알현을 목적으로 등장했던 5객의 면면을 일단 훑어본 셈이다. 그 실체를 파악하기가 난감한 제5객의 경우는 배제하고 4명의 불청객을 대상으로 그 정체를 가늠해 본다면 교만함, 미인(色), 술기운(酒), 졸음(睡眠) 등으로 등장인물의 정체가 드러나고 있는 셈이다. 그렇다면 이제까지 열거된 부정적 심성의 의인화가 갖는 의미란 무엇일까 고민해보아야 할 차례가 아닌가 싶다. <退五客說>을 분석하기 전에 경일이 불가에 몸담고 있었던 인물이므로 솔직히 儒家寓言과 다른 佛家寓言만의 개별성과 특성이 추출되기를 은근히 기대해왔던 것이 사실이다. 그러나 이제까지 살펴본 바대로 한다면 그런 면은 찾기 힘들다. 왜 그런 결과가 나타날까. 우언의 역사를 잠깐 다시 환기하면서 <退五客說>이 그럴 수밖에 없었던 까닭을 잠시 유추 내지 추적해 보기로 한다.

우언적 이야기의 전통을 돌아볼 때 <퇴오객설>도 발원점은 高麗 末에 등장한 假傳이 아닐까 하는 추론을 앞서 한 바 있다. 고려 말 가전을 보면 주로 동식물을 의인화하여 그들이 지닌 속성과 함께 사람들에게 어떤 깨우침과 교훈을 주기 위해 기존의 서사법 대신 에둘러 말하기 방식을 차용함으로써 독자들에게 새로운 인식적 통로를 마련해 주었다. 그 때문에 고려 말 신흥사대부 사이에서 주목되었던 가전이 후대에도 거듭 주목되는 양식으로 부상할 수 있었던 것이다. 장르로서의 유효성은 당대에만 머물지 않고 왕조가 바뀌어 조선시대에 들어와서도 여전히 같은 방식의 이야기가 다수 출현한 점으로 입증이 되는데 조선시대의 우언 담론의 특징은 의인의 대상을 동식물에만 두지 않고 인간의 마음으로 확장시켰다는 점이다.

가전의 후대적 승계라 할 16세기 心性小說에서는 성리학적 시각에 길들여진 유자들이 담당층으로 나선 글쓰기로서 四端七情 등을 사람에 의탁하여 本然之性을 회복하는데 초점을 맞추고 있었다. 시기적으로 유자들이 자유롭게 심성 담론을 펼칠 수 있는 여건이 구비되었다고 말하기 어려운 현실에서 우의적 화법은 상대적으로 유자들의 의론적 취향에 편승하여 추상적 철학담론이 아닌, 고도한 주제와 함께 기법의 독창성을 한껏 과시한 경우이다.

조선 중기 寓言의 유행은 전시대의 영향아래 이루어졌다 할 수 있다. 같은 맥락에서 경일이 17세기 인물이므로 16세기부터 폭넓게 퍼진 유자들의 심성적 글쓰기로부터 적지 않은 영향을 받았다고 보는 것이 자연스러운 추론이 된다.

그런데 경일이 심성 우언에 주목했다 하더라도 누구의 작품에서 얼마만큼 영향을 받았는가 하는 등의 질문에는 궁색해진다. 이를 변증해줄 자료도 없거니와 심성에 대한 관심은 유불 간 어느 편으로 귀속될 사안이 아닌데다 경우에 따라서는 유가에서보다 불가에서 심성에 대한 관심이 더 높았다고 말할 수 있기 때문이다.

그렇다면 경일의 우언에서 우리가 눈여겨보거나 문제시해야 할 면은 없는 것일까. 그가 <退五客說>을 통해 유가들의 사고와 주제를 탈피하여 과연 불가적 세계를 어떻게 구현해나갔는가를 살펴보는 일은 우선적 과제가 될 수밖에 없다.

<退五客說>을 불가적 심성우언으로 추단한 바, 우선 주인공의 신분이 불승으로 설정(翁學佛者)된 데서 연유한다. 물론 서두만 본다면 자연 친화적인 逸士라 해도 좋고 신선추구형의 선비라 할 수도 있다. 그러나 현세 초월적 성향을 지닌 데다 불학을 배운다고 한 점으로 미루어 道僧으로 보는 편이 역시 어울린다. 주인옹은 다섯 명의 내방객들을 맞으면서도 누구에게서도 설복당하지 않음으로써 불승 중에서도 높은 경지에 이미 올라선 인물로 각인된다.

5客이 20~30년을 주인옹과 더불어 살아왔다고 실토한 것을 본다면 옹은 이들과 한 몸처럼 가까운 관계일 터인데 옹은 그 사실을 전혀 눈치 채고 있지 못할뿐더러 차례로 등장하는 謁見者들에게 오히려 감시를 받고 있었던 것으로 밝혀진다. 당연히 주인옹의 불찰일 수밖에 없겠는데 주인옹으로서도 일말의 변명이 없을 수 없다. 그들이 부정적 심성

을 이루는 5가지 요소라는 것은 분명하다 하더라도 확연하게 재빨리 간파할 수 없는 것은 그들이 形體와 무관한 여러 심성을 상징하고 있다는 점 때문일 것이다.

주인옹은 그 방문객들이 우호적 존재가 아닐 것이란 예측은 벌써부터 하고 있었던 것 같다. 즉 주인옹은 그들과 어울렸다가는 함락당하여 자신의 本然之性을 잃어버릴 수 있다는 점에서 한시도 경계심을 늦추지 않았다. 정말 그들의 교언영색은 대단하여 설사 수도자, 도인들이라도 이들과 거리를 두고 담담하게 대한다는 것이 불가능할 정도로 능숙한 언변과 자화자찬을 과시했던 것이다.

인간의 내면을 쉼 없이 유혹하는 이 다섯 심성을 과연 어떻게 대해야 할 것인가. 어려운 일임에 분명하나 누구든 인간내면에 깃들게 마련인 이 부정적 심성을 직시하고 本然之性을 지켜내야 할 과제를 항상 염두에 두어야 한다는 교훈을 <退五客說>은 중심과제로 삼고 있다할 것이다. 주인옹 앞에 출현한 다섯 인물은 한결 같이 주인공의 굳은 심지를 허물어뜨린 다음 그 자리에 妄想, 執着, 貪慾, 懶怠를 심중에 안치하려고 부단히 발버둥치는 부정적인 매개자로서 우리가 바라는 이상적인 동반자와는 너무나 거리가 멀다. 우리는 그런 심성의 유혹에 너무 약한 존재일 수밖에 없다. 인간이 추구하고 간직해야 할 內性, 그것을 불교에서는 持戒의 목록으로 정하고 본연 심성을 지켜나가기 위해 갖은 애를 쓴다. 이렇게 본다면 <退五客說>은 오객을 통하여 전통적으로 불가에서 경계의 대상으로 삼고 있는 다섯 가지의 해악적 심성을 고발, 퇴거시키는 데 초점을 둔 작품으로 볼 수 있다.

심성이나 불교적 계율을 우회적으로 전하기 위해 題名에서 연상하는 바, 5客을 물리치는 것이 주인옹의 임무가 되다시피 한다. 주인옹에게만 다가올 것처럼 형상화하고 있으나 기실 인간 누구에게나 5객은 불쑥 나타날 수 있는 불청객이다. 불교에서는 인간에게 害가 되는 5가지 심성적 존재를 아예 규정하여 五戒, 五慾, 五蓋, 五惡 등의 용어로 일찍부터 정해놓은 바가 있다. 五戒는 不殺生, 不偸盜, 不邪淫, 不妄語, 不飮酒를 일컫는 것으로 불자가 아니라도 지켜야 할 삶의 훈계로 수용하고 있다. <退五客說>에서는 驕慢, 色, 酒, 睡眠 뿐만 아니라 妄言, 惡臭, 兩口 등을 혐오하는 시각이 농후한데 이들과 그대로 일치하는 것은 아닐지라도 色, 語, 酒을 포함하고 있는 것으로 보아 五戒 등을 염두에 둔 경계라고 해도 좋겠다.

이밖에도 五蓋를 적용한 심성의 수용이란 추측도 가능하다. 곧 貪慾, 瞋恚, 睡眠, 掉悔, 疑[122] 등은 청정한 마음을 덮는 5가지 번뇌로서 제1 객의 속성으로 나타나는 貪慾, 瞋恚, 그리고 3客의 속성인 睡眠을 포함한다면 五蓋에 대한 경계를 고취시키기 위한 의도로도 볼 수 있다.

5객은 아울러 중생을 三界에 결박하여 해탈하지 못하게 방해하는 5가지 번뇌에 속하는 것이라는 유추도 가능케 한다. 곧 貪, 瞋, 慢, 嫉, 慳 등을 포함하는 五結을 5客들과 대응시키는 것이 별반 어렵지 않기 때문이다.

그러나 앞서 전제한 바대로 五結, 五慾, 五蓋 가운데서 온전하게 오객과 일치하는 것은 없는 성 싶다. 그렇다면 작자는 청정한 마음에 파문을 일으키며 수행과 수도를 집요하게 방해하는 다양한 심성들 중에서 5가지 정도를 임의로 추출해 나열한 것으로 보더라도 큰 무리가 따르지 않는 것이다.

물론 불가에서 강조한 戒律만이 아니라도 <퇴오객설>에서 제시한 5가지 심성이나 태도는 삶에서도 극력 기피해야 할 대상이라는 점에서 본다면 이같은 담론을 佛家의 전유물인양 주장할 수는 없는 노릇이다. 그렇지만 적어도 깨달음을 일생의 과업으로 삼는 불승의 입장에서 심

---

122) 곽철환 편저, 『불교사전』, 시공사, 2003, 501면.

성의 다스림은 아주 절실한 것일 수밖에 없다. 심성을 다스려주기는 커녕 본래의 평정심마저 허물어뜨려 混沌과 妄執에 빠뜨리고자 노리는 5객은 극력 방어하지 않으면 안 되는 대상으로 꼽힌다. 5가지 심성이 부지불식간에 인성과 본심을 망가뜨리는 주범으로 꼽혀왔다 해도 불가에서 이들을 대하는 태도는 한결 방어적이다. 유달리 정결함과 청정함을 내재하는 주인옹을 주인공으로 설정했기 망정이지 5가지 심성은 범부는 물론 불자조차 극복하기 어려운 장애물로서 그것을 퇴치하는 일이 결코 만만치 않을 것이다. 주인옹처럼 이상적 자질을 갖춘 인물을 내세우지 않았다면 이야기는 부정적 결말로 이어졌을 것임에 틀림없다. <退五客說>은 成佛이니 得道의 경계를 선명하게 밝히지 않는다. 다만 그 같은 경지에 도달하기 위해서는 밖으로부터 들어오는 유혹에 맞설 방어력이 단단하게 구축되어 있어야 한다는 점을 주인옹을 내세워 특별히 강조하고 있다.

그런데 주인옹이 호시탐탐 자신의 안일, 나태, 욕망에 불을 지르려는 패악한 불청객들에게 대면을 허락하고 그들의 장황한 설명에 귀를 기울이고 있음에도 유혹에 빠지지 않게 처리한 것이 서사적 취약점으로 이어지게 한 결정적 요인이 된 것은 아닐까 생각해본다. 분명 <退五客說>의 서사적 취약성은 주인옹을 이상적인 수행자의 상으로 전제한 점에서 찾아야 할 것이다.

<退五客說>이 소설적 요소를 간직하고 있음에도 불구하고 이 작품을 왜 소설로 인정할 수 없는지는 자명해진 셈이다. 애초 <退五客說>은 주인공 한 사람과 그와 대조되는 5명의 부정적 인물간의 대립, 갈등을 다루고 있는 듯 보였으나 사건이나 인물간의 행동 대신 주로 대화에만 지나치게 의존하고 있어 소설이라기보다 제명대로 說의 양식적 소임을 충실하게 수행하고 있는 작품임이 드러난다.

주인공의 굳센 의지와 달관한 정신세계에 비해 5객의 인물적 비중이

하잘 것 없이 처리되고 있음은 서두에서부터 이미 완연하게 드러난다. 서사 전개에서 彼我가 팽팽하게 대결양상을 이루고 있을 때에나 긴장이 조성되는 법이니, 주인공이 지나치게 강하고 반대편의 反動人物을 미약하게 그림으로써 <退五客說>은 심각한 갈등의 국면이 그만큼 줄어들 수 있었다. 같은 말이지만 유자들의 天君, 心性小說들에서 나타나는 대로 彼我間 互角之勢 속에서 갈등과 마찰이 심각하게 전개되었던 것과 달리 <退五客說>에서 그런 대상을 보기 어렵게 된 이면에는 또한 戒世懲人的 교술성을 지나치게 의식한 작자의 서사적 지향점이 놓여있었다고 여겨진다.

說이란 어떤 주제를 내걸고 시비를 가려가면서 논리적으로 풀어가는 글이다.[123] 물론 흥미로운 내용이나 인물이 등장할 수 있지만 기본적으로는 서사성을 위주로 하기보다 교술성을 전면에 내세운 채 사람들을 훈계하고 감화하는 것을 그 지향점으로 삼는다. <退五客說>은 불가에서 持戒의 요소로 삼는 5가지 마음의 속성을 적나라하게 포착하여 그것이 어떤 존재인지를 알리는 데 초점을 두고자 했고 따라서 서사성을 중시하는 소설보다 說을 택해 成道者뿐 만 아니라 불자라면 마땅히 혐오, 기피해야 할 심성의 목록을 현시함으로써 불교우언의 한 예로 꼽을 수 있다고 하겠다.

무엇보다 이 작품이 특별히 눈길을 끄는 이유는 수많은 경전류에서 생경한 추상어로 제시되는 심상적 요소들에 대해 과감하게 肉化를 시도함으로써 의인적 수법의 한 전형을 마련하는 데 성공하였다는 점이다. 작자 경일은 <退五客說>을 통해 상투적 우의를 떨쳐버리고 신선한 암유, 적절한 비의를 주입하여 수용자에게 새로운 인식적 지평과 사고의 깊이를 제시하고자 하였다.

---

123) 徐師曾,『文體明辯』卷49 記1.
　　　"按金石例云 記者紀事之文也."

VII. 경일 記文學의 이해

『東溪集』에 실린 記와 說은 雜著라는 편명 아래 수록되어 있다. 그런데 전통적으로 雜著라면 무거운 주제의 글이라기보다는 심심파적에 속하는 글들을 한데 가리키는 경우가 일반적이다. 『동계집』에서도 어느부분보다 문학적 요소를 강하게 반영한 글들이 이 부분에 집적된다는 사실을 놓치지 말아야 할 것 같다. 『동계집』 소재 잡저에 편입된 <退五客說>을 앞서 살핀 터이지만 서사와 의론적 글쓰기의 전범을 마련하여 불교 우언의 가능성을 여실히 보여주고 있음이 주목되었다. 이밖에 <三蟲說>과 같이 특이한 발상과 기지로 미물의 불성 여부를 흥미롭게 설파하고 있는 작품도 있는데 이를 통해 경일의 산문이 이룩한 문학적 수준을 다시금 가늠해 보게 된다. 다만 아쉽다면 문학성이 높은 說 양식은 단지 2편만이 『동계집』에 올라있다는 있다는 점이다.

說이 思惟와 議論을 앞세우는 글이라면 記文은 일상의 사건, 역사를 기록하는 글이라고 할수 있다. 따라서 記는 유달리 실용성, 효용성을 발휘하는 양식으로서 그만큼 찬술의 빈도가 높아질 수밖에 없다. 『東溪集』에 記文은 卷2에 12편, 卷3에 5편 등 17편이 수록되어 있는데, 序 2편, 碑銘 4편, 說 2편, 錄 2편 등과 견주어 볼 때 경일 산문에서 다른 양식에 비해 높은 비중을 차지하고 있음이 드러난다.

記가 문학적 목적보다 실제 생활에서의 효용성을 추구하는 한문 양식이라고 해서 문사들에게만 애용되었던 형식으로 지목할 필요는 없다.

山門에 든 불승들도 이 양식의 글을 적지 않게 남겨놓은 것을 알 수 있다. 경일의 경우 기문찬술의 동인을 살펴보면 寺內 혹은 世俗間 얽힌 인연으로 말미암아 기문을 찬술할 수밖에 없었던 사정을 쉽게 헤아릴 수 있다. 그의 기문에서는 도반 혹은 그가 주석했던 사찰에 관한 기록, 특히 사찰의 창건, 중건의 유래를 후인들에게 전하기 위해 써준 것들이 대부분을 차지한다.

　記가 합리적 시각을 앞세우는 유자들에게 훨씬 활용도가 높은 양식으로 정착되었으리라는 점은 쉽게 이해된다. 다시 말해 상상이나 虛構와 거리를 두고 事實 報告에 초점을 맞추는 본령을 잘 따를 수 있는 무리가 유자일진대 그들이 기문의 중심적 찬술자로 떠오르는 것은 아주 자연스러운 일로 여겨진다.

　그렇다면 불가에서는 기문을 어떻게 수용했을까. 쉽게 여겨 불가에서는 객관적이고 합리적 시각을 유달리 강조하는 유자의 태도를 그대로 추종한 것으로 여겨지지는 않는다. 유자들의 기문은 격식에 매인 의례적인 글로서 종교적 신비, 영험성 등을 중시하게 마련이어서 오히려 그런 사실적 기술에 아쉬움과 불만을 가질 법하다. 기문을 작성할 일이 생기더라도 가능하면 불승에게 의뢰한 것은 이런 풍토가 만들어낸 자연스런 관습으로 이해해야 한다.

　승려로서 문학성과 역사성을 두루 겸비하고 있는 경일이 기문의 찬자로 빈번히 지목된 것은 지극히 당연한 일이다. 『東溪集』에는 佛事記 13편, 事跡記 3편을 포함하여 16편의 記가 수록되어 있다. 申周伯은 『東溪集』의 序에서 "(경일의) 비명과 잡기는 거칠지만 풍성하다(碑銘雜記之麤而衍也)."라고 평[124]한 바가 있는데, 이 평을 바탕으로 삼아 좀 더 꼼꼼

---

124) 申周伯, 상게서.
　　"卷凡四 詩得其一 五言絶之 油然而澹也 七言律之 樸也文 而爲小序之涵也 **碑銘雜記之麤而衍也** 說錄之富也 寧涉於野 而不欲居于巧 寧拙於言 而不欲病其眞冲乎漢

하게 경일의 기문이 지닌 특성을 헤아려 볼까 한다.

1. 事實談과 傳來傳說의 변주

역사를 지향하는 것이 記文이라 할지라도 찬술자에 따라 내용은 말할 것도 없고 서사형식에서도 다양한 편차가 나타날 수 있다는 점을 전제해 보지 않을 수 없다. 이는 찬자 나름의 관찰과 찬술 목적을 지향하는 데서 오는 불가피한 점이다.

찬술자가 누구든 일차적으로 중시하는 바는 대상에 대한 역사와 사실의 추구이다. 하지만 언제나 그것이 지켜질 수는 없다. 왜냐하면 創寺나 重創의 淵源, 來歷을 구체적으로 재구하기 어려운 寺刹이나 樓亭도 얼마든지 기문의 대상으로 떠오르기 때문인데 그렇다고 해서 찬술의 과제를 포기할 수 없는 게 찬자의 입장이다. 『동계집』에서 이에 해당하는 기문으로는 <海印寺滿月堂佛像重造記>, <黃岳山金剛庵記> 등을 꼽을 수 있다. 이들은 과장이나 꾸밈이 배제되고, 과거의 증언 대신 한결같이 경일의 직접 체험에 기초하여 찬술된 작품이라는 공통점을 간직하고 있다.

記文의 찬술에서 이상적인 예는 물론 개인적 체험과 무관하게 다양한 글쓰기의 자료를 풍성하게 구비하고 있는 경우이다. 이런 경우 고금의 사적을 증언해주는 문헌이 풍성한 까닭에 전대의 기록을 가능한 빠

乎 莫知其所爲 而乃返自然與世之爛如琅如者 燕邪之轅矣 日余所謂不艷情於世味 而澹乎其言者 果在師乎 果在師乎 雖然世之人 方且靑黃而藻梲 方且朱絃而疏越 方 且與物交而爭利 彼其於質中而飽外者 群起而歎之日 惡用是易位斯言也 漸民久矣 彝光廢膏沐 而當塞修 卽化爲無鹽 將斯集之謂 何 莊生有言 五聲不亂 孰爲鬴籥 五 色不亂 孰應六律 五色不亂 余惡夫巧聲嬪色亂天下矣 故以溝中之斷 而幷存於不朽 後之君子 殆亦移病 我狂言哉."

짐없이 수습하는 것만으로도 기문의 목적이 달성된다. 다만 전대 자료
에 지나치게 의존하는데서 오는 폐단, 곧 일방적으로 과거 기록에 매달
림으로써 현재적 의미의 역사가 간과될 수 있다는 점은 찬술자로서 경
계해야 할 일로 떠오른다.

<報恩縣金積山金水庵記>에서 보면 신라 시대 眞表律師가 머물렀다
는 전설을 근거로 들어 그 터가 지닌 역사성과 영험성을 강하게 부각시
키고 있다.[125] 이외에 龍興寺의 연기를 전하는 글에서는 觀機, 道成, 두
도반의 이야기를 적극 끌어다 寺庵의 역사로 대체시키고 있다.[126] 고려
말 고승인 懶翁과 指空의 자취를 들어 이들이 누구보다 寺歷에서 중요
한 인물이었음을 선명히 드러내고 여지껏 남아있는 사찰의 영험성이
결국은 과거시기의 인물들에 의해 구축된 것임을 보여주고 있다. 과거
사찰에 머물렀던 고승대덕의 자취만큼 聖所로서의 연속성을 뒷받침하
는 것이 달리 없다는 생각이 여기에는 지배적으로 깔려 있다.[127]

創寺의 역사를 전하는 찬자의 입장에서는 감추어진 비사는 물론 영험
하고 신이함을 불러올 話材를 찾으려 문헌섭렵의 수고를 아끼지 않게
된다. 그것은 후인의 관심을 증폭시키는 것과 아울러 단순한 사적이 아
닌, 신앙의 중심처로서의 역사를 전하는 자리가 될 수 있다고 믿기 때문
이다. 사찰역사 혹은 緣起의 전범적 기록으로 지목되는 『삼국유사』를
보더라도 이 점은 분명하다. 사실 위에 제시한 金水庵, 龍興寺, 大谷寺의
내력조차도 『三國遺事』의 기록을 근거로 삼아 이기한 것들로 밝혀진다.

---

125) 경일, 상게서, <報恩縣金積山金水庵記>.
　　　"其基乃古律師眞表公之燕居處也."
126) 경일, 상게서, <琵瑟山龍興寺事蹟記>.
　　　"新羅時有觀機道成二高僧　同隱苞山南北相距十餘里每相過從　成欲致機　則山中樹
　　　木　皆俯南　機欲致成　則樹木皆北偃云　苞山乃此山之異稱也."
127) 경일, 상게서, <大谷寺創建前後事蹟記>.
　　　"以至天下　有道則聖人與物昌之　無道則退藏於密　彼指空懶翁　皆觀時而來　應時而去
　　　豈以世之臧否　用休戚於其間哉."

경일이 설화가 記文의 중요한 내용적 전거가 될 수 있다고 직접 언명한 적은 없다 해도 寺乘의 중요한 화젯거리로서 적극 기록의 대상으로 삼는 것을 보게 된다. 그것은 口述歷史도 중요한 사료적 전거가 될 수 있다는 입장을 반영한다.『三國遺事』를 어느 것보다 신뢰할 문헌으로 채택하고 있는 것만 보더라도 설화를 민중 간에 수수되던 근거 없는 풍문 이상의 가치를 부여한 것이라 하겠다. 그는 문헌적 기록에만 매달리는 유자들의 찬술방식과는 다른 생각으로 기문찬술에 임했다고 할 수 있다.

경일은 영험성이나 신비감을 끌어오는 데는 민간의 전언이 보다 유효하다는 점을 분명히 인식하고 있었으며 설화에서 추출한 정보마저 기문에 삽입시키는 적극적인 방법으로 사원의 역사를 추적하고 기록했다. 그는 단순한 역사의 추적에 그쳐서는 곤란하며 迷妄에 빠진 凡夫들에게 불교적 敎旨를 전해주려는 의도에서 이들을 작성하게 되었으며 세속인의 시각으로 포착하기 어려운 영험한 세계를 현시해주는 것도 사찰기문이 감당해야 할 중요한 과제라고 보았다. 아래는 靈井寺 기문의 일부이다.

> 신라시대 누런 머리의 신선이 서쪽으로부터 들어와 이곳에 머물렀다. 어떤 이인이 병이 들어 이곳에 와 치료법을 구하자 신선이 흐르는 샘물을 가르치면서 "이 물을 먹으면 그대의 병이 나을 것이오."라고 했다. 이인이 시킨 대로 하자 곧바로 효험이 나타났다. 그러자 감사하면서 "신선은 큰 성인이십니다."라고 했다. 이에 밖으로 나아가 고을 사람들에게 이를 말하니 들은 사람들은 기뻐하면서 다투어 재물을 보시하니, 이윽고 이곳에 이르러 절집이 세워졌다. 그곳에 샘물이 영정이라 불렸으니 절의 동쪽 기슭 작은 샘이 그것이다.[128]

---

128) 경일, 상게서, <密陽載岳山靈井寺前後創建記>.
　　"在新羅時 有黃髮之仙 自西天來 至此遁迹焉 有異人抱殘疾 來求治 仙指一流泉曰
　　飮此則爾瘳矣 異人如其敎立效 遂驚謝曰 仙乃大聖也 乃出告諸鄕人 聞者悅之 競以
　　財施 乃就建寺宇 以其泉名曰 靈井 卽寺之東隅細泉也."

경일 당대만 하더라도 靈井寺로 불려지던 현재의 表忠寺는 신라 창
건 이래 흥미로운 緣起를 간직해 오던 고찰의 하나였다. 이처럼 名稱緣
起를 비롯한 풍성한 전래담이 있었던 까닭에 누가 이 사찰의 기문을 쓰
든 별 장애물이 없었다고 할 수 있다. 그것은 찬술자에게는 크나 큰 행
운이었다.

그런데 口傳만 가지고도 내용을 충분히 벌충할 수 있겠으나 寺歷이
얼마나 의미 깊은 곳인지를 보려주려는 듯 경일은 채록할 수 있는 범위
에서 모든 전래담을 수용하려고 애쓰고 있는 것을 보게 된다. 아울러
서사시간을 과거로 소원하여 創寺時期, 주변의 이야기, 곧 건사의 動因
과 發願者들의 동정까지 집요하게 추적하기를 마다하지 않았다.

寺刹記文이란 절의 始終을 전하는 이야기인 만큼 전대에 기록된 사
적 등이 일차적으로 참고대상으로 떠오르는 데 이런 자료가 없을 시에
는 부득불 증언적 口述談이 기문의 질료로 채택될 수밖에 없다. 구비전
승이란 기록에 비해 그 신빙성이 매우 낮다고 보는 것이 일반적이므로
이런 식의 기문이 제3자에게 얼마나 신뢰감을 부여할 것인지 함부로
예단하기는 어렵다. 하지만 어떤 면에서는 역사 문헌 이상으로 찬자의
서술목적에 이바지할뿐더러 이를 읽는 이에게도 종교적 영험심을 가져
다 줄 수 있다. 무엇보다 사적이란 사찰의 영험과 영광스러운 기원을
반추하기 위한 수단으로도 여겨지는 만큼 기문의 전거가 문헌이냐 구
전이냐 하는 것은 큰 문제가 될 수 없었다.

같은 맥락에서 <靈井寺記>와 더불어 <載岳山記>도 주목의 대상으
로 떠오른다. 경일이 載岳山의 기문 찬술자로 지목되었던 데는 그가 오
랫동안 靈井寺에서 주석했다는 점과 무관하지 않다. 그는 기문에서 載
岳이란 이름이 어떻게 해서 붙었는가에 대해서 몇 가지 說을 소개하고
있다. 이들은 한결같이 구비전승에 속하는 바, 다음에 그 중 몇 가지 사
례를 보기로 한다.

첫째, 전하는 말에 따르면 산모양이 수레에 물건을 실129)은 것처럼 보이기 때문에 載岳이라 불렸다

둘째, 신라왕이 병이 들어 산의 물을 길어다 먹었는데 그것을 수레에 실어 날라서130) 그렇게 불렸다.

셋째, 본래는 載岳山이 아니라 載藥山이라고 하는 것이 옳은데 이는 산중에 옛날에 藥草가 많은 데서 유래한 것이다.131)

민가에 전해오던 전설이 반드시 이것으로 그쳤다고 보지는 않는다. 경일 이전에도 갖가지 이야기가 이어져왔을 것이고 경일 이후에도 山名에 대한 民間語源的 설화나 逸話가 다양한 통로를 거쳐 전해졌을 가능성이 높다. 경일은 이중에서 3가지 정도의 명칭유래만을 소개하고 있는데 어느 것도 구체적인 줄거리를 보여주지 않고 있다. 이런 태도는 그가 설화에 신뢰감을 갖고 있지 않음을 말해주는 것일 터인데 일언지하에 근거 없는 풍설들이라고 부정하는 입장132)마저 취하고 있어 다른 사람들의 기문찬술과 대조를 이룬다.

왜 갑자기 그런 태도를 취하고 있는지 자세한 사정은 알 길이 없다. 다만 그렇게 말한 연후에 그는 비교적 당대적, 현실주의적 시선을 통해 다시 재악산에 대한 친연성과 소중함을 여실히 밝혀 놓고 있음을 본다. 그의 조망을 따라 載岳山이 얼마나 靈山인지를 잠시 살펴보기로 한다.

산줄기가 멀리 白頭, 楓嶽, 五臺, 太白으로부터 내려와 동쪽 바다를 향하여 내려오다가 마침내 푸른 기운으로 쌓였다가 다시 융기하여 淸

---

129) 敬一, 상게서, <載岳山記>.
　　　"或曰 山之形 如車之載物也."
130) 敬一, 상게서, <載岳山記>.
　　　"或曰 羅王病 運此山之水而服之 以輿載之."
131) 敬一, 상게서, <載岳山記>.
　　　"或曰 非岳而是藥 以其山中古有多藥草也)."
132) 敬一, 상게서, <載岳山記>.
　　　"余曰皆非也 其命名之意 細瑣而不實矣."

道, 密陽, 梁山, 彦陽 수백 리 간에 자리한[133] 산, 그것이 바로 웅장한 자태를 자랑하며 늠름하게 서 있는 재악산이다. 영남 일원을 포섭하고 있는 거대한 자태에서 이미 드러나듯, 이 산은 그 휘하에 많은 계곡과 폭포를 거느리고 있어 심한 가뭄에도 주변 전답들이 비옥함을 누릴 수 있게 해주었다. 그러니 이 산을 대하는 근역 백성들의 눈길은 각별할 수밖에 없었다.

密陽 근역 사람들에게는 물론 이 나라 모든 이에게 보배와 같은 존재로 여겨졌으므로 載藥이 무엇보다도 잘 어울리는 명칭이라는 점을 찬자는 부각시키지 않을 수가 없게 된다. 명칭연기의 차원을 넘어 실상 경일은 <載岳山記>을 통해 이 산이 지닌 당대적 의미까지 제공해 주려는 의욕으로 가득 차 있다.

事蹟을 어떻게 찬술하는 것이 이상적인 것인지에 대해 누구도 뚜렷한 답을 제시해 줄 수는 없다. 그것은 찬자의 서사적 취향과 관련된 것으로 사람에 따라 과거부터 전해진 설화에 지대한 관심을 두고 있는 가하면, 직접 목도했던 사실만을 서사대상으로 수용하는 등 얼마든지 다양한 경우가 나타나기 때문이다. 하지만 경우야 어찌 되었든 대상의 역사를 顯彰하거나 그 의미를 후대까지 傳承시켜야 한다는 목적만은 시대와 상관없이 기문 찬술자가 가슴에 새겨야만 하는 덕목으로 여겨졌다.

경일의 경우는 어느 편에 속하는가. 위에 제시한 몇 가지 사례에서 본 것처럼 그는 사실담과 허구담 어느 한 편으로는 기울어져 있지 않았다. 설화에 경사된 것처럼 비쳐질 수 있을지 모르나 반드시 그렇게 볼 일은 아니다. 一然의 경우처럼 서두에서 종결까지 거개 설화를 통해 사찰의 沿革을 전하는 정도의 심한 편중성은 찾아보기 힘들다. 어쩌면 그는 사적 찬술에 있어 사실성, 설화성 간의 균형을 유지하기 위해 부단히 고민

---

133) 敬一, 상게서, <載岳山記>.
　　"山之根遠 自白頭楓嶽五臺太白而下 東抵于海 窮隆積翠 盤絡於淸密梁彦數百里間."

했던 인물로 보아야 할 것 같다. 다만 찬술대상이 설화와 사실간 기록적 균형을 적절히 갖춘 경우가 의외로 많지 않다는 점에서 그 역시 찬술시 어려움을 겪지 않을 수 없었다. 그가 현실적 상황을 참작하여 찬술에 임할 수밖에 없었던 까닭은 이런 점에서 기인했던 바, 소재와 내용이 갖추어져 있는 때는 자료에 근거하되 그렇지 못한 경우에는 설화적 정보 단위 등을 동원하여 '事蹟'에 '過去'를 보완하는 방식을 취했다.

경일은 이렇듯이 사찰기문의 찬술에 있어 자료나 당대적 조건에 따라 탄력적인 시각을 바탕으로 글을 지었다. 문헌의 부재나 기록물의 미비에서 오는 한계를 핑계 삼아 찬술을 외면하거나 찬술 내용을 터무니 없이 疏略하게 만드는 것을 그는 용납하지 않았다. 객관적이고 합리적 시각에 따를 경우, 도태되기 십상인 '과거'의 편린마저 그에게는 훌륭한 담론적 자료가 될 수 있었다. 그에게 口碑物과 文獻記錄物은 선택된 대상이 언제든 기문의 내용을 벌충할 요긴한 담론거리로 비쳐졌다.

경일에게 기문을 부탁한 사람들은 寺庵의 기록도 그렇지만 새로 축조된 건축물에 영험성을 전파하기 위한 의도를 갖고 기문찬술을 의뢰했다고 여겨진다. 역사를 쓰되 영험하고 신성한 쪽을 부각시키는 것이야 말로 그 바람을 충족시키는 일이 될 것이다. 경일은 청탁자들의 청을 굳이 뿌리치지는 않되, 영험성과 사실성을 변주하는 선에서 기문찬술을 도모해나갔다고 할 것이다.

2. 記文의 私談的 성격

찬술의 대상으로 지목된 사찰이 깊은 유래나 상세한 문헌정보를 지닌 것도 아니고 더욱이 전래하는 설화조차 변변치 못할 때 찬술자들은 내용을 어떻게 벌충할 지를 두고 당황하지 않을 수 없게 된다. 이런 애로

를 겪지 않도록 記文을 청하는 측에서 먼저 갖가지의 설화적 자료를 수
습하는 일이 관행처럼 굳어져 있었으니 불가피한 일이면서 동시에 흥미
를 끄는 대목이 아닐 수 없다. 청탁자 측에서 건네주는 자료[134]에 일방
적으로 의존하지는 않더라도 이런 경우 찬술자는 훨씬 여유롭게 찬술에
임할 수 있었으리라는 가정은 어렵지 않게 해볼 수 있겠다.

　그 외 기문 찬술과정에서 겪게 되는 애로점은 여러 가지를 예상할
수 있다. 그 중에서 설화 등속조차 변변하지 않은 상태에서 기문을 지
을 수밖에 없는 상황만큼 난감한 때도 없다. 오랫동안 알고 지내던 사
람들의 청을 뿌리치지 못할 상황에서 찬자가 택할 방식으로 무엇이 있
을까. 찬술자가 창건, 중건과 관련된 암자, 누정에 대해 깊은 앎도 없이
찬술에 임하게 될 때 찬술대상에 대한 구체적 정보를 대신해서 기문을
채울 수 있는 방법은 찬술자 자신의 사적 체험 혹은 감상 위주로 지면
을 메워나가는 일일 것이다. 기문의 본령에 비추어 분명 문제가 있기는
하지만 다른 시각으로 본다면 찬자의 소회, 감상마저 자유롭게 표출하
는 통로로 바뀐 셈인데 경일의 기문은 특히 이런 측면이 매우 강한 편
이다. 즉 경일은 특정 사찰이나 佛跡의 역사를 밝혀 달라는 청과는 무
관하게도 기문을 찬자 자신의 사변적 글쓰기로 변용시키는 일이 적지
않았다. 이렇다보니 기문 속의 敍述的 自我는 자연 속에 홀로 유유자적
하는 모습을 지니기 일쑤이다. 가령 <丹丘堂記>, <霽月軒記>에서 보
면 산수 간에 노니는 逍遙人으로서 경일이 등장하여 도를 닦는 사람에
게 그 공간이 얼마나 황홀한 곳인지를 전해주려 안간힘을 다하고 있다.

　　오랫동안 내린 비가 처음 갠 날을 맞아 여름날 경치가 허공에 흐른
　　다. 나는 松堂으로부터 대 위에 오른다. 소매를 걷고 두건을 벗고 바위

---

134) 경일, 상게서, <報恩縣金積山金水庵記>.
　　"請記于余　余未及見其地　聽其來人之告　輒綴數行文　而贈歸之."

에 앉아 쉬면서 연못을 내려다보는데 솔바람은 천천히 불어오고, 산 구름은 갑자기 일어나니 산 빛과 구름 그림자가 연못의 고요함을 흐트러뜨린다. 물고기와 물을 들여다보니 가슴이 점차 맑아진다. 이렇게 되니 나는 하늘 연못을 즐기는 자가 된다. 소나무 뿌리를 베고 누워, 문득 한가롭게 잠을 청하니 솔바람 소리는 비 오는 듯 하고 샘물 소리역시 비 오는 듯 꿈결을 에워싸니 홀연히 잠에서 깬다. 연못가 돌에 앉아 발을 씻고 당에 오르니 심신이 맑아지고 기상이 높아지고, 또한 신선의 즐거움을 누리는 것이다.135)

사찰기문이 주로 庵子, 樓閣, 殿閣의 창건과 조성에 대한 당대 사실을 후세에 남기기 위한 것이라면 마땅히 찬술당시의 주변정황, 人事, 遺志 등도 빠뜨리지 않고 기록해야 한다. 그런데 경일은 자신의 所懷, 身邊談을 보다 중시하며 어떤 경우에는 이런 것이 역사기록을 훨씬 능가하기도 한다. 이렇게 대상에 대한 歷史보다 자신의 소회를 강조함으로써 기문으로서의 본령을 방기한다는 느낌도 없지 않다. 하지만 이는 앞서 밝힌 것처럼 기술물이든, 구술물이든 그가 참조할 '역사'가 부재한 데서 나온 불가피한 현상으로 이해해야 할 것이다.

찬술자에게 이상적인 글쓰기의 대상을 찾으라면 靈井寺와 같은 절이 꼽힐 것이다. 왜냐하면 이 절은 역사가 깊고 역대 고승의 자취가 풍성할뿐더러 다양한 정보를 품고 있어서 적어도 기사자료가 부족하여 찬술자를 애먹이는 일은 발생하지 않을 것이기 때문이다. 이런 경우라면 찬술자 중심의 시각은 오히려 군더더기일 뿐이며 풍성한 史乘 안에서 취사선택하는 정도의 수고만 기울이면 될 터이다. 그렇지만 靈井寺 같

---

135) 경일, 상게서, <丹丘堂記>.
    "當夫宿雨初晴 暑景流空 予自松堂 步至于臺上 披襟岸巾憩于石 俯瞰于池 松風徐
    來 山雲乍起 山光雲影 頹澹於池面 觀魚覷水 胸次蕩然 予於是已有天淵之樂者矣
    枕臥松根 乍引閑眠 松聲浙浙 泉響潺潺汝來 繞夢魂 依然而覺 就于池石 濯足而登
    堂 神骨灑然 氣象超忽 又有羽化之樂者矣."

은 경우보다 그렇지 못한 사례가 훨씬 많았던 것이 현실이다.

滿月堂, 金水庵, 霽月軒, 架虛樓 등등은 청탁자와의 개인적 親緣性 때문에 경일로서는 특히 찬술을 회피하기 어려웠던 대상들이었다. 그런데 하나같이 역사적 유래가 희박하며 유구한 연혁을 엮어내기 어렵다는 공통점을 지니고 있어 찬술의 어려움이 녹록치 않았다. 그럼에도 경일은 이에 개의치 않고 나름의 찬술방향을 마련하고 있음을 보게 된다. 다시 말해 역사적 자취를 거론할 여지가 없는 신축 寺庵, 혹은 樓亭 등에 대해서는 자신의 재량범위에 따라 感想이나 議論 중심으로 그 내용을 자의적으로 구성해나가고 있는 것이다.

이같이 경일은 기문찬술 대상에 따라 융통성과 아울러 임기응변적 태도를 가지고 글을 쓴 인물이라 할 수 있다. 기문내용이 빈곤함을 면치 못할 때에는 과감하게 私的 담론으로 이를 벌충해나가는 방법을 통해 문헌부재에서 오는 한계를 벗어났다. 일부의 기문에서 현대적 의미의 重隨筆 내지는 내면세계를 투영하는 瞑想錄의 성격이 강하게 감지되는 것도 그런 찬술적 조건과 무관치 않겠는데 사찰기문을 오로지 역사사실의 不忘記의 차원에 귀속시키지 않고 개방적 안목으로 기문을 작성했음을 일러주는 유력한 증거로 삼을 수 있다.

앞서 거듭 확인한 바이지만 山川景槪 좋은 곳을 보는 순간, 경일은 곧잘 仙的 공간으로 이를 환치시켜 보려는 습성이 강했다. 그 같은 태도는 道仙的 자연관에 그가 얼마나 심취해 있었는지를 극명하게 보여준다. 寺庵이 대체로 수려한 자연풍광을 배경으로 지어지고, 누대 역시 그런 절경지에 축조하는 것이 보편적인 일이라 할 때, 불승이라면 누구나 쉽게 상념하는 수행처, 혹은 聖所的 연상에 머물지 않고 현실초탈을 꿈꾸는 이방인, 신선과 스스로를 대응시켜보는 것에 남다른 흥미를 지녔던 것이 경일이다. 道教思想的 측면에서 세속과 절연된 은밀한 깊이의 자연은 無爲 혹은 無慾의 상징 공간으로 바꾸어지는데 경일이 도교적 환상에 사로잡혀 있었던 인물을 감안한다면 그같은 습성에 대해 놀랄 일만은 아니다.

<霽月軒記>에서 보면 제월헌은 1681년 守益 上人이 경일이 머물 수 있도록 지어준 것이라 한다. 경일이 그곳에 당도한 날은 마침 주위에서 물소리가 청량하고, 산 빛이 널리 비추는 데다 맑은 바람이 서서히 불어오고, 맑은 달조차 떠오르는 것이었다. 그는 그때의 체험을 이렇게 말하고 있다.

　　아침나절에는 집 위에서 서성이고, 밤에는 집안에서 누우니 장자의 호접몽으로 하여 기뻐하다가 갑자기 침상에 있음을 깨닫고 일어나 난간을 의지하고는 덧없는 세상을 바라보니 마치 꿈이나 환상 같다. 자리를 옮겨 가슴의 거울을 얻어 물방울과 먼지 등을 끊고, 정상에서 보니 모두 하늘과 땅이다. 때마침 울려오는 샘물 소리는 넓고도 긴 말을 전해주는 듯 하고, 산빛은 맑고 깨끗한 꿈을 드러내는 소나무 아래 맑은 바람을 생각게 하고, 산 사이 맑은 달에 기뻐한다. 눈으로 이를 보고, 귀로 듣는다. 모든 것이 모여 한마당을 이루니 끝없이 활기가 넘친다. 따라서 이 마당은 활기가 무진장한 곳이다. 그것은 누가 준 것인가. 즉, 우주의 근원이 아니던가. 나로 하여금 그 사이에 노닐게 한 사람은 또 누구인가. 곧 守益 上人이 아니던가.[136)]

道伴의 지성으로 뜻밖의 호사를 누리게 된 경일로서는 霽月軒의 준공에 즈음해서 자기 흥에 겨워서라도 不忘의 기록물 정도는 써놓지 않을 수 없게 되었다. 그런데 이제 막 지은 건물이니만큼 古刹과 같이 풍

---

136) 경일, 상게서, <霽月軒記>.
　　"凤則徜佯於軒上 宵則寝臥於窩中 使莊生蝴蝶之夢 栩栩然忽覺於枕上 起而憑軒 俯觀浮世 則如夢如幻 轉得胸鏡 絶涓埃而頂眼羞乾坤矣 適來泉聲呈長廣之說 山色顯淨之身 而惟松下之清風 興山間之明月 目以寓之 耳以得之 渾成一場 無盡藏活鱍鱍地也 然則此一場 無盡藏活地 其誰賜之 卽無極眞君乎 使予游於其間者 又其誰也 卽守益上人乎."

성한 유래담이나 일화 따위가 있을 리 만무했으므로 守益 上人과의 인연 및 자신을 배려해준 데 대한 고마움 따위를 늘어놓으리라는 예상을 해보게 되는데 어찌된 연유인지 건축 전후 사정을 전하는 대목은 눈에 띄지 않는다. 그 대신 그는 평소 자신이 지향하는 삶의 태도, 나아가 道人으로서의 취향을 펼쳐놓는 방법으로 기문의 내용을 대신한다.

<霽月軒記>라 했으나 엄밀히 말하면 이 글은 경일 자신의 자연관, 내지 현세 초월적 희망을 구체적으로 드러낼 수 있는 場으로 온전히 변용된 느낌이다. 記文에 비친 경일의 소망은 자연 속을 유유자적하게 노니는 삶이다. 겉모습은 승려라 할지라도 경일은 그 승복의 허울에 갇혀 꼼짝 달싹 못하는 존재로 남는 것을 거부한다. 그는 승려라는 사실에 연연하지 않고서 무한한 자유를 꿈꾸며 아예 세상에서 초탈한 존재로서 남아 살아가기를 憧憬하고 있었던 것이 분명해지거니와 유자들이 추구했던 바대로 세간의 관계나 인연을 초탈하여 자연과 일체가 되기를 꿈꾸다가 마침내 도반의 호의로 소망의 일단을 달성할 수 있게 된 점에 자족하고 있다.

제월헌의 주인이 된 뒤에 그는 莊子가 체험한 것처럼 밤마다 胡蝶夢을 꾸며, 꿈인지 환상인지 혼효된 세계를 경험한다. 깨어나서도 그에게는 탈속자의 모습이 한동안 가셔지지 않는다. 그가 부박한 세상과 절연된 존재로 보이는 까닭이 여전히 夢과 幻 속에서 헤어 나오지 못하기 때문인지 선적 세계의 성찰에 따라 가슴에 아주 깨끗한 거울을 얻은 탓인지 분명히 가려내기는 힘들다. 하지만 霽月軒에서 그가 바라본 세상은 사소하고 부박하기 그지없다. 그가 인간이 보이지 않는 높은 위치의 제월헌에서 자연의 순수함을 온전히 체득하고 만족한 상태로 빠져듦으로서 記를 읽는 이들마저 神仙的 풍취에 혼곤히 젖어들 수 있게 되었다.

기문에서 보면 경일은 마치 幻視, 幻聽 상태에 빠져들어 평소 자신의 모습을 잃어버린 듯 비추어지기까지 한다. 곧 샘물 소리가 長廣舌로 들리고, 산 빛은 그 맑은 몸을 드러내니, 솔바람이며 산봉우리 사이의 밝은 달이 전에 없던 흥을 불러일으켜 그의 눈과 귀를 흡족하게 만든다. 여기서 주체는 자연이면서 동시에 경일이다. 샘물 소리, 솔바람 소리, 맑은 달, 깨끗한 산 빛은 서로 어우러져 더할 수 없는 조화를 이루며, 이 땅의 활기를 불어넣는데 부족함이 없는 필수적 소품으로 각별한 의미를 차지하고 있다.

조용히 물러나 있는 산수에서 진면목을 발견하고 나아가 그 내부의 활기까지를 포착해 내는 일이란 말처럼 쉬운 일일 수는 없어도 경일은 그런 세계를 분명 만끽하고 있다. 그런 그였기에 산수 간의 품에 안겨 거기서 끝이 없을 정도로 터져 나오는 활기를 온 감각으로 받아들이며 다음 순간에는 남들도 그런 悅樂의 세계에 참여할 수 있다면 얼마나 좋을까 안타까워하는 심정으로 바뀐다.

경일에게 산과 물은 외적대상에 불과하다든지 식상함을 던져 주는, 말없이 저 거리에 있는 그렇고 그런 대상일 수 없다. 심상한 존재이기는커녕 그것은 우주의 근원이자 無極眞君이다. 도교에서 말하는 우주의 주재자가 내려준 것이 자연이기에 그 사이에서 노닐 수 있는 자신은 참으로 복 받은 존재로 인식되지 않을 수 없다. 守益상인이 霽月軒을 지어 山水間 소요를 누릴 수 있게 한 매개인이었던 것은 사실이지만, 眞君의 힘이 없었다면 산수와의 합일이 주는 기쁨은 누릴 수 없었다고 경일은 단언한다.

3. 記文의 불교담론적 성격

경일의 기문 중에서 가장 큰 비중을 차지하고 있는 것은 말할 것도 없이 寺庵 관련 글들이다. 그렇다면 寺庵이란 도대체 그에게 무슨 의미

를 지닌 대상으로 비쳐졌을까. 기문청탁자들은 주위 배경과 건물의 웅
장함에 우선 찬탄해주길 고대했던 데 반하여 경일은 건물이 지닌 이면
의 의미를 캐내 이를 전해주는데 더 큰 관심을 기울였다. 寺庵이란 모
름지기 修行과 傳敎의 진앙지가 되어야하므로 이 점을 상기시키는 것
이 우선의 과제가 될 터이므로 이 점을 일부러 외면했다고는 보지는 않
는다. 하지만 記文들이 찬자 자신의 사념, 감회, 정서, 그리고 道仙的 경
사를 표출하는 통로가 되다보니 불교기문으로서의 몫이 약화되고 그
기능적 성격이 달라지고 있는 것으로 보인다.

그러나 불승으로서 가끔은 자기 본분을 깨달았던 듯, 불교에서 말하
는 道의 의미를 어떻게든 설파하려 했던 것도 숨길 수 없는 경일의 면
모이다. <磧川寺謐善文>은 경일이 因緣說에 대해 비교적 상세한 설명
을 붙이고 있는 경우이다.

나를 곤혹스럽게 하는 것은 부처가 말한 因果가 과연 필요한지 아닌
지 묻는 사람들이다. 나는 이에 응대하되 "그대에게 理가 필요치 않다
하여 理가 불필요한 것인가. 무릇 천하의 사물은 理에서 나온 것은 아
니다. 理란 사물의 근원이며, 因이란 이치이다. 뿌리가 있은 이후에 묘
목이 있고, 묘목이 있은 다음에 꽃이 있으면, 꽃이 있은 다음에 열매가
있다. 열매란 果이다. 果란 뿌리로 因하여 얻는 맨 마지막 효험이다. 그
러므로 천하만물은 뿌리와 싹이 없이 꽃과 열매를 가질 수는 없는 것
이다. 그러므로 因果가 필요한가, 불필요한가는 거의 사람들이 어렵지
않게 알 수 있는 것이다. 성현의 道는 모두 이치에 근본하고 있다. 그
런데 성인이 홀로 불필요하다 하여 무릇 부처도 이치에 있어 불필요한
것일까. 나는 因果의 요점으로서 그대에게 고하니 그대는 무릇 초목,
화훼 등속을 살펴라. 그것들은 봄볕을 받아 생겨나지 않는가. 무릇 하
늘이 화평하고 화락하면 元德의 기운이 하늘 땅 사이에 퍼져 그로써
비와 이슬이 내리게 된 것이니 천하에 성을 가진 물건은 그 근성의 크
고 작음, 모나고 둥글음, 길고 짧은 것조차 푸르거나 누르거나 붉거나
초록이거나 악취이거나 향기이거나 한 것이니, 향기로운 것은 능히 악

취가 될 수 없으며 악취는 능히 향기를 낼 수 없으며, 푸른 것은 능히
붉은 것이 될 수 없고 누런 것은 푸른 것을 만들 수 없다. 짧은 것은
짧고 긴 것은 길고, 모난 것과 둥근 것 크고 작은 것은 서로 바꿀 수가
없는 것이니 대개 그 본성이 같지 않기 때문이다. 그런데 모두 서로 스
스로 열매를 맺어 끝내 그 뿌리의 성품을 잃지 않는다. 이것이 인과의
밝음이며, 애매하지 않은 점이다."137)

불교에서 '因果'야말로 다양하게 정의되고 풀이되는 宗旨라고 해도
이를 실감나게 설명해 주는 것이 쉬운 일만은 아니다. 이점을 잘 알았
던 경일은 좀 장황하다 싶게 상세한 안내역을 자임한다. 一體 萬象의
생성과 궤멸하는 迷悟의 세계를 지켜보자면 어느 곳도 因果관계에서
벗어나지 않는다.138) 이 결정론적 경계를 두고 경일은 因을 理와 대응
시켜 사람들의 의문을 풀어주려고 작정한 듯하다.

因은 불교적으로 경험적 인식을 초월한 常恒不二, 普遍平等의 眞如
와 통한다고 그는 보고 있다. 因은 반드시 필요한 것이 아니라고 주장
하는 자도 있지만, 그것이 필요치 않다고 단정적으로 말하는 것이야말
로 위험하기 짝이 없다고 공박하며 차분하게 설명을 보완한다. 핵심은
理란 사물의 근원이며 因이란 그 이치를 일컫는 것이니 결국 理와 因
은 상통할 수밖에 없다는 것이다. 비유하자면 因은 뿌리와 싹이며, 果

---

137) 경일, 상게서, <磧川寺十王造成諭善文>.
   "人有難於予者曰 佛氏之說因果 果可必其不可必 予將應之曰 子不必以理 不以理乎
   凡天下事物 不出於理 理者 事物之根 因者 理也 根而後有苗 苗而後有花 花而後有
   實 實者 果也 果者 因根而最後效者 然則天下萬物 未有不因根苗而有花果者也 然
   則因果之必不必 庶幾亡難於人而知也 聖賢之道 皆根於理也 而獨不必 夫佛之不必
   於理乎 予以因果之旨 告於子子見夫草木花卉之屬 當於春陽而發生乎 夫乾之融融熙
   熙 元德之氣 布於天地之間 以雨露而資之 則天下有性之物 隨其根性大小方圓長短
   或靑或黃 或紅或綠 或臭或香 而香者不能爲臭 臭者不能爲香 綠者不能爲紅 黃者不
   能爲靑 短者短 長者長 方圓大小 不相移易者 皆因根性之不同也 然皆自結實 終不
   實其根性 此其因果之昭然不昧者也."
138) 운허·용하, 『불교사전』, 동국역경원, 1961, 728면.

는 그로부터 얻어지는 최종의 열매에 해당한다. 因은 불교에서도 중요한 명제로 천하의 근성은 바꿀 수가 없는 것이며, 모든 것이 차이를 드러내는 것이다. 사람을 대상으로 인과의 의미를 한정시키면서 다음 단계에서 경일은 因의 작용에 있어 習性이야말로 그 핵심이 될 수 있음을 강조한다. 그는 貴賤, 善惡, 貪念, 巧拙, 姸媸, 賢愚, 利鈍 등으로 양극단의 모습을 지니게 되는 까닭은 모두 습성의 탓이라고 밝히고 있으며, 습성이란 곧 因이라 할 수 있으며, 賢愚, 利鈍이 상호 같지 않은 것은 果의 탓으로 본다.

일반적으로 기문은 역사적 사실을 전하기 위한 기록물로서 이해되어 왔으며 그 점에서 『東溪集』 소재 기문도 일반적인 기문의 성격에서 크게 벗어난 것은 아니다. 하지만 그의 기문이 어떤 사안에 대한 역사적 증언으로서만 일관하지 않고 있다는 점만은 쉽게 간취가 된다. 모든 記를 한 테두리에 놓고 보기에는 어려울 정도로 편차가 심하며 특히 몇몇 기문은 찬자가 평소에 간직한 지론과 사유를 펼쳐 보이는 場으로서 그 의미를 새롭게 다지고 있어 거듭 시선을 끌고 있었다. 詩, 錄, 說에서는 불교적 사유를 헤아려 볼 만한 글이 없는데 비해 직전에 본 대로 <磧川寺十王造成諭善文> 등은 불교철학에 대한 나름의 견해와 함께 근본사상에 대한 풀이를 시도하고 있는 경우에 해당되었다. 이로 보건대, 경일은 기문찬술을 사실이나 역사의 기록으로 한정시키기를 당연시하는 시각을 과감하게 물리치고 찬자의 내면세계를 드러내는가 하면 진지한 의론마저 서슴없이 펼쳐 나갈 수 있는 복잡적 성격의 글쓰기로 수용한 것을 보게 된다.

경일은 기문의 찬술자로 우선 대상과 찬술내용의 관계에 따라 융통성 있게 대처하는데 능숙한 인물이었다. 기문은 과거사실의 집약물로서만 정의할 수 없다는 점을 그처럼 선명하게 보여준 불승은 쉽게 보기 어렵다. 그는 사찰의 역사, 사실을 보탠다는 인식에 기초하여 기문의 찬술에 임하기도 했으나 그런 식의 글쓰기에 집착하지 않았다. 오히려 개방된 안목을 앞세워 단지 사찰의 역사, 연혁만이 아니라 자신의 자연관, 철학관, 세계관 등까지 서슴없이 펼쳐내는 통로로서 기문의 내용을 크게 확장시켜 놓기에 이르렀다.『東溪集』소재 경일의 기문은 공식적 역사 기록을 넘어 그의 사고와 정신적 궤적을 드러내 보이는 종요로운 양식임을 보여준 값진 사례에 속한다.

참고문헌

論語, 爲政篇.

敬一, 『東溪集』.

白谷, 『白谷集』.

瞿佑, 『剪燈新話』, <龍堂靈會錄>.

곽철환 편저, 『불교사전』, 시공사, 2003, 501면.

박문목, 『陝川祈雨誌』, 1987.

동국대불교문화원 편, 『佛敎史料集』 권21, 82면.

東國譯經院, 『逍遙堂集』 외, 2001.

『西域中華海東佛祖源流』(乾隆 29年 全州 松廣寺刊).

徐師曾, 『文體明辯』 卷49 記1.

『新增東國輿地勝覽』, 卷22, 梁山條.

『梁山郡誌』, 梁山郡, 1983, 1474면.

一然, 『三國遺事』.

慧皎, 『梁高僧傳』 卷6.

括虛 著, 최병식 외 옮김, 『括虛集』, 불광출판사, 2001.

<熙川郡金仙寺事蹟記>(朝鮮總督府, 朝鮮寺刹史料 下, 161면).

韓龍雲, 『佛敎大典』, 홍법원, 1914, 76면.

구보다 료온 저, 최준식 옮김, 『中國儒佛道 三敎의 만남』, 민족사, 1990, 1
　　　6~17면.

가마타 시게오, 신현숙 옮김, 『한국불교사』, 민족사, 1988, 55면.

경일남, 「부설전의 인물대립 의미와 작가의식」, 『어문연구』 34, 어문연구학
　　　회, 2000.

김광순, 「의인 소설의 사적 전개와 문학적 성격」, 『한국고전소설론』 이우

출판사, 1984, 41면.

金起東, 『한국고전소설연구』, 교학사, 1983.

金起東, 「金鰲新話의 연구」, 『동양학연구』 5, 단국대, 1975.

김승호, 「求法旅行과 그 附帶說話의 일 고찰 ― 歸國僧의 龍宮체험을 중심으로」, 『한국승전문학의 연구』, 민족사, 1992. 273~285면.

김승호, 「太虛堂의 伽倻津龍王堂奇遇錄 연구」, 『古小說研究』 11집, 韓國古小說學會, 1999, 65~100면.

김승호, 「고려후기 불가에서의 자연인식」, 『불교어문론집』 제6호, 한국불교어문학회, 2001, 63~86면.

김승호, 「16세기 승려작가 暎虛 및 浮雪傳의 소설사적 의의」, 『고소설연구』 11집, 한국고소설학회, 2001.

김승호, 「불교전기소설의 유형설정과 그 전개 양상」, 『고소설연구』 17집, 한국고소설학회, 2004.

김성룡, 「이중 텍스트의 시학과 중층 독해」, 『동아시아 우언론과 한국의 우언문학』, 집문당, 2004, 67면.

김영태, 「부설전의 원본과 그 작자에 대하여」, 『한국불교학』 제1집, 1975.

김영태, 『한국불교사』, 경서원, 1986, 294~295면.

金台俊, 『조선소설사』, 학예사, 1939.

金鍾澈, 「고려전기소설의 발생과 그 행방에대한 재론」, 사재동 편, 『한국서사문학사의 연구』 3, 중앙문화사, 1995.

金鉉龍, 『韓中小說說話比較研究』, 일지사, 1977.

노태돈 외, 『市民을 위한 韓國 歷史』, 창작과 비평사, 1997, 218면.

박일용, 「소설의 발생과 수이전 일문의 장르적 성격」, 『조선시대의 애정소설』, 집문당, 1993.

朴在錦, 『韓國禪詩研究』, 國學資料院, 1998, 251면.

佛敎新聞社, 『韓國佛敎史의 再照明』, 1994, 254면.

박태상, 「이계설화연구」, 『설화문학연구』 하, 단국대출판부, 1998.

朴熙秉, 『한국전기소설의 미학』, 돌베개, 1997.

방정요 저, 홍상훈 역, 『중국소설비평사략』, 을유문화사, 1994, 166~167면.

蘇在英, 「금오신화의 문학적 가치」, 『한국고소설의 조명』, 아세아문화사, 1990.

송항용, 『韓國道敎哲學史』, 성대출판부, 1987, 74면.

수야홍원·김현 역, 『원시 불교』, 지학사, 1985, 148면.

신재홍, 『한국몽유소설연구』, 계명문화사, 1994.

신해진, 『조선 중기몽유록의 연구』, 박이정, 1998.

沈慶昊, 『漢文散文의 美學』, 고려대출판부, 1998, 249면.

安東林 譯註, 『莊子』, 현암사, 1993, 17면.

梁承敏, 『17세기 전기소설의 통속화 경향과 그 소설사적 의미』, 고대 박사학
　　　위논문, 2003.

오대혁, 「부설전의 창작연원과 소설사적 의의」, 『어문연구』 47, 어문연구학
　　　회, 2005.

劉若愚 著, 李章佑 譯, 『中國詩學』, 동화출판공사, 1984, 72면.

윤주필, 「한문문명권의 우언론 비교연구」, 『동아시아 우언론과 한국 우언문
　　　학』, 집문당, 2004, 13면.

이기영, 『한국의 불교』, 세종대왕기념회, 1974, 215면.

이은영, 「선초祈雨제문의 성격과 의의」, 『우리한문학사의 새로운 조명』, 집
　　　문당, 1999.

李鍾殷, 「國文學과 道敎思想」, 『韓國文學의 道敎的 照明』, 1986, 30면.

李鍾殷 편, 『韓國文學의 道敎的 照明』, 보성문화사, 1986, 46면.

李鍾燦, 『韓國禪詩의 理論과 實際』, 이화출판사, 2001, 32면.

李晉吾, 『韓國佛敎文學의 연구』, 민족사, 1997.

李泰鎭, 「自然災害 戰亂의 피해와 농업의 복구」, 『한국사』 30, 국사편찬위원
　　　회, 1986, 356면.

李慧淳, 「금오신화」, 『한국고전소설작품론』, 집문당, 1990.

印權煥, 『高麗時代 佛敎詩의 硏究』, 고대민족문화연구소, 1983, 67면.

장덕순, 『한국수필문학사』, 새문사, 1985, 44면.

장순용 엮음, 『禪이란 무엇인가』, 세계사, 1991, 204면.

장기근 편역, 『논어』, 명문당, 1984, 300면.

전준걸, 『조선조 소설의 무예의식과 용궁설화』, 아세아문화사, 1992.

鄭奭鍾 외, 『중세 사회의 해체1』, 한길사, 1994, 120면.

鄭炳三, 「眞景時代 불교의 진흥과 佛敎文化의 발전」, 『진경시대』, 돌베개,
　　　1998, 18면.

鄭柄朝·李錫浩, 『韓國宗教思想史』— 불교, 도교편, 연세대출판부, 1991, 162면.

정학성, 「전기소설의 문제」, 『한국문학연구입문』, 지식산업사, 1982.

조동일, 『한국소설의 이론』, 지식산업사, 1977.

松島隆裕 외, 조성을 옮김, 『동아시아 사상사』, 한울아카데미, 1991, 53면.

陳允吉 지음, 一指 譯, 『中國文學과 禪』, 민족사, 1992, 89면.

폴 헤르나디 저, 김준오 옮김, 『장르론』, 문장, 1983, 69면.

韓國宗教研究會, 『韓國宗教文化史 講義』, 청년사, 1998, 199면.

한영환, 「금오신화의 비교문학적 연구」, 경희대박사학위논문, 1984.

홍사성 외, 『불교상식백과』, 불교시대사, 1993, 1211면.

황패강, 「부설전연구」, 『신라불교설화연구』, 일지사, 1975.

원문부록 · · ·

＜伽倻津龍王堂奇遇錄＞

伽倻津上 有龍王堂 有兩大水 與海潮所匯之處也 而一島陡橫於水上 如
遊龍之狀 松髥石角 浸露波間 下有穴 其深無底 積水沖融洶湧 人臨之 似有
神物閟宅于其內 恍惚而神驚毛竪 不敢矙焉 世謂之龍窟 昔人建祠于上 以
祭神 有日神忽夢於鄉人曰 堂背於吾後 妨於享祭 卽移堂於相對之地 荒茅
平楚 一望極目 烟波雲浪 浩渺無際 凡國租稅貢之船 及嶺海 魚鹽之舟楫 皆
經由於堂下過之者 必以香火奉之 其州郡之吏 及鄉居之人 歲時亦以行牲幣
致敬 或以雨晴祈 其應如響 靈異夙著也 皇明黑牛之秋 七月旣望 有漫浪子
江湖散人也 扁舟短棹 泛於鵲江之下 縱一葦之所 如凌萬頃之滄波 倚舟而
歌漁父之詞 間吟蘇子淸風徐來水波不興之句 須臾舟至堂下 遂佇纜而登堂
徘徊周覽 于時自夏徂秋 旱氣甚酷 沿淮千里 烟塵蓬字 漫浪爲之傷感 卽賦
古風一章 題于廡下曰

龍王之堂枕江頭　堂下長江千古流
昔人誰構而誰祀　今人亦以陰晴求
龍王靈異夙頗著　有禱必驗無虛需
人心澆薄世道混　天厭之人神亦尤
十年已見三年旱　白猪餘殃連白牛
自今夏牛亦旱酷　誰料今年災又周
人之售類豈强半　存者無幾亡不籌
人雖獲戾敢爲宜　禽獸草芥何咎休
縱希靈澤來修敬　何吝雲腴幷雨油
乾坤涵養雖萬流　人乃其中靈最優
今如掃枯塡溝瀆　宇宙失色含瘡疣

湯之七旱堯十日　桀燬紂炎焚九州
吾遭聖世何所致　箕民坐抱殷民憂
下氓雖有不慫省　天地赤子終何仇
神龍如恤蒼生苦　上訴天庭樹盛謀
如將甘露注大地　沛澤洪恩何以酬

題畢回舟　夕煙橫淡於江村　落照熹微於水國而已　星河影徹　月色如晝　漫浪坐於蓬底　吟杜草堂星垂平野濶月湧大江流之句　忽見有人　手執辟波犀笏拜於船首曰　洛神王奉邀　漫浪驚曰　洛神王　何如人耶　人曰昔伽倻洛國首露王　命一子　授職於伽倻津　已有千百年之久　而伽倻津　卽今此江故　今以洛神王稱之　爾卽姓金　名甲也　漫浪曰　然則洛王　江漢之長　僕乃塵世之士　幽顯路殊　烏得相及　人以犀笏示之曰　此物能開水路　君但請行　毋用辭阻　漫浪遂與偕行　其人果以犀照水　水乃分開左右　行處生塵　須臾卽到　忽見珠宮貝闕　寒光射人　不可睇眄　眞所謂水晶宮也　止於門外　其人入告　王聞漫浪至　冠服珮笏　出而延之　上階命近侍　特設一榻於右以待之曰　日間蒙惠高作　詞旨旣佳筆勢又妙　令人玩味　心膽俱寒　欲與之親　承文士之高標　以得奉酬故　敢屈至此　幸勿見訝　漫浪對曰　僕江湖賤士　浮世寒縱　雖有文學　未有奇觀　今因嚴命身涉貴境　目醉神景　賤生分上　實所濫也　王命侍女　取佳餚旨酒而來　以琉璃鍾　斟琥珀酒侑之曰　君宜盡之　漫浪卽倒數觥焉　王曰　審君之詩　乃爲民請雨也　濟世之志　可謂勤矣　然雨賜之不調　乃人心之所感　今此國人臣不知君　子不知父　弟不知兄　婦不知夫　不貴仁義　不重道德　慢天褻神罔聖欺賢　其所施爲　徇私滅公　利己害人　以貪虛爲智慮　以巧詐爲大行　上下相欺　大小相賊　其爲心行　幾於禽獸故　上帝厭之　欲以荒飢之風　振而掃之　卽宜勅於執持海嶽之神　山河之靈　盡封巨細江河泉井之水　禁爲私施　天條若是其嚴　雖有普濟之思　其亦奈何　王又曰　君聞知水ㄱ國亦有文士乎　此皆上國前代之人　現爲溪湖之長　川澤之令　寡人一爲君請之　使得相見也　於是命四箇波臣　以書上四大夫所　其一章曰

海表洛神王某 上書于上國汨羅淵屈君足下 蓬海千年 滄波萬里 風霜累往 聞問濶隔 永想高風 能不依依 某沗職無弊 爾就有過客漫浪子者 東海人也 早蘊凌雲之氣 幼負濟川之材 文駈江海 筆驚風雨 獨步一世 名重海內者也 今幸致而留之 維冀足下 勿辭波濤之險 一賜臨況之便 得與此客 嚼腴咀雋 摘藻吐華 而兼使寡人 板瞻俊彩 以償平生景仰之懷也 伏惟下察 其二章曰

上書于黃河伯張公足下 北辰偏遠 東溟最深 鱗音迥阻 鴈札殊絶 黃河不斷 白首長思 恒勤戀戀之懷 方切悠悠之望 今有客 雖爲海裔 必是天人 文傾楊馬之壘 思括羲黃之域 思欲與足下 一奉高躅 一放河源之査 乍屈漢朝之儀 幸與之討論文藻 雌黃今古 此非湖海之間一好事耶 姑希洞亮 其三章曰

上書于夜郎溪候李公足下 予居桑海之表 君處楡溪之內 水路波程 有若宵壤之隔哉 聞足下自歸夜郎之後 江南風月 空老千秋 公亦不爲之無聊也 徜以百篇之才見臨 則寡人以三百深盃候之 伏惟委諒 其四章曰

上書于鑑湖主人賀公足下 一區之風 月應清 萬里之瞻懷正劇 天之涯 地之角 商之夕 爰之晨 山河旣異 棲息不同 咫尺之扳奉猶希 而況湖海之有隔者乎 幸回西江之逸彩 來遊東海之廣邈 則當以告大方之寬也 姑希垂諾 於是四使含書 詣四大夫之居 傳致而回 越數日 閽者入告曰 向所請四客在門 王聞之 喜色盈顔 卽着淡黃袍 頂鳳翅冠 執如意笏 下階而延之 上殿命左右 設五榻於左 王卽榻於右 相揖而坐 漫浪浚巡 鞠遜而立 王笑曰 君且坐於第五席也 王就慰四客而言曰 聞四位之聲華久矣 南北迥阻道路冥杳 雖深奉戀會 晤無由常 以此爲恨 今者諸君 勿卑弊召辱屈冠盖 豈特幸溢平生 足使弊府 偶得天載一勝事也 四客俱謝曰 吾等同承寵召 偕涉勝境 得接大王之高風盛儀 此非吾輩之所大幸耶 漫浪起揖於四客曰 僕以人世之寒儒 偶到於此 仍神王之光命 獲睹盛士之高會 草芥微生 何幸如之 洛王顧漫浪曰 君識四位耶 曰目雖今而耳卽舊也 於是四客 各述已事 告漫浪而語之 屈君曰 吾古楚之臣 抱盖世之才 蘊貫日之忠 早路靑雲 深伏紫闥 志期伊呂之佐輔 然而遭逢暗主 被斥奸臣 上昧忠諫之姿 下多捏奸之賊 一朝身罹黃口之讒 無以

回悟君心　志未得伸　冤未得雪　乃賦離騷一篇以自慰　終投汨羅而居　吁此亦
命也耳　今子亦得見其所謂離騷者乎　漫浪曰　離騷一經　古人以爲萬古詞賦之
宗源　凡世之稱文士者　孰敢不愛而讀之哉　予嘗見其文長　爲之想見其高風
豈料今日拜接神儀者乎　先生之淸風厚義　塞乎天地之間　充乎宇宙之內　使人
讀其文　已知先生之丹忠素節　凜凜如生　身雖往而名則益高　世雖變而事則益
明　然則先生之風　可與太山北斗相高下於萬世而無窮矣　屈公聞之動容也

　　張公曰　吾漢朝之臣　幸遇武帝之賢明　位忝爪牙之近職　受遊說之任　以斥
邊開士　誘遠服荒爲寄　乘河源八月之査　歷流沙萬里之國　西湖北狄南羌東夷
之域　跡將徧焉　凡天下海外人物衣冠之異　地形山河之勝　珍禽怪獸瑞草奇花
之屬　諸詳畢致者　皆我之力也　仍以記海外異誌　及天下列國之圖　具以進之
以傳於後世　君亦知之乎　漫浪曰　凡世之稱博物君子者　皆吾侯奉使　遐遊之
致也　以吾侯洞明之胸襟　比夫生處一區之室者　何啻若壤蟲之於冥鴻哉　是故
世人　想吾侯遠遊博物之風度　以異誌對諸案上　而以列國之圖　施於壁間　以
爲臥遊天下之資具耳　張公卽爲之一笑也

　　夜郎侯曰　吾唐朝布衣之士　不求聞達於諸侯　惟寓精神於醉鄉　遁迹隴右與
世相忘　自夢筆生於花　忽被白衣之徵　拜覲龍顔　職居翰林　一汚力士之譖　遽
見夜郎之逐　此非聖主之有失　是亦微臣之素分爾　漫浪曰　以侯之才　雖求之
於千古之上　而不可得也　求之於千古之下　而不可得也　盖唐皇智　不得爲中
信高力士　一介閹竪之言　遽屈吾侯高明不世之姿　出流於夜郎　數萬里之外者
天下孰不爲之流涕而太息也哉　謫仙爲之唏歔也

　　鑑湖主賀公曰　吾亦唐之布衣　久爲四明山客　一朝天子　以詔徵起　辭以不
才　特賜鏡湖一曲　以寄餘生　豈非布衣光榮之極耶　漫浪曰　鏡湖之賜　光浮天
下　若非主人之才　誰敢當之　賀公爲之微哂也

　　主客語畢　王命左右　設宴於中堂凡鋪陳之物　飮饌之具　皆非人世所有而已
酒進樂　作其靈龜之鼓　玉龍之笛　採蓮之歌　凌波之舞　間發而迭奏　於華筵之
上　王把一觥　進五客之前而勸之曰　人生一世　會娛幾多　連屋之交　相與娛樂

特未可易也　況在千萬里而逢迎者乎　噫　此酒常在　此會難再　此景常留　此辰
易邁　今可謂四美具也　而二難幷矣　此非主客相宜盡歡之秋耶　請五客須宜各
賦歌詩　以爲其樂也　於是屈君　撫釗持盃而歌曰

　　昔余事之懷襄兮　車鄒郢之中邅(言以直道事其君也)　材旣大而不容兮　困余轍
於窮歧累抱璞而刖足兮　彼蔽日之浮雲　悲噫楚子之優遊兮　何用賢之多疑　携
明月而暗投兮　有盲跛者相欺　擧世混濁而皆醉兮　我獨醒而奚爲　輒述離騷以
自慰兮　砥砆掩其良琪　終歸汨羅而深居　采蓁莪而編江蘺　旣棲息於江潭兮
漁父弔之以哀詞　秋風淅淅而吹衣兮　望美人兮江之涯　心搖搖而不可止兮　去
作遊於鴻蒙之基　駕翠虯而挾天風兮　蒼梧之上赤水之湄　眄三閭而退擧兮　指
顧扶桑三百尺之高枝　水殿鬱乎嵯峩兮　開中堂而設宴儀　銷萬古之鬱鬱兮　賴
桑落之千危　不知今夕之何夕兮　寫千愁萬恨　而爲樂於斯

　　　　黃河伯倚席而詠排律一章曰
　　　　漢室龍興日　王庭麔伏辰
　　　　氈車皆入貢　卉服盡來賓
　　　　可汗威何振　單于志不伸
　　　　玉關長不閉　楡塞自無塵
　　　　帝宅彌天下　星查發海濱
　　　　山河將徧跡　夷夏遠遊身
　　　　大完輸天馬　樓闌進國嬪
　　　　東經窮渤海　西歷略崑崙
　　　　弱水風驚鷽　葱山雪凍紳
　　　　百年無暇日　萬國幾經巡
　　　　翻局人何去　回頭跡已陳
　　　　今來遊水府　勝餞動華茵
　　　　滿座排佳客　高冠有主人
　　　　潭潭宮樹壯　濟濟禮儀新
　　　　樽俎皆仙品　杯盤備海珍

屛娟梅炒月　觴碧竹枝春
海鼓驚鮫室　仙簫徹水輪
琉璃燈照夜　雲母燭傳晨
檻植珊瑚樹　堂廻翡翠楯
洞庭來翠橘　楚澤貢香蘋
銀瓮開仙醞　金盆膾雪鱗
觥籌仍間錯　歌舞亂紛繽
酬酢篇章數　慇勤意氣親
題詩傳勝事　滿紙筆如神
夜郎溪侯揮筆而吟長韻一篇曰
君不見
黃河之水走東溟　逝川日夜無停行
又不見
青天白日落西海　流光冉冉如梭輕
人誰吸景駐光彩　胡不含盃如飮鯨
公侯富貴何足道　唐漢周秦雷一鳴
我本隴西一布衣　忽夢筆頭寒花生
一朝微遊翰院去　聲名赫奕傾王城
男兒氣宇豈見屈　脫帽壓倒群公卿
居然造化仍致猜　可笑世路多崢嶸
却向夜郎歸去後　江潭風月饒閑情
周遊八極已千秋　倒騎赤虯朝玉京
今板高會如泥醉　扣壺擊盤而吹笙
瓊盃到來莫停手　永夜秉燭銷寒更
明朝海日出東來　我輩天涯歸路橫
賀公繫壺而吟一律曰
四明山下鏡湖濱　一畝江居水色新
時見紫泥徵以起　幾敎白鳥恕還嗔
蓬溟積浪今朝淺　若木仙花舊歲春
偶與諸公遊海府　扣瓶欹帽醉良辰
漫浪子亦聯席袂　而賦長短韻一篇曰

黃江之上　滄海之隅

岹差海宇深　盤鬱珠宮殊

細緝魚鱗作屋瓦　橫拈龍骨爲門樞

脣樓靈光曜日御　虹梁霽色搖雲衢

檻逼陽侯宅　簷隣海若郛

千祥百怪相簇耀　六氣三光爭擁扶

登臨十洲望縹緲　俯瞰三島根虛無

開堂設宴羅賓主　冠珮紛紜英俊徒

黃金疊兮紫流霞　碧蕙帳兮紅艶鮴

酒行仙樂殷巨壑　鼉打鼓兮黿吹竽

撫瑟江妃至自湘　携琴山女來從巫

仙韶雜奏八音動　角徵宮商聲繞崕

川君澤長如雲屯　門外白鼻鳴驪駏

紛綸翠旗間金支　顚倒紫鳳幷天吳

屈公衣冠古君子　淸風凜凜生寰區

乘査漢使博望侯　八垓九州曾馳駒

謫仙人稱酒中仙　長安白日眠酒墟

鏡湖之濱有賀公　同携三傑遊來俱

座上群仙余所慕　盛名千載何瑠磷

平生空佇不可見　誰料此日同踟躕

主人不是池中物　風雷頃刻隨吹欨

幸矣如吾塵土客　何緣得接游蓬壺

饋之以丹砂碧玉　千歲之金桃

飲之以瓊漿珠液　九醞之醍醐

吐納風雲駐彩景　醉裡一席同歡娛

不是爲采長生藥　不是爲覓千金珠

欲向龍宮水殿留　得風流作話柄

誰將此事傳爲圖

　　五客詩畢　王以漫浪先所題詩　言於四客座間傳示　而歡賞不已　諸客曰　審
此詩趣　乃爲世而請雨也　此特大王掌中事也　何各一斗之水　以負詩中之懇也

王曰 帝命極嚴矣 雖海國之王 不可得也 況我附庸之主乎 座客曰 噫 王若不
施 則此邦之蒼生盡之矣 王曰 無已則有一焉 今座上 皆以感天之才 忠信著
於神明道義 橫于今古 可爲寡人 共述一章 請表使海王 上奏於玉皇香案之
下 則庶幾得允矣 乃命近侍 取白玉之硯 文犀之管 幷鮫綃丈餘 置於座間 諸
公竝聚一席 使漫浪把筆 而共製上東海龍王表曰

　　四海五湖 盡是王化之裡 九天八埏 咸囿帝命之中 爲濟生靈 各布神爵 伏
惟大王 名高八海 位極群靈 蓬島三千年 長見瑤宮之崴業 封疆幾萬里 久鎭
銀海之滄茫 通萬派之朝宗 受百谷之獻納 靈機匪測 變化無方 雲車雨軸專
城 電卒雷胥奉駕 叱吒風霆震擊 吹噓雲雨沈冥 出入九重之天庭 如臨平地
周旋八極之神局 若枉隣居 今玆海表小邦 旱魃爲災 幾望雲霓而歎息 草木
皆焦 空希天澤之沾濡 雖爲下民之不仁 亦有幾臣之多責 若不告於靈駕 安
所呷於蒼生 伏願廣施洪休 旁張妙化卽著烏雲之神鵲 能垂赤宵之袞衣 一封
神章 上奏靈宵寶殿 三淸雨露 回洒下界塵寰 則臣敢不仰 盡股肱之勤 奉述
附庸之職

　　洛神卽命重臣鱖督郵者 齎其表 使廣淵王所 廣淵見表 亦具奏章幷洛王所
進表 其夜上奏於玉皇 玉皇御白玉樓 語群卿曰 東方小國之氓 愚逆甚故 禁
其雨澤 今龍王所奏至此 施雨可乎 有曼倩者侍側 奏曰 下界愚氓 雖有犯咎
若非上帝之洪宥 安所仰賴 玉皇卽宣勅於雨師府下與海王浴神 行大雨數日
而止 於是四客與漫浪 同致謝於洛神王而告別 漫浪曰 今四位已發東行 其
中途而返可乎 孰若以已發之行 東游於海 領略三山而去也 四客卽與漫浪
同向蓬萊而去

<神遊錄>

　余昔夢中 披金欄杖六環 自海上仙山最高峰頂而下 至一澗口 澗上一靑楓林 有一縷祥雲 自澗頭而起 須臾成五色 彌滿洞中 有一蒼龍 自澗心而出 頭角崢嶸 逡俛首於余前 而請騎之 余乃騎其頸 攀其角 於是龍卽緣靑楓之樹 振鬣凌空扶搖而升天 至半天之中 余在龍背 俯視下界 則蒼蒼冥冥 杳莫可視 逡語龍曰 不可復下耶 龍蜿然而下 直立於碧海之中 其尾植於海底 其頸董出水上 風濤湧湧 激齧龍腋 余復語龍曰 不可復上耶 龍乃奮身而升虛 直上九宵 至一舘 舘宇頹廢 階砌猶存 復至一舘 舘舍亭亭 余逡暫憩于廳上 有一片板子 刻一首詩 而三句漫然不可記 惟首句 昭然可記 曰綠橘黃柑滿玉盤 余語龍曰 此詩其誰之作耶 曰鄭先生東溟之作也 余悚然曰 先生尙於世已 使此詩傳於雲漢之間 何其神耶 語畢復騎龍 到天門 龍以角扣其扉門聲 啞然雙扉洞開 逡入門 望靈宵 殿殿有十二層白玉之階 余騰身 逡登第九層上而覺之 神心洒然 然猶恨未得見上帝 天顔耳 後逡繼東溟詩 吟成全篇 以記其夢也 詩曰

　　綠橘黃柑滿玉盤　先生知是舊仙官

　　千金佳句傳雲漢　天帝應留案上看

<主人翁退五客說>

翁不知何許人也 自號主人翁 神氣慷慨 有大丈夫之志 清標素節 無意功
名 俛仰今古 隱遁林泉 養浩然之氣 樂無生之旨 青山爲屋 白雲爲隣 未嘗以
塵冗犯於懷 盖有道者也 其學則經傳子史 無不涉獵 而輒知其則已 以不
好讀 輕藜短幘 往來於石泉之間 風朝月夕 樂以忘憂 有淸風明月 兩童子侍
左右焉 一日有五客 扣門而求謁 翁乃囑躄而起 不冠不帶 正色而權召之 客
等俱强顔以趨之 翁賜座而使之坐 問曰 客等從何而來 客齊起而致辭曰 僕
等皆久在近處 聞翁已有歲月矣 然皆以庸才魯識 不足與翁進修 間或隨之
皆潛然與之者 或三十年二十年 或十餘年所矣 翁愕然曰 君等與吾遊者 若
斯之久 則吾何其不知也 爾等皆何處人也 一客對曰 生出自無何有之鄕 長
於方寸之地 遊於不屈之邑 卜居潛幽之宅 慓悍莫與余敵 暴躁孰與吾比 管
是非之端 藏脣舌之際 如遭勝負利害之場 輒發不平之氣 則相與之 撓撓終
日 而人不得折焉 卓卓終年 而物不能柔之 雖上自帝王 下至民庶 吾皆得以
友之 不擇農商愚智姸媸老弱 皆慣與之交 而至於堯舜之聖 曾顔之賢 皆曾
與爲心友也 而惟與古之南郭子一人 稍不得友 無乃吾有所不盡已而然耶 吾
又聞之 人有三賢之流 十聖之徒 皆得以勦吾徒 減吾屬故 吾不願見耳 翁笑
曰 然則子以翁爲何如人而今見之耶 乃斂袵而無言 問其名 則喬曼夫字也
就察其形 則赤髮怒目 火髥河口 可謂猛而獷者也 其次者曰 僕係出華州 貫
籍麗鄕 寄形芋蘿山下 通靈巫峽臺中 姑蘇釀亡國之崇 金谷致喪身之鋒 殷
顚周喪 實係於吾 陳失唐衰 亦出於吾 而雖賢愚貴賤之儔 君子節士之徒 皆
莫不與余樂而歡娛 而不知危之將至也而止之 間或與翁有交遘之地 伺其翁
之所欲 而翁冷然而視故 竊爲翁懟而不敢也 翁知其爲尤物而不問名也 次者
曰 鄙之係禹知之 古之儀狄卽吾祖也 淳于靖節 吾之弟兄 太白劉伶 吾之故
人也 與吾遊者 遍天下而車載斗量 不可勝計 如上之人 皆知名今古 載迹於

簡編 吾友亦有飮中八仙者 皆非碌碌之才也 而況天有吾星 地有吾泉 人有
憂樂成敗 及禮享之事 吾皆得以造焉焉 振八音於絲竹 駈百慮於壺觴 紂桀
之亡 吾亦有謀焉 非吾 雖有湯武 不可得以成其功 人知吾之有大功而重之
至於主客之接 君臣之樂 將相之晏 士庶之歡 皆不忘吾而請之 風流之輩 豪
傑之流 貧富之家 皆愛吾而呼之 或有山林之士 江海之客 往往徵之 吾亦不
讓而往當乎天氣酷冽 人不勝其寒 雖百羊之裘 千狐之皮 未能禦其皲瘃 而
吾能拒玄冥之令 進祝融之威 然能使人 助發狂妄之氣故 人或謂之經生也
今聞翁之無賴而坐 特來與之相狎耳 翁疾首而問 蘖麴姓 不醒字也 次者厭
厭 其狀汝汝其氣昏昏而對曰 翁不知吾乎 吾與翁 夙夜有最親之分 翁飽而
困 則吾亦隨之 翁看書史 則吾亦侍之 至於更深夜久 餘物皆寂 翁乃獨處私
室 吾伺翁意林林而至 合眼則知吾之來 開睫則知吾之去 雖於冬宵之永 夏
夜之促 春晝之長 吾能使翁 不知其長促之苦耳 翁瞠瞠而熟視之 徵其名曰
惱眼 字昏夫也 次者曰 拙迹自南土族蕃 近世吾能知火性能治冷疾 待雨露
而長養 得姻火而光華 動卽司星 屋則嗜食 燒衣爇屋者 皆寃於吾 好貨貪財
者 皆喜於吾 則吾能使人喜也 亦能使人怨也 吾豈非蘇秦張儀西子麗姬之儔
耶 但氣臭甚惡 人有掩鼻西惡之者 吾亦不以人之怨喜 用嫌欣於其間也 聞
翁之悄悄然坐幸近之耳 翁亦掩鼻不喜而問 鵝頭生名 曇麼耳號也 翁則援一
筆而句下吾客曰 都是不用之屬 吾不欲對爾等惡客 急呼其淸風明月兩童 而
使之掃出 杜門而臥 五客相與之 皇皇然去 翁學佛者 不喜迎接 其名卽人無
知者

찾아보기

▌저자 소개

김승호(金承鎬)

충남 洪城 출생. 동국대 국문학과 및 동대학원 졸. 현 동국대 국어교육과 교수.
전 한국불교어문학회회장. 현 한국불교문화학회 부회장.

논저 : 『한국승전문학의 연구』(민족사), 『한국서사문학사론』(국학자료원), 『한국
사찰연기설화의 연구』(동국대출판부), 「불교전기소설의 유형설정과 그
전개양상」, 「고려 불가의 자전적 글쓰기와 그 양상」, 「경일문학에 나타
난 도선적 경향과 그 의미」 등 60여 편의 논문.

敬一의 삶과 문학세계의 이해

인   쇄 | 2006년 5월 18일
발   행 | 2006년 5월 25일

저   자 | 김승호
발행인 | 이대현
편   집 | 김보라
발행처 | 도서출판 역락 / 서울 성동구 성수2가 3동 301-80
　　　　 등록 ▪ 1999년 4월 19일 제303-2002-000014호
　　　　 전화 ▪ 02-3409-2058, 2060
　　　　 팩시밀리 ▪ 02-3409-2059
　　　　 홈페이지 ▪ http://www.youkrack.com

ISBN | 89-5556-476-7-93810
정   가 | 14,000원

▪ 파본은 교환해 드립니다.